呼啸山庄

Wuthering Heights

〔英〕艾米莉·勃朗特◎著
敏　艺◎译

團结出版社
UNITY PRESS

图书在版编目(CIP)数据

呼啸山庄 / （英）艾米莉·勃朗特著；敏芝译. --北京：团结出版社，2016.7

ISBN 978-7-5126-4258-4

Ⅰ. ①呼… Ⅱ. ①艾…②敏… Ⅲ. ①长篇小说-英国-近代Ⅳ. ①I561. 44

中国版本图书馆 CIP 数据核字（2016）第 170900 号

出版：团结出版社
（北京市东城区东皇根南街 84 号　邮编：100006）
电话：(010)65228880　65244790(出版社)
(010)65238766　65113874　65133603(发行部)
(010)65133603(邮购)
网址：http：//www. tipress. com
E-mall：65244790@ 163. com(出版社)
fx65133603@ 163. com(发行部邮购)
经销：全国新华书店
印刷：北京富达印务有限公司

开本：155mm×220mm　1/16
印张：20
印数：3000 册
字数：300 千字
版次：2016 年 10 月第 1 版
版次：2016 年 10 月第 1 次印刷

书号：ISBN 978-7-5126-4258-4
定价：29. 00 元

前 言

艾米莉·勃朗特（1818—1848），19 世纪英国女作家，1818 年出生于一个贫苦的牧师家庭，3 岁丧母，曾求学于生活条件恶劣的寄宿学校，也曾经跟随姐姐去往比利时学习法语、德语以及法国文学，准备将来自己开办学校，但最终未能如愿。艾米莉属于早熟的天才类型，十一二岁便开始学习创作诗文。1847 年 12 月，艾米莉发表了《呼啸山庄》，这是她一生中唯一的一部小说。1846 年，姐妹三人曾自费出版过一部诗歌合集。同年，妹妹安妮·勃朗特发表了《艾格尼丝·格雷》，姐姐夏洛蒂·勃朗特发表了《简·爱》，所以英国的文学史上经常将三人称作“勃朗特三姐妹”。除《呼啸山庄》一书外，艾米莉还创作了 193 首诗，已被选入英国 19 世纪及 20 世纪二十二位一流诗人的诗选中。

在贫苦单调的约克郡荒原上，艾米莉最喜欢与大自然交友，受到了荒原精神的陶冶。姐妹几人受父亲影响，时常通过读书写诗、杜撰故事来打发闲暇时光。夏洛蒂曾说，艾米莉“比男人还要刚强，比孩子还要纯真”，通过阅读《呼啸山庄》一书，读者可以从中体会到这种性格。

《呼啸山庄》一书以希思克里夫的爱——恨——复仇——人性的复苏为主线，讲述了一个有关爱情与复仇的故事。全书通过叙述的方式，以女仆人丁恩太太和房客洛克伍德之口展开。情节上，可将整个故事分为四个阶段：第一阶段，希思克里夫和凯瑟琳在呼啸山庄里面过着天真烂漫的童年生活；第二阶段，凯瑟琳由于爱慕虚荣，背弃了地位比自己低下的希思克里夫，嫁给了地主林敦，成了画眉山庄的女主人；第三阶段，希思克里夫由爱生恨，对林敦及其子女展开了疯狂的复仇计划；第四阶段，希思克里夫绝食，最终走向死亡。

《呼啸山庄》一书极富独创性和超前性，充满了强烈的反对压迫、争取幸福的斗争精神，而且始终围绕着一种离奇、紧张的浪漫气氛。该书问世之初，曾被视为年轻女作家脱离现实的天真幻想，但结合其所描写地区的激烈的阶级斗争与英国的社会现象，不久后便被评论界高度肯定，并深受读者的欢迎，而由它改编的影视作品至今久演不衰。

目 录

第一章

1801 年，我刚拜访完房东回来，那是一个离群索居的人，日后还会给我带来不少麻烦呢。这个地方真是太妙了！整个英国，我看再也找不到这样远离尘嚣的乐土了。希思克里夫先生与我刚好可以做伴儿，共享这一片的荒凉与寂静。好一个绝佳的伙伴！我骑马走上前去，看到他那对黑眼睛正觑在眉毛下，满腹狐疑地看着我。当我报出姓名，他更是满怀戒心，将那些插进背心里的手指往里面插得更深了。在这种阵势下，他难以想象，我的心里对他报以何等热忱。

“请问是希思克里夫先生吗？”我问道。

他点了一下头，算是回答。

“先生，我叫洛克伍德，是您的新房客。我刚一到这儿就冒昧地立刻前来拜访您，是想表明，我一再恳求想租下画眉山庄，没有给您造成不便。我昨天听说，您原先曾担心……”

“画眉山庄归我所有，先生，”他忽然一愣，打断我的话头说道，“如果能办到，我绝不会允许其他人给我造成不便。进来！”

“进来”这两个字是从牙缝中挤出来的，表明的意思是“滚开”。他倚着的那扇大门，并未因这两个字而打开。我想正是因为此情此景，我才同意了他的邀请，因为我觉得，一个比我还寡合的人，倒也挺有点意思。

当我那匹马的前胸都快要碰到栅栏了，他才当真动手解开门链，然后脸色阴沉地领我走上甬道。我们走进院子的时候，他大声叫喊："约瑟夫，牵走洛克伍德先生的马，再拿点酒来。""这大概就是庄园里的全班仆人吧。"我暗自想，因为这双重命令是下达给同一个人的。"难怪石板缝里长出了野草；牛是唯一的篱笆修剪工。"

约瑟夫年纪不小了，不对，他就是个老人，也许还很老，尽管他精神不错，身体健壮。

"老天爷帮帮我们吧！"当他从我手里将马牵走时，一脸不快地自言自语着，一边说还一边朝我脸上扫了一眼，那副愁眉苦脸的样子，让人看了有些不忍心。我设想他必定需要神的帮助才能消化他吃的那餐饭，所以他那脱口而出的虔诚求告与我的冒昧来访并无瓜葛。

"呼啸山庄"是希思克里夫先生住宅的名字。"呼啸"是当地一个意味深长的形容词，用来描绘在暴风骤雨任意肆虐的天气里，它坐落的处所那种喧嚣杂乱的情景。其实，这里想必是一年四季空气干净，清新爽朗。只要看看房屋尽头那些疏疏落落的、凋零低矮并极力倒向一边的枞树，还有那朝一边伸展着细枝，好像在向阳光仰乞的荆棘，就能推知从山的那头刮来的北风那股劲头了。幸亏建筑师有远见卓识，将房子造的结结实实：狭窄的窗子都深深地砌在墙壁里面，房子的四角都有巨大的石块护卫着。

迈进门槛之前，我注意到房子前脸上装点着一些奇形怪状的雕饰，特别是正门周围的那些，便停下来欣赏了一番。门楣的上方是一堆碎裂的鹫头飞狮，以及裸体的小天使。在它们中间，我看出了"1500"这个年份与"哈里顿·恩肖"这个名字。我原本想点评一下，顺便跟阴沉着脸的房东打听点儿这个地方的历史，但看到他站在门口的那副姿态，就像是在告诉我要么赶快进屋，要么马上离开，我可不想尚未进屋一探奥秘，就撩拨得他更加不耐烦。

一进门我们就进到他家的起居室，没有走廊和穿堂：他们称这里为"正屋"。通常情况下，正屋包括厨房和客厅，但在呼啸山庄，我想厨房被挤到别处了；因为我听见在屋子的最里边有说话声，还有锅碗瓢盆的碰撞声；而且我没有看到大壁炉那边有烘焙或烧煮过食物的痕迹，墙上也没挂光洁闪亮的铜锅和锡漏勺。但在屋子的那头，却映出了明显的光和热，那里有一个宽大的橡木做的橱柜，上面放着一些很大的白瓷盘子，中间还有一些银杯和银壶，一层一层地直码到屋顶。这里的屋顶没装过顶棚，只要留心一下，就可以看清整个内部结构，只有一个地方让放满了火腿、羊肉、麦饼和一串串牛腿的木架挡住了。壁炉上陈列着很多粗劣的旧枪和一对马枪，壁架上陈列着三个被画得花花绿绿的茶叶桶作为装饰。地面铺着光滑的白石板。几把结构简陋的高背椅被漆成了绿色。在背光的地方，还藏着一两把笨重的黑色椅子。橱柜下面有个拱洞，一只有着红褐色短毛的母猎狗横躺在里面，一群小狗崽儿正围着它汪汪叫着，其他隐蔽的地方，还有几只狗在蹿来蹿去。

如果说这屋子与家具的主人是个平常的北方农民，也能让人理解；这种人天生有张倔强的脸，穿着短裤，扎着绑腿，两条腿看起来很粗壮。如果你晚饭后挑好时间去逛一下，那么在这方圆五六英里的山区随处可见这种人：他们坐着圈椅，面前的圆桌上有一大杯冒着泡的麦酒。但是希思克里夫先生却与他的住所及生活方式形成了一种奇怪的反差。从外貌看，他是皮肤黝黑的吉普赛人，从服饰及举止看又是个绅士——乡绅一样的绅士。或许他有点不修边幅，但看着并没有不得体，因为他身姿挺拔，相貌英俊，还有点郁郁寡欢的神色。或许有人会认为这是因为他缺乏教养而显得自大无礼，我却认为并非如此，同时对他心生同情。直觉告诉我，他的矜持源于他讨厌装腔作势地将彼此的情意表露出来。他的爱和恨深藏不露，而且他感觉被人爱或恨，都是对他的冒犯——不，我有点偏离主题了——我这是肆意地将自己的想法加在了他身上。假如希思克里夫先生遇到了一个可以交往的朋友，却不伸出手来，这可能跟我也会有同样表现的理由完全不同。或许可以说我的脾气生来就独一无二吧：我亲爱的母亲以前常说，我这辈子都不会建立一个幸福美满的家庭，刚好在今年夏天，我证明了自己确实没有资格拥有那样一个家。

当时我在海边享受了一个月的惬意天气，并殷勤地跟一个非常迷人的姑娘结伴，她对我并未属意的时候，我感觉她就像仙女一样。我的言谈当中从未吐露过我的爱情，但眉目若能传情的话，即便是傻子也能看出我已经为之倾心了。她终于明白了我的心思，而且对我回送秋波——美到无与伦比的秋波。我是怎么回应的呢？我感到羞愧难以招架，像只蜗牛似的冷冰冰地缩了回来。她越是关注我，我就缩得越远。如此一来，这可怜的姑娘对自己的回应也产生了怀疑，为自己闹的误会懊悔不已，竟说服她的母亲早早离开了。

因为这古怪的性情，我被认为故作无情，只有我心里清楚，这是多么大的冤枉！

我坐到了炉边的一把椅子上，正对着房东走过去的那把。为了不冷场，我想摸摸那只母狗。它已经离开它的幼崽，像狼一样溜到我的后面，露着牙，流着口水，准备给我一口。

我的抚摸竟惹得它发出了一长串咆哮。

“你最好别理它。”希思克里夫先生说道，并以同样的音调应和着狗的咆哮，他嗥叫了一声，又用力跺了跺脚，镇住了那条蠢蠢欲动的狗。“它对抚摸不习惯，没有被宠坏。它不是被当成宠物养着的。”随后他大步向一个边门走去，又大喊一声：“约瑟夫！”

约瑟夫在地窖的深处嘟囔着，并没有想要上来的意思，所以他的主人只好去地窖找他，留下我和那凶暴的母狗面面相觑，旁边还有一对长着狰狞的蓬毛的牧羊犬。这对牧羊犬与那母狗一起对我的举动严加防范着。我静静地坐着，因为我并不想和犬牙打什么交道！可是它们似乎不太懂得沉默的尴尬，我便对这三只狗挤挤眼，做了鬼脸。这下糟了，不知道哪个表情惹怒了那只母狗，它突然暴怒，猛地扑向了我的膝盖。我赶忙将它推开，并拉来旁边的桌子搁在我们中间。这一来，更惹起了公愤！六七只大小不一、年龄不一的四脚恶魔，从隐身之处一起蹿了过来。我感到我的脚跟和衣襟一直被它们攻击着，于是我一边尽力用火钳挡住较大的那只狗，一边又不得不高声呼喊，请这家里的什么人来帮忙维护和平。

希思克里夫和他的仆人从通往地窖的梯子爬了上来，那慢腾腾的样子真让人感到不爽。我觉得他们和平时没有什么区别，并未快走一秒，即使炉边已被撕咬和狂吠闹得沸沸扬扬。幸好厨房里有人快步走了过来。这是一个健壮的女人，她挽着衣裙，光着胳膊，面色红润。只见她拿煎锅当武器，冲到我和这些狗的中间，同时又喊又叫，于是这场风暴奇妙地平息了。等她的主人到来时，只剩下她，像大风过后的海洋一样喘着气。“真是见鬼了，到底发生了什么?”他瞪了我一眼问道。刚遭受到那样不礼貌的接待，又加上他的这种神情，真令人难受。

“是啊，真是见鬼了!”我嘟囔着，“先生，即便是被鬼附身的猪，也没有您那些畜生凶猛呢！您也许还会将一个陌生客人丢给一群老虎呢!”

“不管是谁，只要不碰它们，它们就不会对人怎么样的。”他一边说着，一边将桌子搬回了原处，还把一瓶酒放在我面前，“喝杯酒吧。这些狗保持警惕也只是在尽职。”

“不用了，谢谢。”

“没有被咬着吧?”

“我要是被咬了，我就会在这咬人的狗身上打上我的印记。”

希思克里夫紧绷的神情放松了，露出了难得的笑容。

“好啦，好啦，”他说，“你是受了惊了，洛克伍德先生。来，喝杯酒。这房子里客人非常少，所以我可以坦白地说，我和我养的那些狗都不大懂得如何待客了。先生，祝你健康!”

我鞠了一躬表示对他的回礼。忽然我感到自己居然为了一群狗的敌视生气，实在有点傻。另外，我再也不想让这个讨厌的人嘲笑我了，因为我发现他的兴致已经开始转移到这上面来了。也许他也已经有所意识，认为得罪一个好房客有些不应该，语气稍微有些严肃，并开始提及他认为我可能会关心的话题，谈起我所居住的画眉山庄的长处和不足。我觉得，他对我们所谈的话题见解非凡，直到回家之前，我仍旧意犹未尽，并主动提出明天会再次拜访。但是显然他并不希望自己被再次打扰。但我一定还会再去的，因为和他相比，我发现自己竟是如此喜爱交际，真是太不可思议了。

第二章

昨天下午大雾重重，天气寒冷。我非常想在书房的炉火边消磨掉下午的时间，而不愿意跋涉穿过长满石楠草的荒地与一片片泥路，到呼啸山庄去。

然而，等到吃过正餐（请注意：我是在十二点到一点间吃正餐的，我的女管家——一位像主妇一样的太太，是同这所房子一起雇下的——她总是不能或不愿领会我的意思，五点就提供正餐[①]），我心中怀着这个偷懒打算上了楼。刚一进屋，就看到一个女仆跪在壁炉边，身边放着扫帚和煤斗，正将一堆堆煤渣压在火苗上，搞得满屋子灰尘四散。这番景象让我不得不立刻转身离开房间，带上帽子，走了4英里，来到希思克里夫先生的庄园门口。这时又恰巧及时躲过了一开始飘下来的鹅毛大雪。

在那荒凉的山顶上，土地结了霜变得很硬，寒气冻得我直打战。我无法打开门链，就跳了进去，顺着向两边生长的杂乱的醋栗树的石路直奔屋门。我白白地敲了半天门，敲得指关节都疼了，那群狗也狂吠起来了，可就是没有人回应。

---

① 在伦敦，中等以下家庭往往将午餐当作正餐，中等以上家庭则将晚餐当作正餐。

“这样恶劣的人家!”我心里直嚷，“凭你们这样无礼待客，就该让你们跟人类永远隔绝。至少，我不会在白天也将门闩得这么死。我可管不了那么多，我是一定要进去的!”

打定主意，我就抓住门闩，使劲儿晃动起来。脸色乖戾的约瑟夫从谷仓的一个圆窗洞里探出头来。

“你干什么呢?”他大声嚷道，“主人在羊圈里。你若要和他说话，就从谷仓那边绕过去。”

“屋里没人开门吗?”我也大声应答道。

“只有太太，没有其他人。你就是折腾到晚上，她也不会给你开门的。”

“为什么?你不能告诉她我是谁吗，呃，约瑟夫?”

“不要问我!我才不管这些事情呢。”他嘟囔了几句就离开了。

雪已经越下越大。我紧握住门把手，又试了一回。这时，后面院子里出现了一个扛着干草叉、没穿外衣的小伙子。他叫我跟着他走，穿过洗衣房和一个用石头铺砌的院场（那里有一间堆煤的棚屋、一台水泵，还有一个鸽子棚），最后来到了头天接待过我的那间暖和、敞亮的大屋子。

壁炉里，煤块、泥炭及木柴混合在一起燃烧着的熊熊炉火，照耀出明亮、让人欢快的光辉。餐桌已经收拾好，只等着摆上丰盛的晚餐。我很高兴地见到了那位“太太”，以前，我从没想到他家还有这样一位人物。

我对她鞠了一躬，随后静等着，想她总会请我坐下的。可她只是打量了我一下，就靠在椅背上，一动不动，沉默不语。“这场风雪真是可怕!”我说，“希思克里夫太太，由于你们家的仆人偷懒，恐怕连你家的大门也要跟着受累了。我可是用尽力气才让他们听到我在敲门!”

她始终一言不发。我注视着她，她也注视着我。反正她一直就用一种冷漠的神色盯着我，让人甚感窘迫，极不愉快。

“坐下!”那小伙子粗声粗气地说，“他马上就来了。”

我依他的话坐了下来，然后轻咳了一声，用朱诺①称呼那条凶狗。这第二次的相见它非常给面子，居然摇了摇尾巴尖，表示与我相识。“好漂亮的狗！”我又开了个头儿，“你想把这些狗崽分出去吗，太太？”

“它们可不属于我。”这位和气的女主人说。那说话的语气比希思克里夫本人的答话还让人反感。“啊，你疼爱的一定在这一堆里了！”我又接着说道，同时回头转向那模糊不清的靠垫，那上面好像都是猫之类的东西。

“疼爱这些东西那可真是怪了！”她轻蔑地说。

真让人晦气，那上面原来是一堆死兔子——我又清了一下嗓子，向壁炉靠近了一点，继续谈论起晚上的风雪。

“你本来就不该出门的。”她说着，站起身来，伸手到壁炉台上去拿那两个彩色的茶叶罐。

她原本坐在背光处，此时我可以清清楚楚地看见她的整个身段和容貌了。她身材苗条，很明显还是个少女。体态真是好极了，还有一张我生平没有福气见到的俊美小脸：五官小巧精致，淡黄色的鬈发——倒不如说是金黄色的鬈发，松散地落在她纤细柔嫩的脖子上。至于那双眼睛，要是表情欢愉的话，你就怎么也没法抗拒了。是我这颗容易动情的心有幸，此时她的双眼流露出的仅仅是徘徊在轻蔑一切和有点无可奈何之间的神色，让人看了只是觉得特别不协调。

她不大够得到茶叶罐。我想动手帮她一下。她猛然向我转过头来，就像一个守财奴看见有人想帮着他清点金子似的。

“我不要你帮忙，”她厉声说道，“我自己能够拿到。”

“对不起。”我赶紧回答。

“是请你来喝茶的吗？”她一边等着我回答，一边将围裙系在她那整洁的黑衣裙上，然后站在那儿，正准备把手中匙子里的茶叶倒进茶壶里。

“我非常愿意喝一杯热茶。”我应声说。

---

① 朱诺，罗马神话里主神朱庇特的妻子之名，这里用来称呼房东家的母狗，是友善的表示。

“是请你来的吗?”她又问了一遍。

“不,”我面带一丝微笑说,“按理说，你就是应该请我的人呀。”

她蓦地把茶叶扔回罐里，匙子和茶叶罐也被扔在一旁，赌气似的坐回自己的椅子上。她眉头紧皱，朱唇噘起，就像一个受到欺负的孩子似的快要哭出来了。这时，那小伙子已经穿上一件相当破旧的外衣，站在壁炉跟前，用余光瞅着我，那样子就像我们之间有着尚未了结的深仇大恨似的。我开始怀疑他到底是不是仆人；他穿着粗劣，谈吐鄙俗，一点儿也没有希思克里夫先生和他太太身上所能看到的那种优越气派。他那头浓密的棕色鬈发异常蓬乱，从未剪过，脸腮上长满了乱糟糟的胡子，双手就像普通劳动工人那样黝黑。可是他的态度举止很随便，几乎还有点旁若无人，一点儿也没有表现出家仆伺候女主人应有的那种小心侍奉的样子。

既然一时还难以判断出他在这家中的地位，我觉得最好还是不要理会他那奇怪的举止为妙。过了 5 分钟，希思克里夫先生进来了，总算多少打破了这种场面里不自然的气氛。

“您瞧，先生，我说话算数，真的来了!”我装出高兴的样子，大声说道，“不过我怕要被这天气困上半个小时了——要是您允许我在这儿暂避一下的话。”

“半个小时?”他说着，抖搂衣服上的雪片，“我真不懂，你为什么非得选一个风雪交加的天气出来散步呢? 你知不知道你会有陷入沼泽的危险? 就连熟知这些荒原的人，在这样的夜晚，也常常会迷路。我还可以告诉你，目前这种天气是不会转好的。”

“或许我能在您的仆人中找一位向导吧，他可以在画眉山庄过夜，明天早上再回来——您能选出一个给我吗?”

“不，不行。”

“哦，真是! 好吧，那我只好靠我自己的本领了。”

“嗯!”

“你是不是该准备茶了?”那个穿破旧衣服的小伙子问道，他那恶狠狠的目光，从我身上移到了年轻的太太身上。

“他也算一个吗?”她问希思克里夫。

“去准备就得了，行不行?”这就是回答，他说得如此蛮横，真把我吓了一跳。这句话的语气，充分暴露出他的坏脾气。我再也不想把希思克里夫叫作绝佳的伙伴了。

茶准备好了，他是这样邀请我的：“呃，先生，把你的椅子挪过来吧!”于是，我们几个，包括那个粗野的小伙子，全都拖过椅子，围坐在桌边。在饮用茶点时，席面上一片肃静。

我心里想，如果这片乌云是由我引起的，我就有责任尽力来驱散它。他们不可能每天都这么沉着脸，一声不吭地坐着。无论他们的脾气有多坏，总不会成天都板着脸吧。

“说来奇怪，”喝完一杯茶，接过第二杯时，我开始说道，“真是奇怪，习惯对我们的兴趣爱好和思想观念的形成竟会产生这么大的影响。一定有许多人没法猜测，希思克里夫先生，像您这样过着与世完全隔绝的生活，还有什么幸福可言。可是我敢说，您生活在这样一个家庭里，又有您这位可爱的夫人像女神般守护着您的家庭和心灵……”

“我可爱的夫人!”他打断了我的话，脸上浮起了几近狰狞的讥笑，“她在哪儿?我可爱的夫人。”

“我说的是希思克里夫太太，您的夫人。”

“嗯，没错!啊!你是说，即使她的肉体已经不在，她的灵魂依然还站在保护天使的岗位上，守护着呼啸山庄的好运。是这意思吗?”

我意识到自己犯了严重的错误，便想改正过来。我本该看出他们双方的年龄差距过大，不像是夫妻。一个已四十来岁，正是心智最成熟的时期，男人在这个时期很少会抱有幻想，误以为女孩子是为了爱情才嫁给他的——那种美梦是留给我们老年时聊以自慰的。而另一个呢，看上去还不到 17 岁。

这时，一个念头在我心头闪过：“那个在我胳臂旁捧着盆子喝茶，手没洗就抓面包吃的乡巴佬，也许就是她的丈夫吧。不用说，是小希思克里夫了。这就是隐居的后果：只因为她全然不知道天下还有更好的男人，就让自己投进了这么个乡巴佬的怀抱，真是太可惜了——我得留点神，别让她对自己的选择后悔了。”这最后的想法好像有点抬举自己，其实倒也不是。坐在我旁边的这一位，一看就让我心生厌恶。根据经验，我知道自己还是有点吸引力的。

“希思克里夫太太是我的儿媳妇。”希思克里夫的话证实了我的猜测。说着，他转过头去朝她看了一眼，这是一种特别的眼光，一种极度憎恨的眼光——除非他脸上的肌肉出了某种故障，不会像旁人那样表达出心灵的语言。

“啊，不用说，这下我明白了。你真有福气，这位仁爱的仙女原来是属于你的。”我掉过头来对我身旁的那一位说。比刚才还要糟糕！这年轻人蓦地满脸通红，他紧握拳头，摆出了像要动武的架势。可是他好像立即就控制住了自己，用一句骂人的粗话压下了心头的怒火。这句话是冲着我来的，不过我假装没有听见。

“不幸，你猜得不对，先生！”我的房东说，“我们两个都没有这种福气拥有你说的这位好仙女。她的男人死了。我说过，她是我的儿媳妇，因此，她当然是嫁给我的儿子啦。”

“那么，这位年轻人是……”

“当然不是我的儿子啦！”

希思克里夫又笑了起来，那意思仿佛是把他当作这头笨熊的父亲，这玩笑未免开得太荒唐了。“我的名字是哈里顿·恩肖。”那一个怒声叫嚷道，“而且我劝你要尊重它！”

“我并没有表示不尊重呀。”这是我的回答，可我心里却在暗暗鄙夷他用那么庄严的神气报出自己的大名。

他的目光一直盯着我，盯得我都不愿再去回瞪他了，我怕我会忍不住赏他一个耳光，或者给他逗得笑出声来。这时我才开始清楚地感觉到在这个舒适的家庭中，我实在有点格格不入：这种精神上的阴郁气氛，不仅压倒，而且还抵消了我从周围物质上得到的舒适。我告诫自己，一定得多加小心，不要在这房子里有第三次冒失了。

吃喝结束了，没有人说一句应酬话。我走到一扇窗子跟前，观察一下天气状况。我看到的景象让人担忧：黑夜已无声无息地提前笼罩了天空，狂风肆虐，大雪纷飞，山峦与天空变成混沌一片。

“没有人带路，眼下我恐怕是回不了家了。”我禁不住叫了起来，“道路或许都被埋上了，如果还露在外面的话，我也没法看清方向，不知该往哪儿迈步了。”

“哈里顿，把那十几只羊赶到谷仓的门廊里去，要是让它们留在羊圈里过夜，就得在它们身上盖点东西，前面也得挡块木板。”希思克里夫说。

“我该怎么办呢?”我接着说，心里更焦急了。

谁也没空来搭理我。我朝四周看了看，只见约瑟夫给狗提来了一桶粥，希思克里夫太太则俯身在炉边，烧火柴玩，这堆火柴是方才她放回茶叶罐时，从壁炉台上碰落下来的。

约瑟夫放下粥桶，用挑剔的眼神把屋子扫视了一遍，接着扯开他的破嗓子大声说道：“我真不明白，大伙儿全出去干活了，你怎么能待在这儿闲着！你可是实在没出息，跟你说了也白搭，你那坏毛病，一辈子也改不好了。你是一心要去见魔鬼了，跟走在你前头的你妈妈一样!”

一时间，我还以为这番滔滔不绝的话是冲我来的，我大为生气，便气冲冲地朝老浑蛋的方向走去，打算一脚把他踢出门外。

可是，希思克里夫太太的答话把我拦住了。

“你这个造谣生事的伪君子!”她反驳说，“你这样提到魔鬼，难道不怕被活捉去吗?我警告过你，让你别来惹我，要不，我就要请魔鬼特地帮个忙，把你捉了去。站住，约瑟夫！你瞧这儿，”她接着说道，并从书架上取下一本黑封面的大书，“我要让你瞧瞧，我的魔法已经多高深了，用不了多久，我就可以完全精通了。你以为那头红毛母牛是无缘无故死掉的吗?你那风湿病还算不上上天给你的惩罚呢!”

“哦，恶毒呀！恶毒呀!”老头气喘吁吁地说，“求上帝拯救我们脱离邪恶吧!”

“不，你这个恶棍！上帝早把你抛弃了！滚出去，要不，我就要你大吃苦头！我要用蜡、用泥把你们全都捏成小人儿[①]，谁先越过我规定的界限，我就要——我暂且不说他会受到怎样的诅咒——可是，瞧着吧！去，我正在盯着你呢[②]！”这个小女巫，在自己美丽而邪气的瞳孔中，增添进一种恶意嘲弄的神色。约瑟夫吓得直发抖，急忙逃了出去，一边逃一边祷告，还嚷着：“恶毒呀！恶毒呀！”

我认为，她恶作剧似的把这种行为当成无聊时的一种消遣。现在，屋子里只剩下我们两个了，我想让她关心一下我眼前的困境。

“希思克里夫太太，”我真诚地说，“我打扰您了，一定得请您原谅。我敢于来打扰您，是因为凭您这样的面相，您的心肠也一定很好。请您给我指出几个路标吧，好让我找到回家的路。我一点儿也弄不清该怎么走，就像您弄不清去伦敦该怎么走一样！”

“顺着你来的路回去就得了，”她回答说，依旧像一只高贵的波斯猫坐在椅子里，面前点着一支蜡烛，还有那本摊开的大书，“这是个简单的劝告，可也是我能提出的最好主张了。”

“那么，要是您以后听说我被人发现冻死在积满雪的沼泽或泥坑里，您的良心会不会低声谴责，说这里也有您的一份罪过呢？”

“怎么会呢？我又不能送你。他们不许我越过花园围墙的尽头。”

“您送我！在这样的夜晚，为了贪图我的便利，哪怕要您踏出门槛一步，我也于心不忍啊！”我叫了起来，“我只是求您告诉我怎么走，不是要您带路，要不就请您向希思克里夫先生求个情，给我派个领路的。”

“派谁呢？这儿只有他自己、恩肖、齐拉、约瑟夫和我。你要哪一个？”

“农庄里就没有别的男孩子了吗？”

“没有了，就这么几个人。”

“这么说，我只好在这儿过夜了。”

“那你可以自己跟你的房东去说，我不管！”

---

① 当时女巫的一种邪术，通过处置这种小人儿来加害想要加害的人。

② 女巫作法时，先用眼神摄住对方，使其无法挣脱。

“我希望你能记住这次的教训，以后别再在这些山头上乱跑了。”从厨房门口传来希思克里夫严厉的声音，“至于留在这儿过夜，我可没有多余的地方招待客人住宿。要是你一定要住下来，那就只能跟哈里顿或者约瑟夫合睡一张床了。”

“我可以睡在这间屋子的椅子上。”我回答说。

“不，不行！不管是富是穷，陌生人总是陌生人，我绝对不允许任何人待在可能对我有威胁的地方！”这毫无礼貌的坏蛋说。

受到这样的侮辱，我的忍耐到了极点。我愤怒地回了他一句，从他面前冲过，径直奔进院子里，匆忙中竟和恩肖撞了个满怀。天已经漆黑一团，我连出口也找不着了。我正在四处乱转，听到了他们的谈话声，这是他们彼此间有礼貌的又一个例子。

开始，那个小伙子似乎对我还算友好。

“我陪他到林苑那儿吧！”他说。

“你陪他到地狱去吧！”他的主人或者是他的亲戚什么的大声吼叫了起来，“那谁来看管那些马，呃？”

“一条人命总比一夜没人看马重要吧。总得有个人陪他走一趟。”希思克里夫太太轻声说，心肠比我想象的还要好。

“用不着你来指派！”哈里顿回嘴说，“要是你放心不下他，最好别吭声。”

“那我就盼望他的鬼魂会缠住你，也盼望希思克里夫先生再也找不到第二个房客，直到画眉山庄倒塌掉！”她尖刻地回答说。

“你听，你听，她在咒他们呢！”约瑟夫咕哝道，这时我正朝他奔去。

他坐得不远，刚好能听到说话的声音，在一盏提灯的光亮下专心地挤着牛奶。我没打一声招呼，直接拿起提灯就走，大声说明天派人送回，便朝最近的一个边门奔去。

“主人，主人，他把提灯抢跑了！”老头一面大喊，一面朝我追了上来，“嘿，咬牙[1]！嘿，看家狗！嘿，老狼[2]！逮住他，逮住他！”

一打开小门，两只毛茸茸的怪物便直扑我的喉头，我脚跟不稳，摔倒在地，灯也灭了，耳边只听到希思克里夫和哈里顿发出一阵狂笑，这使我羞愤到了极点。

幸亏，那两个畜生好像只想张牙舞爪，示威一番，并不想把我活活吞下去。可是它们也不允许我重新站立起来，我不得不躺在地上，静待它们幸灾乐祸的主人来解救。我的帽子也掉了，气得全身发抖。我命令那些恶棍立即放我出去——再让我多待一分钟，我就要让他们遭殃——语无伦次地说了不少“此仇必报”之类的恐吓话，狠毒之程度，颇有李尔王[3]的味道。

我的鼻血伴随着我的激动大流不止，可是希思克里夫还在笑，我也还在骂。要不是这时来了一个头脑比我清醒、心地比我的房东仁慈的人，我真不知道这场戏该怎么收场。这人就是健壮的女管家齐拉。她闻声跑出来想知道外面到底发生了什么事。她以为他们当中必定有人对我下了毒手。可她又不敢得罪她的主人，就把那个年轻的恶棍数落了一番。

“好哇，恩肖先生，”她大声责怪道，“真不知道你下次还会干出什么好事来呢！这是要在咱们家门口谋害人吗？我看这家人家我是再也待不下去了！瞧瞧这可怜的小伙子，都快喘不上气了！好了，好了！不要再这样啦！赶紧进来，我帮你看一看。就这样，不要动。”

她一边说着，一边趁我没注意浇了一瓢冰冷的水在我的头上，然后将我拖到了厨房。希思克里夫先生也走进厨房。他那难得一见的欢快神情瞬间便消失了，那驱之不去的阴郁又笼罩了他整个人。

我非常痛苦，而且头晕得厉害，这样就只得在他家借宿一晚。他让齐拉为我倒一杯白兰地，之后就去内室了。齐拉对我的遭遇甚是同情，劝慰了一会儿，又按照主人的旨意把酒拿来了，当我精神略微恢复，就带着我去了卧房。

---

① 狗的名字。

② 狗的名字。

③ 莎士比亚名剧《李尔王》中的主人公，他曾呼天抢地咒骂两个不孝的女儿。

第三章

齐拉一边领我上楼，一边叮嘱我将烛光遮严实点，并且不要弄出声来。因为她的主人对她带我去住的那个卧室，有一种特别的感情，而且从来不愿意别人睡在那里。我问她为什么，她回答说，她也不清楚。她在这个庄园不过才待了一两年，而且这家人有太多离奇的行为，她已经习以为常了。

现在的我已经精疲力竭，也顾不上好奇去打听什么，锁上门，就在房间里四处巡视想找张床。这里的全部家具只有一把椅子、一个衣橱、一个大的橡木箱，橡木箱的顶部开了几个方洞，与马车上的窗子很像。我走近木箱向里面一看，才发现这是个旧式木床之类的东西，看起来很特别，设计得非常实用，这样一来，家中每个人就并非一定要独自占用一间屋子了。实际上，它成了一间小小的套间，打开窗台就能当桌子。我将镶板滑门往两边推开，拿着蜡烛跨了进去，随后又重新拉紧门，感觉彻底远离希思克里夫和其他人的监视，这才放下心来。

当我把蜡烛放在窗台上时，藏在一个角落里的几本发霉了的书出现在我眼前，窗台上的油漆面也被字迹画得乱七八糟。不过，那些字迹只是用各种字体写的一个名字，有大有小——凯瑟琳·恩肖，有的地方又改成凯瑟琳·希思克里夫，接着又是凯瑟琳·林敦。

我无精打采地把头靠在窗子上，继续拼读凯瑟琳·恩肖——希思克里夫——林敦，一直到我的眼睛闭上为止。可是还没过5分钟，一片亮得刺眼的白闪闪的字母在黑暗中闪现，就像鬼怪现身——空中充满了无数的凯瑟琳。我跳起来，想驱散这突然冒出的名字，却看见微弱颤抖的烛芯挨在一本古老泛黄的书上，使那靠近的地方发出一种烤牛皮的味。我剪掉烛芯，灭了它，寒冷与持续的恶心不停地搅动着我的身体。我坐起来，将这本烤坏了的书打开，放在膝上。那是一本《圣经》，印的是细长字体，而且字里行间散发出浓浓的霉味。书前面的白纸上写着"凯瑟琳·恩肖，她的书"，还注了一个日期，那是在二十来年以前了。我合上它，拿起一本又一本，直到我把它们全部检查过一遍。凯瑟琳的藏书是经过挑选的，而且这些书损坏的情况证明它们曾经被人一再地翻阅，虽然读得不完全得法，差不多没有一章躲过钢笔写的评论——至少，像是评论——凡是印刷者留下的每一块空白全给涂满了。有的是不连贯的句子，其他的是正规日记的形式，出于小孩子的那种字形未定的手笔，写得乱七八糟。在一张空余的书页上（也许一发现它还把它当作宝贝呢），我看见了我的朋友约瑟夫的一幅绝妙的漫画像，画得稚拙，可是线条勾勒得很有力。我对于这位素昧平生的凯瑟琳顿时产生了兴趣，我便开始辨认她那已褪了色的难以辨认的字了。

"真是个倒霉的礼拜天！"底下一段这样开头："但愿我父亲还能再回来。亨德利真让人讨厌——他对希思克里夫的态度太凶。希和我要反抗了——今天晚上我们要进行第一步。

"整天下大雨，我们不能到教堂去，因此，约瑟夫非要召集大家到阁楼里读经。可是，亨德利和他的妻子在楼下舒舒服服地烤火，我敢说他们一定不会读《圣经》。而希思克里夫、我和那不幸的乡巴佬却不得不听从吩咐，拿着我们的祈祷书爬上楼。我们排成一排，坐在一口袋粮食上，冷得直哆嗦。希望约瑟夫也哆嗦，这样他为了他自己也会给我们少讲些了。妄想！做礼拜整整拖了3个小时。可是，我的哥哥看见我们下楼的时候，居然还有脸喊叫'什么，已经完啦？'以前一到星期天晚上，还让我们玩玩，只要我们不太吵，现在我们只要偷偷笑一笑，就得罚站墙角啦！

“‘你们忘记这儿有个主人啦，’这暴君说，‘谁先惹我发脾气，我就把他毁灭！我坚决要求绝对的肃静。啊，孩子！是你吗？弗兰西斯，亲爱的，你走过来时揪揪他的头发。我听见他捏手指头捏得响呢。’弗兰西斯痛快地揪揪他的头发，然后走过去坐在她丈夫的膝上。他们就在那儿，像两个小孩似的，在那个钟头里又亲热又胡扯——那些愚蠢的甜言蜜语连我们都觉得羞耻。我们在柜子的圆拱里面尽量把自己弄得舒服些。我刚把我们的餐巾结在一块儿，挂起来当作幕布，这时约瑟夫有事从马房进来，他把我的成果扯下来，打了我耳光。沙哑着声音叫着：‘主人才入土，安息日还没有过完，福音的声音还在你们耳朵里响，你们居然敢玩！你们真是不知羞耻！坏孩子，坐下来！只要你们肯看，有的是好书。坐下来！想想你们的灵魂吧！’

“说了这番话，他命令我们坐好，使我们能从远处的炉火那边借来一丝暗光，好让我们看他塞给我们的那没用的经文。我无法忍受这个苦差事。我提起我这本脏书的书皮，哗啦一下，使劲儿地把它扔到狗窝里去，诅咒说我恨善书。希思克里夫把他那本也扔到同一个地方。接下来引起了一场骚动。

“‘亨德利少爷！’我们的牧师大叫，‘少爷快来呀！凯蒂小姐把《救世之盔》的封面撕下来啦，希思克里夫使劲儿踩《走向毁灭的广阔道路》的第一部分！你让他们这样下去可不得了。唉！换了老头子的话，可要好好地抽他们一顿——可他不在啦！’

“亨德利从他的炉边天堂赶了来，抓住我们两个，一个抓领子，一个抓胳膊，把我们都关在了后厨房里。约瑟夫断言，在那儿‘老魔王’一定会把我们活捉的。受到如此对待之后，我们便各自找个角落静静地等待着它降临。我从书架上伸手摸到了这本书和一瓶墨水，便把门推开一些，漏进点亮光，用写字打发了 20 分钟。可是我的同伴不耐烦了，他建议我们可以披上挤牛奶女人的外套，到旷野上跑一跑。一个挺有意思的建议。那么，要是那个坏脾气的老头进来，他也会相信他的预言出现啦，在雨里我们也不会比在这里更湿更冷的。”

我猜想凯瑟琳一定实现了她的计划，因为接下来记的是另一件事。她伤心起来了。

“我做梦都没想到亨德利会让我这么哭！”她写着，“我头好痛，痛得我躺不下去。我无法不哭。可怜的希思克里夫！亨德利骂他是流氓，再也不许他跟我们一起坐，一起吃了。而且他说，不许他和我在一起玩，又恐吓说如果我们不听话，就要把他撵出去。还怪我们的父亲（他怎么敢呀?）对希思克里夫太仁慈了，还发誓说一定要把他放到应有的地位去。”

我读着这张字迹模糊的书页，慢慢地打起瞌睡来，视线从手稿转到印刷的字上了。我看见装饰了花边的红色标题……《七十个七次和第七十一个七次的第一[①]——杰伯斯·伯兰德罕牧师在吉默屯教堂宣读的布道文》。在我模模糊糊地绞尽脑汁猜想杰伯斯·伯兰德罕牧师将怎么发挥他这个题目的时候，我却倒在床上睡着了。咳，这是倒霉的茶和坏脾气的作用啊！自从我学会吃苦以来，我记不起哪一次能和这一夜相提并论。

我开始陷入梦境里，几乎在我还没忘记自己在哪里的时候就开始做梦了。似乎是到早晨了，我往回家的路上走，约瑟夫带路。一路上，雪有好几米深。在我们挣扎着向前走的时候，我的同伴不停地指责我，惹得我心烦。他骂我没带一根拐杖，告诉我不带拐杖就永远也进不了家，还把一根大头棍在空中得意地舞动着，我明白这就是所谓的拐杖了。当时我认为，需要这么一个武器才能进自己的家是荒谬的。接着一个新的念头一闪。我并不是去那儿，我们是在长途跋涉去听那有名的杰伯斯·伯兰德罕讲“七十个七次”的经文，而不论约瑟夫，或者牧师，或是我要犯了这“第七十一个七次的第一”，就要被人当众揭发，而且被教会开除。

---

① 《新约·马太福音》第 18 张第 22-23 节：彼得问耶稣，宽恕他兄弟七次是否够了，“耶稣说：‘我对你说，不是七次，乃是到七十个七次，’”指宽恕四百九十次。此处第七十一个七次中的第一，是指第四百九十一次。每宽恕一次，指宽恕一项罪孽。

我们来到了教堂。我平日散步时真的走到过那儿两三回。它就在两山之间的一个山谷里：一个高出地面的山谷，靠近一片沼泽，据说那儿泥炭的湿气对摆放在那儿的几具死尸足以起到防腐作用。房顶至今还在，但是这里教士的收入每年只有20镑，外带一所有两间屋的房子，而且眼看可能就要决定只给一间了，所以没有一个教士愿意当牧羊人，特别是传说他的“羊群”宁可饿死他，也舍不得从他们自己的口袋里多掏出一分钱来养活他。但是，在我的梦里，杰伯斯有专心听讲的满教堂的人。他布道了……老天爷呀！什么样的一篇布道呀，共分四百九十节，每一节完全等于一篇普通的布道，每一节论述一种罪过！我怀疑这世界上所有的罪过都无法逃离他的手心。他讲解词句有他独特的方法，仿佛教友必然时时刻刻都会犯不同的罪过。这些罪过的性质千奇百怪：都是我以前从没想象过的一些古怪离奇的罪过。

啊，我是多么疲惫啊！我是怎样地折腾，打哈欠，打盹儿，却又清醒过来！我是怎样掐着自己，扎着自己，揉眼睛，站起来，又坐下，而且用胳膊肘碰约瑟夫，恨不得强迫他停止这种无聊而无谓的演讲，我是注定要听完的了。最后，他讲到“第七十一个七次的第一”。正在这时，我不由自主地站起来，痛斥杰伯斯·伯兰德罕是个犯了那种没有一个基督徒能够饶恕的罪过的罪人。

“先生，”我叫道，“我坐在这四堵墙壁中间，已经一口气听了，并宽恕了你大讲特讲的四百九十条。有七十个七次我拿起我的帽子，打算离开——有七十个七次你强迫着我又坐下。这四百九十一次可叫人受不了啦。信教的难友们，揍他呀！把他拉下来，把他捣碎，让他从此消失在这个神圣的地方吧！”

“你就是那人！”一阵严肃的沉默之后，杰伯斯从他的座垫上欠起身大叫，“七十个七次你张大嘴做怪相！七十个七次我和我的灵魂商量着！看啊，这是人类的弱点，这个也是可以赦免的！接下来是第七十一个七次的第一了。教友们，按照写定的裁决处理他吧。所有的圣徒都有这种光荣！”

话音刚落，全体会众举起他们的朝山拐杖，一起向我冲来。我没有武器用来自卫，便开始扭住约瑟夫——离我最近也最凶猛的行凶者——抢他的手杖。在人潮汇集之中，好多根棍子交叉起来，对我而来的击打却落在了别人的头上。马上整个教堂乒乒乓乓响成一片。每个人都对他邻近的人动起手来。而伯兰德罕也不甘心闲着，便在讲坛板壁上使劲儿猛敲，好发泄他的正义感，声音好响，最后竟惊醒了我，使我说不出来的放松。到底是什么东西让人联想到那极大的骚动呢？在这场吵闹中是谁扮演杰伯斯的角色呢？只不过是在狂风扫过时，一棵枞树的枝子触到了我的窗格，它的坚果在玻璃窗面上碰得嘎嘎作响而已！我满怀疑虑地倾听了一会儿，查清骚扰得我不安的就是它后翻身又睡了。又做梦了，可能的话，这个梦的导演比先前的那个更不希望我愉快。

这一回，我记得我是躺在那个橡木的套间里。我清清楚楚地听见风雪交加，我也听见那枞树枝子重复着捉弄人的声音，而且也知道这是什么原因。但是它让我的心情烦躁不安了，因此我决定如果有可能的话，把这声音止住。我觉得我起了床，并试图去打开那窗子。窗钩是被焊在钩环里的，这情况是我在醒时就看见的，可是又忘了。“不管怎么样，我非止住它不可！”我咕哝着，用拳头打穿了玻璃，伸出一支胳臂去抓那烦人的树。我的手指头没抓到它，却碰着了一只冰凉小手的手指头！梦魇的恐怖压倒了我，我极力把胳臂缩回来。可是我越用力，那只手却将我拉得越紧，一个极忧郁的声音哭泣着：“让我进去！让我进去！”

“你是谁？”我问，同时拼命想把手挣脱。

“凯瑟琳·林敦，”那声音颤抖着回答说（我为什么想到林敦？我有二十遍念到林敦时都念成恩肖了），“我回家来啦。我在旷野上走迷路啦！”在她说话时，我模模糊糊地认出一张小孩的脸在向窗里张望。恐怖使我狠了心，发现那只让人心寒的手怎么也甩不掉了，就把她的手腕拉到那个破了的玻璃面上，来回地划着，直到鲜血滴下来把床单都打湿了。可她还是哀哭着，而且还是紧紧抓住我，“让我进去！”简直要把我吓疯了。

“我怎么能够呢？”我终于说，“如果要我让你进来，先放开我！”手指松开了。我把自己的手从窗洞外抽回，赶忙把书堆得高高的挡住窗子，捂起耳朵不听那可怜的哀求，捂了有一刻钟以上。可是等我再听时，那悲惨的呼声仿佛乘其不备地又钻进了我的耳膜里。

“走开！”我喊着，“就算你求我20年，我也绝不让你进来。”

“已经20年啦。”这声音哭着说，“20年啦。我已经当了20年的流浪者啦。”

接着，外面开始了一阵轻微的刮擦声，那堆书也挪开了，好像有人把它推开似的。我想跳起来，但是四肢好像被钉在床上无法动弹，于是在惊恐中大声喊叫。使我狼狈的是我发现这喊叫声并非虚幻。一阵匆忙的脚步声走近我的卧房门口。有人使劲儿把门推开，一道光从床顶的方洞微微照进来。我坐起来还惊魂未定，并且在揩着额头上的汗。这闯进来的人好像犹豫了，自己咕噜着，最后他轻轻地说：“有人在这儿吗?”很明显他并不期望有人回答。我想最好还是承认我在这儿吧，因为我听出这是希思克里夫的口音，生怕如果我一声不吭的话，他还要进一步搜查。这样想着，我就翻身推开嵌板。我这行动所产生的影响使我永久无法忘记。

希思克里夫穿着衬衣衬裤站在门口，端着一支蜡烛，热腾腾的烛油沿着他冰凉的手指往下淌，他脸色苍白得像他身后的墙一样。那橡木门第一声轧地一响吓得他像是触了电一般：手里的蜡烛跳到了几尺远的地方，他激动得这么厉害，以至于他连拾也拾不起来。

“只是你的客人在这儿罢了，先生。”我叫出声来，为的是避免他的胆怯过分暴露而使他颜面无存。“我做了一个可怕的噩梦，不幸在睡着时叫起来了。我很抱歉打扰了你。”

“啊，上帝惩罚你，洛克伍德先生！但愿你在……”我的主人开始说话，把蜡烛放在一张椅子上，因为他发现不可能拿着它不晃。“谁把你带到这间屋子里来的?”他接着说，并用指甲掐着他自己的手心，磨着牙齿，为的是制止腭骨的颤动。“是谁带你来的?我真想把他们现在就撵出门去！”

“是你的用人，齐拉，”我边回答边跳到地板上，急急忙忙穿好衣服，“你撵，我也不管，希思克里夫先生。她活该，我猜想她是打算利用我来再证明一下这地方闹鬼了。咳，是闹鬼——满屋是妖魔鬼怪！把它关起来你是有道理的。凡是在这么一个洞里睡过觉的人是不会感激你的！”

“你是什么意思?”希思克里夫问道，“你在干吗？你既然已经在这儿了，就躺下，睡完这一夜！可是，看在老天的分上，别再发出那种可怕的叫声啦。那没法让人原谅，除非你的喉咙正在被人切断！”

“要是那个小妖精从窗子进来了，她大概会把我掐死的！”我回答说，“我再也受不起你那些热情好客的祖先们的招待了。杰伯斯·伯兰德罕牧师是不是你母亲的亲戚？还有那个疯丫头，凯瑟琳·林敦，或是恩肖，不管她姓什么吧——她一定是个容易变心的——恶毒的小灵魂！她告诉我这 20 年来她就在外面漂泊——我不怀疑，她正是罪有应得啊！”

这些话还没说完，我马上想起那本书上希思克里夫与凯瑟琳两个名字的瓜葛。这点我完全忽略了，这时才猛然想起来。我为我的粗心大意而羞愧，可是，为了表示我一点儿也没有注意到我的冒失，我连忙加一句，“事实是，先生，前半夜我在……”说到这儿我又顿住——我差点说出“阅读那些旧书”，那就表明我不但知道书中印刷的内容，而且知道那些用笔写出的内容了。因此，我纠正自己，这样往下说——“拼读刻在窗台上的名字，想用这种单调的行动促使我入睡，像数数似的，或是……”

“你这样对我滔滔不绝，到底是什么意思?”希思克里夫大吼一声，蛮性发作，“怎么？你怎么敢在我的家里？天呀！他这样说话肯定是发疯啦！”他愤怒地敲着自己的额头。

我不知道是跟他抬杠好，还是继续向他解释好。可是，他好像受了很大的打击，我都可怜他了，于是继续说我的梦，肯定地说我以前绝没有听过“凯瑟琳·林敦”这名字，但是念得过多才产生了一个印象，当我不能再约束我的想象时，这印象就化为真实了。希思克里夫在我说话的时候，慢慢地往床后靠，最后坐下来，差不多藏在了后面。但是，听他那不规则的上气不接下气的呼吸声，我估计他是在痛苦地压抑着歇斯底里的情感。我不想让他看出我已发现了他处在矛盾之中，就继续梳洗，发出很大的声音，又看看我的表，自言自语地抱怨夜太长。“还没到三点钟！我本来想发誓说已经六点了，时间在这儿停滞不动啦。我们一定是八点钟就睡了！”

“在冬天总是九点睡觉，四点起床。”我的主人说，压住一声呻吟。从他胳臂的影子的动作来看，我估计他正用手擦去眼中还未来得及掉下的眼泪。“洛克伍德先生，”他又说，“你这么早下楼也妨碍别人，你这孩子气的大叫已经把我的睡魔赶跑了，你可以到我的屋里去。”

“我也一样。”我回答，“我要在院子里走走，等到天亮我就走。你不必怕我再来麻烦。我这想交友寻乐的毛病现在治好了，无论是在乡间或在城里，一个头脑清醒的人应该知道同自己做伴就足够了。”

“愉快地做伴！”希思克里夫咕噜着，“拿着蜡烛，你爱上哪儿就上哪儿吧。我就来找你。不过，别到院子里去，狗都没拴住。大厅里，朱诺在那儿站岗，还有，不，你只能在楼梯和过道那儿散步。你去吧！我过两分钟就来。”

我答应了，就离开了这间卧室。当时，我不知道那狭窄的小屋通到哪里，就只好还站在那儿，想不到却无意亲眼看见我的房东做出一种迷信的动作。这一切令我诧异，看来他不过是表面上有头脑罢了。

他上了床，扭开窗子，一面开窗，一面涌出压抑不住的热泪。“进来吧！进来吧！”他啜泣着，“凯蒂，来吧！啊，来呀！再来一次！啊！我亲爱的！这回听我的话吧，凯蒂，最后一次！”幽灵表现出幽灵一向的反复无常。它偏偏不来！反而召唤来猛烈的暴风雪，甚至吹到了我的立足之地，而且吹灭了蜡烛。

这段发狂的话竟伴随着突然涌出的悲哀，我对他产生了怜悯之情甚至忽视了他举止的愚蠢。我躲开了，一边由于自己听到了他这番话而暗自生气，一边又因自己诉说了我那荒唐的噩梦而烦躁不安，因为就是那梦产生了这种悲痛。至于为什么会产生，我就不了解了。我小心翼翼地下楼，到了后厨房。那儿有一星火苗，被拨拢在一起，我点着了蜡烛。没有一丝动静，只有一只斑纹灰猫从灰烬里爬出来，怨声怨气地喵了一声向我打招呼。

两条长凳，摆成了半圆形，差不多把炉火围了起来。我躺在一条凳子上，老母猫跳上了另一条凳子。我们两个都在打盹儿，不料有人来捣乱，那就是约瑟夫。他放下了一个木梯，木梯经过一个活门直通阁楼里，我猜想这就是他上阁楼之路了。他恶狠狠的眼神好像对我拨弄起来的火苗有什么不满，猫咪享受了短暂的舒适后就被他从高座上撵了下去，他自己安坐在空出的位子上，开始把烟叶填进3寸长的烟斗里。我在他的圣地出现，对他而言明显是一件难以启齿的莽撞的事情。他默默地把烟管递到嘴里，胳臂交叉着，吞云吐雾。我让他享受安逸，不去打扰他。他吸完最后一口，深深地吁出一口气，站起来，像走进来时那样严肃地又走出去了。

一个轻快的步子跟着走了进来。现在，我张开口正要说早安，可又闭上了，敬礼未能完成，因为哈里顿·恩肖正在偷偷地低声做他的早祷，也就是说他在屋角找来了铲子或铁锹，要铲除外面的积雪时，他每碰到一样东西都要对它发出一连串的咒骂。他张大鼻孔向凳子后面瞄了一眼，认为对我用不着客气，就像对我那猫伴一样。看他做的准备，我猜他是允许我走了，我离开我的硬座，打算跟他走。他意识到这点，就用他的铲子头戳戳一扇黑门，无声地表示如果我要改变去处，就非走这儿不可。

那扇门通到大厅，女人们已经在那儿活动了：齐拉用一只巨大的风箱把火苗吹上烟囱。希思克里夫夫人，正跪在炉旁，借着火光读着一本书。她用手隔绝着火炉的热气，使它不伤她的眼睛，仿佛很专心地读着。只有在骂佣人不该把火星弄到她身上时，或者偶尔推开一只总是用鼻子向她脸上凑近的狗时才停止阅读。我很奇怪地看见希思克里夫也在那儿，他站在火边，背朝着我。由于他刚刚对可怜的齐拉发过一场脾气，她时不时地放下工作，提起围裙角，发出了气愤的哼哼声。

“还有你，你这没出息的……”我进去时，他正掉过头来对他的儿媳妇发作，并且在形容词后面加个无伤大雅的词儿，如鸭呀，羊呀。可是往往欲言又止，只用一个“……”来表示了。“你又在那儿搞你那些无聊的玩意儿啦！人家都能挣饭吃……你就只靠我！把你那废物丢开，找点事做！你老是在我眼前使我烦，你要得报应的……你听见没有，该死的小贱人！”

“我会把我的废物丢开，因为如果我拒绝，你还是可以强迫我扔掉的。”那少妇回答，合上她的书，把它丢在一张椅子上。“可你就是咒掉了舌头，我也是除了我愿意干的事以外，别的什么都不干！”

希思克里夫举起他的手，说话的人显然知道那只手的分量，便识趣地退到一个不会发生危险的地方。我无心观赏一场猫和狗的打架，就轻快地走向前去，好像很想在炉边取暖，完全没理会这场中断了的争吵一般。双方都还有足够的礼貌，总算暂停了进一步的敌对行为。希思克里夫不知不觉地把拳头放在他的口袋中。希思克里夫夫人噘着嘴，坐到远远的一张椅子上，在我待在那儿的一段时间里，她果然听从他的话，扮演一座石像。我没有待多久，我谢绝与他们共进早餐。等到曙光初放，我就抓紧机会，逃到外面的自由的空气里，它现在已是清爽、宁静而又寒冷，像块无形的冰一样了。

当我还没有走到花园的尽头时，房东喊住了我，他要和我一起走过旷野。亏得有他陪我，因为整个山脊仿佛是一片波涛滚滚的白色海洋。它的起伏却并不指示地面的凸凹不平：至少，许多坑是被填平了，而且整个蜿蜒的丘陵、石矿的残迹都从我昨天走过时在我心上所留下的印象上清除了。我曾注意到在路的一边，每隔六七码就有一排直立的界石，一直延伸到荒原的尽头。这些界石都竖立着，涂着石灰，为的是在黑暗中指示方向，也是为了在像现在这样一场大雪把两边的较坚实的小路弄得混淆不清时把路人引出迷途。但是，这会儿除了零零落落看得见这儿那儿有个泥点以外，这些石头存在的痕迹全消失了。我以为我是正确地沿着蜿蜒的道路向前走时，同伴却时不时地警告我向左转或向右转。

我们甚少交谈，他在画眉园林门口站住，说我到这儿就不可能走错了。我们只是以匆忙的鞠躬作为简单的告别，然后我就径直向前走去。相信我自己有能力，因为守门人的住处还没租出去。从大门到田庄是2英里，估计被我走成4英里了……由于在树林里迷了路，又陷在雪坑里被雪埋到了脖子……那种艰辛是没有经历过的人无法想象的。总之，不论我怎么样乱闯，在我进家时，钟正敲十二下。这意味着顺着往常的路由呼啸山庄回来，整整一个小时只能走1英里。

那些在家中闲待着的仆人与管家都出门来迎接我。他们早就议论纷纷认为我一定遭遇了不测，没有一个人不认为我昨晚一定被冻死了。他们刚刚还在讨论怎样寻找我的尸体。此时既然我平安归来，便不想听他们吵吵嚷嚷的，我几乎都要冻僵了。我费了很大力气才爬到楼上，换了一身干衣服，在房间里慢慢走了有半个多小时才有了暖意。我如一只孱弱的小猫窝在书房的椅子里，差一点儿就再也享受不到那炉火旁边的仆人为我煮的热腾腾的咖啡了。

第四章

我们人是多么骄傲枯燥的风向标啊！起初，我下定决心要隐居，远离一切社交，并暗自高兴自己走运，终于降在一个几乎与世隔绝的地方。但此刻我只想举起白旗投降，这便是我——一个怯懦的可怜虫，强撑着跟孤寂和消沉一直斗争，但是只一天就败下阵来。当丁恩太太将晚饭送进来时，我就装作想了解画眉山庄的各种情况，让她在我进餐时坐下来，打心底里希望她会表现出平常那种饶舌的人，能用她的闲聊引起我浓厚的兴趣，或是成为我的催眠曲。

“你来这里很长时间了吧，”我打开话头，“你之前说有16年了？”

“是18年，先生。在女主人结婚那一年，我跟来伺候她的。她过世之后，主人让我留下来做他的管家。”

“哦。”

接下来是长时间的沉默。我怕她并不是个爱说长道短的人，除非是说她自己的事，可我对那些事从来就不抱有兴趣。

不过，在沉思了一阵之后，她把拳头放在膝上，红润的脸上罩上了一层冥想的云雾，突然叹了一口气说：“唉，打那时起，这世道变化多大啊！”

“是啊！”我说道，“我猜想，你一定见过不少变迁吧？”

“见过不少啦，还见过不少伤心事呢！”她说。

“哦，我正好把话题转到我房东家来！”我心里思忖，“这倒是个做开场白的好题目——还有那个美丽的小寡妇，我很想知道她的身世。她是本地人呢，还是更可能是个外乡人？所以这些乖戾的本地人就跟她合不来了。”

我心里一直徘徊着这种想法，我问丁恩太太，为什么希思克里夫要把画眉山庄租出去，自己宁可住在与房子都相差甚远的呼啸山庄。

“难道他没钱来好好打理打理这份产业吗？”我问。

“钱有的是，先生！”她回答，“他到底有多少钱，谁也不知道，而且还在逐年递增。是啊，是啊！他有那么多钱，完全可以住一幢比这好得多的房子，可是他非常小气——手紧得很。即使他有意搬到画眉山庄来，但是一听到有个好租户，他说什么也不可能和几百英镑的进账过不去的。有的人孤身一人活在世上，想不到还会这样贪婪，实在奇怪！”

“他好像有过一个儿子吧？”

“是的，有过一个，后来死啦。”

“那位年轻女人，希思克里夫太太，就是他儿子的遗孀吧？”

“没错。”

“她原本打哪儿嫁过来的？”

“嘿，先生，她就是我过世的主人的女儿呀。凯瑟琳·林敦就是她的闺名。是我把她一手拉扯大的！我真期望希思克里夫先生能搬到这儿来住，那样我们又可以在一起了。”

“什么！凯瑟琳·林敦？”我大为吃惊地叫了起来，可是接着一想，我就确定这并不是那个变成鬼的凯瑟琳。“这么说，”我接着说，“这田庄原来的主人姓林敦了？”

“是的。”

“那么跟希思克里夫先生住在一起的那个恩肖，哈里顿·恩肖又是什么人呢？他们是亲戚吗？”

“不，他是过世的林敦太太的侄子。”

“这么说，是那位年轻太太的表兄弟？”

“是的，她的丈夫其实是她的表兄弟，一个是她母亲的亲戚，一个是她父亲的亲戚——希思克里夫娶了林敦先生的妹妹。”

“我看到，在呼啸山庄房子的大门顶上，刻有‘恩肖’这个姓。他们是个古老的家族吧？”

“非常古老，先生。哈里顿就是这个家族的最后一点血脉，就像我们的凯蒂小姐是我们的——我说的是林敦家族的最后一代一样。你去过呼啸山庄了？请原谅我这样问。因为我实在太想了解她现在的境况了。”

“希思克里夫太太吗？她看上去很好，也很漂亮，不过我看她不太快活。”

“哎呀，这我才不奇怪呢！你觉得那位主人怎么样？”

“一个相当粗暴的人，丁恩太太。他的性格就是那样吗？”

“粗暴得像锯齿，坚硬得就像岩石！你还是少跟他来往的好。”

“他一定遭受过一些不同常人的经历，所以才变得这么粗暴吧？你应该对他的一些事情有所了解吧？”

“没有比用狂人和疯子来形容他更贴切的了，先生，除了他出生在哪儿，他的父母是谁，还有当初他怎么发的财，其他事我都十分了解。还有，哈里顿像只没长齐羽毛的小鸟似的怎样被扔出来的我也了解！这可怜的孩子，在这个教区里只有他一个人不知道自己在受人欺骗。”

“哎，丁恩太太，行行好，我想听你讲一些邻居的事情。我觉得我就是上了床，也是睡不着的。所以，求你啦，坐下来聊一个钟头吧。”

“啊，当然可以，先生！我这就去拿点针线活儿来做，然后你要我坐多久都行。不过你受凉了，我看到你在打哆嗦，你得喝点粥去去寒气。”

这位好心的太太匆匆离去了，我把身子蜷成一团往炉火的方向靠近。我觉得头在发热，全身却都在发冷。加上神经和脑子都过度兴奋，几乎到了糊涂的地步。这倒没有使我感到不舒服，而是使我感到有些害怕（现在还是这样），担心昨晚和今晨发生的事会引起严重的后果。

没过多久，她就回来了，端着一碗热气腾腾的粥和一个针线篓。她把碗放在炉台上，然后又把椅子拉近，看到我这么平易近人，她显然很高兴。

在我来这儿住以前，没等我再次请求，她就讲开了她的故事。我几乎总在呼啸山庄，因为亨德利·恩肖先生，也就是哈里顿的父亲，从小就是我母亲照料的。我经常跟他们家的孩子在一起玩，有时也跑跑腿，帮忙割割草、晒晒草什么的。我成天在农庄里转来转去，随时准备干点无论是什么人差我干的杂活。

有个晴朗的夏天的早晨，我记得是开始收麦子的时候，老主人恩肖先生，一身要出门的打扮，走下楼来。在他吩咐过约瑟夫这天该干些什么活之后，转身跟亨德利、凯蒂，还有我，说起话来，因为我正和他们坐在一块儿吃粥。他先对儿子说："哎，我的好小子，我今天要去利物浦，要我给你带点什么？你挑喜欢的说吧，但只能是小东西。我是走着去，走着回来的，一趟就得走 60 英里，好远呢！"

亨德利要的是小提琴。接着他又问凯蒂小姐。那时候她还不到 6 岁，但却可以使马厩里的任何一匹马都听从于她了，她要的是一条马鞭。

恩肖先生也没有忽略我，他有一颗仁慈的心，虽说他有时候有点严厉。他答应给我买一口袋梨和苹果。然后他吻了吻他的两个孩子，说了再见，便上路了。

他走了 3 天，我们都觉得过去特别久了，小凯蒂老是问起爸爸什么时候回来。第三天晚上，恩肖夫人盼望他能在吃晚饭时到家，她把晚饭一个小时一个小时地一再拖延，但是他一点回来的预兆都没有。孩子们一趟一趟地跑到门口探望，最后都跑腻了。天渐渐黑了下来，恩肖夫人要孩子们上床睡觉去，可是他们苦苦哀求允许他们再待一会儿。在晚上十一点钟左右时，门给轻轻地打开了，主人走了进来。他一下子坐在椅子上，又是笑又是哼的，还叫他们全都站开一点儿，因为他已经快要累死了——哪怕送他英伦三岛，他也不愿再这么走一趟了。

"走到后来，就跟奔命似的！"他说着，把裹成一团、抱在怀里的大衣打开，"快来看，太太！我一辈子还没让什么弄得这么狼狈过，但是你还得把这小东西看作是上帝的赏赐来接受，虽说他这么黑黝黝的，就像是从魔鬼那儿来似的。”

我们全围了上去。我从凯蒂小姐的头上望过去，看到了一个穿得破破烂烂、肮脏的黑头发小孩。长得够大的，该会走路、说话了。的确，他那张脸看起来比凯瑟琳年龄还大呢。可是一把他放到地上，他却只能左顾右盼地向周围傻傻地望着，嘴里不断地发出让人感到莫名其妙的声音。我吓坏了，恩肖太太打算把他扔到门外去。她当真跳起身来，责问主人怎么会想到把这么个野孩子带到家里来，自己已经有两个孩子要抚养了。他到底打算拿他怎么办？他是不是疯了？

主人想解释一下这件事情，可他实在已经累得半死了。在她的一片责骂声中，我只能听出是这么回事：他在利物浦的大街上看到了这个无家可归的孩子，都快饿死了，看样子又像不会说话。他就带了他四处打听，是谁家的孩子。可是谁也不知道这是哪家的孩子，他说。他的钱和时间又都有限，想想还不如立刻把他带回家，总比在那儿白白地浪费钱、浪费时间要强。因为他已经下定决心，既然发现了他，他就不能丢下他不管。

好了，结局是我的女主人抱怨了一通后总算平静了下来。恩肖先生吩咐我给那孩子洗个澡，换身干净衣服，让他跟孩子们一起睡。

亨德利和凯蒂起初只是在一旁看着，听着，没有做什么，看到两个大人平息了战争，他们俩便开始搜起父亲的口袋来，寻找他答应给他们的礼物。亨德利已经是个 14 岁的男孩，可是当他从大衣里拉出那把已经压成碎片的小提琴时，伤心得放声大哭起来。至于凯蒂，当她得知主人因为忙于照顾那陌生孩子而丢失了她的鞭子时，就对那蠢小子咬牙切齿地啐了一口，以发泄心中的怒气，不料却换来了父亲一记重重的耳光，教训她以后举止要规矩点。

他们坚决不让他上床跟他们一起睡，甚至也不让他睡在他们的房间里。我也不比他们懂事多少，我把他放在楼梯口，盼望他明天会走得不知去向。不知是碰巧还是听到了主人的声音，那小东西竟爬到了恩肖先生的房门口，因而恩肖先生一出房门便看见了，于是便追问他为什么会到这儿来。我不得不承认是我干的好事。由于我的卑怯和狠心，我遭受了惩罚，被主人赶出门外。

这就是希思克里夫初到这一家时的情况。过了几天，待我重又回去时（因为我并不认为我已被永远逐出门外），我才知道他们已给他取名“希思克里夫”。这原本是他们一个夭折了的儿子的名字。从此，这既作为他的名字，也成了他的姓。凯蒂小姐现在跟他已经很亲近了，可是亨德利却恨他。说老实话，我也一样恨他。于是我们就可耻地折磨他，存心作弄他。我一点儿没有想到我这样做太不公平，女主人看到他受欺侮，也从来不替他说一句话。

他看来是个性格抑郁、颇能忍耐的孩子，也许是因为受尽虐待变得麻木而无动于衷了。他能忍受亨德利雨点般的拳头，不眨一下眼，也不掉一滴眼泪。我一把一把地拧他，也只能使他倒吸一口冷气，睁大眼睛，就像是他自己无意中碰痛了什么地方，谁也不能怪似的。

当老恩肖发现自己的儿子在迫害这个所谓的可怜的孤儿时，顿时为他的忍气吞声、逆来顺受暴跳如雷。奇怪的是，他出奇地喜欢希思克里夫，相信他说的每一句话（说到这一点，希思克里夫其实难得开口，而且说的也总是实话），爱他远胜过爱凯蒂。凯蒂太调皮，也太任性，够不上做宠儿。

因此，打从一开始，他的到来竟给这个家庭带来了一种不好的气氛。过了不到两年，恩肖太太去世了，这时小主人已把父亲看成一个压迫者，而不是自己的朋友。希思克里夫则被他看成是个篡夺他父亲爱心、侵占他特权的家伙。他念念不忘受到的这些伤害，心中愈来愈充满仇恨。

有一阵子我是同情他的。但是当孩子们都得了麻疹，我不得不看护他们，马上有了一种作为一个女人的责任感时，我的看法改变了。希思克里夫的病情非常不乐观，在他病势最严重时，他总是要我陪在他的枕边。我想他一定觉得我帮了他不少忙，他没有想到其实我是迫不得已才去照料他的。不过，不得不承认，他是一个做保姆的从来没有管过的最安静的孩子。他跟另外两个孩子不一样，这不能不使我减少了一点偏心。凯蒂跟她哥哥害苦了我，他却好像一只不谙人世的小羔羊似的，从来就没有抱怨——虽说他很少麻烦人是由于倔强，而不是出于温顺。

他得以死里逃生，医生说多半亏了有我照顾，称赞我看护得好。我听了他的赞扬非常得意，对这个使我受到赞扬的人，我的心也就软下来了。这样一来，亨德利也因为没有了最后一个同盟者而显得势单力薄了。不过，我还是没能特别喜欢上希思克里夫，而且我常常觉得奇怪，我的主人在这个忧郁的孩子身上到底发现了什么，会这么溺爱他。在我的记忆中，对他的宠爱，这个孩子好像觉得理所当然而不曾表示感激。倒不是对他的恩人放肆无礼，他只是对他的宠爱无动于衷。虽然他完全知道，他已经攫住了那老人的心，而且也知道只要他一说话，全家人便不能不依着他。

举一个例子来说吧。我记得有一次恩肖先生从教区的集市上买回来一对小马，给两个男孩一人一匹。希思克里夫挑走了漂亮的一匹，可是没过多久，他那匹马的脚就跛了。他发现后，就对亨德利说："你得把你的马换给我，我不喜欢我的那匹。你要是不肯，我就去告诉你父亲，说你这个星期打了我三次。我还要给他看看我的手臂，从手臂到肩膀全是瘀青。"

亨德利吐了吐舌头，又给了他一个耳光。

"你还是马上换给我的好，"他边朝门廊逃去，边坚持说（他们是在马厩里），"你没有选择，非给我换不可，要是我把你打我的事说出来，你就得连本带利挨一顿打。"

"滚开，狗！"亨德利大声骂道，抓起一个称土豆和干草的秤砣来威吓他。

"你扔吧！"他满不在乎地站在那儿回答说，"我还要告诉他，你曾夸口说，等他一死，你就要把我赶出门外。我倒想看看，他会不会先把你立刻赶出门外。"

亨德利真的扔过去了，秤砣击中他的胸口，他一头倒了下去，可是立即又摇摇晃晃地站了起来。他脸色煞白，气都喘不过来了。要不是我出面劝阻，他只要到主人那里，让他身上的伤痕替他申诉一番，再说出这是谁干的好事，他就能完全报了这个仇。

“那就把我的马拿去吧，野小子！”小恩肖说，“希望它能为主报仇摔断你的脖子。你就骑了它下地狱吧。你这闯进我家来要饭的无赖！你把我父亲的一切都骗走好了，只是以后你得让他看看你的真面目，小魔鬼。你就拿去吧，我但愿它踢出你的脑浆来！”

希思克里夫自顾自去解开马缰，把小恩肖的马牵到自己的马厩里。他正从马后面走过，猝不及防地被亨德利一拳打倒在马蹄下。亨德利用这种泄愤的方式来取代咒骂，接着便飞快地跑掉了，甚至没停下来看一看他是不是已经如愿以偿。

让我感到惊诧的是，这孩子的勇敢完全超出了我的想象。他挣扎着站起身来，接着做他自己的事，把马鞍子换上之类的。做完这一切，他才在一垛干草上坐了下来，似乎在等待那一拳的疼痛像水一样慢慢地蒸发掉，才回到屋里。

他好像将这样的忍受当成了自己应该做的事，我没有多费口舌劝说他就同意了，说是小马把他弄伤的。他根本就不在乎说何种谎言，反正他想要的已经到手了。一直以来他都好像没有因为这种事情去告过状，这让我觉得他是一个不怎么记仇的人。我想他彻底蒙骗了我，你继续听下去就会明白了。

第五章

不知不觉时间就过去了，恩肖先生一天比一天衰老。他身体原本很健康，但人们感觉到他那旺盛的精力正悄悄地从他的身体上消散。当他只能待在壁炉的角落中度日时，他那暴躁的坏脾气简直让人无法忍受。他会因为一点儿小事就动怒，而且总认为别人在挑衅他的威严，气得几乎都要发疯。倘若有人想要为难或欺负希思克里夫，他就会暴怒。他万分痛苦地怀疑着，担心别人说一句关于他的坏话。好像有这样一个想法盘踞在他的脑子里：由于他自己喜欢希思克里夫，其他人就都怨恨他，而且都想报复他。这对那孩子非常不利。由于我们这些内心和善的人并不想惹主人动怒，因此我们便做他喜欢的事。迁就可大大地滋长了这孩子的孤傲和乖僻。有两三次，亨德利在他父亲的面前，表现出鄙视那孩子的长相，使老人家大发雷霆，他抓住手杖要打亨德利，却由于力不从心，只能气得发抖。

最后，我们的副牧师（那时候我们有两个副牧师，靠教林敦和恩肖两家的小孩子读书，以及自己种一块地为生）出主意说，该把这年轻人送到大学去了。恩肖先生同意了，虽然他心情很不畅快，因为他说："亨德利没出息，他永远不会发迹的。不管他流浪到哪儿。"

我衷心地祈祷我们家以后可以和和睦睦的。一想到主人自己做下善事，却搞得一切都别别扭扭的，我就伤心。我猜想他晚年的不愉快而且多病，都是由于家庭不和而来。事实上他自己也是那么想的。真的，先生，你知道这日渐衰老的骨架里头就藏着这块心病。其实，要不是为了两个人，凯蒂小姐和那佣人约瑟夫，我们还可以勉强相处下去。我敢说，你在那边看见过他的。他过去是，现在八成还是，翻遍《圣经》都难再找出来的，一个把恩赐都归功于自己，把诅咒都丢给他人的最讨厌的、自以为是的法利赛人。约瑟夫极力凭着花言巧语和虔诚的说教，给恩肖先生一个极好的印象。主人越衰弱，他的势力越大。他毫无怜悯心地折磨主人，大谈他的灵魂，以及如何对孩子们严加看管。他怂恿主人把亨德利当作堕落的人，而且，还把编造事端去抱怨希思克里夫和凯瑟琳作为每天晚上的娱乐节目，当然更不会忘记在后者的天平上放下更重的过错的筹码，以迎合恩肖的弱点。

当然，凯瑟琳也有些怪脾气，那是我在其他的孩子身上从未发现过的。她在一天内可以让我们所有的人不止五十次地失去耐心，从她一下楼起直到上床睡觉为止，总是在淘气，搅得我们没有一分钟的安宁。她总是兴高采烈，舌头没有个停息的时候，唱呀，笑呀，谁不附和着她，她就纠缠不休，真是个又野又坏的小姑娘。可是在教区内就数她有最漂亮的眼睛，最甜蜜的微笑，最轻巧的步子。话说回来，我坚信她并没有恶意，因为她如果把你真惹哭了，她就很少不陪着你哭，到头来反而使你觉得错在自己，而不得不静下来去哄她高兴。她非常喜欢希思克里夫。我们如果真要惩罚她，最厉害的一招就是把他俩分开，可是为了他，她比我们挨了更多的骂。在玩的时候，她特别喜欢当小主妇，任性地做这个那个，而且对同伴们发号施令。她对我也这样，可是我难以忍受充当杂差和听任差遣，所以，我也叫她精明点。不过，恩肖先生不理解孩子们的嬉笑，他们在一起时，他总是严肃而庄重的。在凯瑟琳这方面，她不明白父亲为什么如今衰弱时，却比在盛年时脾气更暴躁，耐性更少。他那暴躁的责备反而唤起她想逗乐的情趣，故意去激怒她父亲。她最高兴的是我们在一起骂她，她反而露出大胆、无礼的神气，以机灵的话语对抗我们。她把约瑟夫的虔诚的诅咒编成笑料，捉弄我，干她父亲最恨的事——炫耀她那假装出来的（而他却信以为真的）傲慢比他的慈爱对希思克里夫更有力量，炫耀她能使这个男孩对自己唯命是从。而对他的命令，除非符合自己的心意，否则都一概视若无睹。在干尽了一整天坏事后，有时到晚上，她又来撒娇想要和解。“不，凯蒂，”老人家说，“我不能爱你。你比你哥哥还坏。去祷告吧，孩子，求上帝宽恕你。我想，你母亲和我一定会后悔生养了你呢！”起初，这话还使她哭一场，后来，由于经常受训斥，她的心肠也变硬了。要是我让她说因为自己的错误而觉得羞愧，要求父亲原谅，她反而会大笑起来。

但是，恩肖先生割断对尘世烦恼和留恋的时刻终于来了。在10月的一个晚上，他坐在炉边椅上宁静地死去了。大风在外咆哮，并在烟囱里怒吼，听起来狂暴猛烈，天却不冷。那时，我们都在一起：我离火炉稍远，忙着织毛衣，约瑟夫依靠着桌子在读他的圣经（因为那时候佣人们做完了事之后经常坐在屋里的）。凯蒂小姐病了，这使她安静下来。她靠在父亲的膝前，希思克里夫躺在地板上，头枕着她的腿。我记得主人在打盹儿之前，还轻抚着她那漂亮的头发……看到她这么温顺，他难得的高兴，而且说着：“做一个好姑娘不行吗，凯蒂？”她扬起脸来向他大笑着回答：“你为什么不能永远做一个好男人呢，父亲？”但是一看见他又恼了，凯蒂就去亲他的手，还说要唱支歌使他入睡。她开始低声唱着，一直把父亲的手指唱得从她手中滑落下来，滑落到永恒的梦乡。他头垂在胸前，这时我告诉她要住声，也别动弹，怕她吵醒了他。我们都像耗子似的一声不响，整整半个钟头。本来还可以待得更久些，只是约瑟夫读完了那一章，站起来说，他得把主人唤醒，让他做了祷告，去床上睡觉。他走上前去，呼唤主人，碰碰他的肩膀，可是他不动，于是，他拿支蜡烛看他。他放下蜡烛的时候，我预感要出事了。他一手抓着一个孩子的胳臂，小声跟他们说，快上楼去，别出声，这一晚他们可以自己祷告，他还有事。

“我要先跟父亲说声晚安。”凯瑟琳说。我们已来不及拦住她了，她已一下子伸出胳臂，搂住了他的脖子。这可怜的人马上发现了她失去了亲人，就尖声大叫：“啊，他死啦，希思克里夫！他死啦！”他们两人就放声大哭，哭得令人心碎。

我像他们一样发出悲痛的哭声，但约瑟夫劝我们说，对一位已经升天的圣人来说，这样的哭声反而会使一个安息的灵魂感到不悦。他让我穿上外套，快到吉默屯去请医生和牧师。当时，我完全不明白请他们来的作用，但我依旧冒着风雨去了，把医生请到家中，而牧师说他明天一早到。约瑟夫把情况向医生讲明，而我去孩子们的房间照顾他们。门没有上锁，尽管半夜已经很深了，但因为这件事他们难以入睡，因此显得异常安静，我没有必要再安慰他们了。这两个小家伙正在用我想象不到的更美的话语安慰着彼此。世上没有哪一个牧师，能够将天堂描绘得如他们在天真的话语中所描绘的那般美丽，我一边听着，一边哭泣，那时不由自主地想如果我们大家可以一起去天堂该有多好啊。

第六章

亨德利先生回来奔丧了。可是有一件事让大家大吃一惊，也惹得邻里乡亲议论纷纷——他带了一位妻子回来。她是做什么的？家是哪里的？我们从未听他提起过。或许她不仅没有钱财，而且出身也不高贵吧，否则婚姻这样的大事他是不可能向父亲隐瞒的。她并非那种因为自己让全家上下都不得安宁的人。她刚一进门，看到的每件东西，一切发生在她身边的事情，都使她感到快乐——除了准备出殡的事情和接待吊唁者之外。

根据她在做这两件事情时的举止，我推测她一点儿也不聪明，甚至精神上可能有些问题。她跑到自己的房中，非得让我陪着她，尽管那时我要帮孩子们穿丧服。她坐在屋里浑身直哆嗦，紧握着双手，一次又一次地问："他们有没有走？"

之后，她神经质地说个不停，说到看见黑色对她会有什么影响。她惊慌，颤抖，最后索性哭了起来——当我问她是怎么回事时，她说她自己也不知道，只觉得她太害怕了！

我想她跟我一样，不可能马上就死去。她很瘦，可是年轻，气色很好，一双眼睛像钻石似的闪闪发光。当然，我确实也注意到她上楼时呼吸急促，一丁点儿轻微的突然声响，就会吓得她浑身发抖，而且有时候咳嗽得很厉害。可是我丝毫不懂这些症状意味着什么，也没有想到要给她一点儿同情。一般来说，我们没有跟外地人太过亲近的习惯，洛克伍德先生，除非他们先跟我们亲近。

一别三年，小恩肖大大地变样了。他瘦了些，脸上失去了血色，谈吐、衣着都跟以前大相径庭。就在他回来那天，他交代约瑟夫和我今后必须待在后面的厨房里，把正屋留给他。的确，他原本想收拾出一个空房间，铺上地毯，糊上墙纸，用作小客厅。可是他的妻子对正屋里那白石地面，那火光熊熊的大壁炉，那白盘子和白釉蓝彩的锡釉陶瓷容器，还有那狗窝，以及对他们常坐的可供活动的宽阔空间，都表现出这样的喜爱。所以他认为，为了妻子的舒适另外再安排一间客厅，已经没有必要，也就放弃了这一念头。

亨德利的妻子也没想到刚进了陌生的家门就能找到一个可爱的小妹妹，她非常高兴。开始时，她和凯瑟琳没完没了地闲扯，吻她，跟着她到处跑，还送给她好多礼物。可是没多长时间，她的这种喜爱之情就消退了。当她变得越来越乖戾时，亨德利也变得专横暴虐了。只要她说上几个字，表露出她不喜欢希思克里夫，就足以点燃他对这孩子所有旧恨的导火线。他不让他跟他们在一起，把他赶到仆人们那儿，禁止他再去听牧师讲课，硬要叫他到户外去劳动，强迫他跟庄园里其他小伙子那样干重活。

开始，这孩子还能忍受这种贬黜的待遇，因为凯瑟琳把她听课时学到的都教给他，还陪他在地里干活或玩耍。看来他们大有长成两个“野人”的希望。小主人对他们的言谈举止一概不闻不问，所以他们也正合心意地躲开他。他甚至对他们星期天是否去教堂也不加关心，只有在约瑟夫和牧师发现他们不在，责怪他太放纵他们时，这才提醒他下令给希思克里夫一顿鞭打，让凯瑟琳饿一顿午饭或晚饭。

可是他们最大的乐趣是，打从一大早就到荒原上，在那儿待上一整天，而事后的惩罚，倒成了可笑的一桩小事了。牧师尽可以随心所欲地规定凯瑟琳得背诵多少章《圣经》，约瑟夫尽可以把希思克里夫抽打到自己胳臂酸痛，可是只要他们又聚到一起时，他们便立刻忘掉了所有，至少在他们酝酿出一个淘气的报复计划时，他们就把什么都忘了。看到他们一天比一天胡来，我又不敢对他们多说半句，生怕这样一说，就会毁掉我在那两个没人爱怜的小家伙身上的那点影响，我暗地里不知哭了多少次。

一个星期天晚上，他们习以为常地因为偶尔的吵闹或者一些屡犯不改的小过失，被赶出了起居室。到了我去叫他们吃晚饭时，哪儿也找不到他们了。

我们从上到下找遍了整幢房子，连院子和马厩都找了，也不见他们的踪影。最后，亨德利发着脾气，吩咐我们闩上大门，发誓说这天晚上谁也不许放他们进来。

全家人都去睡了，可我急得怎么也躺不下来，便打开窗子，竖起耳朵搜索窗外的动静，虽说外面正下着雨。我下定决心，要是他俩回来，我就不顾禁令，让他们进来。

过了一会儿，我听到路上有脚步声过来，一盏提灯的光透进了栅栏门。我往头上披一块披巾，赶紧奔了出去，免得他们敲门时把恩肖先生吵醒。只有希思克里夫一个人。我看到只有他一个人，吓了一大跳。

“凯瑟琳小姐呢？”我急忙大声问道，“我希望，没出什么事吧？”

“她在画眉山庄，”他回答说，“本来我也想留在那儿，可是他们毫无礼貌，没有留我。”

“好啊，这下你可要倒霉啦！”我说，“不到人家把你撵走，你是不会善罢甘休的。你们究竟怎么会闲逛到画眉山庄去的？”

“先让我脱掉湿衣服，再告诉你这一切吧，艾伦。”他回答说。

我叫他小心别吵醒了主人。在他脱衣服，我等着吹灭烛火时，他接着说：“凯蒂和我从洗衣房逃了出去，想自由自在地游荡一番。后来看到画眉山庄闪亮的灯火，我们想我们正好去看看，林敦家的小孩星期天晚上是不是也站在墙角发抖，而他们的父母却坐在那儿又吃又喝，又唱又笑，在壁炉跟前烤火烤得连眉毛都要烧着了？你觉得他们家是这样的吗？还是在朗诵经文，接受他们家男仆的教义考问，要是没有答对，就要受罚背一大串《圣经》上的名字？”

“那应该不会吧。”我回答说，“不用说，他们都是好孩子，不会像你们那样因为做坏事受罚。”

“你别说假话了，艾伦，”他说，“全是废话！我们从山庄的最高处一直跑到他们家的林苑。在这场赛跑中，凯瑟琳完全输了，因为她后来是光着脚跑的。她的鞋子掉到了泥沼地里，你明天还得帮她找呢。我们从一个破篱笆洞里钻了进去，沿着小径一路摸索前进，最后在窗子下面一片开满花的地上停了下来。灯光就是从那儿射出来的。他们没有关上百叶窗，窗帘也只是半掩着。我们俩站在墙根的地上，双手扒着窗台边，就能看到里面，啊，可真美，一个漂亮的房间，铺着深红色的地毯，桌椅也都罩有深红色的套子，纯白色的天花板镶着金边，一大堆银链子穿着的吊灯玻璃坠子从中间垂挂下来，小蜡烛把柔和的光线洒在上面，变得闪闪发光。林敦先生和林敦太太都不在这儿，整个屋子里只有埃德加和他妹妹两人。他们还不该快乐吗？要是我们肯定会以为自己已经到了天堂了！可是你猜猜，你的好孩子在干些什么？伊莎贝拉——我觉得她已有 11 岁，比凯蒂小 1 岁——躺在屋子的那头在尖声大叫，叫得就像有巫婆用烧红的针刺进她的身子似的。埃德加则站在壁炉边，在默默地哭泣。桌子中间坐着一条小狗，抖着爪子，汪汪叫着。从他们的相互责骂中，我们才知道这条小狗差一点儿让他们拉成两半。这两个白痴！这就是他们的乐趣！为了争该谁抱这堆暖烘烘的绒毛，到了后来两人全哭了，因为你争我夺一番之后，两人全都不要这条狗了。对这么两个宝贝我们忍不住笑出声来。我们的确看不起他们！你什么时候看到我抢夺过凯瑟琳要的东西？或者看到我们又哭又叫，在地上打滚，一间屋子一头一个，把这当作我们的乐趣？就是给我一千条生命，我也不愿意用我们的快乐与画眉山庄的一切交换。哪怕让我有权把约瑟夫从最高的屋顶尖上扔下来，把亨德利的血涂满屋子的正面，我也不干！”

“嘘！嘘！”我打断了他的话，“希思克里夫，你还没告诉我，凯瑟琳怎么会给丢下的呀？”

“我刚才告诉过你，我们笑出声来了。”他回答说，“林敦兄妹听到我们的笑声，一齐像箭似的奔向门口。先是一声不吭，接着便大喊起来：‘啊，妈妈，妈妈！啊，爸爸！啊，妈妈！快来呀！啊，爸爸，啊！’他们好像看见了小偷一样干号了一会儿。我们故意发出可怕的声音，把他们吓得更厉害。接着我们就从窗台边上下来，因为有人在开门闩，我们想还是赶快逃掉的好。我抓着凯蒂的手，拖着她逃跑，但是由于太匆忙，她一不小心就摔倒了。

“‘快跑，希思克里夫！快跑！’她悄声说，‘他们把斗牛狗[1]放出来了，它咬住我了！’

“那畜生已经咬住了她的脚踝，艾伦。我听到了它那让人憎恶的鼻息声。她没有叫出声来。不！她哪怕给挑在疯牛角上，也不屑叫喊的。可是我大声叫了起来，我发出一连串咒骂，这足以把基督教王国里的任何一个魔鬼都咒死。我捡起一块石头塞到了那狗的嘴里，还用尽平生之力一直把石头堵进它的喉咙。终于，有个狗奴才提着盏提灯奔出来嚷道：‘咬住，偷袭手[2]，咬紧喽！’

“可是等他看清偷袭手咬住的猎物，他的音调就变了。狗的喉咙已被卡住，它那紫红色的大舌头拖在嘴外足有半尺长，下挂的嘴唇淌着带血的口水。

“那人抱起了凯蒂。她已昏迷过去，我敢肯定这不是吓的，而是痛昏过去了。他把她抱进屋去，我在后面跟着，嘴里喃喃自语吐出了无数要报仇的咒骂。

“‘逮住什么了，罗伯特？’林敦在门口大声问道。

“‘偷袭手抓住了一个小姑娘，先生，’他回答说，‘这儿还有一个男孩，’他又加了一句，一把抓住了我，‘他倒像个内行！很可能等我们大家都睡了，强盗就差他们从窗子进来，给他们开门，让他们毫不费力地把我们干掉。闭嘴，你这嘴巴不干不净的贼，你！你要为这上绞架！林敦先生，你先别把枪收起来。’

“‘不，不，罗伯特，’那老浑蛋说，‘这班流氓知道昨天是我收租的日子，他们想用诡计暗算我。进来吧，我要好好招待招待他们。约

---

① 一种头大毛短、身体结实的猛犬。
② 狗的名字。

翰，把链子扣上。给偷袭手喝点水，詹妮。居然胆敢来冒犯一位行政长官，而且在他的公馆里，还是在安息日！这样无法无天我们还能容忍吗？啊，我亲爱的玛丽，你过来看！别害怕，这只是个男孩子，可是这小流氓明摆着是一脸凶相。趁他们只在脸上还没有在行动上露出本性时，就马上把他们绞死，这不是给乡里做了一件好事吗？'

"他把我拉到吊灯底下。林敦太太把眼镜架到鼻梁上，吓得举起了双手。那两个孩子惊魂未定，颤颤巍巍地又爬近了一些。伊莎贝拉口齿不清地说：'多恐怖的东西！快把他关到地窖里去吧，爸爸。他活像那个偷我们家驯雉的算命人的儿子。不就是他吗，埃德加？'

"他们正在检查我时，凯蒂醒过来了。她听到最后一句话，笑了起来。埃德加·林敦好奇地朝她瞪着眼。总算他还有点印象，认出她来了。你知道他们在教堂里见过我们，虽说我们极少在别的地方碰面。

"'这是恩肖小姐！'他悄声对自己的母亲说，'瞧，偷袭手把她咬成了这个样子,她的脚一直在流血呢！'

"'恩肖小姐？胡说！'那位太太嚷了起来，'恩肖小姐怎么可能和一个野小子在荒野地里乱跑？不过，亲爱的，这孩子穿着孝服呢，果然是的，她恐怕要终生残疾了。'

"'她哥哥这样不关心她太不负责了！'林敦先生大声说，扔下我去看凯瑟琳，'我听希尔德斯说（希尔德斯就是那个牧师），他任由她在不受任何约束的不信教生活中长大。可这又是谁呢？她从哪儿找来这个同伴？哦！我敢断定，他就是我那位已故的老邻居从利物浦带回来的那个小怪物——一个小东印度水手，或者是哪个美国人或西班牙人的弃儿。'

"'不管怎么说，反正是个坏孩子，'那个老太太说，'完全不配在体面人家！你留意听他的话没有，林敦？要让我的孩子听到这些话，那我可要吓坏了。'我又咒天咒地地骂开了——别生气，艾伦——于是他们就吩咐罗伯特把我带走。凯蒂不一起走，我坚决不走。他硬把我拖到花园，把提灯塞到我手里，还说一定要告知恩肖先生我这种恶劣的行为，说完吩咐我马上离开，然后就关紧了大门。窗帘还卷起一角，接着我又把眼睛凑到缝隙里偷看起来。因为如果凯瑟琳希望回家，我就打算把他们的大玻璃砸个粉碎，除非他们让她出来。

“她安安静静地坐在沙发上。林敦太太为她脱下那条脏兮兮的灰色外套，那是我们为了出游向挤奶女人借来的。她还摇着头，我猜是在劝告她吧。她是一位小姐，我们受到的对待就截然不同了。接着，有个女仆端来了一盆热水，替她洗了脚。林敦先生给她调了一杯尼格斯甜酒[①]，伊莎贝拉又往她怀里倒了满满一盘饼干，埃德加则远远地站在一边，张大嘴巴傻看着。后来，他们帮她擦干美丽的头发，给她梳了头，给了她一双大拖鞋，还把她推到壁炉跟前取暖。于是我也就让她留下了，我看她欢快极了，把吃的东西分给一只小狗和偷袭手，还一边吃一边捏捏偷袭手的鼻子。她使得林敦一家人那失神的蓝眼睛里燃起了一点精神振奋的火花，是她那张迷人的脸激起的淡淡涟漪。我看到他们一个个满是呆头呆脑的惊羡表情。她胜过他们不知多少倍，也胜过世上的任何人，不是吗，艾伦？”

“这件事比你想象的要严重得多呢！”我回答说，替他盖上被子，熄了灯，“你这下没救啦，希思克里夫。亨德利先生下一步一定会采取严厉的办法对付你们的，看他会不会吧！”

我的结论比我所预料的要精准得多。恩肖对这次不幸的冒险行为十分恼火。第二天为了补救这次过失林敦先生专门到府上来拜访，向年轻的主人传授了很多治家的良策，这点醒了他，也让他对家里的一切事都变得认真起来。希思克里夫尽管没有受到体罚，但是受到了警告：打那天起，他一句话都不可以对凯瑟琳小姐说，否则就立刻被赶出家门。另外，当凯瑟琳回来之后，恩肖太太就承担起管束小姑子的责任，不过要使用诡计而并非采取强制手段。因为她已经意识到强硬手段是绝对行不通的。

---

① 由葡萄酒、热水、糖、柠檬汁和肉豆蔻等掺和而成。

第七章

凯蒂在画眉山庄住了将近两个月，到了圣诞节主人打算把她接回来。到那时，她脚踝的伤已经彻底好了，举止也变得文雅了。在这两个月里，女主人经常去看望她，并且开始实施她的改造计划。她首先用恭维的话和漂亮的衣服得到了小姑子的欢心，凯蒂非常开心地接受了。这时她已经不是那个不戴帽子跑到屋里来，将我们搂得呼吸都困难的野丫头了，而是坐在一匹英俊的小黑马上的举止端庄的淑女。她戴着装饰着羽毛的海狸皮帽子，棕色的发卷垂在双肩上，一件长长的布质骑马服凸显着她漂亮的身材。她将裙摆用双手提起来，美丽大方地走进来。亨德利将她从马上扶下来时，兴奋地惊叫道："天啊，凯蒂，我快要认不出你了，你简直是个小仙女啊！此时你就像是一个贵妇人。伊莎贝拉·林敦是没法跟你比的，是不是，弗兰西斯？"

"伊莎贝拉没有她的天生丽质，"他的妻子回答，"可是她得记住，在这儿可不要再变野了。艾伦，帮凯瑟琳小姐脱掉外衣。别动，亲爱的，你会把你的头发卷弄乱的。让我把你的帽子解开吧。"

我脱下她的骑马服，里面露出了一件大方格子的丝长袍和一条白裤，还有亮光光的皮鞋。那些狗也跳上来欢迎她，她的眼中闪烁着喜悦的光芒，可她不敢摸它们，生怕狗会扑到她漂亮的衣服上。她很温柔地亲我，我身上全是面粉，正做着圣诞节蛋糕，没法拥抱我。然后她就四下里望着想找希思克里夫。恩肖先生和夫人很迫切地注视着他们的见面，认为这多少可以使他们判断，他们是否有必要把这两个朋友分开。

开始，找不到希思克里夫。如果他在凯瑟琳留宿在林敦家之前就是邋里邋遢没人管的话，那么，后来他也许更糟上十倍。除了我以外，甚至没有人肯叫他一声脏孩子，也没有人让他一星期去洗一次澡，像他这样大的孩子是很少对肥皂和水有天生的兴趣的。因此，他身上穿着满是泥巴和灰土的三个月不换的衣服已经不是什么稀奇的事，更不用提他那与干净和整齐无缘的头发，即使是他那张黑脸和黑手也足以让人敬而远之。他看到走进屋来的是这么一个漂亮而文雅的小姐，而不是像他所期望的，跟他配得上的一个披头散发的人，他只好躲在高背椅子后面了。

“希思克里夫不在这儿吗?”她问，脱下了她的手套，露出了她那由于待在屋里不干活而显得特别白的手指头。

“希思克里夫，你可以走过来，”亨德利先生喊着，看到他的狼狈相很是欢喜，望着他将无可奈何地以一个令人憎恶的小流氓的模样出场而感到心满意足，“你可以来，像那些佣人一样来欢迎欢迎凯瑟琳小姐。”

凯蒂一瞅见她的朋友躲在那儿，便飞奔过去拥抱他。她在一秒钟内在他脸上亲了七八下，然后停住了，往后退，放声大笑，嚷道：“怎么啦？你满脸的不高兴！而且多——多可笑又可怕呀！可能是因为我看惯了埃德加和伊莎贝拉·林敦啦。好呀，希思克里夫，你把我忘了吗?”

她有理由提出这个问题，因为羞耻和自尊心像两块巨石压在了他的身上，使他动弹不得。

“握一下手吧，希思克里夫。”恩肖先生一脸鄙夷地说，“偶尔一次，还是允许的。”

“我不!”这男孩终于开口了，“我可受不了让人笑话。我受不了!”他想要从人群里走开，但是凯蒂小姐又把他拉住了。

“我并没有想笑你呀，”她说，“刚才我是太开心才忍不住笑出来的。希思克里夫，至少能握个手吧！你干吗不高兴呢？只因为你看着有点古怪罢了。要是你洗洗脸，刷刷头发，就会好的，但是你这么脏！”

她关切地盯着握在自己手里的黑手指头，又看看自己的衣服，怕自己的衣服和他的衣服一碰上会变脏。

“你用不着碰我！”他回答，看到她的眼色，就把手抽回来了，“我高兴怎么脏就怎么脏，我喜欢脏，我就是要脏！”

他说完，就一头冲出屋子，使主人和女主人很是开心，而凯瑟琳则十分不安。她难以理解她的话怎么会惹出这么一场坏脾气的爆发。

我作为女仆侍候了这位新来的人以后，把蛋糕放在烘炉里，在大厅与厨房里都升起了旺火，搞得很像过圣诞节的样子。做完事了，我准备坐下来，唱几支圣诞歌来使自己开开心，也不管约瑟夫断言说什么我所选的欢乐的调子根本够不上是歌。他已经返回卧房独自祷告去了，恩肖夫妇正在用那些为她买来送给小林敦兄妹的琳琅满目的漂亮小玩意儿，吸引她的注意力，这些是用来回谢他们的招待的。他们已经邀请小林敦兄妹第二天来呼啸山庄，这邀请已经被接受了，不过有个条件：林敦夫人请求把她的宝贝儿们和那个“顽皮、好咒骂人的男孩”隔开。

因此，就留下我一个人在这里。我闻着烂熟了的香料的浓郁香气，欣赏着那些闪亮的厨房用具，用冬青叶装饰着的擦亮了的钟，排列在盘里的银盆——它们是准备用来在晚餐时倒加香料麦酒的。我最陶醉的还是经过我的精心擦洗而变得光洁无瑕的东西，就是那洗过扫过的地板。我暗自对每样东西都恰如其分地赞美一番，于是我就回忆起老恩肖从前在一切收拾停当时，总是走进来，说我是假正经的姑娘，而且把一个先令塞到我手里当作圣诞节的礼物。从这儿，我又想起他因为对希思克里夫的喜爱，害怕死后希思克里夫会没人照料，于是我很自然地就接着想到现在这可怜的孩子的地位。我唱着唱着，哭起来了。但是一会儿我就猛然想到，弥补一下他所受到的委屈，总比为这些事掉眼泪更能使我的心安稳些。我站起来，到院子里去找他，他就在不远的地方。我发现他在马厩里给新买的小马抚平那有光泽的毛皮，并且同往常一样正在喂别的牲口。

“快，希思克里夫！”我说，“厨房里挺舒服。约瑟夫在楼上呢。

快，让我在凯蒂小姐出来之前把你打扮得漂漂亮亮的，那你们就可以坐在一起，整个火炉归你们，而且可以长谈到睡觉的时候。”

他仿佛把我当成隐形人一样，继续干自己的事。

“来呀，你来不来呀？”我继续说，“你们两个一人一小块蛋糕，差不多够了，你得要半个钟头才能打扮好。”

我等了5分钟，但依然得不到回答，就走开了。凯瑟琳和她的哥哥嫂嫂在一块儿吃晚饭。约瑟夫和我合吃了一顿不和气的饭，一方在申斥，另一方也毫不客气。他的蛋糕和干酪保持着原样，像是神桌上的贡品。他干活一直干到九点钟，然后一声不吭、执拗地走进他的卧房。凯蒂待到很迟的时候，为了接待她的新朋友们吩咐了一大堆事情。她到厨房来过一次，想跟她的老朋友说话，可是他却不在，她只问了一下他是怎么回事，就又回去了。

第二天早晨，他起得很早，那天正是假日，他闷闷不乐地去了那片他们曾经一起游玩的旷野，仿佛故意等全家都去了教堂之后才回来。饥饿和思索似乎使他的兴致好一点儿。他跟了我一阵儿，然后鼓起勇气，突然高声说：“艾伦，把我打扮得体面些，我要学好啦！”

“正是时候，希思克里夫，”我说，“你已经把凯瑟琳搞伤心啦，她很后悔回家来。我敢这么说！看来好像是你忌妒她似的，只是因为她比你多被人关心些。”

这忌妒凯瑟琳的念头他是不能理解的，可是使她伤心这个想法他却十分明白。

“她说她伤心啦？”他追问后，一脸严肃。

“你又走掉了，今天早上我才告诉她，那时候她哭啦。”

“唉，我昨天夜里也哭了，”他回答，“我比她更有理由哭。”

“是啊，你是有理由带着一颗骄傲的心和一个空肚子上床的。”我说，“骄傲的人常给自己招来悲哀。不过，如果你能收敛你那暴躁的脾气并为之忏悔的话，记住，在她进来的时候，你必须得走过去要求亲亲她，你一定得道歉，而且说——你很知道该说什么。只是要诚心诚意地去做，不要以为她穿了漂亮的衣服就变成陌生人了。现在，尽管我还要把午饭准备好，但我还是有时间把你打扮好，好让埃德加·林敦在你旁边变得像个洋娃娃，他是像洋娃娃。你虽然比他小，可是，我可以断定，你高些，肩膀也比他宽一倍，你可以在毫不费力的一眨眼工夫就把他打倒，你不觉得你行吗？”

希思克里夫的表情刚刚才风和日丽，但随即又被阴霾笼罩了，他叹了一口气。

“可是，艾伦，即使我把他打倒二十回，也不会使他难看些，或者使我变得更漂亮些。我愿我有浅色的头发，白白的皮肤，穿着和举止也像他，而且也有机会变得和他将来一样有钱！”

“而且动不动就哭着喊妈妈，”我添上一句，“而且若有一个乡下孩子向你举起拳头的时候就全身发抖，而且下一场大雨就整天待在家里。啊，希思克里夫，你真是没出息！到镜子这儿来，我要让你看看你希望的应该是什么吧。你看到你两只眼睛中间的那两条纹路没有，还有那浓眉毛，不在中间弓起来，而是垂着。还有那对黑黑的恶魔，埋得这么深，从来不大胆地打开它们的窗户，却在私底下闪闪地埋伏着，像是魔鬼的奸细一样。你应该希望而且要学着把这些执拗的纹路抚平，坦率地抬起你的眼皮来，把恶魔变成可以信赖的、天真的天使，什么也不要怀疑，永远要把不一定是仇敌的人当成朋友。不要表现出恶狗的模样，好像知道被踢是该得的报酬，可又因为吃了苦头，就又恨全世界，以及那踢它的人。”

“换句话说，我一定要有埃德加·林敦的大蓝眼睛和平坦的额头才行。”他回答说，“我真心希望。”

“只要有了好心，阳光和笑容都会写在你的脸上，我的孩子，”我接着说，“哪怕你是一个真正的黑人！而一颗坏心就会把最漂亮的脸变得比丑鬼还要糟糕。现在我们洗呀，梳呀，闹别扭呀，都搞完啦。告诉我你是不是觉得你自己挺漂亮？我要告诉你，你简直像一个化了装的王子。谁知道呢？也许你父亲是中国的皇帝，你母亲是个印度皇后，他们俩中间的一个人只要用一个星期的收入，就能把呼啸山庄和画眉山庄一块儿买过来。你是被恶毒的水手绑了票，才带到英国来的。如果我处在你的地位，我就要对我的身份编造出高贵的想象。而且一想到我曾经是什么人，就可以给我勇气和尊严来顶住一个小农场主的压迫！”

我就这样顺水推舟说了很多鼓励的话，他的不快也渐渐消失了，开始表现得很愉快了。这时，我们的谈话一下子被一阵从大路上传进院子的辚辚车声打断了。他跑到窗口，我跑到了院子里，刚好看见林敦兄妹俩从家用马车中走下来，裹着大氅皮裘。恩肖夫妇也从他们的马上下来，他们在冬天常常骑马去教堂的。凯瑟琳一手牵着一个孩子，他们被带进了大厅，安置在火炉前，红润的血色马上就浮上了他们苍白的脸。

我催促我的同伴现在要赶快出去，还要显得和和气气。他心甘情愿地听从了。可是倒霉的是，他刚一打开这边从厨房通过来的门，亨德利也正好从另一边推门要进去。他们碰上了，主人一看见他又干净又愉快的样子就满腔怒火了，也许因为一心要对林敦夫人守信用吧。主人猛然把他推了回去，而且生气地叫约瑟夫：“不许这家伙进这间屋子，把他送到阁楼里去，等午饭吃过后再说。要是让他跟他们在一起待上一分钟，他就要用手指头塞到果酱蛋糕里去，还会偷水果。”

“不会的，先生，”我忍不住搭腔了，“他什么也不会碰的，他不会的。而且我想他一定和我们一样也有他那份点心。”

“要是在天黑以前我在楼下见到他，会让他尝尝我的巴掌的！”亨德利吼着，“滚，你这流氓！什么？你打算做个花花公子吗？是不是？等我抓住那些漂亮的卷发，瞧瞧我会不会把它再拉长一点！”

“那已经够长的啦，”林敦少爷说，从门口偷瞧着，“我很奇怪这些头发没让他头疼，耷拉到他的眼睛上面像马鬃似的！”

他说这话本身并没有侮辱他的意思，但是希思克里夫的暴烈性子却不准备忍受这个此时他已经当作情敌来痛恨的人的傲慢表现，他抓起一盆热苹果酱，这是他顺手抓到的头一件东西，他想都没想，就顺着声音传来的方向泼了那个人一脸和一脖子。那个人马上哭喊起来，伊莎贝拉和凯瑟琳都连忙跑到这边来。恩肖先生马上抓起这个罪犯，把他送到他的卧房里去。毫无疑问，他在那儿采用了一种粗暴的治疗法止住了那一阵愤怒，因为气愤已经使他满脸通红，而且喘着气。我拿起擦碗布，恶狠狠地擦着埃德加的鼻子和嘴，说这是他多管闲事的报应。他的妹妹哭着要回家，凯蒂站在那里手足无措，为这一切羞得脸发红。

“你不应该跟他说话！”她教训着林敦少爷，“他脾气不好，现在你把这一趟拜访搞糟啦。他还要挨鞭子，我可不愿意他挨鞭子！我吃不下饭啦。你干吗跟他说话呢，埃德加？”

“我没有。”这个少年抽泣着，从我的手里挣脱出来，用他的白麻纱手绢做着清洁工作。“我答应过妈妈了，我一句话也不跟他说，我没有说。”

“好啦，别哭啦，”凯瑟琳对他报以轻蔑的神情回答道，“你并没有被人杀死。别再淘气了。我哥哥来啦，安静些！嘘，伊莎贝拉！有人伤着你了吗？”

“好啦，好啦，孩子们，坐到你们的位子上去吧！”亨德利匆匆进来喊着，“那个小畜生倒把我搞得挺暖和。下一次，埃德加少爷，就用你自己的拳头打吧，那会使你开胃的！”

一瞅见这香味四溢的筵席，这小小的一伙人又平静下来。他们经过骑马和乘车，已经感到饥饿，他们把那点气恼抛到了九霄云外，更何况这一场小小的骚动并没有给他们造成真正的伤害。恩肖先生切着大盘的肉，女主人的谈笑风生使他们都快乐起来。我站在她椅子背后侍候着，并且很难过地看着凯瑟琳，她毫无眼泪的眼睛带着冷漠的神色，开始切她面前的鹅翅膀。

“没心肝的孩子，”我想，“她那么轻易地就把她从前玩伴的苦恼给抛开啦，我无法想象她竟是如此自私。”

她拿起吃的送到嘴边，随即又把它放下了，眼泪滑落到绯红的脸上。她把叉子滑落到地板上，赶紧钻到桌布下面去掩饰她的情感。没过多久我就再不能说她没心肝了，因为我看出来她一整天都在受罪，苦苦地想着找个机会自己待着，或是去看看希思克里夫，他已经被主人关起来了，照我看来，她是想私下给他送吃的去。

晚上我们有个舞会。因为伊莎贝拉·林敦没有舞伴，所以凯蒂恳求这时把他放出来。但她的恳求是毫无意义的，因为我奉命来补这个缺。

这种活动使我们都兴奋，它消除了一切忧郁和烦恼。吉默屯乐队的到来更增添了我们的欢乐。这支乐队有十五个人——除了歌手外，还有一个小号，一个长号，几支竖笛、低音笛、法国号角和一把低音提琴。每年圣诞节，他们轮流到所有的大户人家演奏，收点捐款。能听到他们的演奏，我们是当作一件头等乐事来看待的，等到一般的颂主诗歌唱完之后，就请他们唱民歌和重唱歌曲。恩肖太太爱好音乐，所以他们演奏了不少。

凯瑟琳也爱好音乐，不过她说在楼上听起来，那一定会是最动听的了。于是，她就摸黑上了楼，我也跟着走开。他们把楼下大厅的门紧锁上了，根本没注意到我们，因为那屋里挤满了人。她没有在楼梯口上停下，还是往上走。牵挂使她不顾一切地走上囚禁希思克里夫的阁楼上，她轻声地呼唤他。有一会儿他固执地不理睬。她坚持叫下去，最后她说服了他，隔着木板与她说起了话。我让这两个可怜的小东西谈着话，不去干扰他们，直到我推测歌唱要暂停，那些歌手要吃点东西了，我才爬上梯子去提醒她。我在外面没找到她，却听见她的声音在里头。这小猴子是从一个阁楼的天窗爬出去，沿着房顶，又进入另一个阁楼的天窗。于是我费了好大劲儿才把她叫出来。她出来时，希思克里夫也跟她出来了。她坚持要我把他带到厨房去，因为我那位伙伴约瑟夫，为了躲避他所谓的“魔鬼颂”，到邻居家里去了。我告诉他们我对这种鼓励他们玩鬼把戏的做法毫无兴致，但是既然这囚犯自从昨天午饭后就没吃过东西，我就默许他欺瞒亨德利这一回了。他下去了，我搬个凳子叫他坐在火炉旁，把一大堆好吃的给他。但他病了，吃不下，我本来想好好款待的心意算是白费了。他两个胳臂肘支在膝上，手托着下巴，一直一本正经地沉思着。我问他想些什么，他严肃地回答：“我在计划怎样报复亨德利。只要最后能报仇就成，我不在乎要等多久，希望他能活到我能报复他的那一天。”

“不要这样，希思克里夫！”我说，“惩罚恶人是上帝的事，我们应当学会怎样饶恕人。”

“不，上帝得不到我那种痛快的机会的，”他回答，“希望我能知道最好的方法！让我一个人待着吧，我要把它策划出来。在想那件事的时候，我就不觉得难受了。”

可是，洛克伍德先生，我倒忘记了这些故事是没法供你消遣的。真没想到我竟絮叨到这种地步，真气人。你的粥冷啦，你也瞌睡啦！我原本就打算把你想知道的关于希思克里夫的经历用几句话一带而过的。

管家就这样结束她自己的话，站起来，正要放下她的针线活。但是我觉得离不开壁炉，而且我一点儿睡意都没有。

“坐着吧，丁恩太太，”我叫着，“坐吧，再坐半个钟头！你这样慢条斯理地讲故事正合我的意，你就用同样的口气讲完吧。我对你所提的每个人物或多或少都感到有兴趣。”

“钟在打十一点啦，先生。”

“没关系……我不习惯十二点之前上床的。对于一个睡到十点钟才起来的人，半夜一两点钟睡已经够早的啦。”

“你不应该睡到十点钟，十点之前是早上最好的时间。一个人要是到十点钟还没有做完他一天工作的一半，就大有可能剩下那一半也做不完。”

“不管怎么样，丁恩太太，还是再坐下来吧，因为明天我打算把夜晚延续到下午。我已经预感到自己至少要得一场重伤风。”

“希望不会的，先生。好吧，你必须准许我跳过 3 年，在那期间，恩肖夫人——”

“不，不，我不允许你这样做！你了解不了解那种心情：如果你一个人坐着，大猫在你面前的地毯上舐它的小猫，你那么专心地看着这个动作，以致有一只小猫的耳朵大猫忘记舐了，就会使你大不开心？”

“我得说这是一种懒惰透顶的心情。”

“正好相反，应该是一种紧张得令人疲惫的感觉。在目前，我的心情正处在这种状态。因此，你要详详细细地接着讲下去。我看出来，相对于城里的那些形形色色的居民来说，这一带的人生活得更有价值，就像地窖里的蜘蛛和茅舍里的蜘蛛相比一样。这并不完全因为我是个旁观者，才得出这种日渐深刻的印象。他们确实更认真、更自顾自地过着日子，不太顾及那些表面变化的和琐碎的外界事物。我能想象，在这儿，几乎有可能存在着一种终生的爱。如果你以前对我说有什么爱情能维持到一年，我死也不会相信的。一种情况，像是把一个饥饿的人，安放在仅有的一盘菜前面，他可以全神贯注地大嚼一顿，毫不怠慢。另一种情况，是把他领到法国厨子摆下的一桌筵席上，他也可能把这整桌菜肴同样享用一番，但是各盆菜肴在他的心目中、记忆里却仅仅是极微小的部分而已。”

“啊！你跟我们熟了的时候，就知道我们这儿跟别处的人是一样的。”丁恩太太说。这番话多少让我感到有点摸不着头脑。

“原谅我，”我搭腔，“你，我的好朋友，你本身就是推翻那句断言的一个最有说服力的存在。我一向认为你们这一阶层的人所固有的习气，在你身上并没有留下痕迹，你只是稍稍有点乡土气罢了。我敢说你比一般仆人想得多些。你应该有意识地去培养自己思考的能力，因为你没必要把生命浪费在愚蠢的琐事中。”

丁恩太太笑起来。

“我确实自认为我是属于那种沉着而清醒的人，”她说，“这和我总住在山里没有关系，那几张面孔和老掉牙的作风没能给我带来多少影响，这完全得益于我受过严格的训练，这给了我清醒的头脑，我还要对你说我看过很多书，洛克伍德先生。我研读过这个图书室里所有的书，而且我从每一本书中都受益匪浅。当然那组希腊文和拉丁文的书，还有那些法文的书除外，不过我能够区分出那些书上写的是哪国的文字。这对于一个出身贫穷的女孩子来说，已经是很不寻常了。不过，倘若你想要让我像闲聊一样，将整个事情的来龙去脉都一一说清，那我只好这么讲下去了。而且，时间上不超过 3 年，故事就从第二年夏天继续讲吧，那是 1778 年的夏天，距离那时已经有 23 年了。”

第八章

那是6月里一个美丽的早晨，我照看的第一个可爱的孩子降生了，他是恩肖这个古老家族的唯一的孩子。那时我们正忙着在距离山庄很远的田地里割草，平常负责给我们送早饭的那个姑娘跑来了，比平日里早了一个小时。她穿过草场，跑上小路，一边跑一边叫我。

“哦，多么漂亮的小东西啊！”她喘着气说，“我从未见过这么漂亮的婴儿！可是医生说，太太被肺痨病折磨了这么多岁月，怕是活不了太久了。我听他是这么和亨德利先生说的。现在她已经没有精力支撑自己的身体了，怕是活不过这个冬天了。你得赶紧回去，那孩子需要你来照顾，艾伦，你要负责给他喂糖、喂牛奶，日夜都要照看他。我要是你就好了，因为等太太一过世，小宝贝就是你一个人的了。”

“她病得很严重吗?”我一边问，一边放下镰刀，系好帽子。

“我想是的，不过她看上去精神还很坚强。”那女孩回答，“而且听她说起来，她似乎还想活着看孩子长大成人。见是那么个漂亮小孩，她都高兴得昏了头了！我要是她，肯定舍不得死，只要朝他看上一眼，我的病就会不治而愈了。不管肯尼兹医生怎么说，我对他真是气极了。阿切尔太太把小天使抱进正屋给主人看，主人的脸上刚露出笑容，那个老家伙就走上前去说：‘恩肖，你真走运，你太太总算给你留下这么个儿子。她一来，我就看出，我们没有办法让她长留人世了。现在，我得告诉你，今年冬天她可能都支撑不过去了。别伤心，也不要为这太烦恼了，这是没有办法的事。而且，你本应当懂事一些，不该娶这么个不中用的姑娘！’”

“主人怎么回答呢？”我问道。

“我想他骂了他，不过我没去留意，我只顾专心看那孩子。”她又眉飞色舞地描述起来。我也跟她一样，心里痒痒的，迫不及待地急着要赶回家去欣赏一番，尽管我同时为亨德利的不幸感到非常难过。他心中只容得下两个偶像——他的太太和他自己。他两个都宠爱，但崇拜其中的一个。我难以想象，一旦失去了这一个，他该怎么办。

我们赶回呼啸山庄时他正站在大门口，经过他身旁进去时我问了声：“孩子怎么样？”

“差不多快会到处跑了，艾伦！”他笑着回答说，有种从心里笑出来的感觉。

“女主人呢？”我冒险问道，“医生说她……”

“什么鬼医生！”我的话好像提醒了他，他的脸马上涨得通红，“弗兰西斯好好的，到下个星期这时候，她就完全好了。你是上楼吗？你可以告诉她，只要她答应不说话，我就马上上去。我离开她是因为她老是说个没完没了。她一定得保持安静！告诉她，这是肯尼兹医生说的。”

我把这话转告给恩肖夫人，她高兴得似乎有点飘飘然了，挺开心地回答说：“我几乎一句话也没说呀，艾伦，倒是他哭着出去了两次。好吧，你就说我答应不说话了。可是这并不是说我连笑也不许对他笑呀！”

可怜的人啊！直到临死前的一个星期，欢快的心情像小鸟一样叽叽喳喳地围绕在她的身边。还有她的丈夫，固执地——不，死命地——断定，她的健康状况一天天在好转。当肯尼兹医生警告他说，病到这个地步，他的药已经无济于事，不必再请他看病，省得浪费金钱时，他反驳说：“我知道你不用来了——她已经好啦——她不用你再来看病了！她根本就没有生过痨病。她只是发烧，现在已经退了。这会儿，她的脉搏已跳得跟我一样平缓，脸也跟我一样凉了。”

他跟他太太也这么说，她好像也相信了他的话。但是，一天晚上，她依偎在丈夫的肩头，正说着她觉得自己第二天就可以起来了，一阵咳嗽打断了她的话——一阵非常轻微的咳嗽——他把她抱了起来。她用双手搂住他的脖子，她的脸色变了，接着她就死了。

正如那个姑娘所预料的，她抛下的这个孩子哈里顿就全归我带了。至于恩肖先生，只要看到他身体健康，听不到他的哭声，他就满意，他对孩子的关心也就到此为止了。至于他自己，他变得越来越绝望。他的悲痛是无法用眼泪来释怀的。他既不哭泣，也不祷告；他又是诅咒，又是反抗——他恨透了上帝和人类，他放纵自己，肆意过起放荡的生活。

仆人们受不了他那种专横堕落的行径，不久都离去了，留下的只有我和约瑟夫。我不忍心丢开交给我照管的孩子，而且你知道，我是他的姐妹，比起旁人来，对他的行为终究能多宽恕几分。

约瑟夫留下来是因为这里可以施展他对佃户和雇工作威作福的才能，另外还可以满足他训斥他眼中众多邪恶事情的欲望。

主人的那些坏习气和坏朋友，给凯瑟琳和希思克里夫树立了一个极好的榜样。他对待希思克里夫的做法，足以使一个圣徒变成魔鬼。而且，老实说，在那段日子里，那孩子真像被魔鬼附身似的。他眼看亨德利堕落得不可救药，一天天变得越来越蛮横、粗暴、凶残，他心中幸灾乐祸的魔鬼便得到了巨大的快乐。

我们这个家弄成了怎样的一座地狱，我简直没法向你描述。到最后，牧师都不愿上门来了，没有一个体面的人肯和我们接近，唯独埃德加·林敦可以说是个例外，还来看看凯蒂小姐。到了 15 岁，她就成了这农村地区的女王了，没人能比得上她。她也的确成了一位高傲、任性的人物！我得承认，打从她的童年时代成为过去，我就不喜欢她了。为了要减少她的娇气，我经常惹恼她，尽管她从未对我有过反感。她对于旧情的一如既往，实在让人惊叹，就连希思克里夫在她心中的地位也丝毫没有动摇。年轻的林敦，尽管在各个方面都比他优越，可是他发现，要想取代她心中希思克里夫的地位，却不是一件容易的事。

他是我后来的主人，壁炉上方挂的那幅就是他的肖像。本来总是他的像挂在一边，他太太的像挂在另一边的，可是她的像给搬走了，要不你就可以看看她从前的模样了。你能看清那幅肖像吗？

丁恩太太举起蜡烛，我看出这是一张轮廓柔和的脸，酷似呼啸山庄的那位年轻夫人，可是在表情上更加若有所思，更加和蔼可亲。这是一幅可爱的画像。长长的浅色头发，在两鬓处微微卷曲着，一对眼睛大而严肃，浑身上下散发着儒雅之气。凯瑟琳·恩肖为这么一个人而忘了原先的朋友，我一点儿也不感到奇怪。我感到奇怪的是，要是他的内心也跟他的外表一样，他怎么也会有我对凯瑟琳·恩肖的那种看法呢？

“一幅很讨人喜欢的画像，”我对女管家说，“像他本人吗？”

“像。”她回答说，“不过在他兴致好的时候，比这还要精神。这是他平日的神态，平时他总是不太有精神。”

凯瑟琳打从在林敦家住过5个星期后，就和他们一直保持来往。跟他们在一起时，没有什么可以诱发她暴露出自己那粗野的一面，而且在他们那儿，她见到的都是温文尔雅的举止，她知道自己要是表现粗野，是很丢脸的。这样，凭着她那伶俐乖巧的热情，她不知不觉地把那位老夫人和老绅士给哄骗住了，还赢得了伊莎贝拉的赞赏和她哥哥的倾心爱慕。这一收获打从一开始就让她沾沾自喜，因为她是很有点野心的，这使得她形成了一种双重性格，倒也并不是她存心要欺骗什么人。

在那个她听到希思克里夫被叫作一个“粗野的小坏蛋”和“比畜生还不如”的地方，她就特别注意，别做出像他那样的举止。可是在自己家里，她就很少愿意去讲究什么礼貌了，那样只会被人讥笑。她也不想约束自己那放荡不羁的天性，那样做了也不会给她赢得声望和称赞。

埃德加先生难得能鼓起勇气公开来拜访呼啸山庄。恩肖的名声使他感到害怕，他不愿碰上他。但是每当他来访时，我们总是尽量以礼相待。主人清楚他来访的目的，自己也避免得罪这位客人。要是他做不到和颜悦色，就干脆一走了之。我总觉得他的来访让凯瑟琳感到不快。她并不是个有心计的姑娘，从不懂得卖弄风情，显然不愿让她的两个朋友碰在一起。因为当希思克里夫当着林敦的面表示看不起他时，她可不能像林敦不在场时那样附和他几句；而当林敦对希思克里夫流露出厌恶和敌对的情绪时，她又不敢对他的情绪表示冷淡，仿佛人家轻视她的伙伴，跟她毫不相干似的。

我经常要笑她左右为难的困惑和有苦难言的烦恼。她尽量想瞒着我，怕我嘲笑她，可是又瞒不过我。这听起来好像我的心眼不好，可是她也太骄傲了，使别人同情的念头刚升起就被她的骄傲打消，除非她有所改正，变得和善些。最后，她自己招认了，把她的心事在我面前表露无遗。除了我，她还能向谁去求教呢？

一天下午，亨德利先生离家外出了，希思克里夫借此擅自给自己放了一天假。我想，当时他已经 16 岁，相貌不丑，智力不差，可他偏要设法给人一个从里到外都让人厌恶的印象，他现在的模样，自然就没有留下这种痕迹了。

首先，他早年受教育得到的收益，到那时已经不复存在；早起晚歇，从不间断的苦活，消解了曾经对一切知识的渴求，以及对书本和学习的任何爱好；童年时期因老恩肖宠爱而造成的优越感，这时也已消失殆尽。长时间来，他一直努力想在学习上跟凯瑟琳一样，最后却只好带着默默而又痛苦的遗憾放弃了，而且是完全放弃了。当他意识到自己不可避免地必定会跌落到早先的水平以下时，谁想说服他向前迈进一步也只是徒劳。随后，他的外表和举止也跟内心的堕落一致起来了。他学会了一种无精打采的走路姿势，看起人来也是一副不正派的样子。他那天生沉默寡言的孤僻性格，变得越来越坏，变成一种几乎不识好歹、不近人情的坏脾气了。他明显不屑于那几个熟人对他的重视，而是故意惹得他们对他反感，他能够从中得到一种苦中作乐的乐趣。

在他干活间歇的时候，凯瑟琳依旧经常和他在一起，可是他已不再用亲热的话来表示对她的喜爱了。他愤愤地、满腹猜忌地避开她那孩子气的爱抚，仿佛觉得这种滥施给他的感情，并不能使他感到快慰。在前面提到的那一天，当他走进正屋，宣布他让自己放假一天的时候，我正在帮凯蒂小姐整理刚换上的衣服。她没有想到他会突然想到要闲逛一天，她原以为可以独占这整个正屋，因而已设法通知埃德加先生，说她哥哥今天不在家，这会儿她正在准备迎接他。

“凯蒂，今天下午你有事？”希思克里夫问道，“你要到什么地方去吗？”

“不，在下雨呢。”她回答。

“那你为什么换上这件绸衣服？”他问，“我希望，没人要来吧？”

“这我怎么知道呀！”小姐结结巴巴地说，“现在你该下地去了，希思克里夫。吃完饭已经过去一小时了，我还以为你早已去了。”

“该死的亨德利老是待在我们面前，难得让我们自由自在一下，”那孩子说，“今天我说什么也不去干活了，我要跟你待在一起。”

“啊，约瑟夫可是会告密的，”她提醒说，“你最好还是去吧！”

“约瑟夫正在彭尼斯托崖那边装运石灰，他得忙到天黑呢。他绝不会知道的。”

说着，他慢悠悠地踱到了壁炉边，坐了下来。凯瑟琳皱着眉头想了一会儿，她觉得为了迫使他听从她的意见，有必要清除一下障碍。

“伊莎贝拉和埃德加·林敦曾经说今天下午要来做客，”她沉默了一会儿后说道，“现在天下雨了，我觉得他们应该不会来了。不过他们说不定还会来，要是真来了，那你难保不白白地给人骂上一顿。”

“叫艾伦去说你有事就行了，凯蒂，”他坚持说，“别为了你那两个可怜巴巴的蠢朋友反把我赶了出去！有时候，我真是情不自禁地想抱怨，他们——算了，我就不说了吧……”

“他们怎么啦？”凯瑟琳大声问道，怀着不安的神色看着他。“哟，艾伦？”她猛地把头从我手中摆脱出去，火气十足地加了一句，“你都快把我的卷发给梳直了！够了，别管我啦。你情不自禁地要抱怨什么呀，希思克里夫？”

“没什么，你只要看看墙上的日历就知道了，”他指着靠窗挂着的一张配有框子的纸，接着说，“那些打叉的就是你跟林敦他们一起度过的夜晚，那些画点的是跟我一起度过的夜晚。你看见没有，我每天都打上记号的！”

“看见了，很可笑，好像我会注意这个似的！”凯瑟琳回答，语音中夹着怒气，“这又有什么意思呢？”

“为了表明我对这个是很在乎的。”希思克里夫说。

“我得老陪你坐着吗?”她反问道，火气越来越大了，“这对我有什么好处?你跟我谈过什么了?你简直是个哑巴，或者说是个婴儿。你有说过一句逗我开心的话吗?又做过一件让我高兴的事吗?”

“你以前从没嫌我说话太少，也没有讨厌跟我做伴呀，凯蒂!”希思克里夫歇斯底里地叫了起来。

“一个什么都不知道什么都不会说的人，根本就谈不上做伴。”她咕哝着。

她的同伴站了起来，可是他已经没有时间进一步宣泄他的感情了，因为外面的石板路上已经传来马蹄声。接着，年轻的林敦轻轻地敲了敲门，便进来了。由于接到这意外的邀请，他满脸喜气洋洋，容光焕发。

不用说，在一个进来，另一个出去的当儿，凯瑟琳一眼就区分出她这两个朋友之间的差别。其鲜明的对比，犹如你刚看过一个荒山起伏的产煤区，突然换成了一座美丽肥沃的山谷。他的声音和问候的语调，跟他的容貌一样，也是截然不同的。他说起话来，有一种悦耳的低沉的口吻，口音跟你差不多，比我们这儿的柔和，没有那么生硬。

“我来得不会太早吧?”他说着，朝我看了一眼。我已经开始在擦盘子，清理橱柜最那头的几个抽屉。

“不会，”凯瑟琳回答说，“你在那儿干什么呀，艾伦?”

“干我的活儿，小姐。”我回答说。(亨德利先生吩咐过我，只要林敦私自来拜访时，我就得做个第三者。)

她走到我背后，不愉快地低声说:“给我拿了抹布出去，有客人来家的时候，仆人不该在有客人的房间里打扫!”

“这会儿主人出去了，正是个好机会，”我大声回答，“他最恨我当着他的面收拾这些东西了。我相信埃德加先生一定会原谅我的。”

“我最恨你当着我的面收拾东西。”年轻的小姐蛮横地说，不让她的客人有说话的机会。跟希思克里夫的口角还充斥在她的脑海中，使她久久不能平静。

“那真是对不起了，凯瑟琳小姐。”这就是我的回答，我依然自顾自起劲儿地干着自己的活儿。

她似乎忘记了埃德加的存在，从我的手中夺走了抹布，还恶狠狠地在我的胳臂上拧了一把，久久地拧住不放。

我说过我不爱她，经常故意要杀杀她的威风，何况她这一拧的确让我疼得受不了。我原本是蹲着的，便突然跳起身子，尖声叫了起来：“啊，小姐，你这一手太缺德了！你没有权利拧我，你别想我会吃你这一套。”

“我碰都没有碰你，你这是在撒谎！”她大声嚷道，她的手指激动地动着，要想再来一下，她的耳朵气得通红。她从来就遮掩不住自己的激动，一激动就会满脸涨得通红。

“那么，这是什么？”我回嘴说，指着露出的胳臂上的一块明显的青紫作为控诉她的铁证。

她跺着脚，踌躇了一会儿，接着还是压抑不住她的坏脾气，狠狠地打了我一个耳光，打得我脸上火辣辣的，两眼饱含着泪水。

“凯瑟琳，亲爱的！凯瑟琳！”林敦插进来说，看到自己崇拜的偶像既撒谎又打人，犯了双重错误，他甚为震惊。

“离开这间屋子，艾伦！”她再次说，浑身都在颤抖。

小哈里顿是到处都跟着我的，这时正坐在我身旁的地上，看到我的眼泪他自己也哭了起来，边哭边骂“坏姑姑凯蒂”，这样一来，她的怒火转移到了不幸的孩子头上。她抓住了他的双肩，狠命地摇他，摇得这可怜的孩子脸色都发白了。为了让她放开孩子，埃德加想也没想就上前抓住她的双手。可是一刹那间，一只手挣脱出来了，这位大为震惊的年轻人，顿时感到这只手在他的脸上打了一个耳光，这怎么也不能让人联想到这是一场误会或是游戏。

他惊愕地往后退了一步。我抱起小哈里顿，离开正屋，前往厨房。我有意让身后的门开着，一心想看看他们怎样来解决这场分歧。

那位受了侮辱的来客，朝他放帽子的地方走去，脸色苍白，嘴唇发抖。

“这就对了！”我自言自语地说，“接受警告，快走吧！让你见识一下她的本质，这可是件好事呢！”

“你要去哪儿?”凯瑟琳问道，直接走向门口。

他往旁边避了避，还是想走出去。

“你可不能走！”她使劲儿地大声叫嚷。

“我得走，马上就走！”他压低声音回答。

“不行，”她坚持说，紧抓住门把手，“现在不能走，埃德加·林敦。坐下。你不能这样气呼呼地离开我，我会整夜难过的，可我不愿意为你难过！”

“你打了我，我还有什么理由留下来吗?”林敦问道。

凯瑟琳不吭声了。

“你使我感到害怕，也为你感到害臊，”他接着说，“我不会再来这儿了！”

她的眼睛开始闪烁，眨起了眼睛。

“而且你还故意撒谎！”他说。

“我没有！”她嚷道，重又开了腔，“我全都不是故意的。好吧，你要走就随便吧！走呀！现在我要哭啦，我要哭得半死不活啦！”

她像一个撒娇的小女孩一样在一张椅子旁跪了下来。

埃德加的决心一直坚定到走到院子里。到了那儿，他迈不开步子了，我决定鼓励他一下。

“小姐任性极了，先生，”我大声嚷道，“坏得像任何一个惯坏了的孩子。我劝你最好还是赶紧骑马回去吧，要不，她又会哭呀闹呀，只会把我们折腾个够。”

这个经不起打击的软骨头，不以为然地从窗口往里张望着，他的脚好像已经在地上扎了根，再也无法动弹，就像一只猫无力离开一只半死的耗子，或者吃了一半的小鸟一样。

唉，我想，他是没救了——他已经在劫难逃，他要跳进命中注定的圈子了！

果真如此。他突然调过头来重又匆匆忙忙地回到屋里，随手关上了身后的门。过了一会儿，当我进去告诉他们，恩肖已喝得摇摇欲坠，看样子这老房子随时有被他摧毁的可能（这是他在这种情况下常有的心情）时，我发现刚才的这场争吵，反而促进他们更加亲密了，打破了年轻人害羞的障碍，也使他们不再伪装仅仅是朋友，承认他们爱着彼此。

当林敦得知亨德利已经回来了，立即就向他那匹马跑去，与此同时，凯瑟琳急忙回到了自己的房间里。我赶紧将小哈里顿藏了起来，又取出了猎枪里的子弹。每当他喝醉了便爱摆弄这猎枪，倘若哪个人在这个时候惹到了他，哪怕只是吸引了他的注意力，他也绝不会吝惜自己的子弹而杀害了这个人。这让我想到了将枪里的子弹全都取出来的办法，倘若这会儿他闹起来，哪怕不幸扣动扳机也不会酿成大错的。

第九章

他大吵大闹地说着污言秽语走了进来，恰巧撞到我正在将小哈里顿往厨房碗柜里藏。他这儿子对他无论是粗暴的爱，还是疯子似的愤怒都十分畏惧。当亨德利表达爱意的时候，他有可能被吻死或挤死；而当愤怒骤起，他又有可能被摔到地上或丢在火里。他是如此的惊恐，不管我把他随意放在什么地方，这个可怜的小家伙，总是一句怨言也没有。

“我终于看到啦!”亨德利大叫，抓着我的脖领子，像拖只狗一样把我往后拖。“天地良心，你们一定串通好了要谋害我的儿子！如今我知道为什么我总看不到他了。还好，是魔鬼帮助了我，我要让你将这把切肉刀吞下去，艾伦！你不要笑，方才肯尼兹已经被我头朝下地闷到了黑马沼里，一个、两个都一样，我要把你们都杀掉，不杀了你们我就没有好日子过!”

“可我不喜欢切肉刀，亨德利先生。”我回答，“这刀刚切过熏青鱼。要是你愿意的话，我情愿被枪杀。”

“你还是遭天谴吧，”他说，“而且你将来也非遭天谴不可。在英国就没有一条禁止人把自己的家弄得像模像样的法律，可我的家却乌七八糟！张开你的嘴!”

他握住刀子，把刀尖往我的牙齿缝里戳。可是我从来不太害怕他想出来的虐待我的做法。我唾了一下，这味道很讨厌，我无论如何不想把它吞下去。

“啊!”他放开了我，说，“我看出那个可恶的小流氓不是哈里顿，我请你原谅。艾伦，如果是他的话，他就应该被活剥皮，因为他不仅不跑来欢迎我，而且还尖声大叫，难道我像个恶魔吗？不孝的小崽子，过来！我这个父亲的好心肠居然还换来了欺骗，我要教训教训你。现在，你不觉得这孩子头发剪短点能更好看些吗？狗的毛剪短些还可以显得凶些，我爱凶的东西——给我一把剪刀，我爱凶而整齐的东西！而且，那是地狱里才有的习惯——珍爱我们的耳朵是魔鬼式的狂妄——我们没有耳朵，也够像驴子的啦。嘘，孩子，嘘！好啦，我的乖宝贝！别哭啦，擦干你的眼泪，这才是个乖孩子啦。来，亲亲我。什么！他不肯？亲亲我，哈里顿！该死的，亲亲我！上帝呀，谁愿意在自己家里收养一个这样的怪物？我非把这臭小子的脖子拧断不可。”

可怜的哈里顿在他父亲怀里拼命地又喊又踢，当他把哈里顿抱上楼，并且把他举到栏杆外面的时候，他更用力地喊叫。我一边嚷着他会把孩子吓疯的，一边跑去救他。我刚走到他们那儿，亨德利在栏杆上探身向前倾听楼下有个声音，几乎忘记他手里有什么了。“是谁？”他听到有人走近楼梯前，便问道。我也探身向前，目的是想做手势给希思克里夫，我已经听出他的脚步声了。叫他不要再走过来。就在我的眼睛刚离开哈里顿这一瞬间，他猛然一蹿，便从那不当心的怀抱中挣脱出来，掉了下去。

我们只顾看这个小东西是否安全，甚至没有时间来回想那尖锐的恐怖感觉了。希思克里夫正在紧要关头走到了楼下，他下意识地接住孩子，并且扶他站好，抬头看是谁惹下的大祸。即使是一个守财奴为了5便士舍弃一张幸运的彩票，而第二天发现他在这交易上损失了5000英镑，也不能表现出当希思克里夫看见楼上的人竟是恩肖先生时那副后悔的神气。那副神气比语言还更能明白地表达出那种极其深沉的苦痛，因为他竟成了阻挠他自己报仇的工具。若是天黑，我敢说，他会在楼梯上打碎哈里顿的头颅来弥补这个错误。但是我们亲眼看见孩子得救了，我立刻下楼把我的宝贝孩子抱过来，紧贴在胸上。亨德利从容不迫地下来，酒醒了，也觉得羞愧了。

“这是你的错，艾伦，”他说，“你该把他藏起来不让我看到。你应该把他从我手里夺过去，他跌伤了什么地方没有？”

“跌伤？”我生气地喊着，“如果他还没死，也会变成个白痴！啊！我真希望他的母亲从坟地里爬出来，看看你是如何对待自己的儿子的。你比一个异教徒还恶毒——竟这样对待你的亲骨肉！”

他想要摸摸孩子。这孩子一发觉是他跟着我，就马上恐怖地放声哭出来。但是他父亲的手指头刚碰到他，他就又尖叫起来，叫得比刚才声音更高，而且挣扎着像要抽搐似的。

“你不要管他啦！”我接着说，“他恨你，他们都恨你，这是实话！你本来有一个幸福的家庭，却给你弄到这样糟的地步！”

“我还要弄得更糟呢，艾伦，”这个灵魂被魔鬼夺走的人大笑道，恢复了他的偏执，“现在，你把他抱走吧。而且，你听着，希思克里夫！你也给我滚开，越远越好。我今晚不会杀你，除非，或者，我放火烧房子，那只是我这么想想而已。”

说着，他从橱柜里拿出一小瓶白兰地，倒一些在杯子里。

“不，别！”我求他，“亨德利先生，请接受我的忠告吧。如果你不爱惜你自己，就可怜可怜这不幸的孩子吧！”

“任何人都会比我对他更好些。”他回答。

“可怜可怜你自己的灵魂吧！”我说，竭力想从他的手里抢走杯子。

“我可不。相反，我宁愿叫它堕落来惩罚它的造物主，”这亵渎神明的人呐喊道，“为灵魂甘心永堕地狱而干杯！”

他喝掉了酒，不耐烦地叫我们走开。用一连串的可怕的、不堪重述也不能记住的咒骂，来结束他的命令。

“可惜他不能醉死，”希思克里夫说，关门时，也回报了一阵咒骂，“他是在拼命，可是他的体质顶得住，肯尼兹先生说拿自己的马打赌，在吉默屯这一带，除非有什么偶然出现的意外让他碰上，否则他会比任何人都活得长，而且还要拖着满头白发走进自己的墓穴。”

我走进厨房，坐下来哄我的小羊羔入睡。我以为希思克里夫走到谷仓去了。后来才发现他只走到高背长靠椅的那一头，倒在墙边的一条凳子上，离火挺远，而且一直一言不发。

我正把哈里顿放在膝上摇，并哼着一支曲子，那曲子是这样开始的：

夜深了，孩子睡着了。

坟堆里的母亲听见了——

这时候凯蒂小姐，已经在她屋里听见了这场骚乱，伸进头来，小声说："你一个人吗，艾伦？"

"是啊，小姐。"我回答。

她走进来，靠近壁炉。我在揣摩她将要说些什么，就抬头望着她。她脸上的表情显得又烦躁又忧虑不安。她的嘴半张着，好像有话要说。她吸了一口气，但是这口气化为一声叹息而不是一句话。我继续哼我的歌，还没有忘记她之前的态度。

"希思克里夫呢？"她打断我的歌声，问我。

"在马厩里干活呢。"我回答得干脆利索。

他也没有纠正我，也许他在瞌睡。接着又是一阵长长的停顿。这时我看到地板被水珠打湿了，抬头一看，原来是凯瑟琳的泪水。她是不是为了她那令人羞愧的行为而难过呢？我自忖着，那倒要成件新鲜事了。但是她也许愿意这样，反正我不会去帮助她！不，她对于任何事情都不大在意，除非是跟她自己有关的事。

"啊，天呀！"她终于喊出来，"我非常难过！"

"可惜，"我说，"要你高兴真不容易，这么多朋友和这么少挂念，你自己还不知足！"

"艾伦，你肯为我保密吗？"她纠缠着，跪在我的旁边，抬起她那迷人的眼睛望着我的脸，那种神情甚至在一个人极有理由发怒的时候也足以驱散他的怒气。

“值得保守吗?”我问，感到刚才的别扭已经被打破了。

“是的，而且它使我很烦，我不说出来会憋死的！我想要知道我该怎么办。今天，埃德加·林敦恳求我嫁给他，我已答应他了。现在，假如你是我，让你选择接受还是拒绝的时候，回答应该是什么，你告诉我。”

“真是的，凯瑟琳小姐，我怎么知道呢?”我回答，“当然，想想今天下午你当着他的面出了那么大的丑，我可以说拒绝他是明智的。既然他在那件事之后恳求你，他一定要么是个没希望的笨蛋，要么就是一个好冒险的大傻瓜。”

“你要是这么说，我就不再告诉你更多的了,”她回答时，非常生气，站起来了,“我接受了，艾伦。快点，说说我是不是错了?”

“你接受了?既然这样，那么讨论这件事又有什么用呢?你已经说定，就不能收回啦。”

“可是，说说我该不该这样做……说吧!”她用愤怒的声调叫着，绞着她的双手，皱着眉头。

“在正确地回答那个问题以前，有许多事是要思考的,”我说教似的讲着,“首先，最重要的是你爱不爱埃德加先生?”

“谁能不爱呢?我当然爱。”她回答。

然后我就跟她一问一答：对于一个二十来岁情窦初开的姑娘来说，也应该到时候讨论这种问题了。

“你为什么爱他，凯蒂小姐?”

“问得没意义，我爱他，那就足够了。”

“不行，你一定要说出为什么。”

“好吧，因为他英俊，而且跟他在一起很开心。”

“糟糕。”我故意去否定她的回答。

“而且因为他又年轻，又活泼。”

“还是很糟。”

“而且因为他也爱我。”

“那一点儿都不要紧。”

“而且他将会很有钱。我愿意做附近最了不起的女人，而我有这么一个丈夫就会感到骄傲。”

“太糟了！现在，说说你怎么爱他吧？”

“跟其他人恋爱一样，你真是糊涂，艾伦。”

“一点儿也不，回答吧。”

“我爱他脚下的地，他头上的天，他所触摸过的每一件东西，以及他说出来的每一个字眼儿。我爱他每一个表情和每一个动作，还有整个的完完全全的他。好了吧？”

“为什么呢？”

“不，你这是在开玩笑，这可太狠毒了！这对我可不是开玩笑的事！”小姐说，并且皱起眉，转过身向着炉火。

“我绝不是开玩笑，凯瑟琳小姐！”我回答，“你爱埃德加先生是因为他英俊、年轻、活泼、有钱，而且爱你。最后这一点，无论如何，没什么作用，没有这一条，你或许还是爱他；而有了这条，你倒不一定，除非他具备了前面那四个优点。”

“是啊，当然，如果他长得丑陋，而且粗鲁，那么，我只有可怜他，恨他。”

“可是世界上还有好多漂亮的、富裕的年轻人呀，也许比他还要漂亮，还有钱。你怎么不去爱他们呢？”

“即使有的话，他们也没同我碰着！我从来没有见过像埃德加这样的人。”

“你还可以看见一些，何况，他不会总是漂亮年轻，也不会总是有钱的。”

“他现在是。而我只顾眼前，我希望你说点有作用的话。”

“好啦，那就解决了。如果你只顾眼前，就嫁给林敦先生好啦。”

“这件事我并不需要得到你的批准，我要嫁给他。可是你还没有告诉我，我到底对不对。”

“如果说人们结婚只顾眼前的话，那就完全正确。你现在可以说说你为什么不高兴了吧？你的哥哥会满意的，那位老太太和老先生也不会有异议。我想，你能脱离一个乱糟糟的、不舒服的家庭，走进一个富裕的体面人家。而且你爱埃德加，埃德加也爱你。一切看来是顺心如意，障碍又在哪儿呢？”

“在这里，在这里！”凯瑟琳回答，一只手捶她的前额，一只手捶胸：“在所有灵魂存在的地方，在我的灵魂里，而且在我的心里，我错了，我说！”

“你说得太莫名其妙了，我根本听不懂。”

“那是我的秘密。可如果你不嘲笑我，我就可以解释一下了。我不能解释得非常清楚，可是我要让你感觉到我是怎样感受的。”

她又在我的身旁坐下来，她紧锁的眉头弥漫着忧伤，眼神被严肃的思绪占领，她颤抖而攥紧的手仿佛抓住了什么东西一样。

“艾伦，你从来没有做过稀奇古怪的梦吗?”她想了几分钟之后，突然说。

“有时候做。”我回答。

“我也是的。我这辈子做过的梦，有些梦境里的画面会一辈子缠绕着我，而且还会改变我的心意。这些梦在我心里穿过来穿过去，好像酒流在水里一样，我心上的颜色也改变了。这是其中一个梦，我要讲了，但是你可别对随便什么话都笑。”

“啊，别说啦，凯瑟琳小姐！”我叫着，“别用招神现鬼来纠缠我们，我们已够惨的啦。来，来，高兴起来，像你本来的样子！看看小哈里顿，他梦不到伤心的事。在睡眠中他笑得很甜！”

“是的，他父亲在寂寞空虚时也骂得很甜！我敢说，你还记得他和那个小胖东西一样的时候，差不多一样的小而天真。但是，艾伦，我要请你听听，并不长，而我今天晚上也高兴不起来。”

“我不要听，我不要听！”我赶紧反复说。

那时候我很迷信梦，到现在也还是。凯瑟琳脸上又有一种异样的愁容，这令我害怕她的梦会使我感到什么预兆，使我预见一件可怕的灾难。她很苦恼，可是她没有接着讲下去。停一会儿她又开始说了，显然是另选一个话题。

“如果我在天堂，艾伦，我一定会很凄惨。”

“因为你配不上到那里去，”我回答，“所有去了天堂的罪人都会很凄惨的。”

“可不是为了那个。我有一次梦到我已在那儿了。”

“我才不听你的梦呢，凯瑟琳小姐！我要上床休息啦。”我又打断了她。她笑了，按着我的肩膀让我坐下来，因为我要离开椅子走了。

“这并没有什么呀，”她叫着，“我只是要说天堂并不像我的家。我就哭得很伤心，要回到尘世上来。而天使们非常恼火，就把我扔到呼啸山庄的草原中间了。我就在那儿醒过来，高兴得直哭。这就可以解释我的秘密了，别的也相同。讲到嫁给埃德加·林敦，也许去天堂反而更让我热心一些。要是那个恶毒的人在那边不把希思克里夫贬得这么低，我还不会想到这个。现在，嫁给希思克里夫就会贬低我的身份，所以他永远也不会知道我是多么爱他。艾伦，那并不是因为迷恋他漂亮，而是因为他比我更像我自己。无论我们的灵魂是什么做成的，他的和我的是一模一样的；而林敦的灵魂就如月光与闪电，或者霜和火，是完全不同的。”

这段话还没有讲完，我发现希思克里夫就在身后。我注意到一个小小的动作，我转过身子，看见他从凳子上站起来，静静地出去了。他一直听到凯瑟琳说嫁给他就会降低她的身份，就没有再听下去。我的同伴，坐在地上，正被高背长靠椅的椅背挡着，没看见他在这儿，也没看见他离开。但是我吃了一惊，叫她别出声。

“干吗？”她问，神经质地向周围望着。

“约瑟夫来了，”我回答，碰巧听见他的车轮走在路上隆隆响的声音，“希思克里夫会跟他进来的，我不能肯定他这会儿在不在门口。”

“啊，他不可能在门口偷听我说话的！”她说，“把哈里顿交给我，你去准备晚饭。弄好了叫我去跟你一块儿吃吧。我宁愿违背我难受的良心并且也觉得希思克里夫不会去想这种事。他没有，是吧？他不知道什么是爱吧？”

“我看不出有什么原因说他不能跟你一样了解。”我回答，“如果你是他所看中的人，那么，他就要成为全世界最不幸的人了。你如果变成林敦夫人，就意味着他失去了朋友、爱情以及一切！你想过没有？你将怎样忍受这场分离，而他又将怎样忍受完全被人遗弃在世上，因为凯瑟琳小姐……”

“他完全被人遗弃！我们分开！”她带着气愤的语气大叫着。“请问，谁把我们分开？他们要遭到米罗的命运！只要我还活着，艾伦，谁也不敢这么办。世上每一个林敦都可以消失，我绝不能答应扔下希思克里夫。啊，那可不是我要做的，那不是我的意思！如果要付出这么一个代价，我情愿不做林敦夫人！将来他这一辈子，对于我，就同他现在对于我一样珍贵。埃德加一定得打消对希思克里夫的反感。或者，至少要容忍他。当他知道了我对他的真实感情时，他就会的。艾伦，现在我知道了，你以为我是个自私的贱人。可是，你想过没有，如果希思克里夫和我结婚了，我们就得做乞丐，而如果我嫁给林敦，我就能使希思克里夫一步步地攀升，并且把他安置在我哥哥无权过问的位置。”

“用你丈夫的钱吗，凯瑟琳小姐？”我问，“你要知道他可不是你估计的这么顺从。并且，即使我不便下断言，但我却认为那是你要做小林敦的妻子的最糟糕的动机。”

“不是。”她反驳道，“那是最好的！其他的动机不仅仅是为了满足我的狂想，而且也是为了埃德加。因为在他的身上，我能感到，既包含着我对埃德加的，也包含着他对我的那种情感。我不能说清楚，可是你和别人当然都能了解。除了你之外，还有，或许应该有，另一个你的存在。如果我是完完全全都在这儿，那么创造我又有什么用呢？在这个世界上，我的最大的伤悲就是希思克里夫的伤悲，而且我从一开始就注意到并且彼此感受到了。在我的生活中，他是我最强烈的思念。即使别的一切都毁灭了，而他还存在，我就能继续活下去；如果别的一切都留下来，而他却给消灭了，这个世界对于我都将成为一个毫无意义的地方，我不会属于这里的任何一个角落。我对林敦的爱如同是树林中的叶子，我完全晓得，在冬天改变树木的时候，时光就会改变叶子。我对希思克里夫的爱就像下面的永远不变的岩石，虽然看起来它给你的愉快并不多，但是这点愉快却珍贵得难以割舍。艾伦，我就是希思克里夫！他永远永远埋藏在我内心深处。他对我来说并不是一种乐趣，并不见得比我对我自己还更有趣些，但是作为我自己本身而存在。所以别再说我们的分离了，那是做不到的。而且……”

她停住了，把脸埋到我的裙褶子里，但是我用力推开她。对她的不可理喻，我再也没有耐心了！

“如果我能从你的胡说中找出一点意义来，小姐，”我说，“那只是使我相信，你完全忽略了你在婚姻中所需要承担的责任，不然，你就是一个恶毒的、没有良心的姑娘。不要再用你所谓的秘密来打扰我，我不能答应保守这些秘密。”

“这点秘密你肯保守吗？”她焦急地问。

“不，我不答应。”我重复说。

她正要坚持时，约瑟夫进来了，我们的谈话就此结束。凯瑟琳把她的椅子搬到角落里，照看着哈里顿，我去做饭。饭做好后，我的伙伴就跟我开始推诿该由谁给亨德利送饭菜去，我们没能得出答案，直到饭菜都快凉了。然后我们一致同意，我们就等他来要吧，如果他想吃的话。因为当他暂时单独一个人的时候，我们都很怕走到他的面前。

“这么晚了，那个没出息的东西怎么还不从地里回来？他干吗去啦？又瞎逛去啦？”这老头子问着，四下里望着，想找希思克里夫。

“我去喊他，”我回答，“他在谷仓里，我想没问题。”

我去喊了，但是没有人应答。回来时，我低声对凯瑟琳说，我估计他已经偷听到她说话的大部分内容，并且告诉她，在她抱怨她哥哥对他的行为的时候，我看见他是怎样离开厨房的。她大惊失色地跳起来，把哈里顿扔到高背椅子上，就自己跑出去找她的朋友了。她也没有好好想想她为什么这么激动，或是她的谈话会如何影响他。她去了很久，因此约瑟夫建议我们不必再等了。他多心地猜测，他们在外面逗留为的是避免听他那拖得很长的祷告。他们是“坏得只能做坏事了”，他咬定说。而且，为了惩罚他们的行为，那天晚上他除了在饭前像往常一样做一刻钟的祈祷外，又加上一个特别祈祷，本来还要在祈祷之后再来一段，要不是他的小女主人这时冲进来，急忙命令他必须跑到马路上去，不管希思克里夫游荡到哪儿，也得找到他，要他立刻回来！

“我要跟他说话，在我上楼之前，我一定要跟他说话不可！”她说，“大门是开着的，他跑到一个听不见喊叫的地方去啦，因为我在农场的最高处使足了劲儿大声喊，他也不回应我。”

约瑟夫开始不答应，但是她太着急了，没有让他反对的余地。终于他把帽子往头上一戴，嘟哝着走出去了。

这时凯瑟琳在地板上来回走着，嚷着:“我奇怪他在哪儿，我奇怪他能跑到什么地方去！我说了什么啦，艾伦？我都忘啦，他是因为我今天下午发脾气吗？亲爱的，告诉我，我说了什么话让他难过啦？我真想他来，真想他回来呀！”

“无缘无故嚷嚷什么！”我喊道，虽然我自己也有点心神不定。“这一丁点儿小事就把你吓着啦！当然是没有什么值得大惊小怪的，希思克里夫也许在旷野上的月光下散步，或者就躺在堆放稻草的厩楼里，生气得不想跟我们说话。我敢说他是躲在那儿呢。瞧，我要不把他搜出来才怪！”

我去重新找一遍，结果很失望，而约瑟夫去找的结果也是一样。“这小子越来越坏了！”他一进来就说，“他把大门敞开了，小姐的小马都踏倒了两排小麦，还直冲到草地里去了！反正，主人明天早上肯定要闹一场，这可热闹了。他的耐心从来没有放在这些不小心的、可怕的家伙身上，他可不耐烦！可他不能老是这样，你瞧着吧，你们大家！你们不应该让他无缘无故发一阵疯！”

“你找到希思克里夫了吗？你这个蠢驴！”凯瑟琳粗暴地责备他，“你有没有按我吩咐的去找他？”

“我倒宁愿去找马，”他回答，“那还有点意义。可是在这样的夜晚，人马都没法找，黑得像烟囱似的！而且希思克里夫也不是听我一叫就来的人，没准你叫他，他还听得进去些呢！”

正值夏天，但那倒真是一个一片漆黑的夜晚。阴云密布，似乎要下雷雨，我说我们最好还是坐下来等吧。大雨马上要下了，一定会把他带回家的，用不着再费事。但是没办法让凯瑟琳平静下来。她一直从大门到屋门来回走动，激动得一刻也不肯休息，终于在靠近路上一面墙边站住不动。在那儿，不理会我的忠告，不理会那隆隆的雷声和开始在她四周啪啦啪啦落下的大雨点。她就待在那儿，时不时喊叫一下，又听听，接着号啕大哭。这一场放肆大哭是哈里顿，或者任何孩子都比不过的。

大概在午夜时分，我们都还坐着的时候，暴风雨带着气势汹汹的雷鸣在山庄顶上作威作福。起了一阵狂风，打了一阵霹雷，不知是风还是雷把屋边的一棵树给劈倒了，一根粗大的树干掉下来砸到房顶上，把东边烟囱也打下来一处，给厨房的炉火里带来一大堆石头和煤灰。我们还以为闪电落在我们中间了呢。约瑟夫跪下来，祷告主不要忘记诺亚和罗得。而且，更像从前一样，虽然他要打击不敬神的人，但要赦免无辜的人。我也有点感到这一定是对我们的裁决。在我的心里，约拿就是恩肖先生。我就摇动他小屋的门把，想弄明白他是不是还活着。他回答得有气无力，使我的同伴比刚才喊叫得更热闹，好像要把像他自己这样的圣贤和像他主人这样的罪人划清界限似的。但是20分钟后，这场袭击过去了，留下我们全都安然无恙。只是凯蒂，倔强地站在外面，赌气一样把自己淋得浑身湿透，不戴帽子，不披肩巾地站在那儿，任由她的头发和衣服都被雨水渗透。她进来了，躺在高背椅上，浑身水淋淋的，脸侧对着椅背，手放在脸前。

“好啦，小姐！”我叫着，扶着她的肩，“你是不是不想活了，是吗？你知道这是几点钟啦？十二点半啦。来吧，睡觉去。不用再等那个傻孩子啦，他准是去吉默屯了，而且现在他肯定住在那儿了。他猜这么晚我们不会还在等他，至少他觉得只有亨德利先生会起来，他是宁可不回来也不想见到主人给他开门的。”

“不，不，他不会在吉默屯，”约瑟夫说，“我看他绝对是掉到泥塘底下去啦。这场天降之祸不是偶然的。我情愿你们都擦亮眼睛看看，小姐，下一回该是你了。为了一切感谢上帝！一切配合起来都是为了他们好，好像从垃圾堆里挑选出来的！你们知道《圣经》上说什么……”

他开始引了好几段经文，给我们指明章节，叫我们去读。

我恳求这固执的姑娘站起来换掉她的湿衣服，但她却像失了神一样，我只好走开，任她祈祷，任她发抖，我自己带着哈里顿睡觉去了。小哈里顿睡得很香，好像是他周围的每一个人都睡着了似的。之后我还听到约瑟夫读了一会儿经，然后我还听到他上梯子时慢腾腾的脚步，后来我就睡着了。

我比往常下楼要晚些，凭着百叶窗缝中透进来的阳光，看见凯瑟琳小姐还坐在壁炉旁。大厅的门也还是半开，从那没有关上的窗户那儿进来了些光亮。亨德利已经出来了，站在厨房炉边，憔悴而懒散。

“什么事让你这么伤心呀，凯蒂？”我进来时他正在说，“看你像个淹到的小狗那样惨兮兮的。孩子，你怎么这么苍白？”

“我淋湿了，”她勉强回答，“我冷，就这么一回事。”

“啊，她真不听话！”我大声说，看得出来主人还相当清醒，“她昨天晚上在大雨里淋着，而且她又坐了个通宵，我也没法劝得她动一动。”

恩肖先生看着我们，带着一脸的惊诧和不解。“通宵？”他重复着，“什么事使她不睡觉？当然，不会是怕雷吧？几个钟头以前就已经不打雷了。”

我们都不想提希思克里夫失踪的事，我们想能瞒多久就瞒多久，所以我答道，我不知道她怎么想起来坐着不睡，她也没说什么。早晨的空气是清新凉爽的，我把窗户拉开，屋里立即充满了从花园里吹来的甜甜的香气。可是凯瑟琳粗鲁地叫唤我：“艾伦，关上窗户。我都要冻死了！”她向那几乎灭了的灰烬那边再挪近了些，缩成一团，牙齿直打战。

“她病了，”亨德利说，拿起她的手腕，“我想，这是她不肯睡觉的缘由。倒霉！我可不愿这儿再有人生病添麻烦，你干吗到雨里去呢？”

“和往常一样，追男孩子呀！”约瑟夫哑声说，趁我们犹豫时，就抓住机会大进谗言。“如果我是你，主人，我就不论他们是贵是贱都给他们一顿耳光！只要你有一天不在家，那个贪嘴的猫，林敦就偷着来了。还有艾伦小姐呀，她也是个机灵的小姐！她就坐在厨房守着你，你一进这个门，她就出了那个门。还有，我们那个贵妇人就走到她的跟前巴结去！这可真好，夜里十二点钟过了，跟那个吉普赛人生的野鬼，希思克里夫，躲在地里！他们以为我是瞎子，我才不是，一点儿也不瞎！我看到小林敦来，也看到他走，我还看到你（指着我说），你这个不知羞耻的、破破烂烂的巫婆！你一听见主人的马蹄在路上响，你就跳起来跑到大厅里去。”

“闭嘴，偷听话的家伙！”凯瑟琳叫着，“你居然敢在我面前放肆！亨德利，埃德加·林敦昨天是碰巧来的，是我叫他走的，因为我了解你向来不喜欢和他碰面。”

“你撒谎，凯蒂，毫无疑问，”她哥哥回答，“你是一个讨厌的呆子！但是现在先别管林敦吧。告诉我，你昨天晚上是否跟希思克里夫在一起？就现在，老实交代。你不必担心我害他，虽然我一直这么恨他，不久以前他却为我做了件好事，使我的良知没法让我掐断他的脖子了。为了不让这种事情发生，我今天早上就要把他撵走。等他走后，我劝你们都小心点，我不会再对你们这么客气了！”

“我昨天夜里根本没有看见希思克里夫。”凯瑟琳回答，开始痛哭起来，“你要是把他赶出大门，我就一定要跟他走。但是，也许，你永远不会有机会啦！也许他已经走啦。”说到这里，她眼泪忍不住哗哗直流，她说的话都被哭声掩埋听不清楚了。

亨德利对她冷嘲热讽，大骂一顿，让她马上回她屋里去，要不然的话，就不该无缘无故地大哭！我劝她听话。当我们到了她的卧房时，我永远不会忘记她演了怎样的一场戏，真的把我吓坏了，我以为她要疯了，就让约瑟夫快跑去请大夫。后来证实这是热病的开始。肯尼兹先生一看见她，就宣布她病情危险，她在发烧。他给她放血，又告诉我只给她吃乳浆和稀饭，而且要小心，别让她跳楼，或是跳窗，然后他就走了。因为他在这教区里忙得很，而在这一带，这个村和那个村中间隔了两三英里远是常有的事。

虽然我不能说我是一个温柔的看护，可是约瑟夫和主人总不见得比我好。况且虽然我们的病人是病人中最麻烦、最任性的，但是她总算活过来了。当然啦，老林敦夫人来拜访了好几次，而且百般挑剔，把我们都骂了一阵。吩咐了一阵，当凯瑟琳的病快康复的时候，她坚持要把她送到画眉山庄去。这无异于一道赦令，我们非常感激。但是这可怜的太太大可后悔她的善心，她和她丈夫都被传染了热病，在几天之内，两人便相继离世了。

我们的小姐回到我们这儿来，比以前更倔强，更暴躁，也更傲慢了。自从雷雨之夜后希思克里夫就音信全无。有一天她惹得我气极啦，我自认倒霉，竟把他的失踪归咎于她身上了。的确，这责任是该她负，她自己也清楚。从那个时候起，有好几个月，她不理我，仅仅保持主仆关系。约瑟夫也受到冷遇：尽管他只顾说他自己的看法，还拿她当个小姑娘似的教训她，她却把自己当作成年的女子，是我们的女主人。并且她觉得最近这场病让她有权要求别人体谅她。还有，大夫也说她不能再受太多打击了，她得由着她自己的性子才成。在她眼里，任何人若敢站起来反对她，就跟谋杀差不多。她对恩肖先生和他的伙伴们都躲得远远的，她哥哥受了肯尼兹的教导，又想到她的狂怒常常会引起癫痫的严重威胁，也就对她百依百顺，尽量不要去惹恼她。讲到容忍她的反复无常，他实在是太迁就了，这并不是出于感情，而是出于妄自尊大。他真心盼望着能看到她和林敦家联姻，以便光耀门楣，并且只要她不去打扰他，她就尽可以把我们当奴隶一样践踏，他才不管呢！埃德加·林敦，像在他以前和以后的多数人一样，是给迷住了。他父亲逝世3年后，直到他把她领到吉默屯教堂那天，他自信是世上最幸福的人。

在他们的劝告下，我很勉强地离开了呼啸山庄，陪她到这儿来了。小哈里顿差不多有5岁了，我才着手教他认字，我们分别得很惨。但是凯瑟琳的眼泪比我们的更有力量，当我拒绝去，当她知道我对她的恳求无动于衷的时候，她就到她丈夫和她哥哥面前去痛哭。她丈夫要给我很多的工资，她哥哥命令我打铺盖。他说，现在没有女主人啦，他家里不需要女佣人了。至于哈里顿，不久就有副牧师来看管了。因此我别无选择，让我做什么就照办吧。我告诉主人说，他把所有的正派人都打发走了，那只会使他毁灭得更快些。我亲亲哈里顿，作为告别。从此以后他和我是陌生人啦，想起来可十分古怪，但是我敢肯定他已把艾伦忘得一干二净了，也忘了他曾经是她在世上最牵挂的人，而她也曾是他最依赖的！

当故事讲到了这里，管家不经意地瞄了一眼墙壁上的时钟，她感到非常吃惊，因为时钟显示已经一点半了。此时就连一秒钟她也不想多待了。而对于我来说，我心里也想让她的故事先告一段落。而当我没有注意的时候，她已经回到自己的房间呼呼大睡了。后来我又静静地思考了一两个小时，尽管我的头和四肢痛得实在难受，但我不得不站起身来去休息了。

第十章

对于一个打算隐居的人，这样的状况倒也是一个很好的开始！我连续四周卧病在床，辗转难安，备受煎熬！唉，这渗入骨髓的寒风，冰冻的天气，泥泞坎坷的道路，拖拉的乡下医生！几乎没有机会看到几个人！更糟糕的是，肯尼兹医生还告诉我，等到了春天我才能出门，这实在是糟糕得很！

刚刚希思克里夫先生赏光来看望了我。在六七天前，他还给我送来了一对松鸡——这是时下能够捉到的最后一批了。这坏蛋，我之所以生病，他可不是一点儿责任都没有。我真想就这样和他明说。但是，唉！我怎么可以得罪这样一个人呢？他善意地陪我待了整整一个小时，除了吃药、喝水，用药膏和水蛭①之外，还聊了些其他事情。这倒是一段颇为舒适的时期。我的身体还太虚弱，不能看书，但是我觉得好像可以享受一点别的有趣的东西了。何不叫丁恩太太上来讲完她的故事呢？她讲到的主要情节我都还记得。没错，我记得她的男主人公已经出走，3 年没有音讯；女主人公结婚了。我准备打铃。她知道我有精神和她聊天，一定会很高兴的。

---

① 水蛭能用来吸血治病。

丁恩太太来了。

“先生，还得过 20 分钟才吃药呢。”她说道。

“嘿，去它的！”我回答，“我是想要——”

“医生说，那种药粉你不能再服了。”

“十分愿意！你别打断我的话。过来，坐到这儿来，你的手别去碰那一大堆可恶的药瓶。把你的编织活从口袋里拿出来，好了，现在你接着说希思克里夫先生的故事吧，从你上次停住的地方说起，要一直说到现在为止。他是不是在欧洲大陆上受完了教育，变成一个绅士回来了？还是他在大学里获得了减费生的名额？要不，是不是逃到美洲，在他的第二故乡吸取了膏血，从而有了名望？还是更直接，就在英国靠拦路打劫发了横财呢？”

“也许所有这些行当他全都干过一点儿，洛克伍德先生，可这段时间里到底发生了什么事，我实在一无所知。我早就说过，我不知道他的钱是怎么搞来的。他的心灵原来已经陷进蒙昧无知，后来是怎么摆脱出来的，这我也不知道。不过，请别在意，如果你觉得这个能替你消遣，不会使你感到讨厌，那我就按照我自己的方式讲下去了。今天早上你觉得好点了吗？”

“好多了。”

“这是个不错的消息。”

我随着凯瑟琳小姐一起来到画眉山庄。我虽然感到失望，然而让我感到欣慰的是她的行为举止变得好多了，大大出乎我的意料。看来是她过于喜爱林敦先生的缘故，就连对他的妹妹，她也显得十分亲热。当然，他们兄妹俩对她也非常体贴关怀。不是荆棘依偎忍冬，而是忍冬拥抱荆棘。互相之间并没有让步迁就，而是一个笔直挺立，其余的全都服从依顺。既不会遭到反对，又不会受到冷遇，谁还能使性子、发脾气呢？我看得出埃德加先生心里其实十分害怕惹她生气，他对她一直隐瞒着这种害怕心理。不过，只要发现我用很敷衍的语气来对待她的一些专横无理的命令时，抑或看到仆人们的脸色流露出一丝一毫的不满时，或者看到别的仆人流露出不太乐意的脸色时，他就会皱起眉头显得不高兴，可他为自己的事是一向不会沉下脸来的。他曾多次严厉地批评我没有规矩，还说哪怕用刀子戳他，也比不上见到他太太烦恼更难过。

为了不让一位仁慈的主人伤心，我渐渐地学会了克制自己的性子。有半年光景，那火药就像沙土似的摊在那儿毫无危害，因为没有火种凑近来引爆它。凯瑟琳偶尔也有闷闷不乐的时候，每当这种时候，她的丈夫总是很尊重她，同情她，也陪着她默不作声。他认为这是她那场重病引起的体质上的改变，因为在那以前，她的心情从来没有压抑过。一旦阳光重新展露，他就又从心底射出阳光来欢迎。我相信，在那段日子里，他们真的享有不断增长的无限幸福。可是，幸福完结了。本来嘛，人们最终必定还是替自己打算的，那些温和慷慨的人，只不过比专横霸道的人自私得正当一点儿罢了。一旦出现了什么情况，彼此感到自己的利益并不是对方最关心的事时，幸福也就结束了。

在 9 月的一个芳醇的傍晚，我正从花园里采了一大篮苹果回来。这时天色已暗，月亮从院子的高墙外照过来，使得房子不少突出部分的角落里，都潜伏着模糊的阴影。我把篮子放在厨房门口的台阶上，站下来休息，还吸了几口柔和甘美的空气。我正背朝门抬头仰望着月亮，突然听到背后有个声音说：“艾伦，是你吗？”

这是个低沉的声音，带有外乡的口音，可是叫我名字的那口气，听起来非常耳熟。我转过身去看看是谁在说话，心里有点害怕，因为厨房门是关着的，刚才我走近台阶时，也没见到有人啊。门廊里好像有什么东西在动。我往前走近几步，才看清是个高个子男人，穿着一身深色衣服，一张黝黑的脸，一头黑发。他靠墙站着，手握着门闩，好像正打算自己开门进去。

“会是谁呢？”我心里嘀咕着，“恩肖先生？啊，不！这不像他的声音。”

“我已经在这儿等了一个小时了。”我的脑筋还转不过弯来的时候，他又说了，“在这段时间里，这一带一直像死一样的悄无声息，我不敢擅自进去。你不认识我了吗？看看，我不是陌生人呀！”一道光线落到他的脸上。两颊灰黄，一半被黑胡子遮住，两道眉毛低压，双眼深陷而且颇为特别。这双眼睛我再熟悉不过了。

“什么!”我嚷了起来，我不知道该把他当作人还是当作鬼，我惊讶地举起了双手，“什么！你回来啦？真的是你吗？是吗?”

“是我，希思克里夫，”他回答说，目光从我身上移向高处的那排窗口，那儿倒映出许多灿烂的月亮，但是里面没有透出灯光，“他们在家吗？她在哪儿？艾伦，你怎么不高兴！你没有必要这样惊慌不安呀！她在这儿吗？说呀！我要跟她说句话——跟你的女主人。去吧，就说有个人从吉默屯来，想见见她。”

“她知道这么突然的消息会作何反应啊?”我嚷了起来，“她该怎么办？这意想不到的事，真把我给难住了，这会让她昏了头的！你真的是希思克里夫？可是变啦！不，实在让人分不清啦。你当兵了吧?”

“快进去给我传个话，”他不耐烦地打断我的话，“你不去，我可是像在地狱里呢!”

他拨开门闩，我走了进去。可是当我走到林敦先生和林敦太太正在里面的客厅门口时，我没法使自己往前走了。

最后，我终于想出了一个借口，问问他们要不要点上蜡烛，于是我推开了门。

他俩正一起坐在窗前，格子窗贴墙打开着。从窗口望出去，可以看到花园中的树木，青翠的天然林苑，还有远处的吉默屯山谷，一道长长的白雾几乎环绕到山顶（你只要一走过教堂，也许就会留意到，从沼泽地里淌出的淙淙细流，都流进了顺着山谷弯弯曲曲行进的小溪）。呼啸山庄就在这银白色的云雾里若隐若现，不过从这儿却看不见我们的那幢老房子，它坐落在山那边稍低的地方。

这间屋子，屋子里的人，以及他们眺望着的风景，都显得特别的静谧宁静。我实在不愿意完成我的任务。在问过要不要点上蜡烛之后，我竟然一字不提地离开了，这时我总算意识到自己太傻了，它促使我回过头来，低声说：“有个从吉默屯来的人想见你，太太。”

“他有什么事?”林敦太太问道。

“我没问他。”我回答。

“好吧，把窗帘拉上，艾伦，”她说，“把茶端来。我一会儿就回来。”

她离开了客厅。埃德加先生不经意地问了我一声，找夫人的那人是谁。

“是太太没想到的人，”我回答说，“就是那个希思克里夫。你还记得他吧，先生，他原来住在恩肖先生家的。”

“什么！那个吉普赛人，那个小乡巴佬？”他叫嚷了起来，“你为什么不告诉凯瑟琳？”

“嘘！你可千万别拿这些称呼来叫他，主人，”我说，“要是让她听到了，她肯定会生气和难受的。他出走时，她的心几乎都要碎了。我猜想，他这次回来，对她来说是一桩大喜事呢。”

林敦先生走到屋子那头一个能看到院子的窗口，打开窗子，向外探出身子。我猜想他们两个就在下面，因为林敦先生马上叫喊道：“别站在那儿呀，亲爱的！如果是什么有关系的人，那就带他进来吧！”

过了没有多久，我就听到门闩咔嗒一声响，凯瑟琳飞奔上楼来了，她上气不接下气地像发了狂，激动得连高兴都不知道怎么表达了。说真的，瞧她脸上的那副模样，你还以为有什么大难临头了呢。

“啊，埃德加，埃德加！”她喘着气，伸出双臂搂住他的脖子，“啊，埃德加，亲爱的！希思克里夫回来啦，他回来啦！”说着她使劲儿搂住他，把他搂得更紧了。

“得了，得了，”她的丈夫脸色一沉，带着不太高兴的声音叫了起来，“别为了这把我勒死啊！我从来没有想过他是这么一个稀世珍宝。也用不着高兴得发疯呀！”

“我知道你不喜欢他，”她回答说，尽可能稍稍压抑住自己的狂热和欢乐，“可是为了我，你们俩现在非得做朋友。我叫他上来好吗？”

“来这儿？”他问，“到客厅里来？”

“不来这儿去哪儿呀？”她问。

他看来有点生气了，建议道，接待他还是厨房比较合适。

林敦太太瞅了他一眼，表情古怪有趣，对他那套过分的讲究，真是又好气又好笑。

“不，”她过了一会儿说，“我不能坐在厨房里。在这儿放两张桌子吧，艾伦。一张给你主人和伊莎贝拉小姐坐，他们是上等人；另一张是给希思克里夫和我的，我们是低一等的人，这样你该满意了吧，亲爱的？还是我不得不另找个地方，重新生炉子？如果是这样，就请吩咐吧。现在我得跑下去留住客人啦。我真怕这桩喜事太大，变得都不像真的了！”

她正想再奔出去，可是埃德加把她一把拦住了。

“你去叫他上来吧，”他对我说，“凯瑟琳，你呢，高兴归高兴，可别闹出荒唐的事来！这一家大小并不一定要看到你把一个逃跑的仆人，当作兄弟来欢迎的。”

我走到楼下，发现希思克里夫正在门廊下等着，明显已料到会请他进来。他没有多说话就随着我进来了。我把他带到主人和女主人的面前，他们那涨红的脸上还留着激烈争论过的痕迹。可是当她的朋友出现在门口时，太太的脸色瞬间就闪现出另一种光彩。她跳上前去，握住他的双手，把他领到林敦跟前，然后抓住林敦那只不情愿伸出的手，硬塞进他的手中。

这会儿，有了炉火和烛光的照亮，我比先前更惊讶地看清，希思克里夫已经和以前完全不一样了。他已长成一个高大健美的男子汉。在他的身旁，我的主人就显得瘦小，像个少年了。他那笔挺的身姿，让人联想到他一定参加过军队。他脸上的表情和果断的神态，也都比林敦先生老练多了。那副面容看上去很有才智，以前那种低贱落魄的痕迹，已经荡然无存了。只有在那低压的双眉和充满黑色火焰的眼睛里，还潜伏着半开化的野性，不过已经给抑制住了。他的举止十分庄重，已经完全摆脱了粗野，虽说过分严肃，不够文雅。

主人的惊讶跟我一样，也许还超过了我。他愣着，一时半会儿也不知道应该对他所谓的小乡巴佬说什么才合适。希思克里夫放下他那只瘦小的手，站在那儿冷冷地看着他，等着他开口。

“坐下吧，先生，”他终于说，“林敦太太回想起往日的时光，要我热诚地接待你。当然，凡是能使她高兴的事情，我总是很乐意去做的。”

“我也是这样，”希思克里夫回答说，“特别是如果我也能参加的话。我很愿意在这儿待上一两个小时。”

他在凯瑟琳对面的一张椅子上坐了下来。她一直盯着他看，似乎生怕她把眼光一移开他就会消失似的。他则不大抬眼看她，只是偶尔朝她飞快地瞥上一眼，可是每次收回目光时，一次比一次大胆地从她的眼睛中汲取了毫不掩饰的喜悦。

他们俩完全沉浸在共同的喜悦中，一点儿都不感到窘迫了。埃德加先生坐在他们之间，好像是一件多余的物品。他一肚子火，脸色也越来越苍白。当他的太太站起身来，走过地毯，紧紧地抓住希思克里夫的双手，笑得忘了形时，他的这种情绪就上升到顶点了。

“明天我会以为这是一场梦呢！”她大声嚷嚷道，“我怎么也不会相信，我又见到你了，又触摸到你了，还跟你说了话。但是，狠心的希思克里夫呀！你受得起这样的欢迎吗？一去三年，一点儿消息也没有，你从来没有想到我！”

“比起你对我来，我还多想到你一点儿，”他低声咕哝说，“我是不久前才听说你已经结婚的，凯蒂，刚才我在楼下院子里等你的时候，我做了这么个打算：我只是来见你一面——哪怕只是惊讶地瞅上一眼，而且还故作高兴，接下去我就去跟亨德利算账，最后我再把自己结果了，免得受法律制裁。你的欢迎把我这些念头全部扑灭了，不过当心，下次可别用另一种样子来欢迎我啊！不！你不会再把我赶走了。你真的为我伤心了，是吗？是啊，这不是没有道理的。自从我最后一次听见你的声音之后，我已经在生活中苦苦搏斗了一场啦。你一定得原谅我，因为我是为了你才奋斗的！”

“凯瑟琳，我们要是不想喝冷茶，那就请到桌子旁来吧。”林敦打断了他们的谈话，极力用平和的声调和礼貌的态度掩饰自己心中的怒火，“无论希思克里夫先生今晚在哪儿过夜，他都还得走一段远路呢，再说我也渴了。”

她走到了茶壶的跟前。伊莎贝拉小姐听到打铃，也来了。我把他们的椅子搬到桌子旁边后，就退出了房间。

这顿茶点还没有10分钟。凯瑟琳的杯子里根本没斟过茶，她吃不进也喝不下。埃德加泼了一些茶在他的茶碟里，大概也一口没喝。

那天晚上，他们的客人逗留了不到一个小时，临走时，我问他是不是去吉默屯？

“不，去呼啸山庄，”他回答说，“今天早上，我去拜访恩肖先生时，他请我去住的。”

恩肖先生请他去住！他去拜访恩肖先生！他走了以后，我把这两句话苦苦地想了又想。莫非他变得有点像个伪君子了？他重新回来这里是想暗中搞破坏吗？我揣摩着。我心底里有一种不祥的预感，他还是不回来的好。

大概是半夜时分，我刚睡着不久，就被林敦夫人弄醒了。她溜进我的卧房，搬了把椅子坐在我床边，拉我的头发，硬把我给弄醒了。

“我睡不着，艾伦，”她说，算是对我说声道歉，“我得有个活人做伴，跟我一起分享我的快乐！埃德加不高兴了，他没法忍受我因为一件他不感兴趣甚至讨厌的事情高兴不已。除了一些赌气的傻话，别的他什么也不肯说。他还硬说我狠心、自私，他身体这么不舒服，困得要命，我还缠着要跟他说话，他总是这样，只要有一点不开心，就会马上生起病来！我说了几句称赞希思克里夫的话，不知是因为头痛还是妒忌，他竟哭起来了。所以我就从床上起来，撇下他来你这儿了。”

“你为什么要当着他的面称赞希思克里夫呢？”我说，“他们小时候就是死对头，你不是比任何人都了解吗？要是希思克里夫听到你称赞他，同样也会生气的。这是人的本性呀。别在林敦先生面前提他了，除非你喜欢他们公开吵一场。”

“那不是表明他们有很大的弱点吗？”她追问道，“我就不妒忌别人。伊莎贝拉有一头光亮的黄头发，皮肤又白又嫩，长得既俊俏又文雅，全家就没有一个不疼爱她的，我可从来没有为这苦恼过。就连你，艾伦，每当我们有什么事发生争执，你也总是马上向着伊莎贝拉，我除了没主见地乖乖地让步就没有别的想法了。我叫她宝贝，把她哄得高高兴兴的。看到我们俩亲亲热热，她哥哥满心喜欢，我也觉得高兴。他们兄妹两个非常相像，他们都是被宠坏了的孩子，以为这个世界是为他们的生存创造的。虽然我总是顺着他们俩，可我同时又想，狠狠惩罚他们一下，可能会使他们有所改变。”

“你错了，林敦太太，”我说，“是他们顺着你。要是他们不这么做，我知道会弄成什么样。只要他们考虑到事事都让你称心如意，在一些无关紧要的地方你是会迁就他们一下的。不过总有一天，你们肯定会在同样重要的事情上产生矛盾闹得不可开交的。到那时候，你认为软弱的人，很有可能跟你一样倔强。”

“到那时候，我们就要拼个你死我活了，是吗，艾伦？”她笑着回答说，“不！我告诉你，我对林敦的爱情有这样的信心：我相信哪怕我杀了他，他也不会想对我复仇的。”

我劝她说，为了他这份爱情，她就更应该尊重他，在乎他的感受。

“我是尊重他的呀，”她回答说，“可是他也没必要为一点小事就哭哭啼啼呀。这太孩子气了。我只说了希思克里夫如今值得每个人尊重了，就连最有名的乡绅也会以跟他结交为荣的，他听了就哭成泪人儿了，他本该赞同我的说法才是，而且还应该为能和我情投意合而感到开心。他一定得看得惯他，甚至应该喜欢他。想想，希思克里夫多有理由反对他，我敢说，他的态度真是好极了。”

“你对他去呼啸山庄有什么看法？”我问道，“很明显，他各方面都改好了，完全像个基督徒了，向他周围的敌人都伸出友好的右手！”

“他做了解释了，”她回答说，“我也跟你一样感到奇怪。他说他去那儿是为了要向你打听我的消息，他以为你仍在那儿。约瑟夫把他的到来报告了亨德利。亨德利就出来了，盘问了他一通，问他一直在做些什么，怎么生活的，最后就要他进去了。屋子里有几个人坐在那儿玩牌，希思克里夫也加入了。我哥哥输了一些钱给他，发现他随身带的钱很多，就邀请他今天晚上再去，他答应了。亨德利真是太胡来了，交朋友也不谨慎选择，他都懒得去想想，一个他卑鄙地迫害过的人，他不应该给予信任。不过希思克里夫则声明，他之所以要跟从前迫害过他的人重新联系，主要是想找一个离画眉山庄不远可以徒步往返的住处，而且对我们一起生活过的那幢宅子，也有着一种眷顾之情。此外还怀有一个希望，希望我能有更多的机会去那儿看他，要是他住在吉默屯，我就不那么容易见到他了。为了能在呼啸山庄住下，他打算拿出一大笔租金。我哥哥见钱眼开，肯定会想都不想就收下了。他一向贪财，尽管他这一只手搞来钱，那一只手马上会挥霍掉。”

“这倒是个年轻人的好住处！”我说，“你不怕会闹出什么事来吗，林敦太太？”

“我才不用为我的朋友担心呢，”她回答说，“他那坚强的头脑会使他避免危险的；我倒是有点为亨德利担心。不过，他的道德总不至于比现在还堕落吧。何况有我在中间挡着，皮肉上是不会受到伤害的。今天晚上的事情，使我跟上帝和人类又言归于好了！我曾经满腔怒火地起来反抗上帝。哦，我受了多么、多么痛苦的折磨啊，艾伦！要是让那人知道我受了多大的苦，而在我的痛苦已消除的今天，他反而用莫名其妙的怒火来点燃我曾经的不幸，他是会为这感到可耻的。我所以独个儿承受这一切，是出于对他的一片好心。要是我把时时感到的痛苦吐露出来，就会使他懂得，他也该像我一样急切地希望减轻痛苦。不过，事情已经过去了，我并不想跟他的愚蠢算账。从今以后，我什么都能忍受了！即使世上最下贱的东西在我脸上打了一个耳光，我不仅要把另一边脸转过去让他打，还要请他原谅我惹恼了他，作为一个证明，我现在立刻就去跟埃德加和好。晚安！我成了一个天使啦！”

她满怀着信心，沾沾自喜地走了。

第二天，一看就知道她已成功地实现了自己的愿望。林敦先生不但不再生气（尽管他的情绪仍被凯瑟琳洋溢的欢快所抑制），而且居然没反对她下午带伊莎贝拉一起去呼啸山庄。她用这样热情的甜言蜜语来回报他，使得这个家接连好几天变得像一座天堂，主仆们全都得以从这无穷的和煦阳光中受益。

希思克里夫——往后我得称呼他希思克里夫先生了——开始很谨慎，不随便使用来画眉山庄拜访的自由，他似乎在试探，田庄主人对他的闯入能容忍到多大程度。凯瑟琳也觉得在接待他时，自己的欢乐表情有所节制也是明智的。就这样，他逐渐获得了他所期望的权利。

他基本上还保留着童年时代就很明显的沉默寡言，这有利于收敛住感情上的一切惊人流露。主人因为不安而对他产生的戒备也逐渐缓和了下来，而情况的发展，又把他的不安暂时转移到另一个方面去了。

原来，他的新烦恼源于发生在伊莎贝拉身上的一件意想不到的不幸事件。她对这位勉强受到接待的客人，突然产生一种不可阻挡的爱慕之情。当时她还是个 18 岁的迷人的小姐，举止都还带着稚气，虽然才思敏捷，感情丰富，被惹恼时脾气也不小。她的哥哥一直十分疼爱她，但被她突如其来萌生的爱情给吓坏了。且不说跟这样一个出身不明的人联姻，有辱家族门楣，也不说自己若无后代，家财会落入此人之手，他对希思克里夫的为人一清二楚，他知道，即使他的外表有了改变，可是他的本质并没有变，也是不可能改变的。而且他害怕这种人，也憎恨这种人，把伊莎贝拉交给这样的人，他连想都不敢想下去。他如果知道她的这种恋情完全是她自动产生，对方也没有以动情回报，那后果更是令他不堪设想了。他一发现这回事，就怪到希思克里夫头上，总认为是他精心策划出来的。

有一段时间，我们都看出林敦小姐不知为什么心烦意乱，痛苦忧伤。她变得脾气很坏，让人讨厌，对凯瑟琳说话老是恶声恶气，还常常揶揄她，眼看就有耗尽她嫂嫂那点有限的耐心的危险。我们都原谅她，只当她身体不好。我们眼看她一天天地消瘦憔悴下去。不过有一天，她竟特别任性，说什么也不肯吃早饭，抱怨仆人们不听她的吩咐，女主人任由她被人不放在眼里，埃德加也不管她，还抱怨门开着害她着了凉，我们故意让客厅里的炉火灭了存心气她，怨这怨那，全是鸡毛蒜皮的事，一百条也不止。林敦太太的忍耐已经到了极限，用敕令的语气把她赶上床去，狠狠地把她训了一番，还吓唬她要去请医生来。

一听到要去请肯尼兹，她马上大声辩解说，她的身体好好的，她所以不开心，全是因为凯瑟琳的冷酷无情。

“你怎么能说我冷酷无情呢，你这个淘气的小傻瓜?”女主人叫了起来，对她这种无理取闹的指责感到十分诧异，“你一定是发昏啦。告诉我，我什么时候冷酷无情了？”

“昨天，”伊莎贝拉抽泣着说，“还有现在！”

“昨天！”她嫂嫂说，“什么时候呀？”

“我们在荒原上散步的时候，你要我爱往哪儿走就往哪儿走，你自己却跟希思克里夫先生一起闲逛！”

“这就是你说的冷酷无情？”凯瑟琳笑了起来，说，“这并不是嫌你在一起多余呀！我们并不在意你跟不跟我们在一起，我只是不想希思克里夫那些无趣的话让你感觉乏味。”

“哦，不，”小姐哭着说，“是你希望我离开，因为你知道我喜欢待在那儿！”

“她神志正常吗？”林敦太太转向我求助，问道，“我可以把我们的谈话逐字逐句地重复一遍，伊莎贝拉，你就把其中对你有吸引力的话指出来吧。”

“我不在乎谈话，”她回答说，“我是要跟——”

“说吧！”凯瑟琳说道，看出她在犹豫，是不是要把这句话说完。

“要跟他在一起。我不愿老让人打发走！”她接着说，情绪似乎有点不受控制，“你是马槽里的一条狗①，凯蒂，而且除了你自己，你希望谁也不要被人爱上！”

“你是只胡闹的小猴子！”林敦太太吃惊地叫了起来，“天啊，世界上怎么会有这种蠢事！你想要得到希思克里夫的爱慕是不可能的，你居然把他看成一个可爱的人！但愿我是误解了你的意思了，是吗，伊莎贝拉？”

“不，你没有误解，”这着了迷的姑娘说，“我爱他胜过你爱埃德加，而且只要你同意他爱，他也会爱我的！”

“那样的话，即使有王位让我坐，我也不愿意是你！”凯瑟琳坚决地声明，看来她说得像是真心话，“艾伦，你来帮帮我吧，让她明白她

---

① 源出《伊索寓言》，意为自己不能享用，又不让别人享用。

是疯了。告诉她希思克里夫是怎样一个人。他是个野性难驯的人，粗俗无礼，没有教养，是一片只有荆豆和岩石的荒野。要我让你把你的心交给他，我情愿在冬天时把那只小金雀放进林园！可惜你太不了解他的性格了，孩子，不是别的，这是你头脑里虚构出的一种幻想，是不真实的。求求你，千万别觉得在他那副严峻的外表下深藏着爱心和柔情！他不是一块未经琢磨的钻石，不是一只表面粗糙的含珠之蚌，而是一个像狼一般凶狠无情的人。我从来不对他说，‘放过这个或那个仇人吧，因为你伤害他们就是你没有气量，是残忍。’而是说，‘放过他们吧，我绝不允许有人伤害他们。’如果他发现你是个累赘，伊莎贝拉，他会把你像捏雀蛋似的捏得粉碎。我敢打赌他绝不会爱上一个林敦家的人，不过他很可能会和你的财产和可望继承的遗产结婚。贪婪伴随他一起成长，已经成了他一种积重难返的恶习。这就是我要给你看的他最真实的写照。而且我是他的朋友，正因为如此，要是他真的和我说爱你，也许我还会闭紧嘴巴，让你掉进他的陷阱里去呢。”

林敦小姐怒气冲冲地瞪眼看着她嫂嫂。

“你真不要脸，真不要脸！”她生气地重复说，“你比二十个敌人还要坏，你这个恶毒的朋友！”

“啊，这么说，你不相信我？”凯瑟琳说，“你以为我说这些话是出于坏透了的自私心？”

“我认为你正是这样，”伊莎贝拉回嘴说，“而且我一想到你就要发抖！”

“好吧！”对方叫了起来，“要是你这样想，那你就自己去尝试一下吧。我已经无话可说了，你这样傲慢无礼，我不跟你多费口舌了。”

“可我还得为她的自私自利受苦！”林敦太太离开房间后，伊莎贝拉抽泣着说，“一切的一切，全都在跟我过不去。她毁了我仅有的安慰。可她说的全是假的，不是吗？希思克里夫先生绝不是一个恶魔，他有一个值得尊敬的灵魂，一个真诚的灵魂，要不他怎么还会记得她呢？”

“别再想他了，小姐，”我说，“他是一个邪恶的灵魂，不配做你的伴侣。林敦太太话虽说得重了一些，可我没法反驳她。她比我，比任何人更清楚了解他的心地，而且她绝不会把他说得比他本人更坏。真诚的人是不会隐瞒他们的所作所为的。这些年他是怎么生活过来的？怎么发的财？他为何要住在呼啸山庄，住在他所痛恨的仇人家里？人们说，打从他来了之后，恩肖先生越来越不像话了。他们没日没夜地一块儿赌博、喝酒，亨德利把他的田地都抵押出去了，他现在干脆除了赌博和喝酒，什么事也不干。我只是在一个星期前才听说的，是约瑟夫告诉我的，我在吉默屯遇见了他。”

“‘艾伦，’他说，‘我们那家人差点请验尸官来验尸啦。他们之间有一个险些砍下了自己的手指，他为了拦住对方，居然像个笨小子似的往自己手上扎了一刀。我说的就是主人，你知道，他真够得上末日审判啦。审判的法官他谁也不怕，不管是保罗、彼得，还是约翰、马太①，他全都不怕！他好像还想拿他的厚脸皮对着他们呢！还有你那个乖孩子希思克里夫，你知道，他可真是个少有的人物！不仅对任何人，他比撒旦还要善于伪装，他也能对他咧着嘴笑。他去田庄时，就从来没有说起过他在我们那儿过的美妙生活吗？日子是这么过的：太阳下山时起床，掷骰子，喝白兰地，关上百叶窗，点上蜡烛，一直到第二天中午；然后，那个傻瓜才满口脏话、骂骂咧咧地回自己的房间，使正派的人都羞得赶忙用手指塞住自己的耳朵。至于那个坏蛋呢，哼，他倒是点清赢到的钱后，吃喝一通，睡上一觉，然后到邻居家和人家的老婆闲聊瞎扯。当然喽，他不会告诉凯瑟琳小姐，她父亲的钱财是怎么流进他的口袋的，她父亲的儿子在堕落的道路上飞奔，他是怎么赶到他前头为他打开一道道栅栏的。’听着，林敦小姐，约瑟夫是个老浑蛋，但不是个虚伪的人。假如这一切一切都是希思克里夫的本来面目，你绝不会想要这样一个丈夫吧，是吗？”

“你跟他们是同一个鼻孔出气的，艾伦！”她回答说，“我不要听你的诽谤。你们多恶毒啊，硬要把我心里那小小的幸福扼杀掉，还告诉我这都是假的！”

如果由着她去，她会从这种痴心妄想中清醒过来呢，还是一直执迷

① 均为耶稣的使徒。

不悟，我可就说不准了。她也很少有时间多想了。第二天，邻镇有个审判会议，我的主人不得不前去参加。希思克里夫先生得知他有事外出，便比平时早得多前来拜访。

凯瑟琳和伊莎贝拉正坐在书房里，双方都怀着敌意，但谁也没有吭声。伊莎贝拉想到自己最近言行有些冒失，而且一怒之下还泄露了内心的隐情，心中难免有点惊惶不安。凯瑟琳把这件事认真地从头到尾想了一遍之后，对小姑子真的生气了。她暗自下定决心，要是下次再嘲笑她的无礼时，定要让她知道这对她来说可不是什么可笑的事。

当她看到希思克里夫从窗口经过时，她真的笑了。这时，我正在清扫炉子，我注意到她的嘴角露出一丝不怀好意的微笑。伊莎贝拉想什么想得出了神，或者是正在专心看书，直到门打开时，她都坐在那儿一动没动，要想躲避已经太迟了，要是来得及躲开的话，她真想一躲了之。

“请进，你来得正好!”女主人开心地叫了起来，往壁炉旁拖了一张椅子，“这儿有两个人正急着盼望有个第三者来融解她们之间的冰块呢。你真是我们的再也适合不过的人选。希思克里夫，我终于有幸给你引见一位比我更爱慕你的人了。我希望你感到荣幸。不，不是艾伦，别朝她看！是我可怜的小姑子，她一心思念你的形体美和精神美，把一颗芳心都想碎啦。愿不愿做埃德加的妹夫全在你了！不，不，伊莎贝拉，你不能跑掉。”她接着说，带着假装闹着玩的神气，一把抓住那个不知所措、已经愤慨地站起身来的姑娘，“为了你，希思克里夫，我们俩昨天争吵得像两只猫打架似的，在表明对你的挚爱和倾慕方面，我完全给打败了。而且我还得到警告，只要我识趣站到一边，我的情敌——她自认是我的情敌——就能一箭射中你的心，使你永远倾心于她，而把我的身影永远遗忘!”

“凯瑟琳!”伊莎贝拉说，想起了自己的尊严，不屑地硬从那紧紧抓住她的手中挣脱出来，“我谢谢你了，说实话，别诬蔑我，哪怕是闹着玩！希思克里夫先生，行行好，叫你的这位朋友放开我吧。她忘了你我之间并不太熟悉，这事她觉得有趣，对我可有着说不出的痛苦呢。”

客人没有作答，自顾自坐了下来。至于她对他怀有什么感情，看来他丝毫都不在乎。她只好调过头，低声请求折磨她的人放了她。

“绝不!”林敦太太大声回答，“我可不愿再让人叫作马槽里的一条狗了。现在你得待在这儿。就这么着！希思克里夫，听了我的这个好消息，你为什么不表示高兴呀？伊莎贝拉发誓说，我对埃德加的爱，比起她对你的眷恋来，简直就无法相提并论。我敢肯定，她说过这样的话，是不是，艾伦？而且自从前天散步回来，她就又伤心又生气，一直不吃不喝，就因为我把她从你身边打发走了，我原以为跟你在一起她会不乐意呢。”

“我看你是对她误解了，”希思克里夫说，把椅子转过来对着她们，“不管怎么说，现在她是希望离开我身边的!”

说完他就死死盯着这个谈论的对象，那神情就像一个人在盯着一种罕见的、可憎的生物，譬如说一条印度的蜈蚣。尽管它的样子让人恶心，但是出于好奇，人们还是会仔细看它的。

这可怜的小家伙再也受不了啦。她脸上一阵儿红、一阵儿白，睫毛上沾着泪珠，全力想用自己纤细而柔弱的手指去挣脱凯瑟琳魔鬼般的紧攥住她的手，可是她刚从自己的手臂上掰开一个手指，另一个手指又立刻抓住了，她怎么也没能同时掰开全部手指。于是她就利用起她的手指甲来了，那锋利的指甲顿时就在扣留她的人手上，点缀上几个红红的月牙印子。

“好一只母老虎!”林敦太太大叫起来，急忙把她放开，痛得直甩手，“滚开，看在上帝的分上，把你那张泼妇脸藏起来吧！当着他的面就露出爪子，多蠢呀！你不想想他会有什么看法吗？瞧，希思克里夫！这些可是杀人工具呢，你得小心你的眼睛啊!”

“如果它们对我造成威胁了，我就把它们从手指头上拔下来。”当她出去后关上门，他残忍地回答说，“可是，凯蒂，你拿那个小东西这样来取笑，是什么意思呢？你说的不是实话吧，是吗？”

“我向你保证，我说的全是实话，”她回答说，“这几个星期来，她想你已经到了茶饭不思的地步了，今天早上又为你发了一阵疯，还把我骂了个狗血喷头，因为我如实说了你的缺点，为的是想打消一下她的一片痴心。不过你也没有必要再理会这事了，我只是想治一治她的无礼罢了，我亲爱的希思克里夫，我太喜欢她啦，我是绝对不会让你把她抓住一口吞掉的。”

“我可是太不喜欢她啦，所以根本没有想到要这么做，”他说，“除非用一种非常残忍的方式。要是让我跟那张让人恶心的蜡脸住在一起，那你就会听到不少新鲜事儿了。最普遍的就是，每隔一两天她的白皮肤上就会画上彩虹的颜色，而且蓝眼睛也会变成黑眼睛。她那双眼睛和林敦的一个样，实在让人憎恶。”

“让人喜欢！”凯瑟琳说，“那是鸽子的眼睛——天使的眼睛！”

“她是她哥哥的继承人，是吗？”他沉默了一会儿后问道。

“你这样想，我心里就要难受了。”他的同伴回答，“要是老天保佑，说不准会冒出一堆侄子来瓜分她的继承权。你还是别老想着眼前这件事了吧，你也太贪图邻居的财产了。记住，你这家邻居的财产是我的。”

“如果这份财产归了我，那还不是一个样。”希思克里夫说，“不过伊莎贝拉·林敦尽管蠢，倒也一点儿不疯。好了，听你的话，我们不谈这事了。”

他们嘴上是不谈这事了，或许凯瑟琳真的已把这事忘记，可是另一个人，我总觉得那天晚上他时时在琢磨着这件事。每当林敦太太有事离开房间时，我就看到他独自一个人在笑，不如说是在狞笑，并且陷入一种阴险的沉思之中。

我打定主意要留心他的一举一动。我的心始终在主人这一边，而不是在凯瑟琳那边。我自认为是有理由的，因为他仁慈、忠厚、正直，而她——她不能说完全相反，但是她好像太放任自己了，我不太相信她的为人准则，也很少同情她的感情。我多么渴望发生什么事情，可以使希思克里夫在画眉山庄和呼啸山庄所有人的记忆中从此消失，让我们可以像他没出现之前那样生活。他的拜访在我看来就是噩梦的开始，我想对我的主人来说也应该是这样吧。他此时在呼啸山庄安身，使整个山庄都被一种莫名的压迫感所笼罩。我可以肯定上帝已将这只迷途的羔羊彻底抛弃了，就让它这样晃来晃去，而一只恶兽已经潜伏在它与羊栏之间，正等待时机扑上来吃掉它。

第十一章

每当各种可怕的假设肆意疯长搅得我内心不安的时候，我就会惊悸地站起身来，把帽子戴上到庄园四周查看一番。我认为我有责任提醒一下他：他的莽撞的行为招致了很多闲话。然而当我想到他暴戾顽固得如石头一般，哪怕是上帝来了也是束手无策，我也就不再走进他的屋里，因为我不确定他能听进去我的劝告。

有一天，我要去吉默屯，绕道从那古老的大门走过。大概就是我的故事刚好讲到的那一天，一个晴朗而寒冷的下午，大地一片凄凉，路上的土又硬又干。我走到大路的岔口，在那儿立着一块大石头，向左去就是荒郊。“W. H.”两个字母刻在大石头的北面，东面刻着“G.”，西南面刻着“T. G.”。这分别代表着去往呼啸山庄、吉默屯和画眉山庄的方向。太阳罩上了一层黄色的面纱，我不由得想到了夏天。我说不出为什么，只是一刹那，一种儿时的情愫在我脑海中涌现起来。20 年前亨德利和我们把这儿当作流连忘返的地方。我对着这块饱经沧桑又被风雨侵蚀的岩石看了许久，又蹲下来，看见靠近地底下那一个洞，仍然装满了蜗牛和碎石子。这些东西以及另外一些容易变质的东西都是我们喜欢放在那儿的。而且，就像现实一样的鲜明，我好像看见我早年的游伴坐在那干枯的草皮上，他那黑黑的方方的头向前俯着，他的小手在用一块瓦挖土。

“可怜的亨德利!”我不禁叫出声来。我吓了一跳——我的眼一时恍惚，好像看见这孩子仰起脸来，而且直瞪着我！一瞬间那张脸就消失了。但是我突然升起了一种强烈的感觉驱使我回到山庄去。迷信让我跟随这个冲动——“假使他死了呢!”我想，“或者快死了吧！恐怕这是个死的预兆吧!”

我越走近那所房子就越激动，等看到它，我四肢都开始颤抖起来了。那个幻觉中的魔鬼已经赶到了我面前，它站在那儿隔着门槛望着我。那就是在我看到一个有着卷发和棕色眼睛的小男孩，把他的红脸靠在门栏上时，我所起的第一个念头。再一回想到这一定是哈里顿。我的哈里顿，打从我在10个月以前离开他以后，他并没有多大变化。

“上天保佑你，宝贝!”我嚷道，马上把我那愚蠢的恐惧忘掉了，“哈里顿，我是艾伦呀！艾伦，你的保姆。”

他却向后退，使我没法碰到他，而且捡起一块大硬石头。

“我是来看你爸爸的，哈里顿。”我又说，从这举动中知道，即使艾伦还活在他的记忆里，他也认不出我就是艾伦了。

他举起他的飞镖要扔，我开始说一套好话，却没能制止他的手。那块石头掷中我的帽子，随之而来的是从这小家伙嘴里吐出来一串结结巴巴的谩骂，也不知道他自己是否能理解在骂些什么，但他这样出口骂人十分老练，还有一种恶狠狠的语气，而且把他的娃娃面孔扭曲成一种令人吃惊的恶相。你会相信这模样使我生气，更使我痛苦。我几乎都要哭了。我又从口袋里拿出一个橘子，用它来同他讲和。他犹豫着，然后从我手里抢过去，好像他猜想出我只是打算引诱他，再让他失望似的。我又拿一个给他看，但不让他拿到。

“那些坏话到底是谁教你的，我的宝贝?”我问，“是副牧师吗?”

“该死的副牧师，还有你！给我那个。”他回答说。

“告诉我你在什么地方读书，你就可以拿到这个，”我说，“你的老师是谁?”

“鬼爸爸。”这是他的回答。

“你跟爸爸学了什么呢？”我接着问。

他跳起来要抢水果，我举得更高。

“他教了你什么？”我问。

“没教什么。”他说，“就叫我躲开他。爸爸才受不了我呢，因为我乱骂他。”

“啊！鬼教你去乱骂爸爸啦？”我说。

“嗯——不是。”他慢悠悠地说。

“那么，是谁呢？”

“希思克里夫。”

我问他喜欢不喜欢希思克里夫先生。

“嗯。”他又回答了。

我想知道希思克里夫是用什么办法得到这个孩子的好感的，只听到这些话：“我不知道——爸爸怎么对付我，他就怎么对付爸爸——他骂爸爸，因为爸爸骂我。他说我想做什么，就该去做。”

“那么，副牧师也不教你读书写字了吗？”我追问着。

“不教了，我听说副牧师假如敢跨进门槛的话，就要——把他的牙打进他的——喉咙里去——希思克里夫答应过的！”

我把橘子放在他的手里，叫他去告诉他的父亲，有一个名叫艾伦的女人在花园门口等着要跟他说话。他顺着小路走去，进了屋子。不过，亨德利没有来，出现的却是我最不想见到的希思克里夫的身影。我马上扭过头，拼命朝大路跑去，一步都没停地直到我到了指路碑那儿，吓得我像是碰到鬼一样。这事和伊莎贝拉小姐的事情并没有多少关联，只是这促使我更加下定决心要更加小心，并且要尽我全力防止这种像瘟疫一样的不良影响在田庄里扩散，哪怕我会激怒林敦夫人，并且引起一场家庭的轩然大波，我也在所不惜。

接下来希思克里夫来的那一次，那时我的小姐正好在院子里喂鸽子。她已有 3 天没同她嫂嫂说一句话了，不过她也不再怨天尤人了，这使我们感到安心。我了解，希思克里夫从来没有对林敦小姐献殷勤的习惯。现在，当他一看见她，他的第一个警觉的动作却是对屋前面扫视一下。我正站在厨房窗前，但是我退到后面不让他发现我，然后他穿过石路走到她跟前，说了些什么。她似乎很窘迫，直想走开。为了不让她走，他抓住她的胳膊。她把脸扭过去，明显是他提出了一些她不想回答的问题。他又很快地瞄一眼房屋，确定没有人看见他，这流氓竟厚颜无耻地拥抱她了。

“犹大！背信的人！”我突然叫出声来，“而且你是个虚伪的人，不是吗？一个存心欺骗人的浑蛋。”

“是谁呀，艾伦？”在我的身后传来了凯瑟琳的声音。我专心看着外面这一对，竟没有注意她进来。

“你的不值一文的朋友！”我冷漠地回答，“就是那边那个鬼鬼祟祟的无赖。啊，他瞅见我们啦，他进来啦！既然他告诉过你他恨她，那么不知道他现在还能不能找个巧妙的借口来解释他在向小姐求爱？”

林敦夫人看见伊莎贝拉挣脱开，跑到花园里去了。一分钟以后，希思克里夫开了门。我的愤怒积攒在胸膛就快要爆发出来了，但是凯瑟琳生气地坚持不允许我吭声，而且恐吓我，说我假如敢狂妄地出言不逊，她就会命令我离开厨房。

“人家如果听见你的话，还以为你是女主人呢！”她喊，“你要安守本分。希思克里夫，你这是干吗，惹起这场乱子？我说过你千万不要惹伊莎贝拉！我求你不要，除非你不想我们把你当成这里的客人了，而愿意林敦给你吃闭门羹！”

“上帝不许他这样做！”这个恶棍竟回答。这一刻我恨透了他。“上帝会使他柔顺而有耐心的！我一天天越来越想把他送到天堂上去，想得都发疯了呢！”

“嘘！”凯瑟琳说，“关上里面的门，不要惹我烦了。你为什么不考虑我的感受呢？是她有意找你吗？”

“跟你有什么关系？”他怨声怨气地说，“如果她愿意的话，我就有权利吻她，而你没有权利反对。我不是你的丈夫，你用不着为了我而忌妒！”

“我不是为你而忌妒，”女主人回答，“我这是对你的爱护。开朗些，你不必对我皱眉头！如果你喜欢伊莎贝拉，你就娶她。但是你喜欢她吗？说实话，希思克里夫！瞧，你不肯回答。我就知道你不喜欢！”

“可是，林敦先生怎么会答应把他的妹妹嫁给那种人呢？”

“林敦先生会同意的。”我那夫人毅然回嘴。

“他不用给自己添麻烦，”希思克里夫说，“没有他的同意，我也能照样做。至于你，凯瑟琳，现在，我们既然这样，我倒有心说几句话。我要你明白，我没有忘记你是如何很恶毒地对待过我——很恶毒！你听见了吗？如果你自以为我没有看出来，那你才是个傻瓜呢。如果你觉得可以用甜言蜜语来安慰我，那你算是个白痴。如果你幻想我将忍受下去，不想报复，那在最短时期里，我就要使你相信，这恰恰相反！同时，谢谢你告诉我你的小姑子的秘密，我发誓我要尽量利用它。你就靠边站吧！”

“这又是他的性格里的什么新东西啊？”林敦夫人愕然叫起来，“我曾经对待你很恶毒，你要报复！你要怎样报复呢？忘恩负义的家伙！我对待你怎样恶毒啦？”

“我并不要对你报复，”希思克里夫回答，火气稍减，“那不在我的计划之内。暴君压迫的奴隶，他们不反抗他，他们欺压他们下面的人。你为了使自己快乐，却无视我所受的痛苦，我心甘情愿！只是允许我以同样方式让我自己也开开心，而且也跟你一样地尽力避免侮辱。你既铲平了我的宫殿，就不要造一个茅草屋，还满心欣赏你的善举，认为你把这草屋作为一个家给了我。要是我以为你真的愿意我娶伊莎贝拉的话，我都可以割断我的喉咙！”

“啊，问题在于我不忌妒，是吧？”凯瑟琳喊叫着，“好吧。我可不再提这段亲事啦，这跟把一只迷途的羔羊放在祭坛上献给魔鬼有什么区别。你的快乐，和魔鬼一样，建立在别人的痛苦之上。你证实了这一点。埃德加在你才来时大发脾气，这才恢复，我也刚安稳平静下来。而你，一知道我们平静，你就不安了，似乎有意惹起一场争吵。跟埃德加吵去吧，如果你愿意的话，希思克里夫，欺骗他妹妹吧！你恰好找到报复我的最有效的办法。”

谈话停止了，林敦夫人坐在炉火旁，两颊通红，闷闷不乐。她这种情绪就像被蛇缠住的青蛙一样，怎么也挣脱不了。她放不开，又控制不住。他交叉着双臂站在炉边，酝酿着那些坏念头。在这种情况下，我离开他们，去找主人，他正在猜想什么事使凯瑟琳在楼下待了这么久。

“艾伦，”当我进去的时候，他说，“你看见你的女主人没有？”

“看见了，她在厨房里，先生。”我回答，“她因为希思克里夫的行为而感到闷闷不乐。我认为今后该从另一种关系上考虑他进出我们家了。太随和是有害的，现在已经到了这个地步——”我就把院子里的情景讲述一番。而且尽我的胆量，把这之后的整个争吵全说出来了。我还天真地认为我说的话不会对林敦夫人造成什么不好的影响，除非她自己还为她的客人辩护，使之不利。埃德加·林敦很吃力地听我讲完。他开头的几句话表明他并不以为他妻子没有过错。

“这是无法容忍的！”他叫起来，“她把他当成朋友，而且强迫我同他来往，真是有失体统！给我从大厅叫两个人来，艾伦，凯瑟琳不能再留在那里同那下流的恶棍争论了，我已经太迁就她啦！”

他下了楼，吩咐仆人在过道里候着，便向厨房走去，我跟着他。厨房里，两个人又火气十足地争论开了。至少，林敦夫人重新激动地咒骂着。希思克里夫已经走到窗前，垂着头，明显多少被她的怒斥吓到了。他先看见了主人，便赶忙示意她别说了，她一发现他暗示的原因，便立刻服从了他。

“这是怎么回事？”林敦对她说，“那个下流人对你说了这番怪话之后，你还要待在这儿，你对于遵守礼节究竟有什么看法？我猜想，因为他往常就这样说话，所以你觉得没什么，你已习惯了他的下流，或者还觉得我也能习惯吧！”

“你是在门外听着的吗，埃德加？”女主人问，用的声调故意要惹她丈夫生气，表示自己不在意他的愤怒，显出一种鄙夷的神色。希思克里夫开始在林敦说那番话时还抬头看着，这时听到这句话就发出一声冷笑，似乎是故意要引起林敦先生的注意。他成功了，但是埃德加却无意对他发什么大脾气。

“我一直是容忍你的，先生。”他平静地说，“并不是我不晓得你那低贱、堕落的品质，而是我觉得在那方面你也只应该负部分的责任，而且凯瑟琳愿意同你来往，我默许了，很傻。你的到来是一种道德上的毒素，可以把最有品德的人也玷污了。所以，为了防止更糟的后果，今后，我不准你到这家里来，现在就通知你，我要你马上离开。再耽搁 3 分钟，你的离开就要成为被迫的，而且是可耻的了。”

希思克里夫用不屑一顾的神情把说话的人从头到脚看了一遍。

“凯蒂，你这只羔羊吓唬起人来倒像只水牛呢！”他说，“他要是碰上我的拳头，可有头骨破裂的危险！说实在的，林敦先生，我非常抱歉：一拳打倒可轻而易举！”我的主人向过道望了一眼，暗示我去叫人来，他可没有冒险做单打的准备。我服从了这暗示。但是林敦夫人疑心有什么事，就跟过来，当我准备叫他们时，她却把我拖回来，把门一关，上了锁。

“好公平的办法！”她说，她用一句话来回应她丈夫愤怒而惊恐的神色，“如果你没有勇气打他，就道歉，要么就让你自己挨打。那样你就可以保住你原本伪装出来的勇猛的气势。不过，你要拿这钥匙，我就把它吞下去！我对你们俩的好心却得到这样愉快的回报！在不断地纵容这一位的软弱天性和那一位的恶劣本性之后，到头来，我得到的回报却是两种盲目的忘恩负义，愚蠢而荒谬！你们真糊涂到近乎荒唐的地步。埃德加，我一直在保护你和你所有的，现在但愿希思克里夫把你鞭笞得病倒，我没想到你居然把我想成了那种人！”

并不需要鞭笞，在主人身上就已有了被鞭笞的效果。他试图从凯瑟琳手里夺过钥匙。为了安全起见，她将钥匙丢进炉火中烧得最炽热的地方去了。埃德加先生神经质地发着抖，他的脸变得死一样的苍白。他无论如何也承受不了这种程度的感情宣泄，痛苦与屈辱混杂在一起把他完全摧毁了。他靠在一张椅背上，捂着脸。

“啊，天呀！要是以前，这会让你赢得骑士的封号呢！”林敦夫人喊着，“我们给打败啦！我们给打败啦！希思克里夫就要对你动手啦，就如同一个国王率领他的军队打一窝老鼠一样。打起精神来吧，你不会受伤的！你的所为不是一只绵羊，而像一只正在吃奶的小兔子！”

“我祝你在这个乳臭小儿身上得到快乐，凯蒂！”她的朋友说，“我为你的鉴赏力向你恭贺。你不要我而宁愿要的就是那流口水的、发抖的东西！我不用我的拳头打他，我可要用我的脚踢他，那我就会感到疯狂的满足。他是在哭吗，还是他吓得要死？”

这家伙走过去，把林敦靠着的椅子一推。他还不如站远点，因为我的主人马上就站直了，结结实实地朝着他喉头一拳。这一拳都可以把瘦小一点的人打倒。这使希思克里夫一分钟之内都喘不过气来。在他噎住的时候，林敦先生从后门走出，到院子里，又从那儿走到前面大门去了。

“你是不能再到这里啦。”凯瑟琳叫道，“现在，走吧。他要带着一对手枪，半打帮手回来。如果他真的听见了我们说的话，他是死也不会原谅你的。你刚才的行为对我极其不利，希思克里夫！可是，走吧，快点！我宁愿看见埃德加倒霉，也不愿看见你倒霉。”

“你以为他用该死的拳头碰了我一下，就能一走了之吗？”他大发雷霆，“我指着地狱发誓：绝不！在我跨出门槛之前，我要把他的肋骨捣碎得像根烂棒子！如果我现在不揍他，我总有一天要杀死他。所以，既然你珍惜他的生命，就让我揍他一顿吧！”

“他不会来了，”我插嘴说，撒了个谎，“有马夫和两个园丁在那儿，你只会遭到被他们扔到马路上去的命运！他们各个都有根大的棒子。很可能，主人正站在客厅窗户前看他们执行他的命令！”

园丁和马夫的确在那儿，但是林敦也跟他们在一起。他们已经走进院子来了。希思克里夫一转念，决定不要和这三位主仆打斗一场。他抓了把火钳，撬开里面的门锁，在他们踏着大步进来时他已逃掉了。

林敦夫人特别激动，让我陪她上楼。她猜不到这场混乱我也应该负上一点责任，我也一心不让她知道。

“我快发疯啦，艾伦！”她嚷道，扑到沙发上，“一千个铁匠的锤子在我的头里敲打！告诉伊莎贝拉躲开我，这场风波是因她而起的。这时候若是她或者任何人再惹我生气，我就要发疯啦。而且，艾伦，倘若你今天晚上再看到埃德加的话，对他说我得了一切重病，但愿真会这样。他把我吓了一跳，使我难过得很！我也要吓唬他。而且，他也许会来，又要乱骂乱抱怨一阵。我肯定我必然会回嘴，谁知道我们什么时候才能把这场恩怨完结！你愿意这样做吗，我的好艾伦？你明白在这件事上不能怪我。是什么鬼附了他的身叫他偷听呢？你离开我们之后，希思克里夫的话很荒唐，但是我马上把他的话岔开，不谈伊莎贝拉，其余的话并没有什么关系。现在，一切都弄僵了，就因为这傻子拼命想听人家说他的坏话，这种想法就像魔鬼似的缠住人！假如埃德加压根没听到我们谈的话，他也绝不会弄得这样糟糕。真的，我为了他而骂希思克里夫，为了他骂得声嘶力竭之后，他却用那种最令人心寒最不可理喻的语气报答我，这时候我简直不在乎他们彼此如何相处了。特别是我觉得不管这一场戏怎样结束，我们一定要被迫分开，没有人知道分开多久！好吧，如果希思克里夫再也不能成为我的朋友，如果埃德加卑鄙而忌妒，我就要肠断心碎，好让他们也肠断心碎。当我被迫走上极端时，倒是结束这一切的最快的方法！不过为了一个可怜的想法，还是值得活下来，我不愿突然打击林敦。对于这一点，他一直很谨慎，只怕惹恼了我。你一定要说明白我若放弃这个策略的危险性，而且提醒他注意我是脾气暴躁，只要一闹起来，就会发狂的。我希望你把你脸上那张冷漠无情的面具换掉，对我稍微表示点关心吧！”

我接受这些指示时所表现出的泰然自若，无疑是令人生气的。因为这些话的确说得十分恳切。可是我相信一个能够预先就计划出怎样利用她的暴躁脾气的人，即使在爆发的时候，也可以按照她的意志，努力控制她自己。而且我也不愿如她所说去“吓唬”她的丈夫，只是为了满足她的自私而增添他的烦恼。因此，当我遇见主人向客厅走来时，我也没说什么，我偷偷转回，想听听他们俩是否已经和好了。

他开始先说话了。

“你就待在那儿吧，凯瑟琳，”他说，他的声调已没了愤怒，却充满着悲痛沮丧，“我不在这儿多待。我不是来吵架的，也不是来求和的。可是我只想知道今晚的事情以后，你是否还打算继续你那亲密的关系跟那——”

“啊，可怜可怜吧，”女主人打断了他的话，跺着脚，“可怜可怜吧。现在让我们别再提这事吧！你的冷血是不能发热的，你的血管里尽流着冰水。可是我的血已经沸腾了。看见你这副冷冰冰的、不近人情的模样，我的血液都沸腾啦。”

“要我走开，就回答我的问话，”林敦先生坚持说，“你必须回答，你的疯狂并不能吓坏我。我发觉当你愿意的时候，你能够和任何人一样冷静泰然。今后你要放弃希思克里夫呢，还是放弃我？你要同时当我的朋友，又当他的，简直不可能！我绝对需要知道你选择哪一个。”

“我需要你们都躲开我！”凯瑟琳发疯地大叫，“我要求你们！你没有看见我站不住了吗？埃德加，你——你躲开我！”

她拉铃，直到把铃铛的绳子拉断了。我悠闲地走进去。这样毫无理智、狂暴的脾气，连圣徒也会受不了的！她躺在那里，用头直撞沙发扶手，并且咬牙切齿，你还会以为她要把牙齿都咬碎呢！林敦先生刹那间感到既悔恨又恐惧，站在那儿看着她，吩咐我去拿点水来。凯瑟琳像木偶一样一声不响。我端来满满一杯水，她不肯喝，我就把水泼到了她脸上。只几秒钟，她就挺直了身体，眼睛上翻，她的双颊顿时白一阵、青一阵，像是要死的样子。把林敦吓坏了。

“根本没关系。”我低声说。我不愿他退却，尽管我自己心里也禁不住害怕。

“她嘴唇上有血！”他说，颤抖着。

“没关系！”我刻薄地回答。我告诉他，她是如何计划好等他来的时候就上演一场疯戏的。我没留神，嗓门儿提得太高了些。她听见了，因为她突然起来了，她的头发披散在肩上，眼睛闪闪的，脖子和胳膊上的青筋都异常地凸现。我下了决心准备至少断几根骨头，可是她只向周围瞪了一下，就冲出屋去。主人叫我跟着她，我就一直跟到她的卧室门口。她关紧了门，把我挡住了。

第二天早上，她既然没有说起要下楼吃早餐，我就去问她要不要我送些点心上楼。“不！”她立刻回答。午饭时，下午茶时，还是这个问题。第二天早上还是这样，而且答案还是没有改变。而林敦先生，他整天都待在书房里，对他的妻子也已经不闻不问了。伊莎贝拉曾与他进行了一小时的交谈，在这次交谈中，他想弄清楚希思克里夫的进攻在她心理上造成了怎样的恐惧，但是她的支支吾吾让他对事情的来龙去脉弄不清楚，这次交谈也就这样不欢而散了。但他郑重地对她说，倘若她竟愚蠢到暗示那个一文不名的求婚者她是同意的，那从此以后他们将不再是兄妹。

第十二章

林敦小姐在花园里游逛的时候，总是不说话，而且几乎每天都是以泪洗面。她的哥哥则每天都把自己埋在书里，却未曾翻开过一本。我想他可能是在苦苦期盼着，凯瑟琳能够悔恨自己的所作所为，主动来找他认错，请求握手言和。而她呢，依然坚持绝食，或许她是出于这样的想法：她的丈夫每次吃饭的时候看到她的座位上没有人，就会食不知味，只是碍于面子才没有跑到楼上，请求与她和好如初。我每天还是照常料理我的家务，相信在这画眉山庄中只有一个灵魂还保持着清醒，那个灵魂就在我的身体里。我既没有花时间和精力去安慰小姐，也没有唠唠叨叨去劝告女主人，也不理会主人的长吁短叹。因为他听不见他太太的声音，便想要听到别人提起她的名字。

我想，如果他们愿意，自己一定会来找我的。虽说这过程慢得让人烦闷，我最终还是开心地看到这过程中出现了一线曙光，就像我当初想的那样。

到了第三天，林敦太太打开了门闩，她已经喝光了水壶和水瓶里的水，要我重新加满，还向我要了一碗粥，她断定自己快要死了。我认为她这话是说给埃德加听的。我不相信会有这样的事，所以我也就把它放在肚子里没有说出来。我给她送去了一些热茶和烤面包。

她上气不接下气地吃着、喝着，吃喝完之后，重又躺倒在枕头上，双手紧握成拳头，大声呻吟起来。

“啊，还是死了算了，”她叫嚷着，“反正没有人会关心我了。还不如绝食算了。”

过了好久，我又听到她嘀咕道：“不，我不能死！我死了他才高兴呢，他根本不爱我，他从来都没有惦念过我！”

“你还要什么吗，太太？”我问道。即使她脸色苍白可怕、行为古怪夸张，我依然把冷漠的表情挂在脸上。

“那个没良心的东西在做什么？”她问道，伸手把缠结着的浓密鬈发从自己憔悴的脸上拨开，“他是得了昏睡病，还是死了？”

“都不是，”我回答，“如果你说的是林敦先生。我看他身体好好的，不过他看书的时间似乎太多了点。现在没有人跟他做伴，所以他就一头埋在书堆里了。”

如果我了解她的真实情况，我就不会这么说了，但是这样的想法一直不停地围绕在我心头：她的病有一半是装出来的。

“埋头在书堆里！”她大声叫了起来，感到惶惑不安，“可我快要死了啊！我正站在坟墓的边上！我的天啊！他知不知道我变成什么模样了？”她瞪眼看着挂在对面墙上一面镜子里自己的影子，接着说，“这是凯瑟琳·林敦吗？他或许以为我是在撒娇，闹着玩吧。你就不能把事情说得严重一些吗？艾伦，只要不是太晚，我一知道他心里怎么想，我就可以在两种做法中选择一种，或者马上饿死。这算不上是惩罚，除非他还有一颗心。或者恢复健康，离开这乡下。你现在说的有关他的话，是实话吗？注意，他对我的生命，真的是那么不屑一顾吗？”

“哎呀，太太，”我回答说，“主人根本没有想到你气疯了呀。当然，他更不担心你会让自己饿死了。”

“你以为不会吗？你就不能告诉他说我坚决这么做了？”她回答说，“劝他去！只说是你自己的想法。对他说我决心这么做了！”

“不，林敦太太，你忘了，”我提醒说，“今天晚上你已经吃过一些东西了，吃得津津有味呢，明天你就会好了。”

"只要我确认我的死能使他丧命，"她打断我的话说，"我就马上自杀！这可怕的三个夜晚，我一直没合过一下眼。啊，我受尽了煎熬！我是让鬼给缠住了，艾伦！不过我已经起了疑心，觉得你并不喜欢我，多么奇怪啊！我原来以为尽管人人都互相憎恨、互相看不起，但是他们不能不爱我。谁知道只几个小时的工夫，他们全都成了仇敌啦。他们全变了，我敢肯定，这儿的人全变了。临死时，让他们那一张张冰冷的脸围着，该多惨啊！伊莎贝拉又害怕，又厌恶，她不敢踏进这房间来，亲眼看见凯瑟琳死去，这太可怕了。埃德加则会一本正经地站在旁边，看着事情了结，然后向上帝做感恩祷告，因为他家又恢复了平静，他又可以回到他的书堆中去了！现在我都快要死了，他还埋在书堆里，他这是存的什么心啊?"

我对她说，这是林敦先生的一种哲人的达观态度，可是这种看法她怎么也接受不了。她在床上打着滚，本来就已高烧，神志不清，现在愈来愈严重，变成神经错乱了。她用牙齿撕扯着枕头，然后又撑起滚烫的身子，要我打开窗子。当时正是隆冬季节，呼呼的东北风刮得正猛，因而我坚决不同意。

她脸上掠过的种种表情和情绪上的阵阵变化，使我大为惊恐，我猛然记起上次几乎让她踏进鬼门关的毛病，当时医生曾叮嘱说不能惹她生气。

就在一会儿前，她还在大发雷霆，现在却支起一只胳臂，不再理会我没有听她的话，自顾自像个小孩玩着解闷似的，从刚才扯开的枕头裂口中拉出一片片羽毛，分门别类地把它们一一排列在床单上。她的眼神迷离，思绪早已飞到很远的地方。

"那是火鸡的，"她自言自语地咕哝着，"这是野鸭的，这是鸽子的。啊，原来他们把鸽子的羽毛放进了枕头，怪不得我死不了啊！[①]我可得记得，等一会儿我要躺下去时，我必须得把它扔到地上。这儿还有一根赤松鸡的羽毛，还有这一根，就是把它放在一千种羽毛中，我也能

---

① 据英国习俗，在垂死的人身下放一袋鸽子羽毛，据说可使灵魂暂时不离开躯体。

分辨出来，这是田凫的羽毛呀。多漂亮的鸟儿啊，在荒野里，在我们的头顶盘旋，它要回窝里去了，云层已经压到山头，它知道快要下雨了。这根羽毛是从石楠荒原里拾来的，没有人打过鸟。冬天时我们看到过它的窝，里面满是小骨头。希思克里夫在鸟窝上安了一个捕鸟器，老鸟就不敢来了。我要他答应，从今以后再也不要打死田凫了，后来他真的没有再打。哟，这里还有呢！他究竟有没有打死过我的田凫，艾伦？这些羽毛是不是红的？当中有没有红的？让我看看！”

“别再搞这种小孩子的把戏了！”我打断她的话，把枕头拖开，让破洞贴着褥子，因为她正大把大把地把羽毛往外掏，“躺下，闭上眼睛，你头脑发昏了。搞得这样乱七八糟的！弄得羽毛像雪花似的满屋飞。”

我东奔西走地忙着拾羽毛。

“我看你呀，艾伦，”她好像做梦似的喃喃自语，“成了个老太婆了，头发花白，背也驼了。这张床是彭尼斯托崖脚下的精灵[1]洞，你正在收集小精灵用的石镞，来射伤我们的小牝牛。因为我在近旁，就装作在拾羊毛。你50年后也会变成这个模样。我知道你现在还不是这个样子。是你搞错了，我并没有头脑发昏，要不，我就会把你看成真的是那个干瘪老妖婆，真的以为我是在彭尼斯托崖脚下啦。我心里明白得很，这会儿是晚上，桌子上有两根蜡烛，把那只黑柜子照得像乌玉一般亮了。”

“黑柜子？在哪儿？”我问道，“你是在说梦话吧！”

“它就靠墙放着，一直放在那儿的。”她回答说，“事情可真怪，我看到它里面有张脸！”

“这房间里怎么会有柜子呢？从来不曾有过，”我说，重又坐回到座位上，钩住卷起的帐幔，以便仔细看她。

“你看到那张脸了吗？”她问道，煞有介事地盯着那面镜子。

不论我怎么说，都不能使她明白，这就是她自己的脸，于是我只能起身用一块围巾把镜子盖上。

---

① 在欧洲的民间故事中，矮小的小精灵喜欢作弄人，爱搞恶作剧，有时会偷偷换走婴孩，使人生病或用石镞射伤牲畜。

“它还在那背后！”她忐忑不安地说，“在动呢！那是谁呀？但愿你走开时它别出来！啊！艾伦，这屋子里闹鬼啦！我害怕一个人待着！”

我握住她的手，叫她冷静一点，因为她四肢蜷成一团，而且浑身颤抖而抽搐着，可她还是死死地盯着那面镜子。

“这儿没别人！”我重复地说，“镜子里是你自己呀，林敦太太，刚刚你不是还知道的吗？”

“我自己！”她喘着气说，“钟打十二点啦！那么这是真的了！这太可怕啦！”

她用手一把抓住衣服，把眼睛埋在衣服里，让自己什么都看不见。我正想偷偷溜到门外去叫她丈夫来，一声骇人的尖叫把我的心都撕碎了，镜子上的围巾掉下来了。

“嘿，这是怎么回事呀？”我叫了起来，“现在谁是胆小鬼呀？醒醒吧！那是镜子，是镜子，林敦太太！你在那里面看到的是你自己，还有我，在你的旁边。”

她浑身哆嗦、满脸惊恐，把我抓得紧紧的。渐渐地，恐惧的阴影总算从她脸上消散去了，原来苍白的脸上，浮现出羞臊的红晕。

“啊，亲爱的！我还以为在自己家呢！”她叹息道，“我以为我是躺在呼啸山庄自己的卧房里。我因为身子虚弱，脑子也糊涂了，就不知不觉地叫了起来。什么都别说了，就这样陪着我。我害怕睡着，我做的梦把我给吓坏了。”

“好好安心地睡觉养足精神吧，太太，”我回答说，“我情愿你尝试过这次苦头以后，下次再也不想饿肚子了。”

“哦，要是我这会儿躺在自己家的床上，该有多好啊！”她绞着双手，伤心地接着说，“还有窗外那在枞树林中呼啸的狂风。让我感受一下那风吧，它是直接从荒原上刮来的啊！让我吸一口吧！”

为了让她情绪冷静下来，我把窗子开了几秒钟。一阵冷风直冲进来，我连忙关了窗子，坐回到原来的地方。

这时，她静静地躺在那儿，泪流满面，身体的无力与虚弱把她的精神吞食得无法恢复，我们的火暴性子的凯瑟琳，并不比一个哭哭啼啼的孩子强多少。

“我把自己关在这儿有多久了？”她忽然重又强打起精神问道。

“那天是星期一晚上，”我回答说，“现在是星期四晚上，抑或不如说这会儿是星期五早上了。”

“什么！还是在这星期？”她叫了起来，“才这么短短几天？”

“这几天只有冷水和坏脾气陪伴着你，这日子也算够长的了。”

“唉，我好像过了不知有多少日子了，”她怀疑地咕哝着，“应该不止这么几天吧。我记得他们吵翻之后，我仍留在客厅里，埃德加狠心地拿话讽刺我，我就拼命奔回到这间屋子里。我一闩上门，就觉得眼前一片漆黑，接着便昏倒在地板上了。我已经没法跟埃德加解释，要是他固执地要惹我生气，我准知道我要旧病复发，或者要气得发疯了！我的舌头已经不听使唤，脑子也迟钝了，他根本无法理解我是多么的痛苦。我只想要避开他和他的声音。在我还没有完全恢复视力和听力之前，天就亮了。艾伦，让我来告诉你，当时我是怎么想的，是个什么念头一直在我脑子里打转，搞得我害怕自己快要疯了。我躺在那儿，头靠着桌脚，眼睛模模糊糊地还能分辨出那一方灰蒙蒙的窗口。我觉得自己是躺在老家的那张四面围住的橡木床上。我的心由于极度的忧伤而痛楚万分，可是刚苏醒时，我一点也想不起为什么忧伤。我思索着，苦苦追想着，想弄清到底是怎么一回事。最奇怪的是，我过去整整 7 年的生活，竟变成了一片空白！我根本就想不起到底是否有过这么一段日子。我还是一个孩子，我父亲刚下葬，由于亨德利命令我和希思克里夫再也不许在一起，我才开始有了悲伤。我第一次被孤独紧紧地包围了。哭了整整一夜之后，我迷迷糊糊地打了一个盹儿，惊醒后伸手想去推开围板，谁知碰到了桌面！我的手顺着台毯一拂，所有记忆里的图景都浮现在了我的眼前。我心境的悲痛也就被一阵突然的绝望吞没了。我不知道我心里为什么总是缠绕着这种极端的苦恼，一定是一时间神经错乱了，因为不可能有别的原因。可是，假如你设想一下，要是我 12 岁时就被迫离开呼啸山庄，断绝了童年时的所有联系，以及那时我一切的一切——希思克里夫，而一下子成了林敦太太——画眉山庄的主妇，一个陌生人的妻子。

从此我被从我原来的小天地里驱逐了出来，成了一个流浪者，那样你就可以想象到，我沉溺进去的深渊是什么样子了！你尽管摇你的头吧，艾伦，你也帮他搅得我不得安宁！你应该去跟埃德加说，真的应该去说，叫他千万不要来惹我！啊，我浑身都在燃烧！宁可我是在屋外，但愿我重又成为一个小女孩，粗野、倔强、无拘无束，笑对任何伤害，绝不会压得我发疯！为什么我会变成这样？为什么几句话就让我血往上涌，激动万分？我坚信只要让我一到那些小山上的石楠丛中，我马上就会恢复我本来的样子。再把窗子打开，开大！把打开的窗子钩上！快，你为什么不动呀？”

“因为我不想你冻死。”我回答。

“难道你连一个活下去的机会都不肯给我吗？”她愤愤地说，“但是，我还没有到不能动弹的地步。我自己来开。”

我还没来得及制止，她已经从床上滑了下来，摇摇晃晃地走到屋子那头，把窗子一把推开，还探出身子，丝毫不在意让自己虚弱的身体被凛冽的寒风凌迟。

我哀求着，最后想使劲把她硬拉回去，但是我很快发现，精神错乱的她，力气比我要大得多（从她后来一连串的胡话和举止看来，我相信她真的是精神错乱了）。

天上没有月亮，地上的一切都笼罩在朦胧的黑暗中。远远近近，看不到有一间屋子透出灯光，所有的灯火早就熄灭了；呼啸山庄的灯光这儿是根本看不见的，可她硬说她看到了那边的灯光。

“瞧！”她急切地喊道，“那是我的房间，里面点着蜡烛，树枝在窗前摇摆着呢，还有一支烛光是在约瑟夫的阁楼里，约瑟夫睡得晚，不是吗？他是在等着我回家，好给大门上锁。好吧，他还得再等一会儿呢。那段路不好走，走那段路心里真不是滋味，而且走那段路我们一定得经过吉默屯教堂！我们俩常常一块儿向那些鬼挑战。我们互相比胆量，站在那些坟墓中间，叫鬼快出来。可是，希思克里夫，要是我现在向你挑战，你还敢吗？要是你敢，我就奉陪。我不愿一个人躺在那儿，他们会把我埋到 12 英尺深的地下去的，还会在我身上压上一座教堂。要是你不跟我在一起，我不会得到安息，永远也不会的！”

她停住了，接着又带着一种诡谲的微笑继续说：“他正在考虑，他要我去找他呢！那就另找一条路！不要穿过那片教堂墓地。你太慢了！该满意了吧，你一直在跟着我呀！”

跟她争论简直是一点作用都没有，她已经精神错乱了。我便打算着怎样才能既不松手，又能抓到点什么给她裹一裹。因为我不敢由着她独自一人探身在敞开的窗口。正在这时，让我吃惊的是我突然听到门把手咔嗒一声，林敦先生走了进来。原来他刚从书房出来，经过过道时，听到了我们的说话声，受好奇心的吸引，或者是出于担心，他决定进来看看，在这深更半夜到底出了什么事。

“啊，先生！”我喊道，当他看到了满屋的狼藉和吹着迎面扑来的刺骨寒风，正要张口惊叫，让我给拦住了，“我可怜的女主人病了，她劲儿比我大，我根本拦不住她！求求你，快来劝劝她，要她躺回床上去。别生她的气了，她很任性，别人说的话她根本就一句都听不进去。”

“凯瑟琳病了？”他说着连忙走上前来，“关上窗子，艾伦！凯瑟琳！你怎么——”

他没有说下去，林敦太太憔悴的表情，给了他当头一棒，他难过得说不出话来了，他只能带着惶恐的神色，把目光从她身上移到我身上。

“她一直在这儿使性子，”我接着说，“基本上什么也没有吃，也不愿向人诉说，她关着门，不让我们任何人进来，直到今天晚上才打开门，所以我们没能向你禀报她的情况，因为我们自己也不清楚。但是，这没什么。”

我的解释很笨拙，主人皱起了眉头。“这没什么，是吗，艾伦·丁恩？”他厉声说，“这样的事你都不让我知道，以后你得给我说说清楚！”说着他把妻子抱在怀里，痛苦地望着她。

开始，她望着他，就像看到了一个陌生人一样，在她那茫然的目光中，根本没有他这个人存在。但是，她的神经错乱并不是固定不变的，渐渐地她的眼睛不再凝视着窗外的一片黑暗，而把注意力集中到了他的身上，认出了抱着她的人是谁。

“啊，你来了，是你，埃德加·林敦?”她气哼哼地说，“你就是那种东西，用不着的时候就在手边，用到的时候却怎么也找不到了！我看现在我们要有一大堆的伤心事了，我想我们是难免了，但是这些伤心事拦不住我去我那狭小的家，我安息的地方。挨不到过完春天，我就要去那儿了！是在那边，注意，不是在教堂里的林敦家族中间，而是在露天旷野里，只竖有一块墓碑。你愿意去他们那儿，还是来我这儿，随你的便!”

“凯瑟琳，你这是干什么?”主人说，“我对你来说已经无所谓了吗？你爱的是那个坏蛋希思——”

“住口!”林敦太太大声喝道，“马上给我住口！你要是再提那个名字，我就从窗口跳下去，马上结束这一切！眼下你抱着的还算是归你所有；但是你来不及再用手抱住我的时候，我的灵魂已经飞上那个小山顶啦。我不要你，埃德加，我要你的时候已经过去了。回到你的书堆里去吧。我为你还有一个可以慰藉自己的地方而感到高兴，因为你在我心里已经什么都不是了。”

“她已经神志不清了，先生，”我插嘴说，“一整个晚上，她一直都说着胡话，让她休养一段时间，好好照顾她，她会好起来的。从今以后，我们得加倍小心，不能再惹她生气了。”

“用不着你再来给我出主意了，”林敦先生回答，“你明明知道女主人的脾气，但你还要怂恿我惹她生气。这三天来她是怎么过的，你一点口风也没向我透露！你真是太没良心了！病上几个月也不至于变得这样厉害呀!”

我开始为自己辩解，心想别人任性，脾气坏，却怪到我的头上，这太不应该了。

“我知道林敦太太脾气坏，任性、专横，”我大声嚷道，“但是我不知道你有意要助长她这种凶暴的脾气！我不知道，为了迁就她，我得装作没有看到希思克里夫先生。我尽了一个忠实仆人的责任，向你做了汇报，现在我算是得到做一个忠实仆人的报酬啦！好吧，这给了我教训，下次得留意了。下次你想知道什么事，就自己去打听吧!”

“下次你再到我面前来搬弄是非，我就辞退你，艾伦·丁恩。”他回答说。

“这么说，林敦先生，我觉得这种事你不知道比知道要好吧？”我说，“希思克里夫是得到你的允许来向小姐求爱，而且每次趁你不在家时溜进来，存心唆使太太跟你翻脸的了？”

凯瑟琳即使神志错乱，我们的谈话，她的脑子却还是留心听着。

“啊，艾伦做了奸细了！”她愤怒地叫了起来，“艾伦是我们暗藏的敌人。你这个老巫婆！原来你在用石镞暗害我们！放开我，我要叫她后悔！我要叫她大声公开认错！”

疯狂的怒火从她那两道眉毛下迸射而出。她死命挣扎着，想用力挣脱林敦先生的臂膀，我不能让这种局面再继续持续下去，就自作主张，决定去请医生看看，于是便离开了房间。

我经过花园，来到大路上，在一个墙上钉有马缰钩的地方，眼前忽然有件白色的东西在飘忽不安，显然这不是风吹的。尽管我要忙着赶路，可还是停下脚步来看个究竟，免得日后脑子里留下一个想法，以为那是个鬼魂。

让我大为惊讶的是，我发现（主要是摸到，而不是看到）原来那是伊莎贝拉小姐的小狗芬妮，让一块手帕吊着，差不多只剩最后一口气了。

我连忙把它解了下来，抱着它把它放到花园里。伊莎贝拉去睡时，我看见它跟着它的女主人上楼去的，奇怪的是它怎么会到外面来，又是哪个坏蛋这样来对待它的呢。

在解开钩子上的结时，似乎听到飘忽不定的马蹄声忽近忽远地传来。可是由于我脑子里有那么一大堆事，也就没顾上想一想这一情况了，即使在清晨两点钟，在那样的地方，有那种声音是很奇怪的。

我来到街上，幸运的是正好碰上肯尼兹先生从家里出来，去给村子里的一个病人看病。我说了一下凯瑟琳·林敦的病情，他马上就陪我往回走了。

他本是个直言不讳的人。他毫无顾忌地表示他觉得她很难经受住病魔第二次的摧残，除非她能好好听从他的指示，不再像以前表现的那样。

“艾伦·丁恩，”他说，“我总觉得这当中还有别的理由。这一阵子出了什么事没有？我们这儿有一些传言。像凯瑟琳那样一个健壮活泼的女人，是不会为一点小事就病倒的。那样的人是不应该这样的。要他们在这种热病中安全脱险，并不是一件轻松的事。这次是怎么发病的?”

“主人会告诉你的，”我回答说，“恩肖这家人的火暴脾气你是了解的，而且林敦太太比所有人更加突出。我可以说的是，这是由一场口角引起的。她先是大发雷霆，然后便发疯似的昏过去了。至少她自己是这样说的。因为她在火气最大时便冲了出去，把自己锁进了房里，在这以后她就不肯吃东西。现在她一会儿说胡话，一会儿处于半昏迷状态。周围的人她都认识，不过脑子里尽是各种各样奇怪的想法和幻觉。”

“林敦先生一定很难过吧？”肯尼兹带着询问的口气说。

“难过？要是有什么三长两短，他的心都要碎啦！”我回答说，“如果是可说可不说的话，就别吓唬他吧。”

“唉，我早就告诉过他，要他多加小心，”我的同伴说，“但是他完全不把我的忠告听进耳里，现在只好自食其果了！近来，他跟希思克里夫先生不是还走得很近吗?”

“希思克里夫经常来田庄，”我回答说，“主要目的都是来找我们女主人，他们从小就熟，倒不是主人欢迎他。现在他不必再劳驾来拜访了，因为他竟然无耻地对林敦小姐动起了歪念。我看以后是不会再让他来了。”

“林敦小姐是不是不理睬他呢?”医生又问。

“我可不是她信任的人。”我回答说，不愿再多谈这件事。

“不，她精明着呢，”他摇着头说，“她心里一直盘算，但就是不愿意告诉别人！可她是个地道的小傻瓜。我从可靠方面得到的消息说，昨天晚上（一个多好的晚上！），她跟希思克里夫在你们屋后的田园里散步散了两个来小时。他硬要她别再回屋去了，不如骑上他的马跟他一起走算了！据告诉我的人说，她只得郑重许诺说，先让她准备一下，下次再见面时就跟他走，这才把他打发走。至于下次约定是什么时候，那个人没有听到。但是你要提醒林敦先生，叫他多提防着点！”

新的恐惧就像黑夜中的猛兽盘踞在我的心里，我把肯尼兹抛在后面，差不多是奔着回到了田庄。小狗还在花园里狺狺叫着。我停下一会儿，匆匆给它开了园门，可它不肯进屋，却一直在草地上嗅来嗅去。要不是我抓住它，把它抱进屋，它还会逃到大路上去呢。

奔到楼上伊莎贝拉的房间一看，我的疑虑被证实了，房间里空无一人。要是我早来几个小时，林敦太太的病情也许会阻止她跨出这轻率鲁莽的一步。可是现在还能有什么办法呢？即使马上去追，也不一定能追上他们。总之，我不能去追他们，并且也不敢惊动这家人，把这儿弄得乱成一团，更不敢把这事向主人报告，眼前的不幸已经够他受的了，他哪里还能分出心来承受又一次的悲痛啊！

除了一声不吭，听其自然之外，我看毫无办法。肯尼兹已经到了，我把脸上慌张的神色压制下来，去为他通报。

凯瑟琳躺下睡着了，但是依然辗转不安。她的丈夫总算把那过度的狂躁给稳住了。这会儿他正弯身守在她的枕边，仔细看着她那满怀痛苦的脸上的每一丝表情和每一个细微变化。

医生给病人做了检查之后，满怀希望地对他说，只要我们在她周围一直保持绝对的安宁，她这病完全有希望痊愈。他又对我说，这病最大的危险，倒不是说一定会死亡，而是造成永久性的精神错乱。

那一夜，我没有合过眼，林敦先生也一样。真的，我们根本没有上过床。仆人们也都起得比以往早，在屋子里走动时都踮着脚尖。有事互相碰在一起时，谈话也都压低了嗓子。人人都在忙着，唯独不见伊莎贝拉小姐。大家开始说起她怎么睡得这样沉。她哥哥也问起她起来没有，好像是急着等她来，由于她对嫂嫂表现得这样不关心，他感到很伤心。

我心里直哆嗦，生怕他让我去叫她。这第一个报告她私奔的痛苦差事，终于给我逃过了。正在这时，有个一早被派到吉默屯去办事的女仆——一个不懂事的姑娘——大口喘着气，奔上楼来，冲进房间就大声嚷道：“啊，不好啦，不好啦！往后还会闹出什么乱子来啊？主人，主人，我们家小姐——”

“别嚷了！”我连忙喝住她，她这样大叫大嚷的，我极为恼怒。

“轻点儿说吧，玛丽，怎么回事？”林敦先生说，“你们的小姐怎么啦？”

“她跑啦！她跑啦！那个希思克里夫把她给带走啦！”那姑娘气急败坏地说。

“哪会有这样的事！”林敦大声嚷道，激动地站了起来，“怎么可能！你怎么会有这种想法的？艾伦·丁恩，你去找找小姐。这没法让人相信。这不可能。”

他一面说着，一面把那个女仆带到房门口，然后再次盘问她，为什么能说出那样的话来。

“哦，我在路上碰到一个到这儿来拿牛奶的孩子，”她支支吾吾地说，“他问我田庄里是不是出事了。我以为他说的是太太生病，便回答说，是啊。接着他又说，‘我猜可能有人去追他们了吧？’我听了愣住了。他知道我一点儿也不了解那件事，便告诉我说，昨天晚上半夜过后不久，有位先生和一位女士路过离吉默屯 2 英里处的一家铁匠铺，停下来要店里给他钉马掌。铁匠的女儿起来看看到底是谁。她一下就认出他们两人了。她看到那个男的——那是希思克里夫，她看准是他，绝对不会认错人的——递了 1 金镑在他父亲手里。那个女的用斗篷遮着脸，但是她要求给她一口水喝。在她喝水时，斗篷滑到了后面，女孩把她看得清清楚楚。重新上马赶路时，希思克里夫抓着两匹马的缰绳，他们都把脸转了过去，背着村子那边。上马后，他们就在那高低不平的路上飞快狂奔。过后，那女孩子什么也没跟她父亲说，但是今天早上，她把这事传遍了整个吉默屯。”

为了装个样子，我连忙跑到伊莎贝拉的房间看了看，然后回来证明女仆说的话千真万确。林敦先生已经坐回到床边那张椅子上。我重又进来时，他抬起眼睛，试图在我呆呆的神情里读出个究竟，便垂下眼睛，一句嘱咐也没有，一句话都没说。

“我们是不是应该想办法把他们给追回来？”我问道，“我们要怎么做呢?”

“出走是她自己的选择,”主人回答说,“如果她自己想要这样做,她是有这个权利的。不要再拿她的事来烦我了。从今天起,她只是我名义上的妹妹了。并非我不认她,而是她抛弃了我这个哥哥。”

这件事他就说了以上这几句看法。从此他一句话也没有多问,也从未提起过她,只是吩咐我,倘若我一旦有她的消息,就将家里她的那些东西统统都送到她的住所去。

第十三章

两个月之后，那对私奔的人还没有一点儿消息。而在此期间，林敦太太得了一种名为脑膜炎的特别可怕的病，幸好她熬了过来。埃德加对她的照顾完全超出了这世上任何一个母亲对自己心爱的独生子的照顾。他没日没夜地守护着，对精神错乱与丧失理性的人造成的所有麻烦，没有一句怨言。就算肯尼兹对他说从死神手中抢夺回来的人今后反而会给他带来连绵不断的焦虑。其实，他为了一个再也不可能清醒过来的人损耗了自己的健康。当医生宣告凯瑟琳没有生命危险时，他感激涕零，喜极而泣。他在她身边一坐就是一小时，看着她慢慢康复。而且抱着她的心理也会恢复健康的幻想，说过不了几日原来那个凯瑟琳就会出现在他的面前。正是这幻想让他燃起了所有乐观的希望。在那年的 3 月初她第一次走出卧房。早上，林敦先生把一束金色藏红花放在她的枕上。她的视线里已经好久没有出现过欢乐的光芒了，当她醒来一看见这些花时，兴高采烈地把它们拢在一起，眼睛里闪现出愉快的光彩。

“这些是山庄开得最早的花，”她叫道，“它们使我想起轻柔的暖风，和煦的阳光，还有快融化的雪。埃德加，因为外面的南风，雪是不是已快化完了？”

“这儿的雪差不多全化完了，亲爱的，”她丈夫回答，“在整个旷野上我只能看见两个白点。天是蓝的，百灵鸟在歌唱，小河、小溪都涨满了水。凯瑟琳，去年春天这时候，我是多么盼望着你到这个房子里来。现在，我希望你到一两里路外的那些山庄上去，风吹得这么惬意，我觉得这可以医好你的病。”

“我再去一次就不会回来了，”病人说，“然后你就要离开我，我就要永远留在那儿。明年春天你又要渴望我到这个房子来，你就要回忆过去，并且会想到今天你是快乐的。”

林敦在她的身上不惜施以最温柔的爱抚，并且用最亲昵的话想使她欢喜。但是，她茫然地望着花，眼泪聚在睫毛上，顺着她的双颊直淌，她也不在意。我们知道她是真的好些了，因此，确信因为长期关闭在一个地方才使她产生这种沮丧的情绪，如果换一个地方，或者会消除一些的。主人叫我在那好几个星期都没人进出的客厅里燃起炉火来，把舒服的椅子放在窗口的阳光下，然后把她抱下楼来。她坐了很久，享受着舒适和温暖。如我们所料，四周的一切使她活泼起来了：这些东西虽然是熟悉的，却摆脱了笼罩着她那可厌的病床的那些凄凉的联想。晚上，看来她筋疲力尽，但是没法劝她回卧房去，我只得在还没有布置好另一间屋子的时候，先把客厅沙发铺好给她当床。为了不必上下楼太累，我们收拾了这间，就是你现在躺着的这间，跟客厅在同一层。不久，她又好一点，可以靠在埃德加臂上从这间走到那间了。啊，我自己也想，她受到这样的服侍，是会复原的。而且有双重的原因希望她复原，因为另一个生命要依仗她的存在。我们都期待以往的快乐会重新回到林敦先生的心里，而他的土地，由于继承人的诞生，将用不着被一个陌生的人夺去。

现在我应该提一提在伊莎贝拉走后六个星期左右，寄了一封短信给她哥哥，宣布她已经与希思克里夫结婚了。信写得冷淡乏味，但是在下面用铅笔写了些隐晦的道歉的话，而且说如果她的行为得罪了他，就恳求他原谅。说她当时没法不这样做，事已如此，现在她后悔也已是毫无意义的。我相信林敦没回这封信。过了两个多星期，我收到一封长信，这信出自一个刚过完蜜月的新娘的笔下，我认为很古怪。现在我来把它念一遍，因为我还留着它呢。死人的任何遗物都是珍贵的，如果他们生前就被人重视的话。

亲爱的艾伦：

昨天晚上我头一次听说凯瑟琳曾去过呼啸山庄，而且现在还是病得很厉害。我想，我千万不能给她写信，我哥哥不是太生气，就是太难过，以至于不回我写给他的信。不过，我必须要给个什么人写封信，我想到的唯一对象就是你。

告诉埃德加，哪怕用我的生命来交换，我只要能再见他一面就心满意足了。我离开画眉山庄还不到二十四小时我的心就回到我以前住的地方，直到这时我的心还在那儿，对他，还有凯瑟琳充满了热烈的感情，虽然我不能随着我的心意做（这些字下面是画了线的）他们完全不必期待我，他们可以随便下什么定论。不过，注意，不要把所有的罪归结于我意志的不坚定和情感的不专一上。

这下面的话是给你一个人看的。我要问你两个问题，第一个是：

你当初住在这里的时候，你是如何保存着人类通常所有的同情之心的？我没办法看出来我身边的人和我有什么共同的感情。

第二个问题是我非常关心的：

希思克里夫是人吗？如果是，他是不是疯了？如果不是，他是不是一个魔鬼？我不想告诉你我问这话的理由。但是如果你能够的话，我求你解释一下我嫁给了一个什么东西。那就是说，等你来看我的时候你告诉我。还有，艾伦你不必回信，快来吧，把埃德加的话也捎给我吧。

现在，我让你了解一下我在这个新家里受到的种种待遇吧，因为我不得不承认这个山庄将是我的新家了。如果我告诉你在这里只是表面生活上的不舒适，那仅仅是哄哄自己的，这些从来没有占据过我的思想，除非在我想念这些的时候。要是我明白我的痛楚完全是由于缺少舒适所致，其余的一切只是一场离奇的梦，那我真会高兴得大笑大跳了。

在我们向旷野走去时，太阳已经落在田庄的后面了。根据这一点，我想该是六点钟了。我的同伴停留了半小时，检查着果树园，可能这地方还有花园，尽可能不放过任何一处，因此当我们在田舍的铺了石子的院子里下马时，天已经黑了。你的老朋友，仆人约瑟夫，借着烛光出来迎接我们。他以一种足以给他面子增光的礼貌来迎接我们。他的第一个动作就是把烛火向上举得和我的脸平齐，恶毒地斜瞅我一眼，撇着他的下唇，就转身走开了。随后他牵着两匹马，把它们带到马厩里去，然后又重新出现，为的是锁住外面的大门，我们似乎被囚禁在一座古堡里一样。

希思克里夫待在那儿跟他说话，我就进了厨房——一个又脏又乱的洞。我敢说你认不得那儿了，比起归你管的那个时候可变得多了。有一个恶狠狠的孩子站在炉火旁边，身体健壮，但衣服肮脏，眼睛和嘴角都带着凯瑟琳的神气。“这是埃德加的内侄吧，”我想，“也可以算是我的内侄呢。我得跟他握手，而且，是的，我得亲亲他。在刚进门时建立互相了解是正确的。”

我靠近他，打算去握他的胖拳头，说：“我亲爱的，你好吗?”

我无法理解他说的脏话。“你和我可以做朋友吗，哈里顿?”这是我第二次试着跟他攀谈。

又传来了一声谩骂，而且威吓说如果我不“滚开”，就要叫勒头儿来咬我了，这便是我的坚持所得的报酬。

“喂，勒头儿!”这小坏蛋低声叫，从墙角的狗窝里唤出一只杂种的牛头狗来，“现在，你走不走?”他很威风地问道。出于对我生命的爱惜，我听从了。我迈出门槛，等着别人进来。到处也不见希思克里夫的踪影。约瑟夫呢，我跟他走到马厩，请他陪我进去，他先瞪着我，又自已咕噜着，随后就皱起鼻子回答：“咪！咪！咪！基督徒可曾听过像这样的话没有？扭扭捏捏，叽里咕噜！我不知道你要说什么？”

“我说，我想你陪我到屋里去！”我喊着，以为他聋了，非常厌恶他的粗鲁无礼。

“我才不！我还有别的事做。”他回答，继续干他的活，同时颤动着他那瘦长的下巴，带着非常蔑视的态度观察我的衣着和面貌（衣服未免太精致，至于面貌我相信他想要多惨就有多惨）。

我绕过院子，穿过一个侧门，走到另一个门前，我大胆敲了敲，希望也许会有个客气点的仆人出现。过了一会儿，一个高大而样子可怕的男人开了门，他没有戴围巾，全身上下显得邋遢，不修边幅。他的脸被一堆乱七八糟的头发遮住了。他的眼睛仿佛是凯瑟琳的鬼魂一样，所有的美都被毁灭无遗了。

“你到这儿干吗？”他恶狠狠地问道，“你是谁？”

“我的姓名是伊莎贝拉·林敦，”我回答，“先生，你以前见过我的。我最近嫁给希思克里夫先生了，他把我带到这儿来的。我猜你已经允许了。”

“那么，他回来了吗？”这个隐士问，眼睛像只饿狼一样虎视着。

“是的，这会儿我们刚刚到，”我说，“可是他把我撂在厨房门口不管了。我正想进去的时候，你的小孩在那儿当哨兵，他叫来一只牛头狗，把我吓跑了。”

“这该死的流氓居然说到做到，倒不错！”我的未来的主人吼叫着，接着向我后面的黑暗里张望，想发现希思克里夫。接着他语无伦次地胡乱地咒骂了所有的事物，又讲了一连串恐吓人的话，说如果那“恶魔”骗了他，他将要如何如何。

我现在后悔从这第二个门进去了，他还没咒骂完，我已经想逃走了，但是我还没能照这个打算做，他却命令我进去，把门关上，上了锁。房里炉火很旺，那就是这间大屋子里所有的光亮了，地板已经全部变成了灰色。曾经闪亮的白盘子，当我还是个小女孩时，总是吸引着我瞅它，如今已被污垢和灰尘搞得同样的黯淡无光。我问他们，有没有女仆把我带到卧室去，恩肖先生却没有回答。他来回地走着，手插在口袋里，似乎完全忘记了我的存在。这当儿，他是那样的心不在焉，那样一脸愤世嫉俗的神情，使我也不敢再打扰他了。

艾伦，你觉得我这种奇怪的感觉到底是因为什么而引起的呢？我坐在那不好客的炉火旁，比孤独还糟，想起 4 英里外就有我的愉快的家，住着我在世上所最爱的人。然而却像是大西洋隔开了我们，而不是 4 英里，我越不过它！我扪心自问，我该到哪儿寻求安慰呢？而且（千万不要告诉埃德加或凯瑟琳）撇开各种悲哀不谈，这一点是主要的：灰心绝望。因为我找不到同一阵线的人来帮助我为我讨个公道，一起指责希思克里夫！我住到呼啸山庄时曾经几乎高兴过一阵，因为这样安排就可以从此不必跟他单独过日子了。可是他懂得跟我们相处的人，他并不怕他们会管闲事。

我坐着，想着，悲悲切切地过了一会儿。钟敲了八下，九下，我的同伴仍然来回地踱着，他的头垂到胸前，而且完全沉默，只有间或发出一声呻吟或一声辛酸的叹息。我倾听着，耳朵在寻找着这个屋子里女人的声音，狂乱的悔恨和凄凉的预感占满了我的心，我终于忍不住出声地叹息着、哭着。我原来没想到我是怎么当着人伤心起来，直到恩肖在我对面停住了他那规规矩矩的散步，而且利用他那恢复了的注意力和如梦初醒的惊讶神情盯着我，我就大声说：“我走得累了，想上床睡觉！女仆在哪里？既然她不来见我，就领我去找她吧！”

“我们没有女仆，”他回答，“你就自己伺候你自己吧！”

“那么，我该睡在哪里呢？”我抽泣着，我已经顾不得自尊心了，我那脆弱的自尊已经被疲劳和狼狈所征服。

“约瑟夫会领你到希思克里夫的卧房去，”他说，“开开那门，他在里面。”

我正要遵命，但他突然捉住我，用最诡异的腔调说：“你最好把门锁上，别忘了上门闩！”

“好吧！”我说，“可是为什么呢，恩肖先生？”我从来没有这么想过，特意把我自己跟希思克里夫锁在屋里。

“瞧这儿！”他回答说，从他的马夹里拔出一把做得很别致的手枪，枪筒上安着一把双刃的弹簧刀。“对于一个绝望的人，这是不是个很诱人的东西？我每天晚上总得带这个上楼，还要试试他的门。如果有一次我发现门是开着的，他可就完蛋了。就是一分钟之前我还想出一百条理由使我忍下去，我也肯定还是这样做。有魔鬼逼着我去杀掉他，好扰乱我自己的计划。你反抗那魔鬼，愿意反抗多久就多久，时辰一到，所有的天使也救不了他！”

我仔细地端详着这奇怪的武器。一个可怕的想法涌上脑海：我如果有这么一个武器，就可以变成强者了。我从他手里拿过来，摸摸刀刃。他对我脸上一瞬间所流露的表情觉得很惊愕：那表情不是恐怖，而是贪婪。他猜忌地把手枪夺回去，合拢刀子，又把它藏回原处。

“你就是告诉他，我也不在意，”他说，“让他警戒，替他防守。我看得出，你知道我们的关系，他身处危险，可你并不紧张。”

“希思克里夫对你怎么啦？”我问，“他有什么事得罪了你，惹起你这么怕人的仇恨？你把他赶出这个家不是更明智的选择吗？”

“不！”恩肖却大发雷霆，“要是他提议离开我，我就会让他成为一个死人啦。你要是劝他离开，你就是一个杀人犯！难道我就得失去一切，没有挽回的机会吗？哈里顿是不是要做一个乞丐呢？啊，天杀的！我一定要拿回来：我要他的金子和他的血，地狱将收留他的灵魂！有了那个客人，地狱就要比以前黑暗十倍！”

艾伦，你曾经给我讲过你的旧主人的习惯。他简直就离疯狂不远了，至少昨天晚上他是那样的。我一靠近他就发抖，相比之下，那个毫无教养的坏脾气仆人反倒叫人好受些。他现在又开始郁郁地走来走去了。我就拔起门闩，逃到厨房里去。约瑟夫正在弯着腰对着火，盯着火上悬着的一只大锅，还有一木盆的麦片摆在旁边高背椅上。锅里的东西开始烧滚了。他扭过头来把手朝盆里伸。我估计这可能是在准备我们的晚餐，我饿了，就决定把它烧到能吃下去，因此尖声叫出来，“我来煮粥！”我把那个盆挪开，让他够不着，而且脱下我的帽子和骑马服。“恩肖先生，”我接着说，“叫我伺候自己，我就这样办。我不要做你们中间的小姐，因为我担心我会饿死的。”

“老天爷！”他咕噜着坐下来，抚摸着他那螺纹袜子，从膝盖摸到脚腕。“又要有新鲜的差事啦。我才习惯了两个东家，又有个女主人到我头上来啦，真像是时光流转，世事大变呐！我没想到有一天我得离开老地方，可我怀疑就近在眼前啦！”

我丝毫没有留意他语气中夹杂的悲叹。我利落地煮着粥，叹息着想起有一个时期一切都是欢乐有趣的，但是马上不得不赶开这些记忆。回忆起昔日的快乐真使我感到难过，过去的幻影越拼命地出现，我就把粥搅动得越快，大把大把的麦片掉在水里也更快。约瑟夫对我这种烹调方式越来越感到不满。

“瞧！”他大叫，“哈里顿，今天晚上可没有你的麦粥喝啦，粥里没别的，只有像我拳头那么大的块块。瞧，又来啦！我要是你呀，我就连碗都扔下去！看吧。把粥都倒光，你这就算是搞完啦。砰，砰，我没把锅底敲掉已经是大发慈悲了！”

我承认，把粥倒在碗里，简直是一团糟。预备了四个碗，一加伦的罐子盛着从牛奶场取来的新鲜牛奶，哈里顿抢过来就喝，他那张大嘴连喝带漏。我提醒他，希望他用个杯子喝他的牛奶，我坚决拒绝这种肮脏的牛奶进入我的胃里。我的讲究居然引起那个怪老头的勃然大怒，他再三地跟我说，“这孩子每一丁点儿都跟我一样的好”，“每一丁点儿都健康”。奇怪我怎么能这样妄自尊大。同时，那小恶徒一边向着罐子里淌口水，一边挑衅似的看着我，继续吮吸着。

“我要在另一间屋子吃晚饭，”我说，“你们有没有可以叫做客厅的地方？”

“客厅！”他不屑地重复着，“客厅！没有，我们没有客厅。如果你不喜欢跟我们在一起，找主人去好了。如果你不喜欢主人，还有我们啦。”

“那我就要上楼了。”我回答，“领我到一间卧房里去。”

我把我的碗放在一个托盘上，自己又去拿点牛奶，那家伙嘟囔着站起来，在我上楼时走在我的前面。我们走到阁楼，他时不时地开房门，把我们所经过的房间都瞧一下。

“这儿有间屋子，”终于，他推开了一扇有裂缝的、门轴还会发出咯咯吱吱声响的木板门，“在这里头喝点粥可够好啦。在角落里有堆稻草，就在那儿，挺干净。如果你不想你那华丽的绸缎粘上污垢，就把手绢铺在上面吧。”

这屋子是放杂物的地方，一股强烈的麦子和谷子的气味扑鼻而来。各种粮食袋子堆在四周，中间留下一块宽大的空地方。

“怎么？你这个人，”我生气地对他大叫，“这不是睡觉的地方。我要看看我的卧房。”

“卧房？”他用嘲弄的声调重复一下，“你看了所有的卧房啦。这是我的。”他指着第二个阁楼，与头一个的唯一区别在于墙上空些，一床深蓝色的棉被放在一张又大又矮的没有帐子的床上。

“我要你的做什么？”我回骂道，“我猜希思克里夫先生总不会住在阁楼上吧。是吗?”

“啊！你是要希思克里夫少爷的房间呀?”他叫，好像有了新的发现似的，“你为什么不早说呢？那么，我要告诉你，甭费事啦，那正是你看不到的一间屋子，房门总是锁着的，谁也进不去，除了他自己。”

“你们有一个很好的家，约瑟夫。”我忍不住说，“还有讨人喜欢的伙伴。”我感到在我的命运与他们联系在一起的这天起，世界上一切疯狂的思想都汇集到我的脑子里来了！不过，现在这些话说了也没有用。“还有其余的房间呢，看在上天的分上，赶紧把我安顿在什么地方吧!”

他没有回应我的这个请求，只是固执地、沉重缓慢地走下木梯，在一间屋子的门口停下来。从他那停步不前和屋里家具的上等质料看来，我猜这是最好的一间了。那儿有块地毯，挺好的一块，可是图样已经被尘土弄得看不清了。一个壁炉上面糊着花纸，已经掉得一块块的。一张漂亮的橡木床，挂着很大的猩红色帷帐，是用贵重的材料做的时新的式样。但是明显被人粗心大意地糟蹋过：原来挂成一只只花球的帐帘，给扭得脱出了帐钩，挂帐子的铁杆有一边扭曲成了弧形，使帷帐拖在地板上了。椅子也都残破了，有好几把坏得很严重。深深的凹痕把墙上的嵌板搞得很难看。我正想下决心进去住下来，这时，我的笨蛋向导宣布：“这儿是主人的。”我的晚饭到这时候已经冷了，忍耐已用尽了，也没有胃口。我迫切需要一个地方，一个让我安身和休息的地方。

“到哪个鬼地方去呢?”这个虔诚的长者开口了，“主祝福我们！主饶恕我们！你要到哪个地狱去呢！你这麻烦的废物！你除了哈里顿的小屋子，可什么都看过啦。在这所房子里可没有别的洞可钻啦!”

我没法形容我的烦恼，只好把一切情绪都发泄在被我摔在地上的托盘上，接着坐在楼梯口，捂着脸大哭起来。

“哎呀！哎呀！”约瑟夫大叫，“干得好呀，伊莎小姐！干得好呀，伊莎小姐！可是呀，主人就会在这些破片上摔跤，那我们就等着挨骂吧！我们就听听该怎么着吧。不学好的疯子呀！你就应该从现在到圣诞节一直瘦下去，因为你竟敢放任你的脾气，亵渎了上帝最珍贵的恩赐！可你要是老是这么任性，那我可不信。希思克里夫是绝对不会容忍你这种恶劣习惯的，我巴望他在这会儿捉到你，盼望他捉到你。”

他就这么骂骂咧咧地带着蜡烛回到他的窝里，留下我在黑暗里。紧接着这愚蠢的动作之后，我考虑了一会儿，不得不承认有必要克制我的骄傲，咽下我的愤怒，并且振作起来把东西收拾干净。突然出现了一个意外的帮手，就是勒头儿，我现在认出它就是我们的老孤儿的儿子。它小时候是在田庄里，后来，我父亲把它给了亨德利先生。我猜想它认出我了，它用鼻尖顶顶我的鼻子算是敬礼，然后赶紧去舔粥。这时我一步一步地摸索着，收拾起碎瓷片，用我的手绢擦掉溅在栏杆上的牛奶。

我们刚忙完，就听见恩肖从过道上走过的脚步声。我的助手夹着尾巴，紧贴着墙，我偷偷地挨到最近的门口去了。狗想躲开，可是失败了，从一阵慌忙跑下楼的声音和可怜的长嚎，我就猜出来了。我的运气较好，他走进卧房顺手关上门。紧接着，约瑟夫带哈里顿上楼，送他上床睡觉。我这才发现我是躲在哈里顿的屋里，这老头一看见我就说：“现在你可以在厅里任意地放纵你的傲气了，那儿空了，你可以自己独霸。上帝他老人家总是个第三者，陪着这样的坏人。”

我很高兴地利用了这个暗示，我刚刚坐到炉边的一把椅子上，就打起瞌睡，睡着了。

我睡得又沉又香，但很快就睡不成了。希思克里夫刚进来就把我叫醒了，并且用他那可爱的态度质问我在那儿干吗。我告诉他，我所以迟迟不去睡的原因是他把我们的屋子钥匙搁在他的口袋里了。“我们的”这个附加词引起了他的勃然大怒。他赌咒说那屋子本来不是，也永远不会归我所有，而且他要……可我不愿意再重复他的话，也不愿意描述他那照例的行为：他无休止地、巧妙地挖空心思来激起我的憎恶！我有时感觉他真的是太奇怪了，这感觉大大超出了我对他的恐惧。不过，我对你讲，一只老虎或一条毒蛇让我产生的恐惧也远不如他所引起的。他对我说凯瑟琳生病了，责怪说这都是我哥哥造成的，发誓说要把我当成埃德加的替身来折磨，直到他可以报复他本人为止。

我恨死他了。我现在就是一个替罪羊！千万不要对田庄里的任何一个人说起这件事。我没有一天不想你，不要让我这个愿望实现不了啊！

伊莎贝拉

第十四章

这封信一读完，我就立刻去见了主人，禀告他他的妹妹现在到了呼啸山庄，而且写了一封信给我，信中说她十分挂念她嫂嫂的病情，而且期盼可以早点见到他，她希望他能在信中写几句宽恕她的话。“宽恕！”林敦说，“我对她没有什么好宽恕的，艾伦。倘若你愿意，吃过午饭就可以到呼啸山庄去看她，对她说我并没有生她的气，而是失去了她令我非常难过，尤其是因为我清楚她是不可能会得到幸福的。然而让我去见她，就一点必要也没有了，我们早已不再是兄妹。倘若她真想让我宽恕的话，那就让她规劝她嫁的那个恶棍，让他从此地马上消失吧。”

“你一个便条也不写给她吗，先生？”我语气恳切地问道。

“不必了，”他回答说，“无须多此一举。我与呼啸山庄的来往，正如他与画眉山庄的来往一样，绝无必要。干吗还要有来往呢！”

我想不到埃德加先生会用这种态度来冷却了我的期望，使我的心情极度失落。出田庄后，我一路上绞尽脑汁，想着在复述他的话时，如何在他的话中多加一点感情，如何把他拒绝写一两行字安慰伊莎贝拉一下的事，说得婉转一点。

我敢说，她从早上起就一直往窗外望着，等待我的到来了。我走上花园的石铺路时，就看到她正从格子窗里朝外张望。我对她点点头，可是她马上就缩回去了，似乎生怕让人发现。

我没有敲门就进去了。原来是一个明亮欢快的人家，但呈现在眼前的却是一片想象不到的阴郁凄凉景象！我得坦白地说，我要是处在这位年轻太太的地位，至少也得把壁炉前的地扫一扫，用抹布把桌子擦一擦。可是，她已经染上几分弥漫在她四周的那种什么都无所谓的气氛了。她那漂亮的脸蛋苍白倦怠，她的头发也没有梳，有几绺垂直地挂着，有的就乱糟糟地蓬在头上。大概从昨天晚上起，她都没有梳洗打扮过吧。

亨德利不在那儿。希思克里夫先生坐在一张桌子旁，正在翻查记事本中的几页笔记。可是一见我进去，就连忙站了起来，友好地向我问了好，还请我坐下。在那座宅子里，只有他看上去还像个样。我觉得他从来没有这样气派过。环境把他们两人的地位改变得这么厉害，在一个陌生人看来，他从出身到教养，无疑都是一位绅士，而他的妻子，倒是十足像个邋遢的小懒婆！

她急切地走上前来迎接我，还伸出一只手来接她盼望得到的信件。

我摇摇头。她没懂我的意思，而是跟着我走到餐具柜旁。我是去那儿放我的帽子的。她低声催我快把带来的东西给她。

希思克里夫一眼就识破了她这一举动的意图，就说："如果你有什么东西带来给伊莎贝拉，不用说一定有的，艾伦，那就给她吧。这事你不必瞒着，我们两人之间是没有任何秘密的。"

"啊，我没有带什么来。"我回答说，心想最好还是马上说实话，"我的主人要我转告他妹妹，现在让她不要期望他会给她回信，或者亲自来看她。小姐，他向你问好，还祝你幸福，他早已经不把你给他造成的痛苦放在心上了。不过他认为，从今以后两家应该断绝往来，因为再保持联系是肯定不会有什么好处的。"

希思克里夫太太的嘴唇带着失望和不解微微地颤抖着，她回到了窗前自己的座位上。她的丈夫则来到壁炉前，站在我身旁，开始问起凯瑟琳的病情来。

我把我认为可以透露的有关她的病情，让他尽量都了解了，但是他还是一再追问我，逼得我又说出了和病因有关的大部分实情。

我还责骂了她的不是，她是应该受责怪的，因为这一切全得怪她自己。最后，我希望他学林敦先生的样，不管是好是坏，以后都别再去打扰他一家了。

"林敦太太现在正在痊愈，"我说，"她绝不会再像以前那样，不过她的命总算保住了。假如你真的关心她，就不要再拦她的路了。不，你应该完全搬离这个地方。为了免得你有什么舍不得，我还要告诉你，觊瑟琳·林敦现在和你的老朋友凯瑟琳·恩肖已经完全不同了，就像那位年轻太太跟我完全不同一样。她的外表已经大变样，她的性格就变得更厉害了。那位不得不而且也不能不跟她做伴的人，今后只能凭着对她的过去的回忆，以及出于人们常有的仁慈心和责任感，来维持他对她的爱心了！"

"这很有可能，"希思克里夫强作镇静地回答说，"你的主人很有可能除了人们常有的仁慈心和责任感外，就再也没有什么可以支撑他的了。可是，你认为我会把凯瑟琳交给他的仁慈心和责任感吗？你能拿我对凯瑟琳的感情，跟他对她的感情相提并论吗？在你离开这座房子之前，我一定要你先答应，让我跟她见一次面。反正你答应也好，不答应也好，我一定要见她！你说怎么样？"

"我说，希思克里夫先生，"我回答，"你万万不能去。你千万也别想通过我来达到这一目的。万一你跟我主人再碰到的话，那就会把她的命全都给送掉了。"

"有你帮助，这就可以避免，"他接着说，"如果有这么大的危险——如果他就是使她的生活增加苦恼的根源——哼，那么我会不惜一切地用极端的手段来对付他！我希望你老老实实地告诉我，要是失去了他，凯瑟琳会不会非常难过。我就是怕她难过才忍着没对他下手的。从这一点上，你就可以看出我们两人之间感情上的差别了，如果他处在我的地位，而我处在他的地位，尽管我对他恨之入骨，我也绝不会冲他举一举拳头。你要是不相信，那就随你的便吧！只要她还要他做伴，我绝不会把他从她身边赶走。一旦她不再要理他，我立即就会对他下手，挖他的心，喝他的血！可是，不到那个时候，要是你不相信我，那就是你不了解我。不到那个时候，我宁愿慢慢地受尽折磨死去，也绝不会伤他一根毫发！”

“可是，”我插嘴说，“你这是肆无忌惮地想彻底毁了她康复的一切希望。现在，正当她快要把你忘了的时候，你却硬要闯进她的记忆里，把她拖进一场新的冲突和痛苦的风波中。”

“你认为我快要在她的记忆里消失了吗？”他说，“啊，艾伦！你知道她没有忘！你像我一样明白，她每想林敦一次，就会想我一千次！在我这辈子最痛苦的时期，我曾有过这种想法。去年夏天我回到这附近时，这种想法曾缠扰过我。但是现在，只有她亲口对我说了，我这种可怕的想法才能重新回来。到那时候，林敦算得了什么，亨德利算得了什么，我做过的一切梦又还算得了什么。两个词就可以概括我的未来了——死亡和地狱。失去了她，活着也在地狱里。

“我真是一个白痴，居然一时糊涂，以为她把埃德加·林敦的情爱看得比我的还重。凭他那瘦弱的身心，哪怕他使尽全力爱她8年，也抵不上我对她一天的爱！而且凯瑟琳和我一样，有一颗深邃的心，要是她的所有情感都能让他独占，那在马槽里也能装下汪洋大海了。呸！他在她的心坎里，很难说比她的一只狗、一匹马更可爱。他不像我，他身上没什么值得她爱的，她怎么能爱他没有的东西呢？”

“凯瑟琳和埃德加，像任何一对恩爱夫妻那样相亲相爱，”伊莎贝拉突然振作起来，大声嚷道，“谁也没有权利这样来讲他们，我不能听任我哥哥受人毁谤而不吭声！”

“你哥哥也非常喜欢你吧，是吗？”希思克里夫的语气中夹杂着嘲讽，“可他现在任你流落在外了，转变的速度真是惊人呐！”

“他不知道我在受罪，”她回答说，“我没有把这告诉他。”

“那你告诉他一些什么啦？你给他写信了，是吗？”

“我是写了，只说我已经结婚了，你看过那封信。”

“以后没有写过？”

“没有。”

“我家小姐来到这里之后变得憔悴多了，”我说，“很明显，有人不再爱她了。是谁，我能猜到，只是，不便说出来。”

“我认为这是她自己不爱自己，”希思克里夫说，“她变成一个懒婆娘了！实在少见，她这么早就不想讨我喜欢了。你或者不会相信，我们结婚后第二天早上，她就哭着要回家了。但是，她这样不自爱，跟这座房子倒是挺匹配的。只是我得留心，别让她到外面四处乱跑，给我丢人现眼。”

“啊，先生，”我回答说，“我希望你能想到希思克里夫太太是向来有人照顾、被服侍惯的，她从小就像个独生女儿那样长大，家里人个个都照顾她。你得让她有个女仆为她收拾收拾东西才是，你也得好好待她。不管你对埃德加先生有什么看法，你不能无视她心里对你的强烈而真挚的感情，要不，她也就不会放弃优雅舒适的生活和娘家的亲友，心甘情愿地跟你住到这么个乱糟糟的地方来了。”

“她放弃那些东西是在一种错觉的引导下进行的，”他回答说，“她把我想象成一个传奇式的英雄，希望从我骑士式的倾心中得到无限的宠爱。我实在不能把她当成一个有理性的人。她竟这样死心眼儿地对我的性格坚持着一种荒谬的看法，而且还凭着她自己的那种错觉行事。不过到最后，我觉得她到底还是对我有点儿了解了。起初，我并没有理会她对我挑逗的痴笑和怪相，也没有去理会她的无知和无能，当我坦率地告诉她我对她的痴心和她本人的看法时，她竟愚蠢地把我的真心看成是假意。我花了多少力气才能让她明白我根本就没有爱过她。有一段时间，我还以为再也没办法教会她明白这一点了呢！不过她懂得还是不多，今天早上，她当作一件惊人消息，向我宣布说，我的确得到她的憎恨了！我向你保证，我真是花了九牛二虎之力啊！如果真的是这样，那我真有理由大大地感激她！我能相信你的话吗，伊莎贝拉？你真的恨我了吗？如果我让你独自一个人待半天，你会不会又走到我跟前来对我唉声叹气、甜言蜜语讨好我呢？我敢说，她宁可我在你面前装出对她百般温柔的样子，暴露出真情实况有伤她的虚荣心。但是，我并不在乎让人知道这份热烈的恋情完全是单方面的事，我也从来没有在这事上对她说过一句假话。她找不到指责我对她虚情假意的理由。从田庄出来时，她看到我干的第一件事，就是把她的小狗吊了起来。当她为它向我求情时，我说的第一句话是，除了一个人之外，我恨不得把他们全家人全都吊死。或许她还以为这例外的一定就是她呢。但是，一切残暴的做法都没能引起她对我的反感，我看只要她自己这个宝贝不受伤害，她对于这种手段还有着一种天生的爱好呢！瞧，这么一条可怜巴巴、卑鄙下流的母狗，居然还梦想我会爱她，这岂不是荒唐透顶，十足的白痴？你去转告你家主人，艾伦，就说我一辈子也没见过像她这样的贱东西。她甚至玷污了林敦这个姓氏。每次我试试她承受折磨的能力，她总是不知羞耻、摇尾乞怜地爬了回来，由于实在拿她没有办法，弄得我有时都只好罢手！不过你也转告他，请他这位做执法官的兄长尽管放心，我是严格遵守法律的约束的。直到现在为止，我都避免让她抓到一丁点儿离异的借口。不但如此，她也用不着求什么人来拆散我们。要是她想走，她走得了。她在我眼前使我感到的厌恶，大大超过我折磨她时得到的满足！”

“希思克里夫先生，”我说，“你这是疯子说的话。很可能，你的妻子以为你疯了，而且正是这个缘故，她才对你容忍到今天。既然现在你允许她离开这里了，她一定会利用你的这一许可的。小姐，你总不至于就这么入迷，心甘情愿地跟他过下去吧？”

“你要当心啊，艾伦！”伊莎贝拉回答说，她的眼睛已经被愤怒的光芒充斥了。从她的这种眼神可以看出，她丈夫要她恨他的企图，无疑已经完全成功了。“他说的话，你一个字也别相信，他是个说谎的恶魔！他是个怪物，不是人！他以前就跟我说过，我可以离开他，我也试过，但是我不敢再试了！只是你要答应我，艾伦，千万不要对我哥哥或者凯瑟琳提起他这些无耻的话，一个字也别提。不管他怎么装假，全都是为了把埃德加气得来拼命。他说他娶我是为了好控制他，摆布他。可他别想达到目的,我会先死掉！我祈求，宁愿他一时忘了他的恶毒心计，把我给杀了！现在我能想到的唯一乐趣就是死去，或者看他死去！”

“好啊，眼前有这句话就足够了！”希思克里夫说，“艾伦，要是你被传上法庭，可要记住她的话啊！你好好看看她那张脸吧，她已经快要达到让我满意的地步了。不，现在你已经不适合做你自己的监护人了，伊莎贝拉。我既然是你的合法监护人，你就得由我来监护，即使这一职责是多么不合我的胃口。上楼去，我还有话要跟艾伦·丁恩私下说。不是往那儿走，我给你说了，上楼去！嘿，这才是上楼的路，孩子！”

他一把抓住她，把她推出房外。把头扭过来时，他嘴里咕哝着：“我没有怜悯！我没有怜悯！虫子越是扭动，我越想挤出它的内脏！这是一种精神上的出牙现象，越感到痛，我就越要使劲地磨。”

“你能理解‘怜悯’这个词的含义吗？”我说，赶紧戴上帽子，“你这一辈子是否有过一点怜悯的感觉？”

“把帽子放下！”他看出我要走的样子，打断了我的话说，“你还不能走。现在过来，艾伦。我一定能说服你或者强迫你，帮助我实现我要见到凯瑟琳的决心，而且不能拖延，我发誓我不想伤害什么人。我不想惹起什么乱子，也不想激怒或侮辱林敦先生。我只想听她亲口对我说说，她的情况怎么样，她为什么会生病，问问她我能为她做点什么。昨天晚上，我在田庄的花园里待了 6 个小时，今天晚上我还要去。今后，我每天晚上都要去那儿，每个白天也都去，直到找到机会进入房子。如果埃德加·林敦碰上我，我就毫不犹豫地一拳把他打倒，在我待在那儿时，保证他有足够的时间躺着一动不动。如果他的仆人们敢来阻止我的话，我就用手枪把他们吓跑。但是，要是我进去时不碰上他们，或者他们的主人，那不是更好吗？而这一点，你是很容易办到的。我到那儿时，先告诉你，等她一个人时，你就可以悄悄把我放进去，然后你就给我望风，直到我离开。你这样做心安理得，你这是为了防止一场祸害。”

我说什么也不会同意这种事情，我不能在主人的家里扮演这种奸细的角色。此外，我还竭力认为，他为了满足自己的愿望，不惜破坏林敦太太的宁静，是非常残酷自私的行为。

“一点点最平常的小事，都会把她吓得胆战心惊，”我说，“她已经变得神经过敏。我敢确定，她再也经受不住这种意外的事了。你放弃你这种可怕的念头吧，先生！要不，我就只有把你的阴谋禀告给我的主人了。那样他就会采取措施来保护他的宅子和宅子里的人，禁止任何不速之客非法闯入！”

“要是这样，我就要先采取措施‘保护’你了，你这个女人！”希思克里夫叫了起来，“明天早晨以前，你别想离开呼啸山庄。说什么凯瑟琳见了我会受不了，这简直是瞎说。至于说会吓到她，我也不希望这样，你得先让她有个心理准备——先问问她我可不可以来。你说她从来没有提到过我的名字，也从来没有人向她提起过我。既然我在那家人家里是个禁止谈论的话题，她又能向谁提起我呢？她以为你们全是她丈夫的奸细。啊，我丝毫也不怀疑，她在你们中间就像在地狱里！她什么都没说，我也能猜出她心中的苦处，就像她说了一样。你说她老是坐立不安，神情焦躁，这难道是心境平静的证明吗？你说她心情不定，在那种可怕的孤独中，不这样还能怎么样呢？还有那个无能、单调的家伙，说什么照顾她是出于责任感和仁慈心，出于怜悯和行善罢了！如果认为在他这种浮泛的照料中也能使她恢复元气，那他真可以把一棵橡树种在花盆里，巴望它茁壮成长了！我们还是马上决定吧！你是要留在这儿，让我在林敦和他的仆人中打出一条路来去见凯瑟琳呢，还是像你往常那样做我的朋友，照我的要求去做？快决定吧！如果你还要坚持你那固执的犟脾气，我可是没有理由再耽误一分钟了！”

唉，洛克伍德先生，我反对，我抗议，我义正词严地一再拒绝他的强求，回绝了不知多少遍，可是经过长时间的僵持，最后他还是逼得我同意了。我勉为其难地答应他把一封信送到我们女主人手里。如果她同意的话，下一次林敦不在家时，我保证让他知道这一消息，他就可以赶来，让他能进屋。到时候我要避开，其他的仆人也都得走开。

我这么做，是对还是错呢？我怕是错了，虽说这只是权宜之计。我当时认为，我依了他，就可以避免一场乱子。我还认为，这或者能为凯瑟琳精神上的疾病提供一个好的转机。接着，我又想起了埃德加先生的严厉斥责，要我别再多嘴多舌。我想尽一切可以打消我心里面所有不安的办法，反复跟自己说，这件背信弃义的事（如果得背这么个难听的名声的话）该是最后一次了。

即使这样，我在回家的路上，心情还是比来时更沉重。我没有办法再做出这种违背良心的事情，把信交到太太的手里，我心中一直疑虑重重。

可是肯尼兹医生来啦，我得下楼去了，我要告诉他你好多啦。我讲的故事，正如我们这里说的那样，是让人非常难过的，还有一个早上这故事就该讲完了。

与其说它让人难过，不如说它是悲惨的。这位好女人下楼去迎接医生时，我心中想，如果早知道这个故事是如此悲惨，我压根不会选择这样的方式来排遣烦闷。然而没关系！我能够由丁恩太太的苦草中提炼出良药。我总是提醒自己，凯瑟琳·希思克里夫那双美丽的双眸中，总是藏着一股让人倾倒的魅力呢。如果我对这位年轻女人动了心，我将沦陷于无可救药的苦恼之中，这个女儿和她母亲是那么的相似！

第十五章

又一个星期过去了，我离健康和青春越来越近了！此时我已经听完那位邻居的故事了，这要感谢我的那位管家只要一有时间就会放下她那维持生计的家务，过来坐坐聊聊。接下来，我要用她自己的话将故事写下去，只是会有些紧凑。总的来说，我完全承认她非常会讲故事，但我对自己能够改善她的风格的能力表示怀疑。

她说，那晚，也就是我去呼啸山庄拜访的那天晚上，我知道，希思克里夫先生肯定在附近，就像我亲眼所见一样。可是我没有出去，因为我的口袋里还装着他的信，也不愿意再被他恐吓或哄骗了。于是我决定，除非主人到什么地方去，不然我绝对不会交出这封信，因为我猜不透凯瑟琳收到信后会有什么反应。结果过了 3 天这信也没有到她手里。第四天是星期天，一家人都去教堂了，只有我和一个男仆看家，我这才将信带到她屋里交给了她。通常我们做礼拜时都会把门锁住，不过那天天气又暖和又舒服，所以我就把门都打开了，而且我知道谁会来。为了遵守我的承诺，我告诉我的同伴，说女主人特别想吃橘子，要他去村里买几个，明天再去付钱。他走后，我又回到了楼上。

林敦夫人穿着一件宽大的白衣服，和往常一样，坐在一个敞开着的窗子的凹处，肩上披着一条薄薄的披肩。在她初病时她那厚厚的长发曾被剪去一点，现在她简单地梳梳，顺其自然地披在她的鬓角和颈上。就像我告诉过希思克里夫的一样，她的外表是改变了，可是当她是宁静的时候，在这种变化中似乎具有不同寻常的美。她眼里的亮光已经变成一种梦幻的、忧郁的温柔。她的眼睛不只望着她周围的东西，而总是在凝望着远方，遥远的地方，你可以说是望着世外。还有她脸上的苍白，伴随着渐渐的康复，她那种憔悴的面容已经渐渐不见了，还有从她心境中所产生的特别表情。即使凄惨地暗示了原因，却使得她格外惹人怜爱。这些现象——我知道别的看见她的人都肯定会认为——足以说明正在康复只不过是一种自欺欺人的说法，她的凋谢已经是注定了的。

在她面前的窗台上摆着一本书，打开着。令人感觉不到的风间或掀动着书页。我相信是林敦放在那儿的：因为她从来不愿读书或干任何事，他得花上许多钟头来引她注意那些以前曾使她愉快的事情。她明白他的目的，在她心情较好时，就温顺地听他摆布，只是时常地压下一声疲倦的叹息，显然这些是没有用的，到最后就用最悲惨的微笑和亲吻来制止他。在其他时候，她就突然转身掩住脸，甚至愤怒地把他推开，然后他就小心翼翼地让她自己待着，因为他确定自己已是无能为力的了。

吉默屯的钟还在响着，山谷那边的小溪涨起来了，潺潺的流水奏起了清灵的声音。非常悦耳美妙的声音，代替了现在还没有到来的夏日树叶的飒飒声，等到树上生了果子，这声音就湮没了田庄附近的那种音乐。在呼啸山庄的附近，小溪在风雪或雨季之后的平静的日子里总是这样响着。在凯瑟琳倾听时，那就是，如果她是在想着或倾听着的话，她所想的就是呼啸山庄！可是她有着我以前提到过的那种茫然的、捉摸不透的神气，这表示她的耳朵或眼睛简直不能分辨任何外界的东西。

“有你一封信，林敦夫人，”我说，轻轻地把信塞进她摆在膝上的一只手里，“你得马上看它，因为等着回信呢。我把封漆打开好吗？”

“好吧。”她回答，没改变她的目光的方向。

我打开它，信很短。“现在，”我接着说，“看吧。”她缩回她的手，任这信掉到地上。我又把它放在她的怀里，站着等她乐意朝下面看看的时候。但是她总是不动，终于我说：“太太，要我念吗？这是希思克里夫先生写来的。”

她一惊，努力让回忆的苦恼在她的神色中慢慢沉淀下来。她拿起信，仿佛是在阅读。当她看到签名的地方，她叹息着。但我还是发现她并没有领会到里面的意思，因为我急着要听她的回信，她却只指着署名，带着悲伤的、疑问的热切神情盯着我。

“唉，他想见见你，”我说，有一个人向她解释是十分必要的，“这时候他在花园里，很想知道我将给他带去什么样的回信呢。”

在我说话时，我看见躺在下面向阳的草地上的一条大狗竖起了耳朵，仿佛正要吠叫，然后耳朵又向后平下去。它摇摇尾巴算是宣布有人来了，似乎它不把这个人当作陌生人看待。林敦夫人上气不接下气地向前探身倾听着。过了一分钟，有脚步声穿过大厅。这开着门的房子对于希思克里夫是太有诱惑力了，他不能不走进来。大约他以为我有意不履行诺言，就决定随心所欲地大胆行事了。凯瑟琳紧张地热切地盯着她卧房的门口。他并没有马上发现应该走进哪间屋子。她示意要我接他进来，可是我还没走到门口，他已经找到了，而且大步走到她的身边，把她搂在自己的怀里。

有 5 分钟左右，他没说话，也没有松开他紧抱着她的双手。在这段时间，我敢说他给予的吻比他有生以来所给的还多。可是这次是女主人先吻他的，我看得清清楚楚。他由于真切的悲痛，简直不能直视她的脸！他一看见她，就跟我一样地确信，她是没有最后康复的希望了，她命中注定，一定要死了。

“啊，凯蒂！啊，我的命！我怎么受得了啊？”这是他说的第一句话，那种带着绝望的声调再真切不过了。现在，他那么热切地盯着她，他的凝视是那么热烈，我想他会流泪的，可是那对眼睛却燃烧着极度的痛苦，并没化作泪水。

“现在还要怎么样呢？”凯瑟琳向后仰着说，脸色突然一沉，以此来回答他的凝视。她的性子不过是她那常常变动的精神状态的风向标而已。“你和埃德加把我的心都弄碎了，希思克里夫！你们都为那件事来向我哀诉。好像你们才是该被怜悯的人！我不会怜悯你的，我才不！你已经害了我！而且，我想你还因此心满意足吧。你很强壮，我死后你还可以活许多年呀！”

希思克里夫本来是用一条腿跪下来搂着她的。他想站起来，可是抓住他头发的手又把他按了下去。

“情愿我能抓住你不放，”她辛酸地接着说，“一直到我们两个都死掉！我不该管你受什么苦。我才不管你的痛苦呢，你为什么不该受苦呢？我可在受苦呀！你会忘记我吗？等我埋在土里的时候，你会快乐吗？20年后你会不会说，那是凯瑟琳·恩肖的坟，很久以前我爱过她，而且为了失去她而难过。但是这都过去了，那以后我又爱过好多人。对我来说，我的孩子比她可要亲多了。而且，到了临死的时候，我不能说服自己要高兴地到她那儿去了，我会很难过。因为我得离开他们了！你会不会这么说呢，希思克里夫？”

“不要把我折磨得跟你自己一样地发疯吧。”他叫着，扭开他的头，咬着牙。

在一个冷静的旁观者看来，这两个人形成了一幅奇异而可怕的画面。在凯瑟琳的梦境里，天堂对于她来说是一个被流放的荒野，除非她的精神也随同她的肉体一起被抛开。在她现在的表情上，那苍白的双颊，没有血色的唇以及闪烁的眼睛，都表现出一种狂野的要复仇的心态，一把头发还留在她紧握的手指之间。至于她的同伴，他一只手撑住自己，一只手紧握着她的胳膊。他对她那种温存，对于她当时的健康状况是很不合适的。在他松手时，我看见在凯瑟琳有血色的皮肤上留下了四条清清楚楚的紫红的印记。

“鬼是不是缠住你了？”他凶暴地追问着，“在你要死的时候还这样跟我说话？你想没想到所有这些话都要烙在我的记忆里，而且在你丢下我之后，将要永远更深地啮噬着我。你明知道你说的我害死你的话是说谎，而且，凯瑟琳，你知道我无论如何不会忘掉你！当你得到安息的时候，我在地狱里的煎熬还要周而复始地折磨着我，这还不够使你那狠毒的自私心得到满足吗？”

“我不会得到安息的。”凯瑟琳哭着，没有办法再用意志来支持她衰弱的身体，因为在这场过度的激动下，她的心猛烈地、不规则地跳动着，甚至跳得让人能观察出来。她说不出话来，直到这阵激动过去，稍微缓和一些了才又接着说。

“我并不希望你受的苦比我受的苦还多，希思克里夫。我只想我们永远不分离。如果我有一句话使你今后难受，想想我在地下也会感到一样的难受，看在我的分上，饶恕我吧！过来，再跪下去！你一生从来没伤害过我。是啊，如果你生了气，那今后你想起你的气愤就要比想起我那些粗暴的话更痛苦！你不肯再过来吗？来呀！”

希思克里夫走到她的椅子背后，向前探身。不让她看到他那因激动而变得发青的脸。她回过头望他，他不许她看，他忽然转身，走到炉边，站在那儿，沉默着，背对着我们。林敦夫人的目光疑惑不解地盯着他：每一个动作在她心里都唤起一种新的感情。她在一阵若有所思的沉默和深情的凝神之后，又讲话了，带着愤慨的失望声调对着我说：

“啊，你瞧，艾伦，他都不肯暂时发发慈悲好让我躲开坟墓。我就是这样被人爱啊！好吧，没关系，那不是我的希思克里夫，我还是要爱我的那个。我带着他，他在我的灵魂里。而且，”她沉思地又说，“最终让我身心都支离破碎的还是这个苍白的牢笼，我不愿意被关在这儿了。我多想忘却我所背负的一切，在那个世界里随心所欲地飞翔，永远待在那儿。不是泪眼模糊地看到它，不是在痛楚的心境中渴望着它，而是真的跟它在一起，在它里面。艾伦，你以为你比我好些、幸运些，完全健康有力，你为我难过，不久，这就要改变了。我要为你们难过。我将要无可比拟地超越你们，在你们所有人之上。我奇怪他不肯靠近我？”她自言自语地往下说，“我以为他是愿意的。希思克里夫，亲爱的！现在你不该沉着脸。到我这儿来呀，希思克里夫。”

她异常激动地站起身来，身子靠着椅子的扶手。听了那真挚的恳求，他转身向她，神色是完全不顾一切了。他睁大着那双含满泪水的眼睛，终于猛地向她一闪，胸口由于激动而起伏。他们各自站住一刹那，然后，我简直没看清他们是怎么合在一起的，只见凯瑟琳向前一跃，他就把她拥住了，他们像树根一样纠缠在一起了。我想我的女主人绝不会被活着放开了。事实上，据我看，她好像马上就不省人事了。他投身到最近处的椅子上，我连忙走上前看看她是不是昏迷了，他就对我咬牙切齿，像个疯狗似的吐着白沫，带着贪婪的忌妒神色把她抱紧。我觉得我是在看着另一类动物。看来即使我跟他说话，他也不会懂，因此我只好非常惶惑地站开，也不敢作声。

凯瑟琳动弹了一下，才使我立刻放了心。她伸出手搂住了他的脖子，他抱住她，她把脸紧贴着他的脸，他狂烈地给她无数疯狂的爱抚，又狂乱地说：

“你现在才使我明白，你曾经多么残酷——残酷又虚伪。你过去为什么看不起我呢？你为什么欺骗你自己的心呢，凯蒂？我没有一句慰藉的话，这是你应得的。你害死了你自己。是的，你可以亲吻我，哭，又逼出了我的吻和眼泪；我要用吻和眼泪摧残你，诅咒你。你爱过我，那你有什么权利离开我呢？有什么权利对林敦存在那种可怜的幻想？回答我！因为悲惨、耻辱和死亡，以及上帝或撒旦所能给的一切打击和痛苦都不能把我们分开，而你，却出于你自己的心意，这样做了。我没有弄碎你的心，是你自己弄碎了的！你弄碎你的心的时候，也把我的心弄碎了。因为我是强壮的，对于我就格外苦。我还要活吗？那将是什么样的生活？啊，上帝！你愿意和你的灵魂长眠在潮湿阴冷的坟墓里吗？”

“别管我吧，别管我吧，”凯瑟琳抽泣着，“倘若我曾做错了，我将为此而死去。够啦！你也丢开过我的，可我并不想责怪你！我饶恕你。你饶恕我吧！”

“看看这对眼睛，摸摸这双瘦削的手，要饶恕你是很难的，”他回答，“再亲亲我吧，别让我看见你的眼睛！我饶恕你对我做过的事。我爱害了我的人，可是害了你的人呢？我又怎么能够饶恕他？”

他们沉默着，脸紧贴着，用彼此的眼泪冲洗着。我猜至少双方都在哭泣。在这样一个不同寻常的场合中，就连希思克里夫仿佛也能哭泣了。

同时，我越来越焦急，因为下午过去得很快，我支开的人已经完成使命回来了，而且我从照在山谷的夕阳也能分辨出吉默屯教堂门外已有一大堆人涌出了。

“做完礼拜了，”我宣布，“我的主人要在半个钟头内到家啦。”

希思克里夫从他绝望的心里吐出一声咒骂，凯瑟琳被抱得更紧了，她一动也不动。

不久，我看到一群仆人走过大路，向厨房那边走来。林敦先生在后面不远，他慢慢地走过来，自己开了大门，大概是要享受这风和日丽、宛如夏日的下午。

“现在他到这儿来了，”我大叫，“看在老天爷的分上，快下去吧！你在前面楼梯上不会遇到什么人的，快点吧，在树林里待着，等他进来你再走。”

“我一定得走了，凯蒂，”希思克里夫说，想从他的伴侣的胳臂中挣脱出来，“但是在你睡觉之前假如我还活着，我还要来看你的，我不会离开你的窗户5码之外的。”

“你绝不能走！”她回答，她用尽了她所有的力气顽强地抱住了他，“我告诉你，你不要走。”

“只走开一个钟头。”他热诚地央求着。

“一分钟也不行！”她回答。

“我非走不可，林敦马上就要来了。”这受惊的闯入者坚持着。

他想站起来，要松开她的手指。但她紧紧搂着，喘着气，在她脸上已经出现了不顾一切的坚决。

“不！”她尖叫，“啊，别，希思克里夫，最后一次就不要走了！埃德加不会伤害我们的。我要死啦！我要死啦！”

“该死的浑蛋！他来了，”希思克里夫倒在他的椅子上喊着，“别吵，我亲爱的！别吵，别吵，凯瑟琳！我不走了。如果他就这么拿枪崩了我，我也会在嘴唇上带着祝福咽气的。”

他们又紧紧地抱在一起。我听见我主人上楼了，我的脑门直冒冷汗，我被吓坏了！

“你就听她的浑话吗？”我激动地说，“因为她神志不清，不能自主，她不知道她说什么，你要毁了她吗？起来！你马上就可以挣脱的。

这是你所做过的最阴毒的事。我们——主人，女主人，仆人——可都给毁啦！”

我绞着手，大叫。林敦先生一听声音，加快了脚步，在我的震惊之中，我衷心喜欢地看到凯瑟琳的胳臂松弛下来，她的头也垂下来，“她是昏迷了，或是死了，”我想，“这样还好些。与其活着成为身边人的负担，成为不幸的制造者，那还不如让她死了的好。”

埃德加惊慌于眼前发生的一切，脸色因愤怒而变得苍白，冲向这位不速之客。他计划怎么样，我也不了解！不过，当另一个人把那看来已没有生命的东西往他怀里一放，他马上停止了所有的示威行动。

“瞧吧！”他说，“除非你是一个恶魔，不然就去救救她吧，然后你再跟我说话！”

他走到客厅里坐下来。林敦先生召唤我进去，我们费了好大劲，用了许多方法，才使她醒来！但是她已经神志不清了！她呻吟着，叹息着，一个人也不认识。埃德加忘了她那位可恨的朋友，一心担忧着她。但我没有忘。我找了个合适的机会让他离开，发誓说凯瑟琳已经好多了，我明天早晨会告诉他，她这一夜过得如何。

“我当然可以从这个门走出去，”他回答，“但我会一直待在花园里，艾伦，你可不要忘了明天的约定。我就在那些落叶松下面等着，记住！否则无论林敦是否在家我都会来的。”

他向卧房的半掩的门里匆忙地瞄了一眼，证明了我并没有骗他，这阴郁的人才从这所房子里走了出去。

第十六章

在某天夜里的凌晨时分，你在呼啸山庄看见的那个人——凯瑟琳降临了人世——这是个才怀了 7 个月早产的孱弱婴儿。过了 2 个小时，她的母亲便去世了。她的意识早就模糊不清了，既不认得她丈夫，也不知道希思克里夫已经走了。埃德加丧偶的悲痛，让人看了不免伤心。从对日后的影响看，这一悲痛是多么深啊。在我看来，最让人痛苦的是凯瑟琳并未给他留下一个继承人。我看了看这个瘦小的女孩，为这事感到可惜，在心中咒骂着老林敦，他完全是出于天生的偏见，规定女儿可以继承他的财产，但孙女没有这个权利。可怜的小家伙！这真是个让人喜欢不起来的婴儿。在她刚降生的那几个小时，就算她哭死了，也没有人会去看看她怎么样了。过后，我们终于弥补了这个疏忽，不过，她出世时就这样可怜孤苦，说不准她最后的结局也会和出生时一样呢。

第二天早晨屋外灿烂明媚，晨光悄悄地透过百叶窗，溜进肃然无声的房间，一片亲切柔和的光亮，弥漫在卧榻上和躺在它上面的人身上。埃德加·林敦的头靠在枕头上，闭着眼睛。他那年轻清秀的脸，几乎已跟躺在旁边的人一样，如死去一般纹丝不动。不过他的脸是过度悲痛造成的麻木，而她苍白的脸沉淀下的只有安宁和平静。她面容安详，双眼紧闭，嘴上保留着笑意。即便是天堂里的天使，也没有一个能及得上她这种美丽。她一动不动地躺在那儿，那永恒的安静也感染了我。当我凝视着这神圣的安息者那无牵无挂的模样时，我的心中也有了一种从来没有过的比这圣洁的心情。她几小时前说过的话在我脑海中浮现，她说她将大大地超过我们，我们谁也比不上她！无论她仍在地上，还是现在已在天堂，她的灵魂如今都和上帝同在了！

我不知道这是不是我与别人有区别的地方，我在守灵时，只要同我一起守灵的人没有大哭大叫，悲恸欲绝，我是极少有不高兴的时候的。我看到了一种无论人间还是地狱都不能打破的静谧，我感到今后有了一种没有止境、没有阴影的信心——他们进入的永恒——在那儿，生命永远延续，爱情无限和谐，欢乐始终满溢。我发现在那种时刻，当林敦先生如此痛惜凯瑟琳的幸福超脱时，就连像他那样的爱情中，也存有多少自私的成分啊！

当然，也许有人会怀疑，她度过了那么任性暴躁的一生，到末了配不配享有一个宁静的安息之处。在冷静思考的时候，你可能会这样怀疑。可是，在她的灵前，你是绝不会那么想的。它保持着自己的安静，仿佛对它以前的住户[①]也给予了同样安宁的保证。先生，你相信这样的人在另一个世界里会快乐吗？我多想知道啊。我没有回答丁恩太太的问话，她的这个问题问得似乎有点邪门。她接着又说，回顾凯瑟琳·林敦的一生，也许我们没有权利认为她是快乐的。不过我们还是把她交给上帝来安排吧。主人看来是睡着了。太阳升起后，我便大胆地离开了房间，溜到屋外清新的空气里。仆人们以为我是要摆脱守了一整夜后的疲倦，其实我主要的目的是想去看看希思克里夫。如果他这一整夜都守在落叶松丛中，那他就不会听到田庄里的骚动，除非他听到了信差直奔吉默屯的马蹄声。如果他曾悄悄走近宅子，就有可能根据那闪来闪去的灯光和忽开忽关的大门，预感到宅子里肯定发生了些什么事情。

我想去找他，可又怕去找他。我觉得迟早要他面对这一可怕的消息，他期盼着尽快把这事应付过去，但我又不知道该怎么对他说才好。

---

① 指灵魂。

他是在那里在进入林苑至少几码远的地方，靠在一棵老杨树上，头上的帽子已摘下，头发被露水淋得湿漉漉的，凝聚在抽芽的枝头的露水，还在他周围滴滴答答地落着。他已经以这样的姿势发呆很久了，因为我看到离他不到3英尺的地方，有一对鸫鸟穿梭似的来来去去，正忙着建筑着自己的窝巢，把站在近旁的他完全当作木头了。待我一走近，它们就飞走了。他抬起眼睛，说起话来。

“她死了！”他说，“没等你来我就知道了。收起你的手帕吧，不必在我面前一把鼻涕一把眼泪的。你们全都该下地狱！她才不需要你们的眼泪呢！”

我在为她而哭，也在为他而哭。有时候，我们会把同情施加在那些对自己和别人都冷漠无情的人的身上。我一看到他的脸，就猜想他已经知道这一悲惨的结局了。当时，我突然冒出了一个愚蠢的念头，以为他的心已经安定下来，他正在祈祷，因为他的嘴唇在动，他的目光凝视着地面。

“是啊，她死了！”我回答说，抑制住抽泣，擦干双颊，“上天堂了，我希望。要是我们能接受应得的告诫，改邪归正，我们每个人都能去那儿和她会合的。”

“那么，她也接受了应得的告诫吗？”希思克里夫问道，一副想要讥讽的神情，“她是像个圣徒似的死去的吗？来，告诉我这事的真实情况。到底——”

他竭力想说出那个名字，可是他办不到。他紧闭嘴唇，内心的痛苦已经腐蚀掉他心里最柔软的部分，同时他还用一种绝不妥协的凶狠目光瞪着我，拒不接受我的同情。“她到底怎么死的？”终于，他又开了口。尽管他有着铁石心肠，却也盼望背后有个依靠的地方。在这一番忍耐之后，他不由自主地浑身上下都颤抖起来，就连指尖也在颤抖。

“可怜的人！”我心里忖度着，“原来你也有跟别人一样的心肠和神经！为什么你一定要把它们隐藏起来呢？你的傲慢自负瞒不了上帝！是你自己要它来折磨你，直到迫使你发出屈辱的恳求声。”

“像一只熟睡的羔羊一样乖巧安静。”我大声回答说，“她叹了一口气，像个刚醒过来的孩子似的伸了伸懒腰，接着便又睡着了。过了5分钟，我觉得她的心口微微跳了一下，从此就再也不跳了！”

“还有，她有没有说起过我？”他问道，语气颇为犹豫，好像唯恐他这一问，得到的回答会引出一些他不忍听的细节似的。

“她直到死之前一直处在昏迷状态。打你离开她的时候起，她就谁都不认识了。”我说，“她躺在了甜蜜的微笑里，她最后想的是恍恍惚惚地回到了欢愉的童年时代，她的生命是在一个温柔的梦里结束的。愿她在另一个世界里醒来时，也一样愉悦欢快！”

“愿她醒来时痛苦万分！”他痛苦的诅咒夹杂着可怕的怒气迸发而出，由于一阵控制不住的激情发作，他跺着脚，发出呻吟，“哼，她直到最后都是个说谎的人！她在哪儿？不是在那儿，不是在天堂，也没有毁灭，在哪儿呢？啊！你说你不管我的痛苦！我只有一个祈求，我要为这反复地祷告，直到我的舌头僵硬，凯瑟琳·恩肖，在我活着时，愿你得不到安息！你说是我害了你，那你就缠住我不放吧！被害人的阴魂总是缠住他的凶手的。我相信，我知道鬼魂总是在人世间漫游的，那就永远跟着我吧！无论用什么方式，把我逼疯吧！只是别把我撇在这个深渊里，让我找不到你！啊，上帝！这真是没法说呀！没有我的生命，我怎能活下去！没有灵魂，我不能活啊！”

他拿头往满是疤结的树干上猛撞，抬起两眼，干号着，那样子根本不像一个人，而像一头快被刀捅死的野兽。

我看到树皮上有好几片血迹，他的手上和额上也都沾满了血。也许我眼前见到的这一幕，昨天晚上已经演出过多次。这已经不能引起我的同情，只能使我胆战心惊。但我还是不忍心就这么离开他。不过他刚一清醒过来，发现我在看着他，便大声吼叫着命令我马上走开。我听从了，我可没有办法叫他安静下来，或者能给他一些安慰！

林敦太太的葬礼定在她去世后的那个星期五举行。在这以前，她的灵柩摆在大客厅里，棺盖开着，上面撒满鲜花和香叶。林敦日夜守在旁边，成了一个不眠的守灵人。还有一个人，这事除我之外谁也不知道，他就是希思克里夫，他至少几个晚上都守在外面，同样也是个不眠的守灵人。

我没有和他联系，但是我知道，如果有可能，他是打算进来的。到了星期二那天，天黑后不久，当我的主人实在累得支持不住，去休息一两个钟头时，我就去打开一扇窗子，我是被他的锲而不舍的精神打动了，有意给他一个机会，让他对他的偶像凋谢中的容貌做最后的告别。

他珍惜这个也许是仅有的一次机会，行动敏捷而又小心，小心到没有发出丝毫声响，因此谁也不知道他曾进来过。说实话，要不是死者脸上的盖布变得有点乱，以及在地上发现一绺用银线扎着的淡黄色头发，我也不会发现他到这里来过。我仔细看了看那绺头发，确定这是从挂在凯瑟琳脖子上的小金盒里拿出来的。希思克里夫打开这个小装饰物，扔掉了里面的淡黄色头发，把自己的一绺黑头发装进去了。我把这两绺头发纠缠在一起，把它们全都放进小金盒。

恩肖先生当然被邀请前来参加他妹妹的葬礼，他没有一句推托的话，但是终究没有来。所以，除了埃德加之外，参加葬礼的都是仆人和佃户，伊莎贝拉没有被邀请。

让村民们感到不解的是，凯瑟琳下葬的地方，既没有在教堂围墙内林敦家族的墓地中，也没有在教堂围墙外恩肖家族的墓旁，而是安葬于教会墓园角落中的一个长满青草的坡上。那里的围墙非常低，各种灌木和覆盆子之类的植物，都由荒原上爬了过来，煤渣土丘几乎将围墙都埋没了。现在她的丈夫也安葬在那里，每个人的墓上都竖着一块普通的石碑，坟脚边都铺有一块灰色石板，用作坟墓的标志。

第十七章

月末最后的那个星期五，天空湛蓝如洗。然而太阳落山后，天气骤变，南风变成了东北风，起初只是下了一些雨，没多久下起了霜和雪。第二天一大早人们起来后都不敢相信，入夏后的第三个星期竟然会如此凄凉、寒冷、阴郁难耐。厚厚的积雪把樱草和番红花压在下面，听不见百灵鸟的鸣叫，幼树的嫩芽也都失去了生机！主人将他一个人锁在屋子里不肯出来，我就占据了这个空荡荡的客厅，将它改装成一间育儿室。我坐在那里，让那个哇哇哭的娃儿坐在我的膝盖上，轻轻地晃动着，窗户没有拉窗帘，透过窗子可以看见那被风吹舞的纷纷扬扬的雪片。门突然开了，有人进来，笑着，喘着！我虽然有些惊讶，但更多的是怒气。我以为她是个女仆，便喊道："好啦！你怎么敢到这儿来捣乱呢，倘若被林敦先生听见，该怎么办？"

"原谅我！"一个熟悉的声音答应道，"但是我知道埃德加还没起来，我又控制不住自己。"说话的人说着，喘息着，手按着腰部，就走向炉火面前。

"我从呼啸山庄一路跑过来的！"停了一会儿，她接着说，"我不知道跌了多少次，简直要死啦。啊，我浑身都痛！别慌！等我能解释的时候我会解释的！先做做好事。出去命令马车把我送到吉默屯去，再叫佣人在我的衣橱里找出几件衣服来。”

闯入者是希思克里夫夫人，她的样子也叫人心酸：头发披在肩上，被雪和雨淋得直滴水；穿的是她以前做姑娘时穿的衣服，这更适合她的年龄而不适合她的身份；短袖的露胸上衣，头上和脖子上什么也没戴。上衣是薄绸的，透湿地贴在她身上，保护她的脚的只是薄薄的拖鞋。此外，一只耳朵下面还有一道较深的伤痕，只因为天冷，才止住了过多的流血，一张被抓过、打过的苍白的脸，一个因为疲倦而无法支持的身躯，你可以想象，等我定下心来仔细看她时，并没有减去我最初的恐惧。

“我亲爱的小姐，”我叫道，“我哪儿也不去，什么也不听，除非你把衣服一件件都换下来，穿上干的。你今晚当然不能去吉默屯，所以，也不需要吩咐马车。”

她说：“无论走路，还是坐车，我不得不去。但是穿得体面一些还是很好的！而且啊，现在瞧瞧血是怎么顺着我的脖子往下流吧！火一烤，就痛得火辣辣的。”

她非得让我先遵从她的指示，然后才同意我碰她，直到我叫马夫准备好了，又叫一个女仆把一些必需的衣服收拾好之后，我才得到她的同意给她疗伤，帮她换衣服。

“现在，艾伦，”此时我的工作已经全部完成，她坐在炉边一张安乐椅上，拿着一杯茶说，“你坐在我对面，把可怜的凯瑟琳的小孩搁在一边，我不喜欢看她！你别看到我进来的时候作出那样的脸色，就以为我一点儿也不心疼凯瑟琳，我也哭过了，哭得很伤心。是的，比任何有理由哭的人都哭得厉害。我们是没有讲和就分开了啊，你记得吧，我不能原谅我自己。不过，即使这样，我依然不打算怜悯他，那个畜生！啊，递给我火钳！这是我身边的最后一样他的东西了！”她从中指上脱下那只金戒指，扔在地板上。“我要敲碎它！”她接着说，带着孩子气的泄愤敲着，“我还要烧掉它！”她拾起这个敲坏了的东西往煤块里一扔。“他要是叫我回去，他得再买一个。我不敢待在这儿，免得他存坏心眼，他可能来找我，好惹怒埃德加。何况，埃德加也不和气，不是吗？我不要求他帮忙，也不要给他带来更多的烦恼。形势逼得我躲到这里来，但是，要不是我听说他没待在这儿，我还不得不待在厨房，洗洗脸，暖和暖和，叫你把我要的东西拿来，再离开，到任何一个我那该诅咒的恶魔化身所找不到的地方去。他是这么恼火！若是他捉到我呀！可惜恩肖在力气上不是他的对手，如果亨德利能够做到，不看见他被全部捣烂，我才不会走呢！”

我打断她说：“好啦，别说得这么快，小姐！你会把我给你扎脸的手绢弄松，那伤口又要流血了。喝些茶，缓口气。别笑啦！在这个房子里，在你这样的情况，笑是很不合适的！”

她回答说：“这倒是实话。瞧瞧那孩子吧！她一直没完没了地哭……把她抱开，让我有一个钟头听不见她哭吧，我不会待多久的。”

我拉铃叫来一个仆人去照顾那孩子，接着关切地问她到底发生了什么事，为什么这么匆忙而狼狈地逃离了呼啸山庄，而且，既然她拒绝留下来和我在一起，那她又准备到哪儿去。

她回答说：“我也愿意留下来，也好陪陪埃德加，照顾一下孩子，一举两得。而且，因为田庄才是我真正的家。不过我告诉你，他不允许我出来！你以为他就能眼看我发胖，开心起来，能让我们过得很平静，而不打算来破坏我们的舒适吗？现在我得到了让自己满意的答案，知道他的确憎恨我，而且恨到了家：一听到我的声音，或者看见我，他就到无比烦恼的程度。我注意到，当我走到他跟前时，他脸上的肌肉自然而然地扭曲成憎恨的表情。这几分是由于他知道我有充分的理由憎恨他，几分是出于原来就有的反感。这足以使我相信，如果我设法逃走，他也不会走遍全英格兰来追我的。因此我决定要走开，我已经再也找不到即使被他杀死也心甘情愿的欲望了！因为他已经把我的爱情化作了灰烬，我很安心，我宁可他自杀。我还记得我曾那么爱他，也能模模糊糊地想象我还会爱他，如果——不，不，即使他宠爱过我，那魔鬼的天性迟早会暴露出来的。凯瑟琳完全了解他，却又有一种怪癖，那么一往情深地重视他。怪物！但愿他从人间、从我的记忆里一笔勾销！”

“别说啦，别说啦！他还是个人啊，”我说，“要看开些，也许还有比他更糟的人哪！”

“他不是人！”她反驳，“我没有向他要求慈悲的权利。我把我的心交给他，他却拿过去捏死了，又丢给我。人们是用他们的心来感觉的，艾伦，既然是他毁了我，我就无力同情他了。虽然他从今以后会一直呻吟到他死的那一天，为凯瑟琳哭出血来，可我也不会同情他，真的，我才不呢！”说到这儿，伊莎贝拉开始哭起来。但是，她立刻抹掉睫毛上的泪水，又开始说：“你问我，是什么事把我逼得逃跑吗？我是被迫作出这个打算的，因为我已经把他的愤怒煽得比他的恶毒还要胜一层了。用烧红的钳子拨神经总比敲打脑袋需要更多的冷静。他面对我，已经失去了他那自夸如恶魔般的谨慎，而要对我进行暴力杀害了。我每当想到能用一些手段来使他暴怒，就体验到一种快感，这快感唤醒了我保护自己的天性，所以，我就公然逃跑了。如果我再落入他的魔掌，他一定会用尽所有恶魔才想得出的手段来报复我的。

“你知道，恩肖先生昨天本应该来送殡的。他故意让自己保持相当清醒：不像平常那样到六点钟才疯疯癫癫地上床，中午十二点才醉醺醺地起来。后来，他起来了，不过情绪阴郁得像要自杀似的，不适于到教堂，就跟不适于跳舞一样。他哪儿也没去，坐在火炉边，把一大杯一大杯的烧酒或白兰地直吞下肚。

“希思克里夫，我一提这个名字就浑身哆嗦！他从上星期日到今天就像是这家里的一个陌生人。是天使养活他，还是地狱里他的同类在养活他，我也说不上来，他有近一个星期没跟我们一起吃饭了。天亮后他才回家，直接上楼到他的卧房里，把他自己紧闭在里头，好像有人想要去陪他似的！他就在那儿待着，像个教徒似的祈祷着，不过他所祈求的神明只是无知觉的灰尘而已：在他提及上帝的时候，用一种特别古怪的思维把自己的黑种父亲混淆在了一起！做完了这些珍贵的祷告，经常拖延到他的嗓子嘶哑，喉头哽住才算完，他又走掉了：总是径直到田庄来！我很奇怪埃德加不找个警察，把他关起来！虽然为凯瑟琳难过，我却不能不把这一段从受侮辱的压迫中解脱出来的时间当作一个假期呢！

“我恢复了精力，可以去听约瑟夫的没完没了的说教而不用哭泣了，而且也可以不用像以前那样跟惊恐的小偷似的蹑手蹑脚地在屋里走动。不要以为无论约瑟夫说什么我都要哭，他和哈里顿真是极为讨厌的同伴。我宁可跟亨德利坐着，听他那可怕的言语，也比跟这个‘小主人’和他那可靠的助手，那个糟老头子在一起好！希思克里夫在家的时候，我往往不得不到厨房找伴，不然，就要在那些潮湿而没人住的卧房里挨饿。这个星期他不在家时，我就在大厅的炉火一角摆了一张桌子和一把椅子，也不管恩肖先生在干什么，他也不干涉我的举动。如果没人惹他，他比往常可安静多了，更阴沉些，沮丧些，但火气少些。约瑟夫肯定，如果上帝触动他的心，他就能得救了，像受过火的锻炼一样。相信他换了一个人。我也发现这种好转的征兆，觉得很诧异，但那与我也无关。

“昨天晚上，我坐在我的角落里读一些旧书，一直读到十二点。外面大雪纷飞，我的思绪也乘着风雪在墓园和那新修的坟上打转，那时楼上好像很凄惨！我的视线刚离开书页正要往上移动的时候，那个忧郁的场景便马上占领了我视觉的全部空间。亨德利坐在对面，手托着头，或者也在冥想着同一件事情。他已经不再喝酒了，两三个钟头他都不动，也不说话，到了比失去理性还严重的地步。屋里屋外什么声音都没有，只有呜咽着的风时不时地摇撼着窗户的声音，煤块的轻轻爆裂声，以及间或剪着长长的烛芯时的烛花剪刀声。哈里顿和约瑟夫大概都已上床睡着了，周围是那么冷寂！我一面看书，一面叹息着，因为看来好像世界上所有的欢乐都熄灭了，永远不会再回来了。

“终于，厨房门闩的响声打破了这阴惨惨的沉寂，希思克里夫守夜回来了，比平时早一点。我猜，是因为这场突来的风雪的缘故。那个门是闩住的，我们听见他绕到另一个门口要走进来。我站起来，自己也觉得嘴上带着一种压抑不住的表情，这引得我那向门凝视着的同伴掉过头来望着我。

“‘我要让他在外面待五分钟，’他叫着，‘你不会不同意吧？’

“我回答：‘不会，为了我，让他整夜守在外面是最适合不过的，就这样办！把钥匙插在钥匙洞里，拉上门闩。’

“恩肖先生在他的客人还没有走到门口以前就完成了这件事，然后他过来，把他的椅子搬到我桌子的对面，靠在椅子上，眼里射出燃烧着的恨意，很想从我眼里寻找同情。他看上去并且自己也感觉到他像个刺客，却不能肯定是否能从我的眼里找到同情，但是他发现这也足以鼓励他开腔了。

“他说：‘你和我，都有一大笔债要跟外面那个人清算！如果我们都不是胆小鬼，我们可以联合起来清算。你难道跟你哥哥一样的懦弱吗？你愿意强忍到底，一点也不想报仇吗？’

“我回答说：‘我现在是忍不下去了，不过我需要一种报答，它不能让我受到牵连，但是阴谋和暴力是两头都尖的矛，它们也能刺伤使用它们的人，比刺伤它们的敌人还会重些。’

“‘以阴谋和暴力对付阴谋和暴力是公平的！’亨德利叫道，‘希思克里夫夫人，我不请你做别的。现在告诉我，你能不能就坐着别动别响？我保证你亲眼看到这恶魔的生命结束，会得到和我所得到的同等的痛快。该死的恶棍！他会害死你的，也会毁了我，除非你先下手。听他敲门的声音，仿佛把自己当成这里的主人了！答应我，别吭声，在钟响之前——还差3分钟到一点——你就会是个自由的女人了！’他从他胸前取出我在信里跟你描述过的武器，正想吹蜡烛。但是我把蜡烛夺过来，抓住他的肩膀。

“我说：‘我不能不吭气！你千万别碰他。就让门关着，不出声好了！’

“‘不！对着上帝发誓，我已经下了决心，我非动手不可！’

“他眼里流露出的只有绝望，声音也带着冷漠。‘无论你自己如何，我也要为你做件好事，也要为哈里顿主持公道！你用不着费心维护我，凯瑟琳已经死去了。没有一个活着的人会珍惜我，或是为我羞愧，即使我这时割断我的喉咙——结束自己的生命！’

“我还不如跟一只熊搏斗，或是跟疯子论理。我唯一的方法就是跑到窗前，警告那个他所策划的牺牲者，当心等待着他的命运。

“‘今天夜里，你最好在别的地方安身吧！’我用一种胜利的腔调呐

喊，‘如果你坚持要进来，恩肖先生打算拿枪崩你。’

“‘你最好把门打开，你这……’他回答，用某种文雅的名字称呼我，我不屑再重复了。

“‘我不管这闲事，’我反唇相讥，‘如果你愿意的话就进来挨枪崩吧。我提醒你已经是仁至义尽了。’

“说完，我就关上窗户，回到火炉边我的座位上。能供我使用的虚伪可太少了，对这个即将威胁到他的危险我实在伪装不出什么焦急的表情。恩肖愤怒地用各式各样的称谓咒骂我，说我还在爱那个流氓，因为我表现出那种卑贱的态度，而我心里却在想（良心从来没有责备过我），如果希思克里夫使他脱离苦难，对于他该是何等福气啊！而如果他把希思克里夫送到他应去的地方，对于我又是何等福气啊！正在这时，希思克里夫一拳把我背后的一扇窗户打下来了，他那黑黑的脸阴森森地向里面望着。他的肩膀挤不进来，因为窗子的栏杆太密了。我微笑着，为自己想象出来的安全颇感得意。雪染白了他的头发和衣服，却无法净化他邪恶的灵魂，他那锋利的蛮族的牙齿，因为寒冷和愤怒而龇着，在黑夜中闪闪发光。

“‘伊莎贝拉，放我进来，不然，我可要让你后悔。’他就像约瑟夫所说的那样狞笑着。

“我回答说：‘我不能做杀人的事，亨德利先生拿着一把刀和实弹手枪站在那儿恭候着你呢。’

“‘让我从厨房门进来。’他说。

“‘亨德利会赶在我前面先去的，’我回答，‘你的爱情竟会这么可怜，竟然承受不了一场大雪！夏天月亮照着的时候，你还让我们安安稳稳地睡觉，可是冬天的大风一刮，你就非要找个容身的地方不可了！希思克里夫，如果我是你，情愿闭上眼睛躺在她的坟前，让雪花慢慢埋葬你的身体，像条忠实的狗一样死去。现在这个世界的一切对你已经没有意义啦！是吧？你已经很清楚地给我这个印象，凯瑟琳是你生命里所有的欢乐。我不能想象你失去她之后怎么会还想活下去。’

“‘他在那儿，是吧？’我的同伴冲到窗前大声喊道，‘如果我能伸

出我的胳臂，我就揍他！’

“艾伦，我恐怕，你会以为我真是很狠毒的，但是你不了解全部实情，所以不要妄下结论。即使我有谋害他的性命的意图，我也无论怎样不会去帮忙或教唆的。我情愿他死掉，我必须如此。因此当他扑到恩肖的武器上，把它从他手里夺过去时，我非常非常的失望！我后悔刚才那么肆无忌惮地说着嘲笑他的话。我都吓瘫了。

“枪响了，那把刀弹回去，正切着枪主的手腕。希思克里夫使劲向回一拉，把肉割开一条长口子，又把那直滴血的武器塞到他的口袋里。然后他拾起一块石头，敲落两扇窗户之间的窗框，跳进来了。他的对手已经由于过度的疼痛，又因为从一条动脉或是一条大血管里涌出了大量的鲜血，而倒下来丧失知觉了。那个恶棍狠狠踢他、踩他，不断地把他的头往石板地上撞，同时一只手还抓住我，制止我去叫约瑟夫来。他使出超人的自制力克制自己才没有送他的命，但是他终于喘不过气来，罢手了，又把那明显已无生气的身体拖到高背椅子旁边。在那儿他把恩肖的外衣袖子撕下来，用兽性的粗鲁态度把伤处包扎起来，在进行包扎时，他又唾骂又诅咒，就跟刚才踢他时那样使劲。我既得到了自由，就赶忙去找那老仆人，他好不容易才从我断断续续、慌慌张张的话语里理出个头绪来，两步并一步大口喘着气连忙下楼。

“‘现在怎么办呀？’

“‘有办法，’希思克里夫吼着，‘你的主人疯了。如果他再活一个月，我就要把他送到疯人院去。你们到底为什么把我关在外面，你这没牙的狗就不要在那儿嘟嘟囔囔了，来，我可不要看护他。把那摊东西擦掉，小心你的蜡烛的火星——那比混合白兰地还多！’

“‘敢情你把他谋害啦？’约瑟夫吓得把手举到了头上，眼睛直往上翻，大叫，‘我可从来没见过这种情景呀！愿主……’

“希思克里夫搡了他一下，正好把他推得跪在那摊血中间。又扔给他一条毛巾，但是他并不动手擦干，反而交叉双手，开始祈祷了。他那古怪的措词把我引得大笑起来。事实上，我正处在天不怕、地不怕的心境中，就像有些犯人在绞刑架底下所表现得那样不顾一切了。

“这个暴君说：‘啊，我忘记你了，你应该做这件事，跪下去。你和他串通一气反对我，是吧，毒蛇？那才是你该做的事儿呢！’

“他直摇得我的牙齿咔嗒咔嗒响，又把我猛地推到约瑟夫身旁，约瑟夫镇定地念他的祈祷词，然后站起来，发誓说他要立刻起程到田庄去。林敦先生是个审判官，就是他死了五十个妻子，他也会过问这件事。他的决心这么大，以致希思克里夫认为还是有必要逼我把所发生的事扼要地重述一遍。在我很不情愿地回答他的问题、说出这事的原委后，他逼近我，满腔怒火。我那些费了很大的劲硬挤出来的回答，满足了这老头子，使他知道希思克里夫不是首先发动进攻的人。无论如何，恩肖先生不久就使他相信他还是活着的，约瑟夫赶紧让他喝一杯酒，酒一下肚，他的主人立刻就能动弹而且恢复知觉了。希思克里夫明知道他的对手对于昏迷时所受的待遇全然不知，就说他发酒疯，又说不要再看见他凶恶的举动，只劝他上床睡去。他描绘了这个得体的劝告之后，就离开了我们。这使我很开心，而亨德利直挺挺地躺在炉边。我走回到自己屋里，感到很惊奇，我竟这么容易地逃脱了。

“今天早上，我下楼时，大约还有半个钟点就到中午了。恩肖先生坐在炉火旁，病得很厉害；那个恶魔的化身，差不多也一样的憔悴惨白，身子倚着烟囱。两个人看来都不想吃东西，一直等到桌上的东西都冷了，我才开始自己吃起来。没有什么可以不让我吃个痛快，我时不时地朝我那两个沉默的同伴溜一眼，觉得甚是舒服，因为我的良心很平静，满足感和优越感也顺其自然地回到我身上来。等我吃完了，我就大胆绕过恩肖的椅子，擅自走近炉火旁，跪在他旁边的角落里烤火。

“希思克里夫没有向我这边瞅一眼，我就抬头盯着他，近乎很冷静地细细端详着他的外表，好像他的脸已经变成一块石头了。他的前额，我曾认为很有男子气概，现在变得十分恶毒，笼罩着一层乌云；他那露出怪物的凶光的眼睛由于缺乏睡眠都快熄灭了，或许还由于哭泣，因为睫毛是湿的；他的嘴唇丧失了那凶恶的嘲讽神情，却被一种不可言的悲哀的表情所取代。如果这是别人，我看到他这样悲伤，都会掩面不忍一睹了。现在是他，我就很满足。侮辱一个倒下的敌人固然看来有些卑鄙，但我不能失去猛刺他一下的机会，他软弱的时候正是我能尝到冤冤相报的愉快滋味的唯一时机。”

我打断她说：“小姐，人家还会以为你一辈子没打开过《圣经》呢。如果上帝使你的敌人苦恼，当然你就应满足了。除了上帝施加于他的折磨，再加上你的，那就显得卑劣和狂妄了。”

“一般情况下我可以这样，艾伦。”她接着说，“我对他的仇实在太大了，除非我也下手，不然，无论希思克里夫遭到多大的不幸，我都不会满足。如果我激起他的痛苦，并且他能留意到这痛苦是由我引起的，我倒情愿他少受点苦。只有一个情况，可以使我有希望原谅他。那就是，要是我能以眼还眼，以牙还牙，每回他拧痛我，我也要扭伤他，让他也受受我的罪。既然是他先伤害我的，就要叫他先求饶。然后，到那时候呀，艾伦，再向你表现出一些我对他的宽恕大度，我或许能够做到。但我是根本报不了仇的，因此我就不能够饶恕他。亨德利要点水喝，我递给他一杯水，问他怎么样了。

“‘不像我所希望的那么严重，’他回答，‘除了胳臂，我浑身上下都酸痛得好像跟一大队小鬼打过仗似的。’

“‘是的，一点也不奇怪，’我接口说，‘凯瑟琳经常夸口说她保护住你，使你的身体不受伤害。我的意思是说有些人因为怕惹她不高兴，就不会来伤害你。幸好死人不会真的从坟里站起来，不然，昨天夜里，她一定会为你的所作所为心生厌恶！你的胸部和肩膀没有被打坏割伤吧？’

“‘我也说不出来，’他回答，‘但你这话是什么意思呢？难道我倒下来时，他还敢打我吗？’

“‘他踩你，踢你，把你往地上撞，’我小声说，‘他只有一半是人，另一半是鬼。他的嘴流着口水，想用牙咬碎你。’

“恩肖先生和我一样，抬头仇视着我们共同的敌人的脸，他仿佛沉溺在悲痛的泥沼里不能自拔了，对他周围的任何东西似乎都毫无知觉：他站得越久，脸上那阴暗的思绪越是仿佛从心里慢慢地渗透出来。

“‘啊，但愿我的忏悔能让上帝在我苦痛的弥留之际赐予我杀死他的力量，我就会欢欢喜喜地下地狱的。’这急躁的人呻吟着，扭动着想站起来，又绝望地倒回椅子上，终于明白自己是不适宜再僵持下去了。

“‘不，他害死你们中的一个已经足够了，’我高声说，‘在田庄，人人都知道要不是因为希思克里夫先生，你妹妹如今还会活着的。到底，被他爱还不如被他恨。我怀念我们曾经是那么快乐地生活着，在他来之前，凯瑟琳曾经多么快乐，我真要诅咒如今的日子。’

“也许希思克里夫比较重视这话的真实性，而不大注意说话人的口气。我看见他的注意力被唤醒了，因为他的眼泪顺着睫毛直淌，在哽咽的叹息中啜泣着，我死死瞅着他轻蔑地大笑，那阴云密布的地狱之窗（他的眼睛）冲我闪动一下。我冒昧地又发出了一声嘲笑，无论如何，那以往看上去像个恶魔的人竟如此低落消沉。

“‘起来，走开，别在我眼前！’他悲痛地说。

“至少，我猜他说出了这几个字，即使他已经丧失了把一个词语说清楚的能力。

“‘我请你谅解，’我回答，‘可是我也爱凯瑟琳，而她的哥哥需要人侍候，为了她的缘故我就得补这个缺。她死了，如今我看见亨德利就如同看见她一样：亨德利的眼睛要不是你曾想挖出来而搞成这样又黑又红，倒是跟她的一模一样，而且她的……’

“‘起来！可恨的呆子，别等我来杀死你！’他叫着，移动了一下，使得我也移动了一下。

“‘不过啊，’我一面接着说，一面准备逃跑，‘如果可怜的凯瑟琳真的信你，承受了希思克里夫夫人这个可笑的、卑贱的、堕落的头衔，她不久也会落到这步田地！她才不会安静地忍受你那可恶的作风，她肯定要发泄她的厌恶和憎恨的。’

“高背椅子的椅背和恩肖先生把我和他隔开了，因此他也不想走到我面前，只是从桌上抓把餐刀往我头上猛掷过来。刀子正好掷在我的耳朵下面，把我正在说的一句话给打断了。可是，窜到门口我拔出了刀，又说了一句，这句话我希望比他的飞镖还刺得深些。我最后看见他猛冲过来，却被他的房主拦腰一抱，挡住了，两个人紧抱着倒在炉边。我跑过厨房时，叫约瑟夫赶快到他主人那儿去，我撞倒了哈里顿，他正在门口的一把椅背上吊一只小狗。我就像一个灵魂从涤罪所中逃出来似的，连跑带跳，飞也似的顺着陡路下来；然后避开弯路，一直穿过旷野，滚下岸坡，涉过沼泽。事实上我脑子里一片空白，只想朝着山庄的灯台的光亮直奔，我情愿被惩罚到地狱受凌迟，也不愿再在呼啸山庄住一夜了。”

伊莎贝拉停一下，喝了口茶，然后站起来，叫我给她戴上帽子，披上我给她拿来的一条大披巾。我请求她再停留一个钟头，但她根本不听，她蹬上一张椅子，对着埃德加和凯瑟琳的肖像深情地吻了一下，对我也施以类似的礼仪，就带着凡尼上了马车走了。这狗又找到了她的女主人，高兴得直叫。她再也没有到这一带来过。但是等到事情稍为平静以后，她和我的主人就建立了正常的通信联系，我相信她的新居在南方，靠近伦敦。她逃走后没有几个月，就在那里生了一个儿子，取名林敦，并且从一开始，她就报告说他是一个多病的任性的家伙。

有一天，希思克里夫在村子里遇到我，就盘问我她住在哪里。我拒绝告诉他。他说那也没什么关系，只要她当心不要到她哥哥这儿来。既然他得养活她，她就不该跟埃德加在一起。虽然我没说出来，他还是从别的仆人口中得知了她的住处和那个孩子的存在。我猜想，他还是没去妨害她，为了这份宽宏大量，她可能还要谢谢他的反感呢。当他看见我时，他常常打听这个婴儿，一听说他的名字，他就苦笑着说：“他们希望我也恨他，是吧？”

“我认为他们从起名的那时候起 ，就希望你能不跟她的孩子扯上任何关系。”我回答。

他说：“等我需要他的时候，我一定要得到他，让他们等着瞧吧！”在凯瑟琳死后 13 年左右，林敦 12 岁，也许还略微大一点，他的母亲死了，在希思克里夫所说的那个时候到来之前。

伊莎贝拉突然到来的那天，我没有机会跟我主人说。他回避聊天，而且他的心情不适于讨论任何事情。当我好不容易使他听我说话时，我看出他妹妹离开了她丈夫这件事使他很高兴。他对她丈夫憎恶的深度与他那柔和的天性几乎不能够相容。他的反感是如此痛切而敏锐，乃至一切可能会让他想起或者听到希思克里夫的线索，他绝不触碰。悲痛，加上那种反感，把他化为一个地道的隐士。他已辞去裁判官的职务，甚至教堂也不去，避免一切到村里去的机会，在他的花园之内过着一种完全与世隔绝的生活。有时是在晚间或已没有游人的时候到旷野上独自散散步，去他妻子坟前望望，改变一下生活方式。但是他太善良了，不会长久地完全不快乐的。他也不祈求凯瑟琳的魂牵梦萦。时间会使人听天由命的，并且会带来一种比日常的欢乐还甜蜜的忧郁。他以热烈、温柔的爱情，以及对她将到更好的世界的期望，来回忆她。他毫不怀疑，她是到那更好的世界去了。

而且，在尘世间还有他能得到慰藉和施与情感之处。我说过，有几天他好像并不关心那死去的人留下的小后代，然而这种冷淡就如 4 月里的雪融化得那么快，在这小东西还不会说出一个字，或是歪歪倒倒走一步之前，她已经占据了林敦的心。孩子名叫凯瑟琳，可他从来不叫她全名，正如他从来不用简名称呼他的妻子凯瑟琳。这大概是因为希思克里夫有这样叫她的习惯。这个小东西却总是被叫作凯蒂：对他说来这跟她母亲既有区别又有联系，而他对她的宠爱，一大半与其说是由于她是自己的骨肉，还不如说是由于她是凯瑟琳的亲骨肉。

我总是拿他和亨德利·恩肖相比较。我想来想去也难以满意地解释为什么他们在类似的情况下，行为却是如此大相径庭。他们都当过多情的丈夫，都疼自己的孩子。我不明白为什么好好坏坏，他们就没走上同一条路。我心里想，亨德利无疑是个比较有理智的人，但表现出来的糟糕和他的理性完全相反。当他的船触礁时，船长放弃了职守，而全体船员，不但不试着挽救这条船，却惊慌不已、张皇失措、乱作一团，把他们这条本来有希望获救的船送给了冰冷的海底。相反，林敦倒显出一个忠实而虔诚的灵魂所具有的真正的勇气。他信赖上帝，而上帝也安慰了他。这一个是在希望中，而另一个是在绝望中，各自选择了自己的命运，并且各得其所。可是洛克伍德先生你是不会想听我的说教吧。你会跟我一样地判断这一切的。至少，你应该会对这些做出很好的判断的吧。那就足够了。

恩肖的死是在预料之中的，这紧接在他妹妹逝世之后，之间还不到六个月。我们住在田庄这边，从来没有人过来告诉我们关于恩肖临死前的消息，哪怕是简单的几句话。我所知道的一切都是去帮忙料理后事时，肯尼兹过来向我的主人报告这件事才听说的。

有一天早晨他很早就骑马走进院子，这不能不使我吃惊，心想一定是报告坏消息来的。“喂，艾伦，”他说，“现在该轮到你我去奔丧了。你想想这回是谁不辞而别啦？”

“谁？”我慌张地问。

“怎么？猜呀！”他回答，下了马，把他的马缰吊在门边的钩上，“把你的围裙角捏起来吧，我确定你肯定会用得着。”

“该不是希思克里夫先生吧？”我叫出来。

“什么！你会为他落泪吗？”医生说道，“不，希思克里夫是个健壮的年轻人，今天他气色好得很哪，我刚才还看见他来着。自从他失去那位夫人后，他很快就发胖啦。”

我焦急地又问：“那么，是谁呢，肯尼兹先生？”

“亨德利·恩肖！你的老朋友亨德利，”他回答，“也是说我坏话的朋友。不过，他骂了我这么久，也未免太过分了。瞧，我说我们会有眼泪吧。但是高兴点吧！他死得很有个性，酩酊大醉。我也很难过，可怜的孩子！一个人总不能不惋惜一个老伙伴呀，即使他有着人们想象不出的坏行为，而且还对我使过一些流氓手段。好像他才27岁吧，也正是你的年龄，谁会想到你们是同年生的呢？”

我听到这个消息比林敦夫人的死更让我震撼。我坐在门廊里，哭得像是在哭自己亲人似的，往日的美好在我心里重新点亮了起来。我要肯尼兹先生另找个仆人引他去见主人。我自己禁不住在思考着：“他可曾受到公平的待遇？”不论我在干什么事，这个疑问是那样固执地缠着我，总使我烦恼，以致我决定请假到呼啸山庄去，帮着料理后事。林敦先生很不愿意答应，但是我说起死者无亲无故的情况并娓娓动听地恳求着，我又提到我的旧主人又是我的兄弟，有权要我去为他代劳，正如有权要他自己去办事一样。此外，我又提醒林敦先生，那个孩子哈里顿是他的妻子的内侄，既然没有更近的亲人，他就应该做他的监护人；他应该，而且必须去追问遗产的下落，并且照料与他内兄有关的事情。他在当时是不便过问这类事情的，终于他准许我去了。但他吩咐我跟他的律师说去，他的律师也曾经是恩肖的律师。我到村里去了，并且请他一起去。他摇摇头，劝我别惹希思克里夫。可以肯定，一旦真相大白，那就会发现哈里顿同乞丐是差不了多少的。

“他的父亲是负债而死去的，”他说，“所有财产都抵押了，现在，这位合法继承人的唯一机会，就是应该让他争取在债权人心里赢得一点好感，这样，他还可以对他客气些。”

我解释说当我到达山庄时，我想知道那里的一切是否都搞得妥妥当当的。带着极度悲哀的神情出现的约瑟夫对于我的到来表示满意。希思克里夫说这里没有需要我干的事情，但如果我愿意的话，也可以留下来，安排出殡的事。

“坦率地讲，”他说，“那个傻瓜的尸首应该埋在十字路口，没有大费周章为他举行仪式的必要。昨天下午我碰巧离开他十分钟，就在那会儿，他关上大厅的两扇门，不让我进去，整夜喝酒，故意大醉而死，我们是今天早上打开房门进去的，因为我们听见他哼得像匹马似的。他就在那儿，躺在高背椅子上，不管怎样也弄不醒他。我派人去请肯尼兹，但是那时候这个畜生已经变成死尸了，他已经死了，冷了，而且变僵硬了，所以你得接受再怎么晃，他也不会醒过来的事实。”

老仆人证实了这段叙述，可是咕噜着：“我倒巴不得他去请医生呢！我侍候主人当然比他要好点，我走时，他还没死，一点死的样子也没有！”

我坚持要把丧礼办得体面些。希思克里夫说这些都可以交给我来办理。可是，他要我记住办这场丧事的钱是从他的口袋里掏出来的。他保持一种冷淡的、漠不关心的态度，既无欢乐的表示，也没有悲哀的神情，只有在顺利完成一件艰难工作时所具有的感到一种满足的冷酷表情。的确，我有一次看见他一副喜洋洋的样子。在人们把灵柩抬出屋子的时候，他还有那份虚伪去装个吊丧者，在跟着哈里顿出去之前，他把这不幸的小孩子举起来放在桌上，带着特别的兴趣咕噜着：“现在，我的好孩子，你是我的了！我们要看看用同样的风吹扭它，这棵树会不会像另外一棵树一样长得那样扭曲！”那个天真无邪的东西挺喜欢这段话，他玩着希思克里夫的胡子，抚摸着他的脸，可是我猜出这话的意思，便尖刻地说：“先生，在这个世界上，这孩子和你没有丝毫关系，那孩子必须得跟我回画眉山庄去。”

“林敦是这么说的吗？”他质问。

“当然……他叫我来领他的。”我回答。

“好吧，”这个恶棍说，“现在我们不要争辩这件事吧，但是我很想自己带个小孩。请告诉你的主人，如果他想要带走他，我就得要我自己的孩子补这个缺。我才不会一声不吭地让哈里顿走，但我是一定要那一个回来的！记住，告诉他吧。”

听到这个暗示我已经感到了明显的无能为力。我回去后，把这话的内容复述了一遍，埃德加·林敦本来就没多大兴趣，从此就不再提及要去干涉了。即使他有意，我想他也不会成功。

客人如今成为呼啸山庄的主人了。他拥有着不容置疑的所有权，他已经向律师证明——律师又回过头来向林敦先生证明——恩肖已经将他所有的土地抵押了，换为现款，全都被他拿去赌博了；而接受抵押的人，便是希思克里夫。所以，原本应该是这个地区的第一流绅士的哈里顿，此时沦落到只能靠跟他父亲积怨多年的人来养活的地步。他在呼啸山庄里简直成了仆人，比仆人还可怜的是他没有领取工钱的权利。因为他举目无亲，就连别人欺侮他他还懵然不知，还自鸣得意地以主人自居，所以，他是不可能翻身的了。

第十八章

时间总会将那让人伤心的往事慢慢冲淡，随之而来的 12 年我过着这一生中最轻松惬意的日子，丁恩太太接着说，在这 12 年里，让我最牵挂的事，也只是我家小姐病了、摔了之类的事，这可是不管穷富，每个孩子都难以避免的。

在那些没有病痛的日子里，在她出生半年之后，她就如同一棵落叶松一般成长起来，林敦太太坟上的石楠还没有再次开放，她便已离开了襁褓，学会了走路，学会了说话，和她母亲小时候一样乖巧。

她这个最惹人喜爱的小家伙，给这个阴郁的庄园带来了阳光。这个小美人有一个特别迷人的小脸蛋，漂亮的黑眼睛是恩肖家的遗传，而那细白的皮肤正是林敦家所特有的，长着金黄的鬈发，秀气可人。她非常活泼开朗，但是一点儿也不粗野，而且她感情非常丰富，热情又细腻，这种待人亲密热情的性格，使我想起了她的母亲。可是她又并不完全像她，因为这孩子能像鸽子般温和柔顺，她还有着柔美的声线和爱好思考的表情。她生起气来从不暴跳如雷，她的爱也从不那么热烈，而是深沉温柔。

不过，也得承认，在存在许多优点的同时，她也存在不少缺点。爱淘气的习性就是其中之一，还有执拗任性，娇宠惯了的孩子往往都是这样，不管他们的脾气是好是坏。如果有哪个仆人偶尔惹她生了气，她总是这么说："我要去告诉爸爸！"要是她爸爸责备她一句，哪怕瞪她一眼，你还以为发生了什么让她极度伤心的事呢。我不相信他曾对她说过一句让她难过的话。他亲自担当起教育她的所有责任，把这当成一种乐趣。好在她十分好学，领悟得又快，这使她成了一个好学生，她的勤奋好学，为他的教学增添了成就感。

她长到 13 岁，也从来没有独自一人出过庄园的林苑。林敦先生有时也会带她外出走上一两英里，可是除了他自己，把她托付给任何人他都不放心。在她听来，吉默屯是个虚构的名字。除了她自己的家之外，那座小教堂是她唯一走近过和进去过的建筑物。对她来说，呼啸山庄和希思克里夫先生都不存在。她十足是个隐居者，而且，这样的生活对她来说已经是幸福而满足的。的确，有时候当她从儿童室的窗口往外眺望山野时，她也会问："艾伦，我还要过多久才能到那些山顶上去呢？不知道山那边是什么，是大海吗？"

"不，凯蒂小姐，"我回答说，"那边还是山，就跟这些山一样。"

"要是站在那些金色的岩石下面，它们看上去会是什么样子呢？"有一次她问道。

彭尼斯托崖的陡坡特别引起她的注意，尤其是夕阳映照在严峻的山岩和峰顶上，其余所有的风景都被阴影吞没的时候。

我对她解释说，那些都是光秃秃的石头，石头缝里的那点儿泥土，连一株矮小的树都养不活呢。

"那为什么这儿黄昏过后很久，那边那些石头还亮着呢？"

"因为它们那儿比我们这儿高多了，"我回答说，"那上面是爬不上去的，太高太陡了。冬天的时候，那儿总是比我们这儿先有霜；在盛夏季节，我还在东北边那个黑洞洞的地方发现过积雪呢！"

"哦，你去过那儿！"她高兴地叫了起来，"那等我成了大人，我也可以去那儿啦！我爸爸去过吗，艾伦？"

"你爸爸会跟你说的，小姐。"我赶紧回答，"那些地方不值得爬上去玩，你跟你爸爸去散过步的荒野比那儿有趣多啦，而且画眉山庄美丽的林苑是世界上任何一个地方都比不上的。”

“这儿的林苑我已经熟悉了，可那里我还没去过呢，”她自言自语地嘀咕着，“如果能从那个最高处朝四周看看，我一定会很开心。总有一天，我的小马明妮会送我到那儿去的。”

有个女仆说起了仙人洞，又使她着了迷，一心想要实现这个愿望。为这事，她缠着林敦先生不放，他只好答应她，待她再长大些就让她去那儿玩。于是凯瑟琳小姐数着没有撕下来的日历牌，一天天地计算起自己的年龄。

“现在我是不是够大了？可以去彭尼斯托崖了吗？”这是她经常挂在嘴边的问题。

到那儿去的路要经过呼啸山庄附近，但是埃德加先生一点也不想靠近那座让人心寒的建筑物，所以她通常得到的回答是：“还不行呢，宝贝，还不行。”

我说过，希思克里夫太太离开她丈夫后，还活了 12 年左右。她家的人身体都比较虚弱，她和埃德加都缺乏在这一带常见到的那种健康气色。她最后是得什么病死的，我不清楚。我猜想，他们兄妹俩得的是同一种病，一种热病，发病初期发展缓慢，但是老治不好，最后很快就耗尽了生命。

她来信告诉她哥哥说，她已经病了 4 个月，这场病看来凶多吉少，如果可能的话，她想他能去见她最后一面，因为她还有许多事情要交代，而且也希望能跟他诀别。她要把小林敦安全地交到他手里，她的愿望是让小林敦留在他的身边，就像从前他们兄妹俩生活在一起一样。她情愿让自己相信，孩子的父亲早已把他们俩遗忘，更不用提想担负起抚养和教育的责任了。

我的主人毫不犹豫地答应了她的请求。平常，他是很不情愿为一般的事出门的，这次却火速赶去了。他把小凯瑟琳交托给我，他不在时，要我用心照顾她，还千叮咛万嘱咐，哪怕有我陪着，也不能让她到林苑外面去玩。他压根儿不会想到，她会在没人陪伴的情况下，独自一人走了出去。

他一去就是三个星期，开头一两天，我负责照顾的小家伙坐在书房的角落里，难过得既不看书也不想玩。在这种安静的情况下，她倒没给我添什么麻烦。可是跟着便是一段时间的烦躁和厌倦。我因为太忙，年纪也大了点，没法跑上跑下逗她玩，于是我想出一个办法，让她独自一人玩。我总是让她在庄园的范围内“旅行”，有时步行，有时骑匹小马。待她回来后，我就做她的忠实的听众，听她讲述她那些真实的和想象出来的历险故事。

正是草木葱郁的盛夏季节，她喜欢一个人静静地独处或者游玩，通常是吃过早饭就出去，千方百计地要拖到下午吃茶点时才回来。晚上我就会听她讲一些充满古怪幻想的故事。我并不担心她会超过林苑的边界，因为林苑的大门通常都是锁着的，即便大门敞开着，我肯定她也不敢独自一人出去的。

不幸的是，我低估了这位小朋友的好奇心，本来以为万无一失的想法，居然出差错了。有一天早上，八点钟时，小凯瑟琳来到我的跟前说，这天她是一个阿拉伯商人，她要带着她的商队穿越沙漠，我得为她和她的牲口准备好充足的食粮，牲口是一匹马和三只骆驼——骆驼用一只大猎狗和两只短毛猎狗代替。

我准备了一大堆可口的食物，全都把它们装进挂在马鞍一旁的篮子里。她像个小仙女似的高兴得又蹦又跳，一顶宽边帽和面纱为她遮挡住7月的太阳。我提醒她要小心，不要骑得太快，要早点儿回来，却受到了她的嘲笑，她欢快地大笑着，骑着马快步离开了。

这淘气的小东西到了午后吃茶点时还没出现。在她那一队人马中，只有一位“旅行者”，就是那只大猎狗，因为是只老狗，又贪图安逸，先回来了。除此之外，无论是小凯蒂，那匹小马，还是那两只短毛猎狗，全都四处不见踪影。我赶紧派人顺着这条路，沿着那条道前去寻找，最后又亲自四处去找她。

在庄园的地界边上，有个人正在一片种植园的围栏旁干活，我问他有没有见到我们家的小姐。

“我早上见过她，”他回答说，“她要我给她砍一根榛树枝，后来她就骑着她的加洛韦马①，跳过那边的围栏，就是那最低的去处，跑得没影儿了。”

你可以猜想出，听到这消息后我产生了一种很不好的感觉。我马上就想到，她一定去彭尼斯托崖了。

“她会不会出什么事啊？”我不禁脱口喊了起来，挤过那正在修复的围栏缺口，一直奔向大路。

我就像跟人打了赌似的，走了一英里又一英里，一直走到一个拐弯处，从那儿已经可以看到呼啸山庄了，可是远远近近都找不到小凯瑟琳的踪影。

彭尼斯托崖在希思克里夫先生的住处过去，大概还有 1 英里半路，从画眉山庄算起，就有 4 英里路，因此我开始焦急起来，但还没赶到那儿，天就黑下来了。

“万一她爬山时失足滑了下来，”我心里想，“摔死了，或者摔断了骨头，那可怎么办？”

我的担心一直折磨着我走着痛苦的路。当我匆匆忙忙地经过呼啸山庄时，一眼就看到我家那只最凶猛的短毛猎狗查理，正躺在一个窗口下面，它的脑袋肿了，耳朵淌着血，开始时我倒真是松了一口气。

我推开那扇小门，奔到住宅门口，使劲地敲起门来。一个女人应声前来，开了门。我认识这个女人，她原来住在吉默屯，恩肖先生去世后，她来这儿做了女仆。

“啊，”她说，“你是来找你家小姐的吧！别担心，她完好地坐在这里呢。我很高兴不是主人回来。”

“这么说，他不在家，是吗？”我喘着气说。一路上我担惊受怕的，走得又快，差点连气都喘不上来了。

“是的，是的，”她回答说，“他和约瑟夫都出去了。我估计没有一两个小时他们是不会回来的。进来歇一会儿吧。”

我走了进去，看到我那迷途的羔羊正坐在炉边的一把小椅子上来回

① 英国加洛韦地区产的一种矮小强壮的马。

摇晃着，那椅子就是她母亲小时候坐的。她的帽子挂在墙上，感觉像在家里一样自然和舒服，兴致勃勃地有说有笑。她正在跟哈里顿聊天，哈里顿现在已是一个身强力壮的18岁小伙子了。他正满怀好奇和惊讶，目不转睛地朝她看着。可是对她那口若悬河、滔滔不绝的议论和发问，能听懂的却少得可怜。“好啊，小姐！”我叫道，心里很高兴，但要装出一副生气的表情来吓唬她，“在你爸爸回来之前，这也许是你最后一次骑马了。我再也不会相信你，放你跨出门槛一步了，你这淘气的小姑娘！”

“啊哈，艾伦！”她高兴地叫着，跳起身来，奔到我的跟前，“今天晚上我有个有趣的故事好讲啦。你到底把我给找到了。你以前来过这儿吗？”

“戴上帽子，马上回家，”我说，“我真为你伤心极了，凯蒂小姐，你犯的错误太不可原谅了！噘嘴巴，哭鼻子，都没有用，全都弥补不了我吃的苦头，为了找你，我把这一带地方都跑遍了。你想想，林敦先生是怎样叮嘱我要你待在家里的，可你竟敢这样偷偷地溜了出来！这么说你是一只狡猾的小狐狸，以后再也不会有人相信你啦！”

“我做了什么啦？”她抽泣起来，但是立刻又忍住了，“爸爸没有嘱咐过我什么，他不会骂我的，艾伦，他从来不像你这样对我发脾气！”

“得了，得了，”我又说，“我来把帽子的带子系上。行啦，你别在我面前使性子啦！啊，多难为情，你都13岁了，还像个小娃娃似的！”

我说这话是因为她推开了我戴到她头上的帽子，躲到了壁炉旁边我抓不到她的地方。

“别这样，”那女仆说，“别对这漂亮的小姑娘这么凶了，丁恩太太。是我们要她停下来的。她本想骑马再向前走，又怕你会担心。哈里顿提出陪她走一趟，我认为这是应该的。上山的路很不好走。”

我们在说话的时候，哈里顿站在一旁，双手插在口袋里，窘迫得什么话也说不出来，看起来他对我这个不速之客心存不满。

“我还得等多久呀？”我没有去理会那女人的劝告，继续说道，“再过十分钟天就要黑了。小马呢，凯蒂小姐？菲尼克斯呢？要是你再不赶紧，我可要丢下你走啦。那就随你的便了。”

“小马在院子里，”她回答说，“菲尼克斯也关在那儿。它被咬伤了，查理也一样。我本来打算把这些事全都告诉你的，可是你发了那么大的脾气，我不讲给你听了。”

我拿起她的帽子，走上前去想给她戴上，可是她看出屋子里的人都偏向她一边，于是就开始在屋子里乱窜起来。我一追她，她就像只小耗子似的在家具之间东躲西藏，上蹿下跳，我这样去追她倒显得滑稽可笑了。

哈里顿和那女人都大笑起来，她也跟着他们笑了，这一下子就变得放肆和无礼了，直惹得我十分生气，大声叫道：“哎，凯蒂小姐，如果你知道这房子主人是谁，你会巴不得立刻离开呢！”

“这是你父亲的房子，是吧？”她转身问哈里顿。

“不是。”他回答说，望着地下，羞得一脸通红。

他无法和她明亮清澈的目光对视，虽说那双眼睛活像他的。

“那么是谁的呢——是你主人的？”她问道。

他的脸涨得更红了，似乎激起他一种难以启齿的情绪，他含混不清地骂了句什么，便扭过头去。

“他的主人是谁呀？”这烦人的姑娘转向我，继续问道，“他口口声声说‘我们家的房子’，‘我们家的人’，我还以为他是这家主人的儿子呢。而且他一直没叫我小姐，如果他是仆人的话，应该叫我小姐的，是吗？”

哈里顿听了这番孩子气的话，他的脸色就像罩了一层乌云。我悄悄摇了摇对我发问的人，最后终于给她穿戴整齐，可以走了。

“喂，去把我的马牵来，”她对她那位不认识的亲戚说，那口气就像在使唤自己田庄里的一个马夫，“你可以跟我一起去。我想看看那些小妖精猎人会在沼泽地里的哪儿出现，我还要听听你说的‘仙人的故事’。喂，快一点儿啊！怎么啦？去把我的马牵来，我说。”

“我不是你的仆人，你给我见鬼去吧！”那小伙子一声怒骂。

“你要我干什么？”小凯瑟琳感到莫名其妙，问道。

“见鬼去——你这个放肆的小巫婆！”他回答说。

“得啦，凯蒂小姐！瞧你找了个多好的朋友啦，”我插嘴说，“对一位小姐居然说出这样的话！求你别跟他吵了。走吧，我们自己去找明妮，现在就去。”

“可是，艾伦，”她惊诧得瞪着眼睛，大声说道，“他怎么敢这样跟我说话呢？我叫他做事，他不就得去做吗？你这个坏东西，我要把你说的话都告诉爸爸，等着吧！”

哈里顿看来对这种威吓并不在乎，但她忍着一肚子气，就快把眼泪都气出来了。“你去把马牵来，”她回头对那个女仆大声叫道，“把我的狗也马上放出来！”

“和气一点，小姐，”那女仆回答，“你多点礼貌是不会有坏处的。虽说这位哈里顿先生不是主人的儿子，但他是你的表哥呀。再说我也不是雇来伺候你的。”

“他是我的表哥！”凯蒂喊了起来，伴着一声不屑的冷笑。

“是的，真的是。”那个批评她的女仆说道。

“啊，艾伦！别让他们说这种话了，”她心烦意乱，着急地说，“爸爸到伦敦接我的表弟去了，我的表弟可是个上等人家的儿子，我的那个……”她没有说下去，放声大哭起来，一想到自己和这样一个粗人沾亲带故，她……

“嘘，别作声啦！”我悄声说，“一个人可以有好多表兄弟的，有各种各样的表兄弟，凯蒂小姐，这有什么不好的呀。要是他们不好，让人讨厌，不跟他们来往就得啦。”

“他不是我表哥，艾伦！”她继续说道，想着想着又伤心起来，一头扑进我的怀里，想躲开这个念头。

凯瑟琳和那个女仆都互相知道了内情，我相当恼火。前者说的林敦即将回来的事，一定会传到希思克里夫先生那儿，同样可以肯定，凯瑟琳待他父亲回来，第一个念头就是要他解释，女仆说的她和那个粗人有亲戚关系，是怎么回事。

哈里顿刚才被误作仆人一时气上心头，但现在已经恢复过来了，他好像已被她的悲伤打动，已把小马牵到了门口，为了表示跟她和解，他又从狗窝里抱来一只漂亮的弯腿小猎狗，放进她的手里，要她别再哭了，因为他对她并没有恶意。她停止了哭泣，用一种畏惧的目光朝他打量着，接着又重新哭了起来。

看到她对这可怜的小伙子这样厌恶，我简直忍不住要笑了。这小伙子其实体格健壮，身材匀称魁梧，相貌也挺好，只是那身穿戴，只配每天在田里干活或者在山野地里抓野兔什么的。不过我想我仍能从他的外貌中看出，他的心肠比他父亲要善良很多。好苗子湮没在荒草丛中了，不用说，茂密的荒草大大高出这些无人照看的幼苗。不过，尽管这样，这毕竟是片肥沃的土地，在其他一些有利的条件下，还是会有丰硕的收获的。我相信希思克里夫先生在肉体上并没有虐待他，这幸亏他的父母给了他一种与生俱来的，天不怕地不怕的性格，这样的性格是不会招惹人家来欺负他的。根据希思克里夫的看法，这孩子没有那种胆怯的敏感，那种敏感往往会使人产生欺辱他的兴趣。看来，希思克里夫的报复计划是把他培养成一个畜生。他一贯不让哈里顿学习读书写字，对他的那些坏习惯，只要不给他这个监护人惹麻烦，也从来不指责他。没人引他向美德跨出一步，也没人给过他一句斥责恶行的教诲。据我听到的情况，这孩子变坏，约瑟夫也出了不少力。出于一种狭隘的偏心，在哈里顿还是个小孩时，他就捧他、宠他，因为他是这个古老家族的主人。早在凯瑟琳·恩肖和希思克里夫还是孩子的时候，约瑟夫就养成了在老主人面前说他俩坏话的习惯，弄得老主人对他们那些“可怕的行为”失去了耐心，只好借酒浇愁。现在，他又把哈里顿误入歧途的责任完全推到霸占他家财产的这个人身上。这小伙子用粗话骂人，他不加劝阻；不管做了多大的坏事，他都听之任之。很明显，看到这孩子坏到了极点，约瑟夫感到很满足。他承认这孩子已经毁了，他的灵魂已经沦入地狱。但是他又觉得，这笔账应该算在希思克里夫头上，以后哈里顿的冤仇必报，想到这点，他又感到莫大的安慰。

约瑟夫想方设法地对他提起了对自己姓氏和门第的优越感。要是他有胆量的话，他还会在他和山庄现在的主人之间制造仇恨，可是他对这位新主人又怕得要死，已近于迷信的地步，即使心里对他有气，也只敢低声咕哝几句或者暗地里咒骂几声。

对呼啸山庄那些日子里的日常生活情况，我并不是要装出一清二楚的样子，我只是把我听说的说出来罢了，我亲眼看见的并不多。村子里的人都说，希思克里夫先生非常小气，是一个对佃户残忍狠心的地主，不过宅院里因为有了女人的张罗，倒是恢复了从前那种舒适的境况。亨德利时期常有的那种混乱光景，现在已经一去不复返了。这位主人一直就板着脸，不跟任何人来往，无论是好人还是坏人，现在也还是如此。

不过，这跟我的故事没有什么关系，我扯远了。凯蒂小姐不肯接受作为求和礼物的那只小狗，要回了自己的两条狗：查理和菲尼克斯。它们垂头丧气，一瘸一拐地来了。于是我们便动身回家，一个个都无精打采的。

小姐怎么也不肯告诉我这一天的经历。我只能推测，她这次出游的目的地是彭尼斯托崖，她没有经历什么风险就来到了农舍的门口，这时哈里顿正好出来，跟着他的几条狗就袭击了她的队伍。

它们打了一场恶仗，直到主人来把它们分开。于是，他们就相识了。凯瑟琳先是自我介绍了，然后告诉她要去哪里，并请他指个路，后来又哄得他陪她一块儿去。

他给她揭开了仙人洞和其他二十个怪地方的秘密，但我已经失宠，没有办法再恳求她给我讲她在路上看见的趣事了。

但是，我还是能看出，在她误把他叫做仆人，伤了他的自尊，以及希思克里夫的女管家把他称作她的表哥，败了她的兴之前，她的这个向导还是挺讨她喜欢的。

后来，他对她说的那些话又刺痛了她的心。在田庄里，人人都叫她“宝贝”“亲爱的”“小女王”“小天使”，此时竟然前所未有地遭到一个陌生人这般侮辱！这是她无论如何也理解不了的。我想尽所有的办法来说服她，不要将这件委屈的事对她父亲说。

我规劝她说，她父亲对山庄里的那户人家十分反感，如果他知道了这件事，他会特别伤心的。而且，我尤其强调了一点，倘若她将这件事对她的父亲说，让他知道我并未按照他的嘱咐办事，他一怒之下或许会打发我走的。凯蒂当然从心底里不愿我走。她言行一致，为我守住了这个秘密。她是一个多么可爱的小姑娘啊。

第十九章

来信证实了我所预料的事，我也被告知主人马上就回来了。我打开黑色的信封，里面写到伊莎贝拉已经去世了，主人吩咐我为他的女儿做一套丧服，并收拾出一个房间来给他的小外甥住，准备好一切。凯瑟琳一听说她父亲没多久就会回来，开心极了，并且还特别乐观地猜想她那“真正的”表弟有很多优点。在算到他们应该会到的那天，她一大早就起来了，她忙着把自己的琐碎事情做好，此时又穿上那套新的黑衣服，可怜的小家伙啊！她怎么会懂得她姑姑的死应该是一件让人伤心的事情呢？她总是纠缠我，硬是让我陪她走出庄园去迎接他们。

“林敦才比我小半年，”我们慢慢悠悠地走过树荫下那松软的草地时，她不厌其烦地说着，“和他一块儿玩真是让人开心啊！伊莎贝拉姑姑把她的漂亮的头发送给我爸爸一绺，那头发的颜色比我的还浅，更淡黄些，而且也相当细。我已经把它小心地藏在了一个小玻璃盒子里了，我常想，如果能和长着那种头发的人一起玩耍，会是一件多么愉快的事情啊！我真高兴，爸爸，亲爱的，亲爱的爸爸！来呀，艾伦，我们跑吧！来呀，快跑！”

她跑着，转回来，又跑回去，在我的不慌不忙的脚步到达大门以前，她已经跑过好多次了，然后她就坐在小径旁边的草地上，想要耐心地等着，但那是不可能的，我知道她的心一刻也不能平静下来，早就飞到她爸爸回来的路上了。

“他们得多久才来呀！”她叫着，“啊，我看见大路上有点灰尘啦，他们来啦！不！他们什么时候到这儿呀？我们不能再往前走一点路吗？半英里，就可以走到转弯地方的桦树那儿了！行吗？”

我坚决不同意。最后，她的悬念结束了：长途马车辘辘而来。凯瑟琳一看见她父亲的脸从车窗中向外望，就伸出她的双臂尖叫一声。他下了车，差不多和她一样的热切。他们的拥抱持续了很长一段时间，除了他们自己以外根本没有想到别人。我偷看了林敦一下，他在车中一个角落里睡着，好像在冬眠似的。一个苍白的、娇滴滴的、柔弱的男孩子，用一件暖和的、镶皮边的外套裹着，简直可以看作我主人的小弟弟。两个人是这么相像，可是在他的外表上有一种病态的乖僻，那是埃德加·林敦从来没有过的。林敦先生瞧见我在往车厢里张望，就叫我把车门关上，不要打扰他，因为这段长途旅行已经把他折腾得疲惫不堪了。凯蒂想多看一眼，可是他父亲喊她过来，一起走到花园里去了，我急忙跟到前边去吩咐仆人做好准备。

“现在，乖，”停在门前的台阶前面时，林敦先生对他的女儿说，“你的表弟不像你这么健壮，也不像你这么开心，而且，记住，他失去他的母亲没多久，因此，你别想带着他又玩又闹的，而且也别总是说话惹他烦。至少，今天晚上让他安静一下。可以吗？”

“可以，可以，爸爸，”凯瑟琳回答，“但我真想看看他，他还没有向外望一下呢！”

马车停了下来。睡着的人被叫醒了，他舅舅把他抱出车外。

“这是你的表姐凯蒂·林敦，”他说，把他们的小手放在一起，“她已经很喜欢你了，你今天晚上可别哭得让她难过。现在你要努力高兴起来，旅行已经结束了，你没有什么事要做就歇着，爱做什么就做什么吧。”

“那就让我上床睡觉。”那个男孩子回答着，退缩着，躲开凯瑟琳的招呼，又用他的手指拭去开始流出的泪水。

“过来，过来，你是个好孩子，”我低声说着，把他带进去了，“你把她也快要惹哭啦，瞧瞧她为了你多么难过呀！”

他的表姐跟他一样哭丧着脸，回到她父亲身边，我不知道是不是为他伤心。三个人都进去，上楼到书房，茶已经摆好在那里了。我把林敦的帽子和斗篷都脱去，把他安置在桌旁一把椅子上，可是他没坐稳眼泪又哗哗地直流下来。我的主人问他怎么回事。

“我不能坐在椅子上。”那孩子啜泣着。

“那么，就到沙发上去吧，艾伦会给你端茶去的。”他的舅舅耐心地回答。我相信，一路上，他已被他所照顾的、易怒的、麻烦人的孩子搞得够累的了。林敦慢慢地拖着脚步走过去，躺下来。凯蒂搬来一个脚凳，拿着自己的茶杯，走到他的身边去。最初她一声不吭地、若有所思地坐在那里，但是没有过很久，她已决定把她的小表弟当作宠儿，她也满心期待他是这样一个宠儿。她开始轻抚他的卷发、亲他的脸蛋，用她的小茶碟给他端茶，像照顾一个婴儿似的。这很讨他喜欢，因为他本来不比婴儿高明多少。他擦干了眼睛，露出微微的一笑。

主人注视他们一会儿之后对我说：“只要我们能留住他，他会过得很好的，艾伦。他有个和他同年龄的孩子做伴，不久就会给他注入新的精神，而且他要是愿意有力气，也就会得到它的。”

“唉，要是我们能留住他就好了！”我暗自沉思着，那种希望是渺茫的，一阵疑惧像冰雪一样吹进我的心头。后来，我又想，那个虚弱的小东西生活在呼啸山庄，在他的父亲和哈里顿之间，是怎么个过法呢？他们将是什么样的玩伴和教师呢！我们的疑虑马上就成为真实，甚至比我所预料的还来得早些。喝完了茶，我把孩子们带上楼去，他不准我离开他，一直要等到他睡着。看着林敦睡着了，我下了楼，站在大厅里的桌子旁边，给埃德加先生点上一支到卧室去的蜡烛，这时一个女仆从厨房里走出来，告诉我说希思克里夫的仆人约瑟夫在门口，要跟主人说话。

“我想，主人不能见他，我先问问他要干吗，”我惊异失措地说，“这时来打扰人很不是时候，他们才经过长途旅行回到家来。”

我说这些话的时候，约瑟夫已经走过厨房，在大厅里出现了。他穿着他过礼拜日的衣服，绷着他那张虚伪透顶的、阴郁扭曲的脸，一只手拿着帽子，一只手拿着手杖，并在垫子上摩擦着皮鞋。

“晚上好，约瑟夫，”我冷冷地说，“你今天晚上来有什么事吗?”

“我一定要跟林敦少爷说话。”他回答，蔑视地挥一下手，让我别管。

“林敦先生要睡了，除非你有着急的事要说，不然我保证他现在不会听的，”我接着说，“你最好先坐在那边，把你的使命先告诉我。”

“哪一间是他的屋子?”那个家伙用旁若无人的语气追问着我，并擅自用他那肮脏的视线擦过一排排关着的房门。

我根本没有办法让他理睬我在说什么，因此我很不情愿地走到书房，给这个不合时宜的来访者通报，劝主人让他走，明天再说。林敦先生还没有来得及答应我这样做，约瑟夫就紧跟着我冲进了这屋子，稳稳地站在桌子那边，用两只拳头握住他的手杖顶部，开始提高了嗓门儿说话，仿佛是预测到要遭驳斥似的。

“希思克里夫叫我来要回他的孩子！否则，我就不回去。”

埃德加·林敦沉默了一下，面孔上露出极度的悲哀的神情。替这孩子打算，他只会可怜他。但是，回想起伊莎贝拉的那些希望和恐惧、对于她儿子的热望以及托孤时的叮嘱，再一想到竟要把他交出去，他心痛极了，心中苦苦思索着怎么避免，结果无计可施。如果显出留住他的愿望，那说不定会给索取人强行带走他的理由。没别的办法，只能放弃他。然而，他不打算把他从睡梦中唤醒。

“告诉希思克里夫先生，”他平静地回答，“他的儿子已经上床了，明天就回呼啸山庄。他已经累得不能再走这么远的路了。你告诉他，目前，他儿子的健康状况是很令人担心的，林敦的母亲希望他由我来照顾。”

约瑟夫把不知道哪里来的怒气发泄在地板上，他用棍子往上面用力一戳，佯装出一种威风凛凛的表情说：“不行！没用。希思克里夫才不会管那个母亲，也不会管你。不过他要他的儿子，我一定要把他带回去，这会儿你听清楚了吧！”

“今晚你是带不走的！”林敦决绝地回答，“赶紧给我走，把我说的话告诉你的主人，艾伦，给他带到楼下去，去……”

他的忍耐已经到了极限，他愤怒异常，随后一下子捏住那愤愤不平的老头的双肩，将他扔到了门外，然后关上了门。

“好啊！”约瑟夫叫道。他一边走一边说：“明天叫他自己来，看你有没有胆量也把他扔出去！”

第二十章

为了避免这种可怕的威胁发生，林敦先生吩咐我一大早就让孩子骑上凯瑟琳的小马，将孩子送回家，他还对我说："既然我们无法过问这个孩子的命运，那么你绝对不能告诉凯瑟琳他的去向。从今天起，她无法再与他来往了，所以最好还是不要让她知道他就在呼啸山庄比较好，不然她会心神不宁，吵着去那里看他。你只需告诉她，他父亲忽然派人来接他回家，所以他不得不离开我们。"

早上五点钟，我把正在熟睡的小林敦叫醒，他万般无奈地坐了起来，后来又听说还要继续赶路，觉得很好奇。不过我只是委婉地向他解释说，他的父亲希思克里夫先生希望他过去陪他住几天，而且非常想他，以至于等不及他缓解旅途的疲惫，再享受天伦之乐。

"我的父亲？"他大叫道，感到莫名其妙，"妈妈从没对我说过我有一个父亲呀。他住在哪儿？我情愿跟舅舅一块儿住。"

"他住在离田庄不远的地方，"我回答说，"就在那些小山的那边，不怎么远。等你精神好些时，你可以走路来这儿。你应该高高兴兴地回家去见他。你得努力去爱他，就像爱你妈妈一样，那样他也会爱你的。"

"可为什么以前我没听说过他呢？"小林敦问道，"为什么妈妈不跟他住在一起，像别人家那样呢？"

“他有事情得留在北方，”我回答说，“而你妈妈因为身体不好，必须住在南方。”

“但是为什么妈妈从来没跟我提起他呢？”孩子固执地问道，“她常跟我提起舅舅，我早就懂得爱他了。我怎么去爱爸爸呢？我还不认识他呀。”

“啊，所有的孩子都爱自己的父母，”我说，“或许你妈妈心里想，要是常跟你提起他，你会想要跟他住在一起的。我们得赶紧了，在这样美好的清晨，早早骑马出门，比在床上多睡一个小时要美多了。”

“她也跟我们一起去吗？”他问道，“昨天和我在一起的那个小女孩？”

“这回不去。”我回答说。

“舅舅呢？”他接着问。

“也不去。我陪你去那儿。”我说。

小林敦闷闷不乐地一头埋在枕头上，想起心事来。

“舅舅不去，我也不去，”他终于喊了起来，“我不知道你要带我去哪儿。”

我想让他明白，不愿去见自己的父亲，不是一个好孩子，但他还是发着脾气，固执地不让我为他穿衣服，我只好叫主人来帮忙，一起哄他下床。

我对他许了一些虚假的承诺，说他用不了多久就能回来，说埃德加先生和凯蒂会去看他，还有其他一些同样信口胡编的许诺，骗得这可怜的小东西终于上路了。一路上，我还忍受着良心的谴责痛苦地重复着这些也许永远不能实现的诺言。

走了一会儿后，途中那充满石楠花香的清新空气，明媚的阳光，以及明妮那轻缓的脚步，化解了他的沮丧心情。他显得越来越开心，越来越好奇，开始问起他新家的情况和家里有些什么人来。

“呼啸山庄是跟画眉山庄一样好玩的地方吗？”他问道，一边转过头去朝山谷最后望了一眼，一片轻雾正从那儿袅袅升起，在蔚蓝色的天幕边缘形成了一朵轻柔的白云。

“山庄不像这儿隐在树木深处，”我回答，“也没这么大，但是你可以看到周围美丽的山乡景色，那儿的空气更新鲜、更干燥，对你的健康更有帮助。一开始，你或者会觉得那儿的房子旧了些，暗了些，可那是一座很有名气的宅院，在这一带是数一数二的。你还可以到荒原上舒舒服服地散步。哈里顿·恩肖是凯蒂小姐的表哥，因此也可以说是你的表哥。他会陪你到他知道的最有趣的地方去玩耍。天气好的时候，你还可以带上一本书，把青翠的山谷当作你的书房。有时候，你舅舅也会来跟你一起散步，他是常来山上走走的。”

“我父亲长得怎么样？”他问道，“他也像舅舅一样年轻漂亮吗？”

“他也一样年轻，”我说，“不过他的头发、眼睛都是黑的，看上去要严厉一些，他的个子也更高大一些。开始时，或者你会觉得他不那么和气，不那么慈爱，因为他这人生来就是这种性格。不过你得记得，你对他还是要真诚亲热，那样，他自然会比舅舅更喜欢你的，因为你是他自己的孩子啊。”

“黑头发，黑眼睛！”小林敦若有所思地说，“我想不出他的模样。这么说我长得不像他，是吗？”

“不太像。”我回答说，心里却暗想，一点儿也不像。我凝视着他苍白而柔弱的脸色、瘦弱的身躯，还有那双倦怠的大眼睛，像他母亲的眼睛，只是，除了某种病态的激动使它们偶尔闪烁外，它们丝毫没有她那种炯炯有神的痕迹。

“真奇怪，他怎么从来不来看妈妈，也不来看我！”他嘀咕着说，“他见过我吗？要是他见过我，那时我一定还是个婴儿，我一点也记不起他了！”

“啊，林敦少爷，”我说，“300 英里可是个很远的路程啊。而 10 年对你和对一个成年人来说，在长短上是很不一样的。也许，希思克里夫每年夏天都有来看你们的打算，可总是找不到适当的时间，现在是太晚了一点了。这件事你就别去问他了，他想起来会觉得很难过的，没有什么好处。”

在这以后，小男孩没有再说话，自顾自地在马上思考自己的心事，直到我们来到那座住宅的花园门前。我用心地观察他脸上的表情。只见他神色庄重地仔细察看了雕花的门面，低矮的格子窗，杂乱丛生的醋栗和弯腰曲背的枞树，然后摇了摇头。在他的内心，他第一印象就讨厌这个新家的外表，但是他知道先别忙着抱怨，没准里面会好些，可以弥补。

没等他下马，我就先去打开了门。这时正好六点半，这家人刚吃完早饭，仆人正在收拾盘碟和抹桌子；约瑟夫站在主人的椅子旁，在讲一匹跛脚马的事；哈里顿正打算去干草地干活。

“哦，艾伦！”一见到我，希思克里夫先生就叫了起来，“原来，我担心我还得亲自下坡去取回我的物品呢。你把他给带来了，是吗？让我们去看看，能把他造就成一个什么样的东西。”他站起身来，大步走到门口。哈里顿和约瑟夫跟在后面，好奇地咧着嘴，可怜的小林敦恐慌地朝他们三人脸上扫了一眼。

“不用说，”约瑟夫认真地细看了一番后说，“他一定跟你调包啦，主人，这是他的女娃。”

希思克里夫盯着自己的儿子，直盯得他惊慌打战，然后发出一声冷笑。

“天哪！好一个美人儿！一个多么可爱迷人的东西！”他叫了起来，“他们是用蜗牛和酸牛奶把他养大的吧，艾伦？哦，真该死！比我想象得还要糟，要知道我本来就没抱多大期望！”

我招呼那浑身发抖、不知所措的孩子下了马，走进屋子。他还未听懂站在他前面那个陌生父亲说的话，是不是针对他。说实话，他还不能确定，这个样子可怕、发出冷笑的陌生人，到底是不是他的父亲。他紧贴着我，抖得越来越厉害。当希思克里夫坐下来，对他说“过来”时，他把脸伏到我的肩膀上，哭了起来。

“得了，得了！”希思克里夫说着，粗鲁地把他拉到自己的两膝之间，然后钩住他的下巴，托起他的头，“别来这一套了！我们不会伤害你的，林敦，这是不是你的名字？你可真是你母亲的孩子！我在你身上的那一份到哪儿去了，哭鼻子的小鸡？”

他摘下孩子的帽子，往后捋了捋他那浓密的淡黄的鬈发，摸摸他细细的胳臂和小小的手指。在他这样检查的时候，小林敦停止了哭泣，抬起他那双蓝色的大眼睛，细细地端详着起那打量着他的人来。

“你认识我吗？”希思克里夫问，他已经弄清这孩子的四肢全都娇嫩脆弱。

“不认识。”小林敦回答，眼神闪烁不定，流露出一种疑惑的惊恐。

“我敢说，你总听说过我吧？”

“没有。”他又回答。

“没有？你母亲真是太过分了，从来不教导你对我应该有孝心！那我来告诉你，你是我的儿子，你母亲是个坏心眼的贱货，竟然让你忽略了这样一个父亲的存在。行啦，别皱眉蹙眼的，也别红起脸来了！不过这倒可以看出，你的血还不是白的。要做个听话的孩子，我也会帮你的。艾伦，要是你累了，你可以坐一会儿；要是不累，你就离开吧。我猜想你会把在这儿听到的、看到的，全都报告给田庄的那个窝囊废听的。你待在这儿不走，这小东西是不会定下心来的。”

“好吧，”我回答说，“我希望你会好好待这孩子，希思克里夫先生，要不，你是留不住他的。在这个偌大的世界上，他是你唯一的亲骨肉了，这你应该知道——记住。”

“我会待他很好的，你不用担心，”他笑着说，“只是不允许有别的人待他好，我只是想完完全全地把他的感情据为己有。而且，我现在就要开始好好照顾他。约瑟夫！给这孩子拿点早点来。哈里顿，你这该死的蠢货，快去干你的活去。是的，艾伦，”待他们都走了之后，他接着说，“我的儿子是你们田庄未来的主人，在我有把握成为他的继承人以前，我是不会巴望他死掉的。① 再说，他是我的儿子，我要扬扬得意地看着我的儿孙，名正言顺地成为他们家那份产业的主人，由我的孩子出钱雇用他们的孩子，来耕种他们父辈的土地。我等了这么久，只是为了实现这个想法，所以我才能容忍这个小畜生。对他本身来说，我可看不

① 希思克里夫的意思是，小林敦将以母亲伊莎贝拉的继承人名义取得田庄所有权，而明确了子死父继的关系后，小林敦哪怕死了，田庄也能留在自己手中。

上他，而且还恨他，因为看着他又勾起了我痛苦的回忆！不过有了那么个想法，也就足够了。他跟我在一起，照样会平安无事的，我会像你家主人照顾自己的孩子那样细心地照料他。我已在楼上给他布置了一间很漂亮的房间，我还给他请了一个教师，一星期三次从20英里外赶来，他想学什么，就教他什么。我已吩咐哈里顿，事事都得听命于他。事实上，我已经为他打点好了一切事情，一心要培养起他的优越感和绅士气派，做到高人一等。但是我很失望，他让我辛苦操心的事情全都白费了。如果说我希望在这个世界上还有什么幸福的话，那就是让我看到他是一个值得骄傲的孩子，可这个脸色苍白、哭哭啼啼的可怜虫却太让我失望了！”

在他这么说着的时候，约瑟夫端着一盆牛奶粥回来了，他把粥放在小林敦的面前。小林敦带着憎恶的表情，搅了搅这盆家常食品，声明说他不能吃这样的东西。我看那老仆人也跟他的主人一样，看不起这个孩子，但他不得不把这种情绪藏在心里，因为希思克里夫明白表示过，要他的下人们尊敬这个孩子。

“不能吃这个？”他重复了一句，盯着孩子的脸，压低了声音说，生怕别人听见，“可哈里顿少爷小时候从来不吃别的东西，我想，他能吃的东西，你也能吃的吧！”

“我不吃这个！”小林敦没好气地回答，“把它拿开！”

约瑟夫气呼呼地一下端起牛奶粥，送到我们面前。

“这粥有什么不好的？”他问道，把盆子直递到希思克里夫的鼻子底下。

“这粥有什么不好？”他说。

“是啊！”约瑟夫回答，“这挑食的孩子却说他不能吃这个。不过我想这也不出奇！他的母亲就是这样——我们种出粮食，给她做了面包，她还嫌我们脏呢。”

“别对我提他的母亲了，”主人气冲冲地说道，“给他去拿点他能吃的东西来，就这样。他平常吃什么，艾伦？”

我提议给他拿杯热牛奶或者茶来。女管家奉命去打点了。

我心里想，这么一来，他父亲的自私反而歪打正着地让他有过上好日子的机会了。他看出孩子的体质太弱，觉得有必要待他宽容一点。我要把希思克里夫脾气上的这种转变，告诉我的主人，也好让他得到些许的安慰。

我已经没有必要再继续待下去，当小林敦正畏缩地排斥一条牧羊狗的示好时，我便偷偷溜出门来。不过他特别机灵，一下子就反应过来了。我刚把门关上，一声尖叫就传到我耳朵里，之后是连续的叫喊声："不要丢下我！我不要待在这里！我不要待在这里！"

沉重的门闩落下来的那一刻，我们就像被一道无法逾越的障碍阻隔了。他哪里会有他们的力气大，他是出不来的。我骑上马，快马加鞭。就这样，我便结束了短暂的对他的监护。

第二十一章

小凯蒂那天真是叫我们伤透了脑筋。没有多久她就高高兴兴地起床了，想要痛痛快快地和她表弟一起玩耍。当得知他已离开的消息，她先是大吃一惊，接着泪如雨下，埃德加先生不得不亲自来安慰她，还说没有多长时间他一定会回来的，接着他又补充一句，“倘若我有把他弄回来的可能。”这当然是一点可能也没有的。这个诺言难以让她平静。但时间却能够消磨记忆。尽管她还会偶尔问她父亲哪天林敦会回来，但在她真的与他重逢之前，她脑海中的容貌已被时间消磨得非常模糊，最后在他们重逢时已认不出来了。

当我有事去吉默屯，有时会遇到呼啸山庄的管家，我总是会问一下小少爷生活得如何，因为他像小女孩凯瑟琳一样不与外界来往。从女管家的话可以猜到，他身体依然不好，是家里的累赘。她对我说希思克里夫先生好像越来越不喜欢他了，不过他还竭力不流露出这种感情。他一听见他的声音就会反感，和他在一间屋子里多坐几分钟就忍受不了。他们甚少交谈。林敦在一间他们所谓客厅的小屋子里念书，消磨他的晚上，不然就是一整天躺在床上，因为他经常咳嗽、伤风，各种小毛病。

“我从来没有见过这样没精神的人，”那女人又说，“也没有见过这么只顾自己的人。要是我在晚上把窗子稍微关迟了一点，他绝对要闹个没完。啊！吸一口夜晚的空气，就简直是要他的命！他在仲夏时分也一定要生火；约瑟夫的烟斗也是毒药；而且他一定要有糖果细点，还总要喝牛奶，却从来不管别人在冬天多受苦；而他就坐在那儿，裹着他的皮大氅坐在火炉边的椅子上，炉台上摆着些面包和水，或别的能一点点吸着喝的饮料；要是哈里顿出于怜悯来陪他玩（哈里顿本性并不坏，尽管他有点粗野），结果准是这一个骂骂咧咧的，另一个哭哭啼啼。我相信如果他不是主人的儿子，主人一定不会阻止恩肖好好教训他一顿；而且我相信如果主人知道他在怎样娇惯自己，即使只知道一半，也会把他赶出门去。但是主人不会有干这种事的可能：他从来不到客厅，而且林敦在这房子内任何地方一碰见他，主人就马上让他上楼去。”

从这一段叙述，我猜想小希思克里夫已经没人爱惜，而且被人孤立，变得自私而讨人嫌了。即使他本来并不是这样的。我对他的关心也渐渐淡下来了，不过我对他的命运仍然感到悲哀，而且还存个愿望，他要是留下来跟我们住就好了。

埃德加先生鼓励我打听消息，我猜想他很挂念他，甚至愿意冒着风险去看看他。有一次还叫我问问管家林敦是否到村里来？她说他骑着马陪伴他的父亲来过两次，而这两次之后总有三四天他都装出相当疲惫的样子。如果我没记错的话，那个管家在他去那儿 2 年之后就离去了。我不认识的另一个代替了她，她如今还在那里。

和从前一样，大家都在田庄里过着愉快的时光，直到凯蒂小姐长到 16 岁，她生日的那天。我们从来不流露出任何欢乐的表示，因为这天也是我那已故的女主人的忌辰。她的父亲在那天总是一个人整天待在图书室里，而且在黄昏时还要散步到吉默屯教堂墓地那边去，经常在那里逗留到半夜。所以凯瑟琳总是想法自己玩。

2 月 20 日是一个美丽的春日，在她父亲休息时，我的小姐走下楼来，穿戴好后打算出去，而且说她要和我到旷野边上走走。林敦先生已经答应她了。只要我们不走得太远，而且在一个钟头内回来。

“那么赶快，艾伦！”她叫道，“我知道我要去哪儿，我要到有一群松鸡的地方去，看看它们有没有将窝搭好。”

“那可很远哪，”我回答，“它们不是在旷野边上繁殖的。”

“不！不会的，”她说，“很近呢，我跟爸爸曾经去过。”

我不再想这事了，戴上帽子出发了，她活像个小猎狗在我前面跳着，又回到我身旁，然后又跑掉了。最初，沉浸在百灵鸟悦耳动听的歌声里，享受着那甜美的、温暖的阳光，瞧着她，我的宝贝、我的欢乐，她那金黄色的卷发披散在身后，放光的脸像朵盛开的野玫瑰那样温柔和纯洁，眼睛散发着无忧无虑的快乐的光辉，我觉得挺有意思。真是个幸福的小东西，在那些日子里，她也是个天使。可惜她不会知足的。“好啦，”我说，“你的松鸡呢，凯蒂小姐？我们应该看到，田庄的篱笆现在已经离我们很远啦。”

“啊！再走上一点点……只走一点点，艾伦，”她不停地回答，“爬上那座小山，你一到那边穿过那个斜坡，我就可以叫鸟出现。”

可是有这么多小山和斜坡要爬、要过，终于我开始感到累了，我对她大声喊着，提醒她必须停下来不能再往前走了，因为她已经走在我前面很远了。或许她没听见，或许根本不理，因为她还是往前走，我无奈只得追赶着她。后来，她钻进了一个山谷。在我再看见她以前，她已经离呼啸山庄比离她自己的家还要近 2 英里路了。我瞅见两个人把她抓住了，我深信其中一个就是希思克里夫先生本人。

凯蒂被抓是因为做了偷盗的事，或者至少是搜寻松鸡的窝。山庄是希思克里夫的土地，他在训斥着这个偷猎者。

“我没拿什么，也没找到什么，”她说，摊开她的双手以证明自己的清白，那时我已经向他们走去。“我并不是想来拿什么的，爸爸告诉我这儿有很多蛋，我只想看看。”

希思克里夫用不怀好意的眼神瞅了我一眼，露出了诡异的微笑，表明他已经认识了对方，并起了歹心，便问：“你爸爸是谁？”

“画眉山庄的林敦先生，”她回答，“我想你不认识我，不然的话就不会跟我这样说话了。”

“你觉得你爸爸很被人看得起，很受尊敬吗？”他讽刺地说。

“你是什么人？”凯瑟琳用好奇的目光打量着说话的人，问道，“那个人我见过。他是你儿子吗?”

她指着哈里顿，这就是另一个人，他长大了2岁，除了结实些、更有力气些了，再没有什么长进。他跟先前一样拙笨和粗鲁。“凯蒂小姐,”我插嘴说,“我们出来将近三个钟头了，我们必须回家了。”

“不，那个人不是我儿子,”把我推开时希思克里夫回答,“可是我有一个儿子，你以前也见过他。你的保姆这么忙着走，但是我想你和她最好休息一会儿。你是否乐意转过这长着常青灌木的山头，散步到我家里去呢？你休息一下！还可以早些回到家，而且你还会受到招待。”我悄悄地在凯瑟琳耳边说，让她完全可以拒绝这种目的不明的邀请，她也绝不能同意这个建议。

“为什么?”她大声问着,“我已经跑累啦，地上又有露水，我不能坐在这儿呀。让我们去吧，艾伦。而且，他还说我曾见过他的儿子呢。我想他猜错了，可是我猜得出他住在哪儿——那个农舍、我从彭尼斯托崖回来时去过的那个农舍。是不是?”

“是的。来吧，艾伦，不要多说话，进来看看我们，也许会给她一个意外的惊喜呢。哈里顿，陪这姑娘往前走吧。艾伦，你跟我一块儿走。”

“不！她不能到那样的地方去。”我挣脱被他拽住的胳膊叫着，可是她几乎已经走到门前的石阶了，很快地跑着绕过屋檐。她那被指定陪她的伙伴畏怯地走向路边，溜掉了，并没装出护送她的样子。

“希思克里夫先生，那是很不对的,”我接着说,“你知道你是不怀好意的。她在那里会看见林敦，等我们一回去，什么都要说出来，我会受到惩罚的。”

“这有什么要紧呢？我要她看看林敦,”他回答,“这几天他看来还好一些，他并不是常常适宜于被人看见的。等会儿我们可以劝她对这次拜访保密，这有什么害处呢?”

“害处是，如果她父亲发觉我竟允许她到你家来，他会恨我的，我不得不怀疑你这样做肯定有一些不可告人的阴谋!”

他说:“我可以非常老实地告诉你我的全部计划，就是要这两个表亲相爱而结婚。我对你的主人做得是很慷慨的！他这年轻的小女儿并没有什么指望，要是她能达成我的愿望，她就跟林敦一同做了继承人，立刻就有了依靠。”

我回答：“林敦的命是保不住的，如果他死了，那么凯瑟琳就会成为继承人。”

“不！她不会，”他说，“在遗嘱里并没有这样保证的条文，他的财产就要归我。但是为了避免争执起见，我愿意允许而且也下决心促成他们结合。”

“我承诺让她永远也不会出现在你的住宅面前。”我回嘴说，这时我们已经来到大门口，凯蒂小姐在那儿等着我们过去。

希思克里夫剥夺了我说话的权利，他急忙上前去开门。我的小姐看了他好几眼，似乎不知道应该用怎样的方式去对待他，不过现在当他们的目光交叠在一起的时候，他微笑，并且柔声对她说话。我竟然天真地以为他对她母亲的记忆也许会使他打消伤害她的企图。林敦站在炉边，还戴着小帽，正在叫约瑟夫给他拿双干净的鞋来，因为他才出去到田野散步回来。照他的年龄来说，他已经长高了，还差几个月就满 16 岁了。他的相貌挺好看，眼睛和气色也比我记忆里的要有精神些，虽然那仅仅是从有益健康的空气与和煦的阳光中借来的短暂的光芒。

“看，那是谁？”希思克里夫转身问凯蒂，“你认得出来吗？”

“你的儿子？”她疑惑地把他们两个人轮流打量一番说。

“是啊，是啊，”他回答，“想想吧！难道这是你第一次见到他吗？啊！你记性太坏。林敦，你记不起你的表姐啦，你总是跟我们闹着要见她的啊？”

“什么，林敦！”凯蒂叫起来，她为听到这个久违的名字而感到欣喜若狂起来，“那就是小林敦吗？他比我还高啦！你是林敦吗？”

这年轻人走上前来，承认他就是。她狂热地吻他，他们彼此凝视着，看到时光在彼此的外表上所造成的变化而惊奇。凯瑟琳已经长得够高了，身材既丰满又苗条，像钢丝一样有弹性，整个容貌由于健康而精神焕发。林敦的形体非常瘦弱，神气和动作都很不活泼，但是他的气质里还流露出一种文雅的风度，缓和了这些缺点，使他还不讨人厌。在和他互相交换各种好感之后，他的表姐走到希思克里夫先生跟前，他正留在门口，一面留意屋里的动静。

“那么，你是我的姑夫啦！”她走上前向他行礼说，“我原来就觉着挺喜欢你，虽然开始你对我不友好。你干吗不带林敦到田庄来呢？这些年住这么近从来不来看我们，也真古怪，你干吗这样呢？”

“在你出生前，我去得太勤了，”他回答，“唉，倒霉！你要是还有多余的吻，就都送给林敦吧，给我可是白糟蹋。”

“捣蛋的艾伦！”凯瑟琳叫道，然后冲到我的怀抱里，用那过分的热情对我进攻起来，“坏艾伦！想不让我进来。但是将来我还要天天早上散步到这儿呢！有时候还带爸爸来，可以吗，姑夫？你喜不喜欢见到我们呢？”

“当然。”她的姑夫回答，露出一副难以抑制的狞笑，这是由于他对这两位要来的客人的厌恶所导致的。“可是等等，”他转身又对小姐说，“既然我想到了这点，还是告诉你为好。林敦先生对我有成见，我们很凶地吵过一次。你要是跟他说起你到过这儿，他就会禁止你来，因此你绝对不要提这事，除非你并不在乎今后不可以看你表弟，要是你喜欢，你可以来，可你绝不能说出来。”

“你们为什么吵的？”凯瑟琳垂头丧气地问。

“他认为我太穷，不配娶他的妹妹，”希思克里夫回答说，“我终于得到了她，这令他感到很难过。他的自尊心受到损伤，他这辈子也不会原谅这件事情。”

小姐说：“那是不对的，我迟早会对他说的！不过林敦和我跟你们的争吵一点儿关系也没有。那么我就不来这里了，他去田庄好啦。”

他的表弟嘀咕着：“要走 4 英里路，对我来说是太远了，可要把我累死了。不，你来吧，凯瑟琳小姐，随时到这儿来吧！不要每天早晨来，一星期来一两次也好。”

他父亲向他投去了蔑视的目光。

“艾伦，可能我要白费力了，”他小声对我说，“‘凯瑟琳小姐’，这呆子是这样称呼她的，她会发现他一文不值，到那时就会把他丢开了。如果是哈里顿的话——别看哈里顿已经落魄，我一天倒有二十回羡慕他呢！这孩子如果是别人我就会爱他了。但是我想他是得不到她的欢心的。我要使哈里顿压倒那个不中用的东西，算算他很难活到 18 岁，除非他赶快发奋振作起来。啊，该死的窝囊废！他在全神贯注地擦他的脚，连望都不望她一眼。林敦！”

“啊，父亲。”那孩子答应说。

“你要把你表姐带到什么你知道的有趣的地方玩玩吗？甚至连兔子或者鼬鼠的窝都不去瞧瞧吗？在你换鞋之前先把她带到花园里玩，还可以到马厩去看看你的马。”

“你不是情愿坐在这里吗？”林敦对凯瑟琳表示出一种不太想动的语气。

“我不知道。”她显然期望着活动活动，渴望地向门口瞟了一眼。

他还坐着，向火炉那边更靠近些。希思克里夫站起来，走到厨房去，又从那儿走到院子叫哈里顿。哈里顿答应了，两个人立刻又进来了。从他脸上的光彩和湿头发看得出来，那个年轻人刚洗完澡。

“啊，我要问你啦，姑夫，”凯瑟琳喊着，记起了那管家的话，“那该不是我的表哥吧。他是吗？”

“是的，”他回答，“你不喜欢你母亲的侄子吗？”

凯瑟琳表情很古怪。

“他不是一个漂亮的小伙子吗？”他接着问。

这个没礼貌的小东西踮起了脚尖，冲着希思克里夫的耳朵小声说了句话。他大笑起来，哈里顿的脸色沉下来。我想他显然对他的卑微有一个模糊的概念，对猜疑到的轻蔑是很敏感的。不过他的主人或监护人却有办法把他的怒气压制下来，让他无可发泄。他叫着：“哈里顿，你要成为我们的宝贝啦！她说你是个——是什么？好吧。反正是奉承话。喏，你陪她到田庄去转转。记住，举动要像个绅士！千万别用任何坏字眼！在这位小姐不望着你的时候，你别死盯着她，当她望你时，你就准备闪开你的脸。你说话要慢，而且要把你的手从口袋里掏出来。走吧，尽量好好地招待她吧。”

他注视着这一对从窗前经过。恩肖似乎以一个陌生人而又是一个艺术家的兴趣在那儿研究着那熟悉的风景，让他的脸完全避开了他的伙伴。凯瑟琳偷偷地望了他一眼，并没有表现出一丝爱慕的神情。然后就把她的注意力集中到一些可以取乐的事情上去了，哼着曲子来打破这种没话可谈的情形，并且欢欢喜喜地轻步向前走去。

“我把他的舌头捆住了，”希思克里夫观察着，“他从头到尾也不会说一句话！艾伦，你还记得我在他那年纪的时候吧？不，比他还小些。我也是这么个笨相吗，像约瑟夫眼里的这样莫名其妙吗？”

“更糟，”我回答，“因为你比他更阴郁些。”

“我对他感兴趣，”他肆无忌惮地谈论着他的想法，“他满足了我的心愿。假如他天生是个呆子，我就连一半乐趣也享受不到。可是他不是呆子，我完全能够站在他的立场想象他所有的感受。譬如说，我准确地知道他现在感受到的是什么样的痛苦，虽然那不过是他所要受的痛苦的开始。他仿佛掉进了粗野和无知的深渊，而且永远没有办法逃脱出来。我把他抓得比他那无赖父亲管我还严些，而且贬得更低些，因为我教他嘲笑一切兽性之外的东西，让他知道这些是愚蠢和软弱的，他以他的粗俗和野蛮为荣。你不认为亨德利要是能见到他的儿子的话，会感到骄傲吗？差不多会像我为我自己的儿子感到骄傲一样。不过有这个区别：一个是金子却当铺地的石头用了，另一个是锡擦亮了来仿制银器。我的儿子没有什么价值，但是我有本事使这类草包尽量振作起来；他的儿子有头等的天赋，却荒废了，变得比没用还糟。我没有什么可惋惜的，可他会有很多。但是，除了我，谁也不会调理他。最妙的是，哈里顿特别喜欢我，你不得不承认在这一点上我胜过了亨德利。如果这个死去的流氓能从坟墓里站出来指责我对他的子嗣的虐待，我倒会开心地看着这个所说的子嗣把他打回去，为了他竟敢辱骂他在这世上唯一的朋友而大为愤慨！”

希思克里夫一想到这里，就咯咯地发出一阵魔鬼般的骇人的笑声。我没有理他，因为我看出来他也不期待我回答。同时，我们的年轻同伴坐得离我们太远，听不见我们说什么，开始表现出不安的情绪，也许是后悔不该为了怕受点累就拒绝和凯瑟琳在一起玩。他的父亲注意到他那不安的眼光总向窗子那边溜，手犹豫不决地向帽子那边伸。

“起来，你这懒孩子！”他叫道，现出假装出来的热心，“他们正在蜜蜂巢那边，追他们去。”林敦振奋起精神，离开了炉火。窗子开着，当他走出去后，我听见凯蒂正问她那个不善交际的侍从，门上刻的是什么？哈里顿抓抓他的头呆望着活像个傻瓜。

“是些鬼字，”他回答，“我不认识。”

“认不出？”凯瑟琳叫起来，“我能念，那是英文。但是我想知道为什么刻在那儿。”

林敦哧哧地笑了，他首次表现出开心的神情。

“他不认识字，”他对他表姐说，“你相信会有这样的大笨蛋存在吗？”

“他一直就这样吗？”凯蒂小姐严肃地问道，“或者他头脑简单，不对吗？我问过他两次话了，而每一次他都现出这种傻相，我还以为他不懂得我的话呢。我担保我也不大懂得他！”

林敦轻蔑地瞅着哈里顿边挖苦边大笑起来，哈里顿在那当儿看来绝对还不大明白是怎么回事。

“没有别的缘故，只是懒惰。是吧，恩肖？”他说，“我的表姐猜想你是个白痴呢。这下可让你尝到你嘲弄的所谓‘啃书本’所得的后果了。凯瑟琳，你注意到他那可怕的约克郡的口音没有？”

“哼，那有什么鬼用处？”哈里顿咕噜着，对他平时的同伴回嘴就方便多了。他还想往下说，可是这两个年轻人忽然一起大笑起来，我那傲慢的小姐很乐意把哈里顿那些奇怪的话当作取笑的资本。

“那句话加个‘鬼’字有什么用呢？”林敦嘲笑道，“爸爸叫你不要说任何坏字眼，而你不说一个坏字眼就开不了口。现在试试看，努力像个绅士吧！”

“若不是由于您更像个女的，而不大像个男人的话，我马上就想把您打倒。可怜的瘦板条！”这大怒的乡下人回骂道，走开了，当时他绷着由于气愤和羞辱而烧得通红的脸走开。因为他意识到被侮辱了，但是又窘得不知道该怎么抱怨才好。

希思克里夫同我一样，也听见了这番话，他看见他走开就笑了，但是马上又用特别厌恶的眼神向这轻薄的一对瞅了一眼，他们还待在门口瞎扯着：这个男孩子一讨论到哈里顿的错误和缺点，并且叙述他的怪举动和趣闻时，他的精神就来了；而凯瑟琳也对他那些无礼刻薄的话感到兴致勃勃，并不想想这些话中所表达的恶意。我可是开始不喜欢林敦了，对他以前的怜悯几乎都变成了现在的憎恶，也开始多少原谅他父亲这样瞧不起他了。

我不能把凯瑟琳早点儿拉走，就一直待到下午。但是幸亏我的主人没有离开过他的屋子，一直不知道我们久久不归。在我们走回来的时候，我真想认真对她说清楚刚才那些人的真实面目，以此来开导我所照顾的人，可是她已经有了成见，反倒说我对他们有偏见了。

“啊哈，”她叫着，“你是支持爸爸的，艾伦。我知道你是有偏心的。不然你就不会骗我这么多年，说林敦住得离这儿很远。我真是非常生气。但我又是这么高兴而发不出脾气来！但是不允许你再说我姑夫！他是我姑夫！记住，而且我还要骂爸爸，因为他跟他吵过架。”

她就这样滔滔不绝地说着，到最后我发现自己的努力辩解已经无法改变她对一些事情的错误看法了。那天晚上她没有说起这次拜访，因为她没有看见林敦先生。使我懊恼至极的是第二天她就都说出来了。可我还不十分难过：我以为指导和警戒的担子由他担负比由我担负会有效得多。但是他懦弱得竟说不出如他所愿的令人满意的理由，好让她和山庄那个家断交，凯瑟琳对于每一件压制她骄纵的意志的事却要有充足而合理的理由才肯听从约束。

“爸爸，”她在请过早安后叫道，“猜猜我昨天在旷野上散步时看见了谁。啊，爸爸，你吃惊啦！现在你可知道你做得不对啦，是吗？我看见——可是听着，你要听听我怎么识破了你，还有艾伦，她跟你联盟，可是在我失望的时候假装出可怜我的样子。我倒希望林敦回来，可又总是失望。”

她把她的出游和结果一五一十地说了，虽然我的主人不止一次地向我投来谴责的目光，却一言不发，直等她说完。然后他把她拉到跟前，问她是否知道他为什么把林敦住在邻近的事瞒住她！难道她以为那只是不让她去享受那毫无害处的欢乐吗？

“因为你不喜欢希思克里夫先生。”她回答。

“那么你相信我关心我自己胜过于你啦，凯蒂？”他说，“不，那不是因为我不喜欢希思克里夫先生，而是因为希思克里夫先生不喜欢我。他是一个穷凶极恶的人，喜欢陷害和毁掉他所憎恨的人，只要这些人给了他一点点机会。我知道你若跟你表弟来往，就避免不了要和他接触，我也知道他会因为我而痛恨你。所以就是为了你自己好，我才提防着让你不再看到林敦。本来想等你长大了，能明辨是非的时候，才把这件事从头到尾地解释给你听，我后悔我把它拖延下来了。”

“但是希思克里夫先生挺诚恳的，爸爸。”凯瑟琳一点也没有被说服，“而且他并不反对我们见面。他说什么时候我高兴，什么时候就可以去他家，因为你跟他吵过，不能原谅他娶了伊莎贝拉姑姑，所以要我绝对不能告诉你。你真的不肯饶恕，你才是该受责备的人，他是同意让我们成为朋友的，至少是林敦和我。而你则不。”

林敦先生知道他的几句片面之词是无法让她相信她姑夫是如此狠毒的人，便把希思克里夫对伊莎贝拉的行为，以及呼啸山庄如何变成他的产业，都草草地说了个梗概。他不能将这事说得过多，因为即使他说出一点点，却仍然感到自林敦夫人死后所盘踞在他心上的那种对过去的仇人的恐惧与痛恨之情。“要不是因为他，她也许还会活着！”这是他常有的痛苦的念头。在他眼中，希思克里夫似乎是一个杀人犯。凯蒂小姐完全没接触过任何罪恶的行径，只有她自己因暴躁脾气或轻率而引起的不听话、误解，或发发脾气而已。而总是当天犯了，当天就会改过。发现人能够把报复心埋藏在灵魂深处多年，并且能朝夕盘算着这种计划，而且一心要实现他的计划却毫无悔恨之念，这种对人性的新看法使凯瑟琳大为惊讶。这似乎给她留下很深的印象，并且使她深受震动。直到现在为止，这种看法一直是在她所有的学习和思考范围之外的，因此埃德加先生认为没有必要再谈这题目了。他只是又说了一句：“以后你就会理解，亲爱的，为什么我希望你远离他的房子和他的家，现在你去做你平常的事，别再想这些了！照旧去玩吧。”

凯瑟琳亲了亲她父亲，安静地坐下来读书，和平常一样，读了两小时功课。然后，她陪他到园林走走。一整天和平常一样地过去了。但是到晚上，当她回到她的房间里去休息，我去帮她脱衣服时，我发现她跪在床边哭着。

“啊，羞呀，傻孩子！”我叫着，“要是你曾有过真正的悲哀，你就会觉得你为了这点小别扭掉眼泪是微不足道的了。你不曾有过一点真正的悲痛的影子，凯瑟琳小姐。假如说，主人和我一下子都死了，只剩你自己活在世上，那么你将会感到怎么样呢？把现在的情况和这么一种苦恼比较一下，你就该感谢你已经有了朋友，不要再贪多啦。”

“我不是为自己哭，艾伦，”她回答，“是为他。他明天多么希望能见到我啊，但我却不能再出现。可他要失望啦！他要等我，而我又不会去！”

“无聊！”我说，“你以为他也在想你吗？他不是有哈里顿做伴吗？一百个人里也不会有一个为着失去一个才见过两次面，只是两个下午的亲戚而落泪的。林敦才不会再为你烦恼呢，他会猜到这究竟是怎么回事。”

“但是，我能不能写个短信让他知道我不能过去的原因呢？”她站起来问，“就把我答应借给他的书送去？他的书没我的好，在我告诉他我的书是多有意思的时候，他非常想看这些呢。我不可以吗，艾伦？”

“不行，真的不行！”我坚决地回答，“这样他又要写信给你，那可就永远没完没了啦。不，凯瑟琳小姐，爸爸这么希望必须完全断绝来往，我就得照这样办。”

“可一张小纸条怎么能……”她又开始哭了，想用她一脸可怜巴巴的恳求换取我的心软。

“别胡闹啦！”我打断她，“我们别再谈你的小纸条啦。上床去吧。”

她对我作出非常淘气的神情，淘气得我都不想吻她和道晚安了，我极不高兴地用被子把她盖好，把她的门关上。但是，刚走出门我就后悔了，我轻轻地走回去，瞧！小姐站在桌边，她面前是一张白纸，手里握一支铅笔，我一进去，她匆匆忙忙不知所措地把它藏起来。

“就算你写，你也找不到人给你送去，凯瑟琳。”我说，“现在我可要熄灭你的蜡烛了。”

我把熄烛帽放在火苗上的时候，手被打了一下，还听见一声急躁的“别扭东西！”然后我又离开了她，她用一种最任性最乖张的脾气来对抗着我的管制，用力上了门闩。信还是写了，并且由村里来的一个送牛奶的人送到目的地去。但是直到很久之后我才知道这件事。几个星期过去了，凯蒂的脾气也平复下来，但是却变得安静而孤僻，特别喜欢一个人躲在角落里，而且常常在她看书的时候，如果我忽然走近她，她就会大吃一惊，伏在书本上，显然想盖住那书。我看出在书页中有散张的纸边露出来。她还有个诡计，就是一清早就下楼，在厨房里流连不去，似乎她正在等待什么东西到来似的。在图书室的一个书橱里，她有一个小抽屉，她常翻腾老半天，走开的时候总非常小心地把抽屉的钥匙带着。

一天，她正在翻这个抽屉时，我看见最近放在里面的玩具和零碎东西都换成一张张折好的纸张了。她越小心越隐秘反而越激起了我的疑惑和好奇，我决定偷看她那神秘的宝藏。所以，到了夜晚，等她和我的主人都安稳地在楼上时，我就在我这串家用钥匙里搜索着，找出那把可以开抽屉锁的钥匙。一打开抽屉，我就把里面一切的东西全倒在我的围裙里，再带到我自己的屋子里从容地检查着。虽然我早起疑心，可我仍然惊讶地发现原来是一大堆——几乎是每天一封——林敦·希思克里夫来的信件，都是她写去的信的回信。早期的信写得拘谨而简短，不过渐渐地，这些信发展成内容丰富的情书了，写得很笨拙，这就作者的年龄来说是自然的，但是有不少句子却不属于他们这种年龄段的人说的话，我估计是从一个比较有经验的人那借来的。有些信，掺杂着热情和平淡，以强烈的情感为开端，结尾却是矫揉造作的、啰唆的笔调，如一个中学生写给他的一个幻想的、不真实的情人一样。使我感到非常古怪。这些是否能满足凯蒂我不知道，可是，在我看来是相当没有价值的废物。翻阅过我认为该翻的一些信件之后，我将这些东西用手绢包起来，放在一旁，重新锁上这个空抽屉。

我的小姐按照她的往常的习惯，老早就下楼，到厨房里去了。我发现当某一个小男孩到来的时候，她走到门口，在挤奶的女工往她的罐子里倒牛奶时，她就把什么东西塞进他的背心口袋里，又从里面扯出什么东西来。我绕到花园，在那儿等着这送信的使者。他英勇地战斗，以保护他的受委托之物，我们抢得把牛奶都泼翻了。但是我终于成功地抽出来那封信，还恐吓他说如果他不直接回家去，将会有严重的后果。我就留在墙根底下阅读凯蒂小姐的爱情作品。这比她表弟的信简洁流利多了：写得很漂亮，也很傻气。我摇摇头，沉思着走进屋里。这天很潮湿，她不能到花园里溜达解闷，所以早读结束后，她就朝抽屉找安慰去了。她父亲坐在桌子那边看书。我特意去整理窗帘上几条扯不开的穗子，眼睛紧盯着她的动静。任何鸟儿飞回它那原先离开时还充满着啾啾鸣叫的小雏，后来却被抢劫一空的巢里时，所发出的悲鸣与骚动，都比不上那一声简单的“啊！”和她那快乐的脸色因突变而表现出的一种完全的绝望的神态。林敦先生抬头望望。

“怎么啦，宝贝儿？碰痛你哪儿啦？”他说。

他的语气和表情使她确认他不是发现宝藏的人。

“不是。爸爸！”她喘息着，“艾伦！艾伦！上楼吧！我病了！”

我答应了她的呼唤，陪她出去了。

“啊，艾伦！你把那些拿去啦！”当我们走进屋里，没有别人的时候，她又马上跪下来说，“啊，把那些还给我吧，我发誓再也不写了！求你别让爸爸知道。你没有告诉爸爸吧，艾伦？说你没有，我是太淘气啦，但是我以后再也不这样啦！”

我用极其严肃的语调让她站起来。

“所以，”我慨叹着，“凯瑟琳小姐，我从来不知道你的任性可以到达这种肆无忌惮的程度，你不觉得应该为自己整天沉浸在那堆废纸里而感到羞愧吗？唉！好得可以拿去出版啦，如果我把信摆在主人面前，你觉得他有什么想法呢？我还没有给他看。可你用不着幻想我会保守你这荒唐的秘密。羞！一定是你起头写这些愚蠢的东西！我确定他是不会想到的。”

“我没有！”凯蒂抽泣着，简直伤心透了，“我一次也没有想过爱他，直到……”

“爱！”我叫着，用极尽讥讽的语气吐出这个字来。“爱！有什么人听到过这类事情吗？那我也可以对一年来买一次我们谷子的那个磨坊主大谈其爱啦。真是！好一个爱，而你这辈子才见过林敦两次，加起来还不过四个小时！喏，这是小孩子般的胡说八道。我要把信带到书房里去，我们要看看你父亲对这种爱说什么。”

她跳起来抢她的宝贝信，但是我把它们高举到头顶上。她狂热地恳求我烧掉它们,随便怎么处置也比公开它们好。我真是想笑又想骂，因为我估计这完全是女孩子的虚荣心，我最终有几分心软了，便问道：“如果我同意烧掉它们，你能诚实地向我保证不再送出或收进一封信，或者一本书，或者一卷头发，或者戒指，或者别的玩意儿吗？”

“我们不送玩意儿。”凯瑟琳叫道，她的骄傲战胜了她的羞耻。

“那么，什么也不送，我的小姐？”我说，“除非你愿意这样，要不我就走啦。”

“我答应，艾伦，”她叫着，拉住我的衣服，“啊，把它们丢进火里吧，丢吧，丢吧！”

但是当我用火钳拨开一块地方时，她还不死心地热切哀求我留下一两封，因为这样的牺牲真是太痛苦了。

“一两封，艾伦，为了林敦的缘故而留下来吧！”

我解开手绢，开始把它们从手绢角里向外倒，火焰卷上了烟囱。

“我要一封。你这残忍的坏人！”她尖声叫着，手伸到火里，抓出一些烧了一半的纸片，当然她的手指头也为此吃了点亏。

“很好，我也要留点拿给你爸爸看看。”我回答着，把剩余的又抖回手绢去，重新转身向门口走。

她把她那些烧焦了的纸片又扔到火里，向我做手势要我完成这个祭祀。烧完后，我把灰烬搅了搅，铲了些煤把这些埋掉了。她一句话都没说，心里十分委屈地回了她自己的房间。我下楼对主人说，小姐的急病马上就要康复了，但是她不愿吃饭，我认为最好让她休息一会儿。不过下午茶的时候她走出了房间，面无血色，双眼红肿，由于努力的克制致使面部的表情非常怪异。第二天早晨我写好了一张便条，上面写道："请希思克里夫少爷再也不要写信给林敦小姐了，这份情谊她无法接受。"打那儿起，这个小男孩再也没有带来凯蒂盼望的东西。

第二十二章

秋天紧跟着夏天来了，米迦勒节[①]已经过去了，可是那一年的庄稼收的有些晚，一些地里的庄稼还没有收完。林敦先生跟女儿也经常和佃户一起收割，在搬运最后一批麦子时，他们搬了很久，当太阳落山后才忙完回家。由于那天天气阴冷潮湿，第二天主人便得了重感冒，病达肺部，成了顽疾，久治不愈，使得他一个冬天都只能在家里休养，几乎没有出过一次门。

可怜的凯蒂，那场小小的罗曼史把她给吓坏了，从那以后便总是愁眉紧锁，少言寡语。她父亲总是让她少看些书，多做些运动。她父亲生病后不能再陪她，我认为自己有这个义务来担负起这个责任，尽量抽出时间多陪她。但我这个监护人非常不称职，由于每天我都要应付各种家务活儿，一天最多抽出两三个小时，而且我的陪伴明显比不上她父亲的陪伴。

10 月或者是 11 月初的一个下午，空气清新，雨水打着潮湿的枯叶，在草皮上和小径上发出簌簌的声响，十分寒冷。蓝天有一半已被云

① 基督教节日，为了纪念天使长米迦勒，也是西方民间的传统节日，定在每年的 9 月 29 日。

团掩盖，深灰色的流云从西边迅速涌来，预示着一场大雨即将降临。我劝我家小姐别再出去散步了，因为我能确定要下大雨。但是她不听我的话，我只能披上一件斗篷，拿了伞，陪她去林苑深处散一会儿步。每逢她情绪低落时，总是爱走这一条路——埃德加先生的病情加重时，她的情绪就会低落。主人自己虽然从来不承认病情严重，但是从他那忧心忡忡的神色上，是瞒不过我和凯蒂的。

她闷闷不乐地走着，尽管那习习的凉风满可以激起她奔跑的欲望，可是现在她既不跑，也不跳了。我还不时地从眼角瞥见她抬手从脸颊上抹掉什么。

我朝四下里张望着，打算用什么办法来分散一下她悲伤的情绪。路的一旁有一道不平的高坡，坡上的榛树和矮小的橡树半露着根须，一副摇摇欲坠的样子。对于橡树来说，这儿的土质实在太过疏松，强风已经把其中的几棵刮得和地面平行了。夏天的时候，凯瑟琳小姐喜欢爬上这些树干，坐在离地 20 英尺高的树杈上摇晃。每次看到她那么敏捷轻盈，感受到那颗活泼的童心，我真是满心欢喜，但看到她爬得那么高时，还是觉得应该骂她几句。不过从这骂声中，她也就知道没有爬下来的必要。从午饭后到喝茶的这段时间里，她就躺在那被微风摇动着的“摇篮”里，什么事也不做，独自给自己唱着那些古老的歌——她小时我给她唱的儿歌；或者是看着和她一样栖在枝头的鸟儿喂哺小雏，逗引它们学习飞；或者干脆闭上眼睛，舒舒服服地靠着，半在思索，半在做梦，真是一种无以言表的舒适和惬意。

“瞧，小姐！”我喊道，指着一棵扭曲的树的树根下的一个坑，“冬天都可能忘记了这个角落了。那上边有一株小花。7 月天这种圆叶风铃花布满了草泥台阶，看上去像一片紫色的云雾，现在只剩下这么一株了。你要不要爬上去，把它折下来给爸爸看看?”

凯瑟琳的目光久久地依恋着那株被寒冷肆虐着，孤独地躲在土坑里的小花，最后回答说：“不，我不想去碰它。不过它看起来挺忧郁的，不是吗，艾伦?”

“是啊，”我说，“既干瘦又憔悴，就跟你一样。你的脸上一点血色都没有了。来，让我们拉着手跑一阵吧。你这样无精打采，我敢说我肯定赶得上你。"

"我不跑。"她说，继续向前慢慢地走着，不时停下来，出神地望着一小片青苔、一丛变白的枯草，或者是一朵在褐色的落叶堆中散发出橘黄色的鲜亮蘑菇。她的一只手还不住地举到她那扭开的脸上。

"凯瑟琳，你为什么要哭呀，宝贝?"我走上前去搂住她的肩膀，问道，"别因为爸爸感冒了你就哭。放心吧，这又不是什么重病。"

她的泪水已经止不住地流了出来，抽泣得连气都喘不过来了。

"哦，要变成重病了，"她说，"爸爸和你都离我而去，剩下我一个人时，我怎么办呀？我忘不了你说过的话，艾伦，这些话总是在我耳边响着。到时候爸爸和你都死了，生活会有怎样的变化，这世界会变得多么凄惨啊!"

"谁也说不准你会不会死在我们前头，"我回答说，"去猜想未来的灾祸，是不吉利的。我们盼望我们当中的任何一个都还能活好多好多年。主人还年轻，我也身强力壮，还不到45岁。我母亲就活到80岁，直到最后都是一个快快活活的老太太呢。假如林敦先生能活到60岁，小姐，那剩下的年岁比你现在的年龄还要大。提前20年就为未来的灾祸伤感落泪，这不是很傻吗?"

"可是伊莎贝拉姑妈比爸爸还年轻呀。"她说着，怯生生地抬眼凝视着我，想得到更多的安慰。

"伊莎贝拉姑妈没有你我两人的照顾呀，"我回答说，"她没有主人那么幸福，她的生活也不如主人那么有意义。你现在应该做的是，好好侍奉你的父亲，让他看到你开开心心的，那样他也就会高兴了。不管什么事情，都要避免惹他生气，记住，凯蒂！如果你任意胡来，对一个盼望你父亲早进坟墓的人的儿子，怀着愚昧的感情，让你父亲发现你和对方并没有断绝往来，还在藕断丝连的话，我可不是骗你，那你非把他活活气死不可。"

"除了爸爸的病，这世上没有任何事会让我烦恼了。"我的同伴回答说，"没有事能比得上我对爸爸的关心。只要我还有知觉，我永远，永远，啊，永远也不会做任何事，说任何话去惹他烦恼。我爱爸爸胜过爱我自己，艾伦，凭下面这件事就可以知道：每天晚上我都要祈祷，祈求日后我能为他养老，我宁愿为他承受一切的痛苦，也不要他难过。这也证明我爱他胜过爱我自己。”

“说得好，”我回答说，“可是还得用行动来证明啊。等他病好之后，记住，别忘了你在这担惊受怕时所下的决心。”

我们谈着谈着，走到了一扇通向大路的门边。我家小姐又像一只喜气洋洋的小鸟飞到了阳光温暖的怀抱里了，她爬到墙头上坐下，探身去采摘遮着大路一边的几株野蔷薇顶上的猩红果实。低处枝头的果实已经看不到，而高处的，除了凯蒂现在的位置外，只有鸟儿才能够得着了。

就在她伸手去摘这些果实时，她的帽子不小心掉了下去。由于门是锁着的，她就打算自己爬下去拾。我叮嘱她多加小心，别摔着，然后，她敏捷地一翻身，便没了踪影。

但是回来却没那么容易了，石头非常光滑，而且用水泥糊得很平整，蔷薇丛和黑刺莓的藤蔓又都经不起攀登。我像个傻瓜似的，直到听见她的笑声和叫声，这才明白过来。她叫着：“艾伦，你得快去拿钥匙来，不然我就得绕过墙跑到看门人的小屋那儿啦。我爬不上这边的围墙！”

“你在那儿待着，”我回答，“我衣袋里带着我那串钥匙，或许我能设法把门打开。要是打不开，我再去拿。”

凯瑟琳在门外跳来跳去地自个儿玩着，我就用我的所有大钥匙一把一把地试开，试完最后一把，结果发现没有一把能用上。于是我再次吩咐她待在那儿。正当我想要尽快赶回家时，我的脚步被一阵越来越近的声音牵引住了。那是马蹄声。凯蒂不再蹦跳了，不一会儿，那马也停了下来。

“那是谁?”我低声问。

“艾伦，我希望你快把门打开。”我的同伴着急地低声回答。

“哦，林敦小姐！”一个低沉的声音说，“遇见你真高兴。别急着进去吧，我有一件事要问问你，要求你解释一下。”

“我不跟你说话，希思克里夫先生，”凯瑟琳回答说，“爸爸说你是一个坏人，你恨他，也恨我。艾伦也是这么说的。”

“那跟这事毫无关系，”希思克里夫说，“我想我并不恨我的儿子，我要你专心听我说的是有关他的事情。是的！你真该感到羞耻。两三个月了，你一直没给林敦写信吧？玩弄爱情，呃？你们两个都应该为这挨鞭子！特别是你，你年纪比他大，结果是你比他薄情。你的信全在我手里，如果你敢对我有什么无礼的态度，我就把那些信交给你父亲。我猜测你是在闹着玩的，玩腻了就丢开了，是不是？好啊，你就这样把林敦丢进‘绝望的深渊’。他在爱情上是认真的，真的。就像我现在还活着一样千真万确，为了你他都快要死了。由于你的三心二意，他的心都碎了。我这不是在打比方，而是千真万确。尽管六个星期来哈里顿一直在取笑他，我为此对他采取了十分严肃的措施，想把他的痴情吓走，可他还是一天不如一天，到不了夏天，他就要入土啦，除非你去救他！”

“你怎能对这可怜的孩子撒这种弥天大谎？”我在门内大声叫道，“求你骑马走吧！我们怎么也不会相信你编造的这种卑劣的谎言！凯蒂小姐，我来用石头砸开门锁，你别轻信他的话。你自己能想到，一个人为爱上一个陌生人去死是不可能的。”

“没想到还有人在偷听呢，”那个被识破的无赖咕哝着，“尊敬的丁恩太太，我喜欢你，不过我不喜欢你耍两面派，”接着他又大声说，“你怎么可以违背良心说出这种不真实的话呢，硬说我恨这个‘可怜的孩子’？还编造出一些离奇的故事，吓得她不敢上我家的门？凯瑟琳·林敦，我的好姑娘，这一个星期我都不在家，你去就知道我是不是无耻地用我儿子的性命来欺骗你了。去吧，那才是个乖孩子！你想想，如果你父亲处在我的地位，林敦换了是你，你再想想，要是你父亲亲自去恳求他，而他却还是不肯移动一步来安慰安慰你，那你又会怎样来看待这个薄情郎呢？别因为愚蠢，干出这种错事来。我以救世主的名义起誓，林敦真的快要进坟墓了，除了你，没有人能救他！”

锁给砸开了，我冲了出去。

“我发誓，林敦真的快要死了，”希思克里夫又说，凶狠的目光一直盯在我的身上不放，“悲伤和绝望正把他推向死亡的深渊。艾伦，如果你不让她去，那你就自己去看看吧。我可要到下星期的这个时候才回来，我想你家主人也不大会反对你家小姐去看看她的表弟吧!”

“进来!”我说，拉住凯蒂的胳膊，半是强迫地把她往门里拉，因为她还踌躇着不想进来，用她疑惑的目光打量着说话人的脸，那张脸绷得紧紧的，掩饰了他内心的狡诈。

他驱马朝前走近一些，弯下腰说：“凯瑟琳小姐，我得向你承认，我对林敦简直已经失去耐心了，哈里顿和约瑟夫比我还不如。我承认，跟他在一起的是群粗野的人。他渴望体贴，也渴望爱情，你的一句温存的话，对他就会是一帖最好的药。别去听丁恩太太那些恶毒的警告，宽厚一点吧，设法去看看他。他日日夜夜都梦见你，但是用什么办法才能让他相信你没有恨他呢？因为你既没给他写信，又不去看他。”

我关上门，又滚过一块大石头来把门顶住，因为门锁已被砸坏。我撑开伞，把我的保护对象拉到伞下，这时，雨点已经开始穿过呜咽着的树枝往下掉落，提醒我们再不走就太晚了。

我们赶紧使劲往家里跑，急得根本顾不上去谈和希思克里夫相遇的事。但是我本能地看出，凯瑟琳的心头此时已布满了双重的阴云。她脸上的表情是那么悲哀，简直都不像她的脸了。很明显，她以为她刚听到的每一句话都是真的。

我们进屋之前，主人就已经去休息了。凯蒂悄悄走进他的房间，想问问他好些了没有，可是他已经睡着了。她转身出来，要我陪她在书房里坐坐。我们一起喝了茶。后来她就在地毯上躺了下来，要我别作声，因为她累了。

我拿了一本书，装出看书的样子。她以为我已看得入迷，就开始默默地流起泪来。这看来是当时她最喜爱的消愁方法。我让她尽情地哭了一会儿，然后才去劝她。我把希思克里夫先生说的有关他儿子的那番话，大大地嘲笑了一番，好像肯定她也会同意似的。唉！我根本没有能力消除他那些话在她心里的影响。

“可能你是对的，艾伦，”她回答说，“不过在我知道真相之前，我的心永远也不会平静的啊。我一定要告诉林敦，我并不是故意不写回信的，我要让他相信，我是决不会变心的。”

对她这种盲目痴情的轻信，我这会儿无论是动怒还是抗议都于事无补。最终我们不欢而散。不过第二天，我紧跟在我这位脾气倔强的小姐的小马旁，走上了去往呼啸山庄的路。我不想再看着她伤心，看着她那张难过、苍白的脸和那双眼神里的忧郁。我也只好向她认输了，有一个幻想存在于我的心中：希望由林敦在接待我们的时候自己来证明，希思克里夫所说的一切是一个荒诞的故事。

第二十三章

由于前一天晚上下了雨，今天早上浓雾笼罩而且还下着毛毛细雨，让人觉得这简直是昨晚那场雨的后续。而此时，汇聚成的小溪横穿过我们所走的小径——由高坡上潺潺流下，溪水漫过了我的鞋。这种可恶的天气让我的心情变得非常糟糕，无精打采，这样的情绪正好适于做这种最让人心烦的事。我们由厨房过道来到农舍，想要确定希思克里夫先生是否真的不在家，因为我对他所说的话是不太相信的。

约瑟夫坐在熊熊燃烧的炉火旁，似乎进入了一种极乐世界。一杯麦酒放在他旁边的桌子上，大块的烤麦饼竖在酒杯中。他嘴中叼着他那短而黑的烟斗。凯瑟琳来到炉旁取暖。我就问主人有没有在家，过了很久，他也没有回答我的问题，我想莫非这老东西耳朵都已经聋了，便提高嗓门儿大声地又问了一遍。

“没——有!”他咆哮着，这声音简直是从他鼻子里哼出来的，“没——有！你从哪儿来，就滚回哪儿去。”

“约瑟夫!”从里屋传来一个抱怨的声音跟我同时叫起来，“我要叫你几次呀？现在只剩一点红灰烬啦。约瑟夫！快点来。”

他使劲抽着他的烟，对着炉栅呆望着，用沉默来表达他不屑于理会这个请求。管家和哈里顿都不见影儿，可能是一个有事出去了，另一个在忙他的事儿。我们听出是林敦的声音，便进去了。

“啊，我情愿你活活饿死在阁楼上。”这孩子说，听见我们走进来，误以为是他那怠慢的听差来了呢。

他一发觉出他的错误就停住了，他的表姐向他奔去。

“是你吗，林敦小姐？”他说，艰难地从他靠着的大椅子扶手上抬起头来。“别,别亲我，弄得我喘不过气来。天呀！爸爸说你会来的。”他继续说，凯瑟琳的一个温暖的拥抱让他慢慢平静下来。这时，她站在旁边，表露出很后悔的样子。“可以请你关上门吗？你们把门开着啦。那些，那些恶毒的东西不肯给壁炉添煤。这么冷！”

我搅动一下那些余烬，自己去取了一煤斗的煤。病人抱怨说煤灰飘满他一身。但是看他有气无力地咳嗽着，像是在发烧生病，所以我也没有责怪。“喂，林敦，”等他皱着的眉头舒展开时，凯瑟琳喃喃地说，“你喜欢见到我吗？我能为你做点什么呢？”

“为什么以前你不来呢？”他问，“你应该来的，不必写信。那些信都装不下我心里想对你说的话。现在我可连谈话也受不了了，任何事都没力气去做了，不知道齐拉到哪儿去了！你能不能到厨房里去看一下？”

我刚才为他忙里忙外的，却没办法换来他的一声道谢，我也就不愿再在他的差遣下跑来跑去，我回答说：“除了约瑟夫，没有人在那儿。”

“我要喝水，”他焦躁地叫着，转过身去，“自爸爸一走，齐拉就常常跑到吉默屯去，真倒霉！我不得不下来在这儿待着，我在楼上叫了很多遍，但他们总是故意装作听不见的样子。”

“你父亲照顾你周到吗，希思克里夫少爷？”我问，因为我看出凯瑟琳每次对他表示友好，都被他阻止了。

“照顾？至少他叫他们照顾得太过分了，”他叫喊，“那些坏蛋！你知道吗，林敦小姐，那个野蛮的哈里顿还笑我呢！我恨他！说实在的，我恨他们所有的人：全是些可恶的家伙。”

凯蒂开始找水，在食橱里，她发现一瓶水，就倒满一大杯，端过来。他让她从桌子上一个瓶子里倒出一匙酒来加上，喝下一点后，就把他刚才的暴躁压制了下来。

“你喜欢看到我吗?”她重复她以前的问话，很高兴有一点喜悦的神气在他脸上稍稍浮现了。

“是的，我喜欢，听见像你讲话的这种声音是件非常新奇的事!”他回答，“但是我苦恼过，因为你不肯来。爸爸赌咒说是我的原因，他骂我是一个可怜的、阴阳怪气的、一文不值的东西，又说你瞧不起我；还说如果他处在我的地位，这时他就会取代你父亲，成为田庄的主人了。可你不是瞧不起我吧，是吗，小姐?”

“我喜欢你叫我凯瑟琳，或是凯蒂，”我的小姐打断他的话，“瞧不起你? 不! 除了爸爸和艾伦，我爱你超过爱任何活着的人。但是，我不爱希思克里夫先生，等他回来，我就不敢来了。他要去好多天吗?”

“没有好多天，”林敦回答，“可是自从猎鸟季节开始以后，他常常到旷野去。当他离开的时候你可以陪我一两个钟头，答应我你必须来。我想我一定不会跟你发火，我也相信你是不会让我生气的，而且你总是想帮助我的，是不是?”

“是的。”凯瑟琳说，抚摸着他的柔软的长发，“如果爸爸同意的话，我会把我一半的时间分给你，漂亮的林敦! 我希望你是我的弟弟。”

“那你就会喜欢我像喜欢你父亲一样了吗?”他说，比刚才高兴许多，“但是爸爸说，如果你是我的妻子，你就会爱我胜过爱他、胜过爱全世界，所以我宁愿你是我的妻子。”

“不，我永远不会爱任何人胜过爱爸爸，”她严肃地说，“有时候人们恨他们的妻子，可是不恨他们的兄弟姊妹，如果你是弟弟，你就可以跟我们住在一起，爸爸就会跟喜欢我一样地喜欢你。”

林敦不相信人们会恨他们的妻子，可是凯蒂肯定他们会这样，并且，一时聪明，举出他自己的父亲对她姑姑的反感的例子。我想停止她那不假思索的饶舌，但止不住她，她把她所知道的全倒出来了。希思克里夫少爷大为恼火，硬说她的叙述全是不真实的。

“爸爸告诉我的，爸爸不说假话。”她突然说。

“我的爸爸瞧不起你爸爸，”林敦大叫，“他骂他是一个鬼鬼祟祟的呆子。”

“你爸爸是一个毒辣的人，”凯瑟琳反骂起来，“你不应该重复他那种可恶的话。他一定是很恶毒，才会使伊莎贝拉姑姑离开了他。”

“她并不是离开他，”那男孩子说，“你不要驳斥我。”

“她是。”我的小姐叫道。

“好，我也告诉你点事吧！”林敦说，“你的母亲恨你的父亲。”

“啊！”凯瑟琳怒吼，喉咙像被石块顶住了一样说不出话来。

“而且她爱我的父亲。”他又说。

“你这说谎的小家伙！我现在恨你啦！”她上气不接下气地争论着，她的脸因为激动变得通红。

“她是的！她是的！”林敦叫着。陷到他的椅子里头，他的头往后仰靠着来欣赏站在他背后的那个辩论家的激动神气。

“住嘴，希思克里夫少爷！”我说，“我猜这也是你父亲编出来的故事。”

“不是，你住嘴！”他回答，“她是的，她是的，凯瑟琳！她是的，她是的！”

凯蒂歇斯底里地爆发了，把林敦的椅子猛然一推，这一下使他倒在一只扶手上。他立刻来了一阵窒息的咳嗽，很快地结束了他的胜利。他咳了这么长时间，连我都怔住了。至于他表姐呢，抱头大哭，为她所惹的祸吓坏了，虽然她并没说什么。我扶着他，直等到他咳嗽咳够了。然后他把我推开，默默地低下了头。凯瑟琳也止住了她的抽泣，坐在对面的椅子上，神情严肃地望着炉火。

“你现在觉得怎么样，希思克里夫少爷？”过了10分钟，我问道。

“我所受的滋味但愿也让她尝尝，”他回答，“可恶的、残忍的东西！哈里顿从来没有碰过我，也从来没有打过我。今天我才好一点，就……”那声音在哽咽中消失。

“我并没有打你呀！”凯蒂嘀咕着，咬住她的嘴唇，以防情感再次爆发。他又叹息又哼哼，就像一个被凌迟而又要默默忍受的人。他哼了有一刻钟工夫，明显是特意让他表姐难受，因为他一听到她发出哽咽的啜泣，就在他的抑扬顿挫声中重新添点痛苦与悲哀。

“很抱歉我伤了你，林敦。”她被自己的过失折磨得受不了了，终于说话了，“但是那样轻轻一推，我就不会受伤，我也没想到你会。你伤得不严重吧，是吗，林敦？别让我回到家还想着我伤害了你。回答我吧！跟我说话呀。”

“我不能跟你说话，”他咕哝着，“你把我给弄伤了，我会整夜醒着，咳得喘不过气来。要是你有这病，你就可以体会到这滋味啦。但是在我受罪的时候，没有一个人在我身边，你只顾舒舒服服地睡觉，我倒想要是你度过那些可怕的长夜，你会感觉怎么样！”他因为可怜自己，开始大哭起来。

“既然你有度过可怕的长夜的习惯，”我说，“那就不是小姐破坏了你的休息啦。她要是不来，你还是这样。不管怎样，她不会再来打扰你啦，或许我们离开了你，你就会安静些了。”

“我一定要走吗？”凯瑟琳带着忧愁和歉疚的语气俯下身问他，“我走了你愿意吗，林敦？”

“已经做过的事是不能改变的，”他急躁地回答，躲着她，“除非事情被你改变得一塌糊涂了，把我气得发疯。”

“好吧，那么，我一定得走啦？”她重复说。

“至少，让我一个人待在这儿，”他说，“我不愿意跟你谈话。”

她不愿意走，我好说歹说地劝她走，她就是不听。可是他不抬头，也不说话，最后她终于朝门口走去，我也跟着走。一声尖叫又把我们招了回来。林敦从他的椅子上滑到炉前石板上，躺在那里扭来扭去，就像一个任性的死缠人的孩子在耍赖，尽可能在小姐面前表现出悲痛和受折磨的样子以博得她的同情。通过他的举止，我看透他的脾气，如果要迁就他，那才傻呢。我的同伴可不这样想，她害怕地跑回去，跪下来，又叫，又安慰，又哀求，直到他没了劲儿，安静下来。他能看到她难过的表情，也许心里还暗自欢喜呢。

“我来把他抱到高背长靠椅上，”我说，“他爱怎么滚就怎么滚。我们不能留下来守着他。我希望你满足了，凯蒂小姐，因为你不是能对他有帮助的人。他的健康状况也不是由于对你的依恋而搞成这样的。现在，好了，让他在那儿吧！走吧，等到他发现已经没有人观看他的表演，他也就安安静静地躺着了。”

她在他的头下放了一个靠垫枕，给他一点水喝。他拒绝喝水，又在靠垫上很难受地翻来覆去，好像那是块石头或是块木头似的。她试着把它放得更舒服些。

“我可不要那个，”他说，“不够高。”

凯瑟琳又拿来一个靠垫加在上面。

“太高啦。”这个令人厌恶的东西嘟囔着。

“那么，我该怎么做呢？”她绝望地问道。

他靠在她身上。由于她在长椅上半跪着，他便把她的肩膀当作一种依靠了。

“不，那不成，”我说，“你枕着靠垫就应该知足了，希思克里夫少爷。小姐已经在你身上浪费了太多的时间，连 5 分钟我们也不能停留了。”

“不，不，我们能！”凯蒂回答，“如今他好了，能忍着点啦。如果我认为是我的到访才使他病情加重的话，那我今晚一定会比他过得还要痛苦。以后我也就不敢再来了。说实话，林敦，要是我弄痛了你，我就不能来啦。”

“你一定要来医治我，”他回答，“你应该来，因为我被你弄痛了，你知道你把我弄得痛得很厉害！你进来时我并没有像现在这样病得严重，是吧？”

“这是你又哭又闹把自己弄病的，可不是我，”他的表姐说，“不管怎样，现在我们要做朋友了。而且你又需要我，你有时也愿意见到我，这是真的吗？”

“我已经告诉了你我愿意，”他不耐烦地回答，“坐在长椅子上，让我靠着你的膝。妈妈总是那样的，整个下午都那样静静地坐着，不说话。要是你能唱歌也可以唱支歌，或者你可以说一首又长又好又有趣的歌谣。你答应过教我的，不然的话为我讲个故事也可以。但是，我情愿来首歌谣！开始吧。”

凯瑟琳毫不犹豫地唱出了她所记住的最长的一首歌。这件事使他俩都很快乐。林敦又要再来一个，完了又再来一个，对我的反对竟然无所顾忌，这样他们一直搞到十二点。我们听见哈里顿来到院子里，他回来吃午饭了。

“明天，凯瑟琳，明天你来吗?”小希思克里夫问，在她勉强站起来时拽着她的衣服。

“不,”我回答，“后天也不。”有一个不同的答复，因为在她低头向他耳语时，他的前额开朗了起来。

“你明天不要来，记住，小姐!”当我们从这所房子走出时，我说，“你不是做梦吧，是不是?”她微笑。

“啊，我要格外小心,”我接着说，“等我把那锁修好了以后，你就别想再跑到呼啸山庄去看小林敦了!”

“我能爬墙,”她笑着说，“田庄不是监牢，艾伦，你也不是我的看守。再说，我快 17 岁啦，我是个女人。我担保假如林敦有我去照顾，他的身体会很快康复起来。我比他大，你知道，也聪明点，少些孩子气，不是吗?稍微来点甜言蜜语，他就会听我的话。当他好好的时候，他是个漂亮的小宝贝呢。如果他是我家里人，我要把他当作宝贝。我们永远不吵架，等我们彼此了解了，我们还会吵吗?你不喜欢他吗，艾伦?”

“喜欢他!”我大吼，“一个勉强支撑到十几岁，脾气坏透顶的小病人。幸亏如希思克里夫所料，他是活不到 20 岁的。真的，我怀疑他都不一定能看到春天。无论何时他死了，他家庭里的一切也没有丝毫的改变。对我们来说，总算运气好，因为他父亲把他带走了。对他越和气，他就越麻烦、越自私。我很高兴你没有答应要他成为你丈夫的机会，凯瑟琳小姐。”

我的同伴听这段话时，变得极其严肃。这样无心地谈及他的死，伤了她的感情。

“他比我小,”沉思半晌之后，她答道，“他应该活得很长，他一定活得跟我一样长久。现在他和初到北方来时一样强壮，我敢确定这一点。他只是有些着凉。就跟爸爸一样，你说爸爸会好起来的，那他为什么不能呢?”

“好啦，好啦，”我叫着，“反正我们不必给自己找麻烦。你听着，小姐，记住，我说话可是算数的。如果你打算再去呼啸山庄，有我陪着也好，没有我陪着也好，我都要告诉林敦先生。除非他准许，否则你绝不能再恢复同你表弟的亲密关系，绝不能再恢复。”

“已经恢复了。”凯蒂执拗地咕噜着。

“那么就一定不能继续。”我说。

“咱们走着瞧吧。”她的回答就是这样，随后她就骑马飞驰而去，落下我在后面辛辛苦苦地赶着。

我们都在午饭前到家，我的主人还以为我们是在花园里溜达呢，因此没让我们解释不在家的原因。我一进门，就赶快换掉我那湿透了的鞋袜。可是在山庄坐了这么久可惹出了祸。第二天早上我起不来了，有三个星期之久，我不能执行我的职务。这个灾难是以前从未经受过的，应该感谢上帝，自那以后再也没有过。

我的小女主人就像天使一般待我，在我孤独寂寞时跑来让我开心。卧病在床让我十分烦闷，这样的生活让一个习惯忙碌好动的人感到真是太无聊了。但如果这都成为我抱怨的理由了，未免有点说不过去。凯瑟琳一旦离开林敦先生的屋子，就会来到我的床边。她把所有的时间全分给我们两个人了，没有一分钟是干自己的事情：吃饭、读书和游戏她都不放在心上，真是一位难能可贵的，惹人喜欢的看护。在她如此关爱她父亲的同时，还可以这般关心我，她的心该是多么的炽热善良啊。我已说了她把一天的时间都用在了照顾我们两个人上，而主人又很早休息，我一般在晚上六点钟之后便也没什么需要了。所以说晚上的时间是属于她自己的。可怜的小家伙！我从未想过她吃完茶后会去做什么。尽管有的时候她会过来看望我，在与我互道晚安时，一种明亮欢快的光彩绽放在她的小脸上，她的纤细的手指也泛着些许的红色。我从未想过这种本应是健康身体所具有的颜色是由于她冒着严寒从旷野骑马归来才显现的，却始终相信是因为在书房中烤火才这样。

第二十四章

一眨眼，3个星期就过去了。此时我已经可以下床，在这个大屋子中走动走动。在晚上，我第一次坐在床上的时候，便让凯瑟琳为我随便读点什么，此时我的眼睛还是不很管用。主人已经去休息了，我俩坐在书房里。尽管她嘴上答应了，但我感觉到她不是很乐意。我分析或许是我喜欢的那些书她并不感兴趣，因此就让她随意挑一本她喜欢的来读。

她拿起一本她所喜欢的，一口气念了大概有一小时，然后便总是问我："艾伦，你是不是感到累了？这会儿你要不要躺下来休息？你坐了这么久，病情会加重的，艾伦。"

"不，不，亲爱的，我一点都不累。"我总是这样回答她。眼看这样行不通，她便换了一种形式，不想再为我做这种让她心烦意乱的事情，她伸懒腰，打哈欠，最后干脆说："艾伦，我读够了。"

"那就不要读了，我们聊聊天吧。"我回答说。

这一来更糟了。她焦躁不安，唉声叹气，老是看表。到了八点，她终于回房去了。看她那闷闷不乐、疲乏无神的模样，以及不停地揉着眼睛，全然是一副困倦到极致的表情。

第二天晚上，她似乎更不耐心了。到了第三天晚上，为了躲避陪我，她谎称自己头痛，就离开我了。

我觉得她的神态有些怪异。我独自一人待了好一会儿后，便决定去问问她是不是好一些了，想叫她躺到楼下的沙发上来，别待在楼上的黑暗里。

楼上哪儿也没有找到凯瑟琳，楼下也没有。仆人们都肯定说没有见到她。我又到埃德加先生房门口听了听，里面没有一丝声息。我回到她的房里，熄灭了蜡烛，独自坐在窗前。

天空亮着一轮明月，地上铺着一层薄雪。我想也许她为了清醒一下头脑，去花园散步了。我真的发现一个人影，沿着林苑围栏的内侧蹑手蹑脚地走着，不过那绝不是我家的凯瑟琳。等那人走进亮处，我认出那是个马夫。

他在那儿站了好一阵子，从林苑里眺望着那条大路，后来似乎是发现了什么，飞快地奔了出去。不一会儿，他重又出现，牵着小姐的小马。她就在那儿，刚下了马，走在小马的一侧。那人牵着马，偷偷地穿过草坪，朝马厩走去。凯蒂从客厅的落地窗进来，毫无动静地溜到了我们约定的地方。

她轻轻关上门，脱下粘着雪的鞋子，解开帽子，并没有发现我在暗处监视着她，正当她准备脱下斗篷时，我一下子站了起来，出现在她的面前。我的突然出现，把她吓得愣住了，她发出一声含糊的惊叫，便一动不动地站在那儿了。“我亲爱的凯瑟琳小姐，”我开口说，她最近表现出的亲切体贴给我留下深刻的印象，使我不忍心去责怪她，“这时候你骑马去哪儿了？你为什么要撒谎骗我呢？你去哪儿了？说呀！”

“到林苑的那头去了，”她含含糊糊地说，“我没撒谎。”

“没去别的地方？”我问。

“没有。”她喃喃地回答。

“哦，凯瑟琳！”我伤心地喊了起来，“你知道自己做错了事，要不你也不会硬跟我说假话了。你这样做真让我难受。我宁愿生3个月病，也不愿听你存心撒谎啊！”

她朝前一扑，搂住了我的脖子，哇的一声哭了起来。

“哦，艾伦，我是怕你生气啊，”她说，“答应我，别生气，我就会让你知道全部的真相，我并没有存心要隐瞒你啊！”

我们在窗座上坐了下来，我向她发誓，无论她的秘密是什么，我都不会骂她。当然，我也猜得出来是怎么回事。于是她就开始说：“我去呼啸山庄了，艾伦，自从你生病以后，我没有一天不去的，只不过在你能出房门以前有三次没去，以后又有两次没去。我给马夫迈克尔送了书和图画，要他每天晚上把我的明妮准备好，用后把它牵回到马厩里。记住，你也别去骂他。我六点半到山庄，经常在那儿待到八点半，然后就骑马飞奔回家。我去那儿并不是为了让自己愉快，倒是经常感到心烦意乱。有时，我也会感到高兴，或许一个星期有那么一次吧。开始，我打算说服你让我遵守对林敦的诺言。因为那天离开时，我答应第二天再去看他，我估计这一定得费好大一番口舌。可是第二天你病倒不能下楼了，我也就免掉了这份麻烦。那天下午，迈克尔给林苑的那扇门重新装锁，我得到了一把钥匙。我告诉他说，我表弟非常希望我去看他，因为他病了，来不了田庄。我又告诉他爸爸如何反对我去，然后我就跟他商量小马的事。他很喜欢看书，而且他想到自己很快就要离开这儿去结婚，所以他提出说，要是我肯从书房里拿出书来借他看，他就可以按我的嘱咐办。但是我倒宁愿拿我自己的书送给他，这一来他就更满意了。

“我第二次去时，林敦看上去精神很好。齐拉（他们家的女管家）给我们安排了一间干净的屋子，还把炉火生得旺旺的，还告诉我们说，约瑟夫已去参加祈祷会，哈里顿·恩肖也带着他的狗出去了，后来我听说是来我们的林子里偷猎野鸡，因此我们可以尽情地玩。

“她给我拿来一点暖和身子的酒和姜饼，对我们非常客气。林敦坐在安乐椅里，我坐在壁炉前的一把摇椅上。我们有说有笑的，非常开心，发现有这么多的话可说。我们还计划夏天要去哪儿，要做什么，这些我就不必一一细说了，因为你听起来肯定会觉得十分幼稚和无聊的。

“只不过有一次，我们差一点吵了起来。他说，消磨 7 月里酷热天最快乐的方法，就是从早到晚躺在荒原中央的石楠丛中，蜜蜂在四周的花丛中梦幻似的低声嗡鸣，云雀在头顶的高空欢声歌唱，还有万里无云的蔚蓝天空和光华普照的明亮太阳。这就是他心目中的最完美最幸福的天堂了。而我认为最快乐的是坐在一棵簌簌作响的绿树上摇荡，西风吹着，明亮的白云在头顶匆匆掠过；不单单是云雀，还有画眉、乌鸦、红雀、杜鹃，全都在四面八方尽情歌唱；遥望起伏的荒原，已裂化成各个阴凉的幽谷，近处的芳草在微风中似波涛起伏，还有树林和潺潺的流水，整个世界都苏醒过来，沉浸在疯狂的欢乐中。他要一切都处于恬静的愉悦中，而我要一切都在狂欢喜庆中欢呼雀跃。

“我说他的天堂是半死不活的，他说我的天堂是发酒疯。我说我在他的天堂里一定会昏昏欲睡，他说他在我的天堂里一定会喘不过气来。说着说着我们又开始闹起矛盾来了。终于，我们一致同意，一旦天气合适，两种都试一试，然后我们互相亲吻，又成了朋友。安安静静地坐了一个小时后，我打量起那间地板光滑、未铺地毯的大房间来。心想要是把桌子移开，在这儿做游戏多好啊。我要林敦把齐拉叫来帮忙，我们可以玩捉迷藏，她来捉我们。你知道，你就经常这样的，艾伦。他却不愿意，说这没有意思。不过他乐意和我玩球。我们在一只柜子里找到两只球，那里面还有一大堆旧玩具：陀螺、铁环、板羽球球板和板羽球。有一只球上写着‘C’，另一只写着‘H’，我想要那只写有‘C’的，因为那代表‘凯瑟琳’，而‘H’可以代表他的姓‘希思克里夫’。可是有‘H’的那只里面的糠都漏出来了，林敦不喜欢。

“我一次一次地赢他，他男孩子的那种自尊心开始不痛快起来，咳嗽着回到自己的椅子上去了。但是，那天晚上，他的脾气很快就又变好，他让两三支动人的歌曲——是你的歌曲，艾伦——给迷住了。当我不得不离开时，他求我第二天晚上再去，我答应了。

“小马带着我飞奔回家，轻快得像一阵风。那天晚上，我梦见呼啸山庄和我那可爱的表弟，那梦一直做到第二天早上。

“第二天，我忧心忡忡，一方面是由于你的病情比我想象的严重，另一方面是希望父亲知道，并且同意我去拜访。但是喝过茶后，只见月光一片皎洁，待我骑马上路时，心头的抑郁已经一扫而光。

“我心中忖度，我又可以度过一个欢快的晚上了。更让我兴奋的是，我那俊秀的林敦也将如此。

“我骑马飞快地奔进他们家的花园，正要绕到屋后去时，突然碰上了恩肖那家伙。他拉住我的缰绳，要我从前门进屋。他拍拍明妮的脖子，夸它是头好牲口，看样子他好像想要跟我说话。我只是叫他别碰我的马，要不它会踢他的。

“他用他那乡下土音回答说：‘就是踢了，也踢不疼人啊。’他笑着打量了一下它的腿。我倒真想让它试上一试，但是他却主动去给我们开门了。在他抬起门闩时，他抬头看着门顶上刻着的字，脸上带着难以掩饰的得意和一点难为情的呆相说：‘凯瑟琳小姐！我这会儿能念了。’

“‘好极了！’我叫道，‘那就让我们来听听吧，你变得聪明啦！’

“他念着，为了咬字清晰，故意把音调一个音节一个音节地拉长，念出了那个名字：‘哈里顿·恩肖’。

“‘还有那数目字呢?’我用鼓舞的口气大声说，却发现他已完全顿住了。

“‘我还念不出来。’他回答说。

“‘哈，你这个傻瓜！’我说，看他念不出来，我开心地笑了起来。

“那傻瓜瞪着眼直发愣，嘴角上挂着傻笑，眉头却皱着，似乎不知道是否应该和我一起笑，不知道我这笑是表示亲热呢，还是真的表示瞧不起。

“我打消了他的困惑。我突然恢复了我的尊严，叫他马上走开，因为我是来看林敦的，不是来看他的。

“他的脸红了起来，我借着月光看到的，他的手从门闩上落了下来，悄悄地溜走了，一副虚荣心受损的样子。我猜想，他还以为自己跟林敦一样有才学了呢，因为他能念出自己的名字了。但是使他大大狼狈的是我并没有这样想。”

“别说了，凯瑟琳小姐，亲爱的！”我打断她说，“我不骂你，可是我不喜欢你在那儿的作为。要是你还记得哈里顿也是你的表兄弟，跟希思克里夫少爷完全一样，你就会觉得你那样做是多么不恰当了。他渴望和林敦一样有学问，这至少是值得称赞的志气，或者，他学习还有除了为了炫耀自己之外的目的。我毫不怀疑，以前，因为他的无知无识，你曾使他感到羞愧，现在他想要补救这一点，也是为了讨你的欢心。你却嘲笑他这种还没达成的愿望，这是非常缺乏教养的行为。如果你在他那种环境中长大，难道你就会比他少一点粗鲁吗？他本来是个跟你一样聪明伶俐的孩子，现在他却让人看不起，我感到非常难过，这都是那个卑鄙的希思克里夫存心虐待他的结果啊。”

“好了，艾伦，你不会为这事哭一场吧，会吗？”她叫了起来，我这样认真，使她感到很惊讶，“不过你先等着，你马上就会听到他死记那几个 ABC，是不是为了讨我的欢心，对那个粗野的人客气，是不是值得了。我走进屋子，林敦正躺在高背长椅上，他欠起身来欢迎我。‘今晚我病了，凯瑟琳，亲爱的，’他说，‘全得靠你一个人说话了，我听着。来，坐在我身边，我知道你是不会失约的，不过在你走之前，我还是要你再答应一遍。’

“因为他病了，我知道今晚我绝不嘲笑他。我说话轻声轻气的，也不问他话，处处小心，免得惹他生气。我给他带来了几本我觉得最有趣的书，他要我选一本念几段给他听。正当我要念的时候，恩肖突然把门撞开了，他是考虑了一番后起了歹意。他径直走到我们跟前，一把抓住林敦的胳膊，把他从椅子上拖了下来。

“‘回你自己的房间去！’他说，声音激动得几乎含混不清，他的脸就像气球一样胀大，一脸怒气，‘如果她是来看你的，就把她也带走！你妄想老把我关在这屋子外面。滚！两个都滚！’他对我们恶声咒骂着，不容林敦回答，几乎把他扔进了厨房。我跟在后面，只见他紧握拳头，好像很想把我也一拳打倒似的。我一时感到害怕，手中的书滑落到了地上，他一脚将书朝我踢了过来，然后砰的一声把我们关在门外。

“一阵恶意的魔鬼般的笑声从火炉边传来，转身一看，只见那个可恶的约瑟夫正站在那儿，一边颤抖着，一边搓着他那双骨瘦如柴的手。

“‘我就知道他会把你们撵出来的！他是个好小子！他有骨气！他知道，是的，跟我一样，他知道，谁应该是这儿的主人。哈，哈，哈！他撵你们撵对啦！哈，哈，哈！’

“‘我们该去哪儿？’我问我表弟说，没有去理会那个老东西的嘲笑。

“林敦的脸色煞白，浑身颤抖，这一来他一点也不英俊了，艾伦。

哦，不！他看上去简直太恐怖了！那张瘦脸和那双大眼睛的表情，简直就像是发了疯，中间还夹杂着一种力不从心的愤怒。他抓住门把，死命摇着，那门里面已经闩上了。

“‘你要是不让我进去，我就杀了你！你要是不让我进去，我就杀了你！’他不是在说话，简直是在尖叫，‘魔鬼！魔鬼！我要杀了你！我要杀了你！’

“约瑟夫又发出一阵怪笑。

“‘瞧，活像他爹！’他叫道，‘活像他爹！咱们身上总是爹娘各半的。别理他，哈里顿，孩子，别怕，他够不着你！’

“我抓住林敦的双手，想把他拖开，可是他的尖叫那么可怕，几乎把我的耳膜都震裂了。最后，他的尖叫让一阵剧烈的咳嗽给呛住了，嘴里冒出鲜血，一下扑倒在地。

“我奔进院子，吓昏了，拼命大声呼叫齐拉。她立刻听到了我的呼救声。她正在谷仓后面的一个棚子里挤牛奶，急忙丢下手中的活儿，赶来问我叫她什么事。

“我只是直喘气，话都说不出来了，拉住她就往屋子里拖，进屋后四处不见林敦，原来恩肖已从房里出来，看看自己闯下了什么祸，这会儿正抱着那可怜的人往楼上去。我和齐拉也跟着他上楼，但是到了楼梯顶上，他却把我拦住了，说我不能进去，应该回家。

“我大叫是他害死了林敦，我无论如何也要到里面去。

“约瑟夫锁上了门，要我‘别干蠢事’，还问我是不是‘生来就跟他一样疯’。

“我站在那儿哭着，一直哭到女管家重新出现。她肯定地对我说他很快就会好起来的，她让我停止这样的大吵大闹，否则他会受不了的。她拖着我，几乎是把我抱到了楼下的客厅里。

“艾伦，我都快要把自己的头发揪下来了！我又是啜泣，又是痛哭，眼睛都快哭瞎了，但是你那么同情的那个恶棍，却站在我对面，不时要我‘别吵’，竟然还拒不承认是他的错。到最后，听说我要去告诉爸爸，还说他一定会给关进牢房，会给吊死，他才吓坏了，开始呜呜咽咽地哭了起来，接着便又急忙跑了出去，可能是为了不让自己的怯懦表露在我面前，以免丢脸。

“但是，我还是没能摆脱他。到后来他们硬要我回家时，我离开宅子才几百码远，他冷不防地从路旁的暗处钻到了我面前，拦住了明妮，拉住我。

“‘凯瑟琳小姐，我很难过，’他开口说，‘可这实在太糟糕了！’

“我狠狠抽了他一鞭子，心想或许他也想谋害我呢。他放开了我，我飞快地跑开把他那种可怕的咒骂抛在身后。我一路飞奔回家，吓得魂都掉了一大半了。

“那天晚上，我没有来向你道晚安，第二天也没有去呼啸山庄。虽说我十分想去，但是有一种莫名的不安缠绕着我，有时候脑海里忽然会产生听到林敦死了的幻觉，有时候想到会碰见哈里顿，又浑身发抖。

“到了第三天，我鼓足了勇气。至少，我已经不能再忍受这种提心吊胆的日子了，就又再一次偷着出去了。我五点钟出发，是走着去的，心想我或许可以设法爬进正屋，悄悄上楼到林敦的房间，不让人发现。可是我刚一走近，那些狗就叫起来了。齐拉把我接了进去，一边说‘这孩子好多了’。她把我带进了一间非常整洁，还铺着地毯的小房间。让我高兴的是，林敦正躺在一张小沙发上，在看我的一本书。可是，整整过了一个小时，他既不跟我说话，也不朝我看一眼，艾伦，他竟有这样一股坏脾气。使我感到十分狼狈的是，好不容易等到他开口时，他却胡说什么是我惹起了那场争吵，不能怪哈里顿！

“我不能回答，回答的话肯定逃避不了一场争吵的发生，我站起身来，走出房间。他在我背后轻轻地叫了一声‘凯瑟琳’，他没有料到我会这样来回答他。但是我没有回头。第二天，我第二次待在家里没去他家，几乎已经下定决心，以后再也不去看他了。

“可是就这样上床，起身，再也听不到他的一点消息，这有多难过啊！因此在我的决心还没有完全定下来之前，它就已经化为乌有了。以前，去看他好像是错的，现在，不去看他好像是不对了。迈克尔来问我，要不要给小马上鞍，我说‘要’，当它驮着我翻过座座小山时，我认为自己是在尽一份义务。

“我不得不经过宅子的前窗进入院子，要想隐瞒自己的到来也没有用。

“‘少爷正在屋里。’齐拉看见我朝小客厅走去，说道。

“我走进正屋，恩肖也在那儿，但是他见我进去便自顾自走了。林敦坐在那把大扶手椅里，半睡半醒的。我走到火炉跟前，用一种很认真的口气开始说道，这一方面也想以此来表明我说的是真心话：‘既然你不喜欢我，林敦，既然你认为我来是存心伤害你，而且还认定我每次来都这样，那么这就是我们最后一次见面了。让我们说一声再见吧。另外请告诉希思克里夫先生，说你不想见我，叫他不要再在这件事情上编造更多的谎言了。’

“‘坐下吧，把帽子也摘掉，凯瑟琳，’他回答说，‘你比我幸福多了，你应该比我好。爸爸尽说我的缺点，对我是够蔑视的了，所以我自然也就对自己怀疑起来了。我怀疑我是不是真的像他常骂的那样毫无出息。我感到很恼火，很痛恨，因而恨每一个人！我是没有出息、脾气不好、精神不振，而且几乎总是如此。你要是愿意，你可以跟我说再见，那样你就可以摆脱一个累赘了。不过，凯瑟琳，你应该公平地对待我，你应该相信如果能像你一样可爱、和气、善良，我甚至愿意用一切去交换。我也希望像你这样幸福、健康。你要相信，你的善良使我对你的爱超过了你对我的爱，如果我也配你爱的话。但是无论过去还是现在，我都没有办法在你面前隐藏我的个性，为这我感到内疚，感到悔恨，我将为这内疚和悔恨终生！’

“我觉得他说的是真心话，所以我应该原谅他。哪怕过一会儿我们又会吵起来，我还是应该原谅他。我们言归于好了，可是我们哭了，在我待在那儿的整个时间里，我们两人都哭个不停。不完全是因为悲伤，我还为林敦那被扭曲了的天性感到难过。他永远不会让他的朋友们舒心，他也永远不会让他自己舒心！

“自从那天晚上以后，我总是去他的那间小客厅，因为第二天他父亲回来了。大约有三次吧，我想，我们曾像第一个晚上那样快活、乐观。其余我去探访的日子，我们都过得很乏味，很烦恼，有时候是因为他的自私和怨恨，有时候是因为他的病痛。不过我已经学会像容忍他的病痛一样，来容忍他的自私和怨恨，差不多很少有反感了。

“希思克里夫先生有意避开我，我根本没有见到他。就在上个星期天，我比以往去得早了点，听到他正在痛骂可怜的林敦，为的是他头天晚上的行为。我不清楚他是怎么知道的，除非他偷听了。头天晚上林敦的表现确实惹人生气，可那是对我，跟别人无关。我走了进去，制止了希思克里夫对他的训骂，而且把我的这种意见告诉了他。他听后哈哈大笑起来，就走开了，还说他为我对这事有这样的看法感到很高兴。从那以后，我就告诫林敦，他有什么不满的事要说时，一定得小声点。

“好了，艾伦，我向你坦白一切了。我不能不去呼啸山庄，阻止的话只会使两个人都痛苦。假如你不去告诉爸爸，我去那儿并不破坏任何人的安宁。你不会去告诉的，你会吗？要是你去告诉了，那你的心也就太狠了。”

“要不要去告诉，我明天会拿定主意，凯瑟琳小姐，”我回答说，“这事得研究研究。所以你还是休息吧，我要去仔细思考一下。”

结果是我当着主人的面“出声地考虑”了这件事情。走出她的房间，我就直接来到主人的屋子，把事情从头到尾对他说了一遍，不过没说她跟表弟的那些谈话，至于哈里顿，则一句也没提到。

在我面前林敦先生尽管在努力克制着，但他那表情显示他依然非常震惊和伤心。第二天一早，凯瑟琳便明白我已经揭发了她，她的这个秘密探访也就不得不终止了。

为了表示抗议她大发脾气，又苦苦哀求他的父亲，让他原谅林敦，但这一点用都没有。她得到的安慰仅仅是，他父亲同意她写信给林敦，允许他在心情好的时候到画眉山庄来做客，同时也向他讲明，从今往后，凯瑟琳再也不可以去呼啸山庄。倘若他清楚林敦的身体状况和古怪脾气，也许就连这些微小的安慰，她也是得不到的。

第二十五章

“这都是上个冬天发生的事情了，先生，”丁恩太太说，“差不多已经过去一年多了。那时，我无论如何也不会想到，一年之后会和一个陌生的客人说起这件事，为的是给他消愁解闷！不过，谁也不知道你当这样的生客还能当多长时间，你这么年轻，不会总是过这种与世隔绝的生活的。我一直都认为凯瑟琳·林敦有一种魅力，不管什么人见了都会爱上她。你笑啦，为什么我一谈起她，你就表现得那么兴致盎然，那么上瘾呢？而且你为什么让我将她的画像挂到你的壁炉上呢？为什么——”

“不要再说了，我的好朋友！”我大声喊道，“很可能，我是爱上她了，但是她会爱上我吗？我的疑心病很重，所以我不会把我的平静当作赌注，更何况我的家不是这里。我属于那个热闹纷扰的世界，我注定是要回到它的怀抱中的。接着讲吧，凯瑟琳有没有听从他父亲的吩咐？”

“她服从了，”管家继续说，“她对父亲的爱依然是她情感的全部，而且他讲话也不带火气。他是以一个当他所珍爱的人将陷入危难和敌人手中时，所怀有的那种深沉的柔情来跟她对话的。只要他的赠言能被她记住，那便是指引她的唯一帮助了。过了几天，他对我说：‘我希望我的外甥写信来，或是来拜访，艾伦。对我说实话，你认为他如何：他是不是变得好一点，或者在他长大成人的时候，是否有变好的希望？’”

“他很娇弱，先生，”我回答，“而且不像可以长大成人，不过有一点我可以肯定，他不像他的父亲。如果凯瑟琳小姐不幸嫁给他，他不会不听她的使唤的，除非她极端愚蠢地纵容他。但是，主人，你将会有很多时间和他相熟起来，考虑一下他是否能与她匹配。”

埃德加感慨着，走到窗前，向外望着吉默屯教堂。那是一个有雾的下午，但是2月的太阳仍在淡淡地照着，我们还可以分辨出墓园里的两棵枞树和那些零落的墓碑。

“我常常祈求，”他一半是自言自语地说，“祈求要来的就快来吧。现在我开始畏缩了，而且害怕了。我曾经这样想，与其回忆那时我走下山谷做新郎的情景，倒不如预想要不了几个月，或者，很可能几个星期之后我被人抬起来，放进那荒凉的土坑，将更为甜蜜！艾伦，我曾经和我的小凯蒂在一起度过十分快乐的日子。我们一起度过了多少个冬夜和夏日，她是我身边的一个活生生的希望。不过我也曾同样地快乐，在那些墓碑中间，在那古老的教堂下面，我自己遐想，在那些漫长的6月的晚上，躺在她母亲绿茵的青冢上，愿望着，渴求着那个时候我也能躺在下面。我能为凯蒂做什么呢？我怎么样做才算对她做我应做的事情呢？我丝毫也不在意林敦是希思克里夫的儿子，也不在乎他要把她从我身边夺走，只要他能为她失去了我而安慰她。我不在意希思克里夫达到了他的目的，因夺走了我最后的幸福而扬扬得意！但是如果林敦没出息，只是他父亲的一个软弱的工具，我就不能把她丢在他手里，虽然扼杀她的感情是残忍的，可我却不会退却，在我活着的时候就让她难过，在我死后让她孤独好了。亲爱的，我宁愿在我死之前把她托负上帝，把她埋葬在土里。”

“就像现在这样，把她交给上帝好了，先生。”我回答，“如果这是天意我们不得不失去你，但愿上帝禁止这事，我要终生做她的朋友和顾问。凯瑟琳小姐是一个好姑娘，我并不害怕她有意把事做错，上帝最终会对尽责任的人施与恩惠的。”

临近春天了。但是我主人的病情并没有好转，虽然他又开始恢复同他女儿在田地里的散步。以她那没有经验的眼光来看，能出来散步，证明他离康复不远了。而且他的脸颊常常发红，眼睛发亮，她完全相信他是复原了。

那天，是她的17岁生日，他没去墓园，天下着雨，我就说："今天晚上你出去吗，先生?"

他回答："不出去了，今年我要推迟一下了。"

他再次给林敦写信，向他表示很愿意见他。如果那个病人能见人的话，他父亲肯定会允许他来和他见一下面的。但在当时的情况下，他是来不了的，便遵嘱回了一封信，暗示着希思克里夫先生不许他到田庄来，但他舅舅亲切的关怀使他快活，他希望他有时在散步时会碰到他，以便当面请求他不要让他的表姐和他如此长期地断绝往来。

信上他的这部分写得很简单，他自己的话就是这样。希思克里夫知道，他为了要凯瑟琳做伴是能够娓娓动听地央求的。

"我不要求她来这里，"他说，"但是我就永远不见她了吗，只因为我父亲不允许我去她家，而您又不许她到我家来? 请带她偶尔骑马到山冈这边来吧，让我们当着您的面说几句话！我们并没做什么错事而该受这种隔离。您并没有生我的气，也没有理由不喜欢我，您自己也承认。亲爱的舅舅！明天给我一封和气的信吧。让我在您愿意的任何地点见见你们，除了在画眉山庄。我相信见面之后你会相信我和我父亲的性格是截然不同的，他总是说我更像是您的外甥而不像是他的儿子。即使我犯了些过失让我配不上凯瑟琳，可是她已经原谅了我，为了她的缘故，您也该原谅吧。您问起我的健康，是好些了。但是我总是与一切希望绝缘，注定了孤寂，抑或同那些永不曾，也永不会喜欢我的人们在一起，我是很难快活和健康起来的。"

埃德加虽然可怜那孩子，却没能同意他的哀求，因为他不能陪凯瑟琳去。他说，到了夏天，或许他们可以见面。同时，他希望他有空来信，并且尽力在信上给他劝告和宽慰，因为他很明白他在家中所处的地位。林敦依从了。如果他不受拘束，那大概会使他的信充满了抱怨和悲叹，结果就会把一切搞糟。但是他的父亲监视得很严，我主人送去的信他都得看，所以他只好不写他特有的个人痛苦和悲伤。而这是他思想里最先想到的题目，他却只表达了硬把他与他的朋友和爱人分离之苦，他还向林敦先生婉转暗示必须尽早允许见面，不然他会担心林敦先生是有意用空话来搪塞他。

在家里凯蒂是他一个可靠的伙伴，他们内外呼应终于让我的主人的心软了下来。在我的掩护之下，在靠近田庄的旷野上，同意他们每星期在一起骑马或散步一次。已到了6月，他发现他的身体还是很虚弱。即使他每年拨出他收入的一部分作为我小姐的财产，但是他肯定希望她祖先的房产能保留下来，或至少短期内能回去住。而他达到这一目的的唯一办法就是让她和他的继承人结合。但他不知道这个继承人与他自己几乎一样离死神没有几步了。没有人能够料到，医生也没有到山庄去，更没有熟悉希思克里夫少爷情况的人到我们这里来汇报他的状况。而我自己呢，我隐约感觉到我的预测是不对的，我本以为他提出骑马到旷野去散步，而且要求是如此迫切的时候他准是恢复了健康。我真是无法想象有哪个做父亲的对命不久矣的儿子会如希思克里夫那般残忍、恶毒，我也是到了后来才知道这些的。他想到自己那恶毒贪婪的计划遭到了死神的威胁时，便更加紧迫地想要实现他的目的。

第二十六章

过了盛夏之后，埃德加才最终同意他俩的恳求，这也是第一次我和凯瑟琳骑马去见她的表弟。

那天没有一丝阳光，而天气异常闷热，雾气环绕，天空有很多云块，可又不像会下雨。十字路口的那块路标石便是我们约好的地点。然而，当我们到了那里，一个临时被当作信使的牧童告诉我们："林敦少爷就在山庄那边，倘若你们肯再向前走一些，他将不胜感激。"

"看来林敦少爷把他舅舅的第一道禁令给忘了，"我说，"他对我们说不可以越过田庄的地界，但此时我们再向前走一步就会出界了。"

"不如这样，我们一到他那里，就把马头调回来，"凯瑟琳说，"然后就一块儿向我们家这边走。"

然而，当我们终于看到他时，离呼啸山庄的门口只差不到四分之一英里了。我们并没有看到他身边有马，所以我们也只好下了马，更不用提调转马头了。

林敦躺在石楠丛中，等着我们过去，直到我们走到离他只有几码远的地方，他才站起身来。看到他走路这么有气无力，脸色又这么苍白，我一下子惊叫起来："哎呀，希思克里夫少爷！今天早上你不宜出来散步的。瞧你的气色多差啊！"

凯瑟琳打量着他，既吃惊又难过。她预备好的欢呼瞬间被惊叫取代了，久别重逢的喜悦变成了焦急的询问：“你是不是比以前病得更重了?”

“不……好一些了……好一些了!”他喘着气说，一边哆哆嗦嗦地握住她的手，好像急着需要那手的扶持。他的蓝色大眼睛怯生生地望着她，两眼的凹陷，使他往日那种倦怠的神情，变得狂野了。

“可你的病是重了，”他的表姐坚持说，“比我上次见到你时重了，也瘦多了，而且——”

“我累了，”他迫不及待地把话插进来，“这天气散步太热了，我们还是在这儿乘乘凉吧。再说，我在早上总是不舒服，爸爸说我长得很快呢。”

尽管不乐意，凯瑟琳也只好坐了下来，他也就挨着她斜躺下去。

“这有点像你的天堂了，”她说，竭力让高兴去掩盖住脸上流露出来的悲伤，“你还记得吗?我们曾同意按各自最喜欢的地点和方式消磨两天。这差不多就是你的天堂了，只是天上还有云，不过这些云多么轻柔松软，比阳光还美呢。下个星期，要是你行的话，我们就骑马到田庄的林苑里，试试我的天堂吧。”

看着林敦茫然的眼神，他似乎还不太清楚她所说的事。显然，不管要他谈论什么，他都感到十分吃力。他对她提出的话题，根本不感兴趣，要他说点什么让她高兴高兴，他也同样无能为力，这些都是显而易见的，因此她也不再掩饰自己的失望了。他整个人和所有的言行举止，都有了一种截然不同的变化。原先他易怒任性，倒还可以哄得他转怒为喜，现在却变成无精打采和冷漠无情了。少了小孩那种为得到安慰而故意取闹的娇惯脾气，多了身患痼疾的病人那种对自己非常专注的孤僻心情，拒绝别人的安慰，动不动就把别人善意的说笑当成对他的一种羞辱。

凯瑟琳跟我一样，也看出来了，他把我们陪伴在他身边，看成是一种惩罚，而不是一种喜悦。因此，她毫不犹豫地提出就此分手。

让人感到惊奇的是，这个提议似乎触到了林敦某根敏感的神经，使他从昏昏然的状态中醒了过来，他一下子变得异常兴奋。他惶恐不安地朝山庄瞥了一眼，央求她至少也得再待半个小时。

“但是我觉得，”凯蒂说，“你待在家里要比坐在这儿舒服多了。再说，我看今天我也没法让你高兴起来，讲故事、唱歌、聊天全都没用。这半年来，你变得比我聪明了，现在我那些消遣时光的小玩意儿，你已经一点都不感兴趣了。要不是这样，要是能使你高兴，我是乐意留下来的。”

“那你就留下来歇一歇吧，”他回答说，“凯瑟琳，你别以为我身体很差，也别这么说。是这闷热的天气害得我无精打采的；再说，你们来之前，我已四处走了走，对我来说，可说走了不少路了。告诉舅舅，我的身体很不错，好吗？”

“我会告诉他你是这样说的，林敦。但是我不知道你的身体到底是什么样的情况。”我家小姐说，她感到奇怪，这明明不是实情，为什么他还硬要这么说呢。

“下星期四再来这儿吧，”他接着说，一边避开她那疑惑的目光，“代我谢谢舅舅同意你来。我由衷感谢他，凯瑟琳。还有——还有，假如你真碰上了我父亲，他向你问起我时，别让他以为我笨嘴拙舌的，别像你现在这样看起来一副伤心难过的样子，那样他会不高兴的。”

“我才不在乎他生不生气呢！”凯蒂叫了起来，想到他会生她的气。

“可是我在乎啊，”她表弟战战兢兢地说，“别惹得他生我的气，凯瑟琳，他是很严厉的。”

“他对你凶吗，希思克里夫少爷？”我问道，“他已经不想再姑息纵容你了吗？是不是对你从心里厌恶变成公开憎恨了？”

林敦望着我，没有回答。凯瑟琳在他身旁又坐了十来分钟。这时候，他的头一直打瞌睡似的耷拉在胸前，一句话也不说，只有发出由于疲劳或痛苦所产生的压抑的呻吟。凯瑟琳为了消闷，开始寻找起越橘来，她把采摘到的越橘分了一些给我。她没有分给他，因为她看出，再去理睬他，对他没有任何的帮助，只会为他增添疲倦和烦恼。

“现在已经到半个小时了，艾伦！”她终于凑到我耳边悄声说，“我已经找不到任何让我待在这里的理由了。他已经睡着了，爸爸在期盼我们回去呢。”

“哎，我们不能丢下他让他睡在这儿呀！”我回答说，“还是等他醒来吧，耐心点。原本你迫不及待地要动身来，可现在你急于要见可怜的林敦那股劲儿这么快就没啦。”

“他为什么想见我呢？”凯瑟琳接过话题说，“他以前脾气那么别扭，我倒还喜欢他，哪像现在这样古里古怪的。这次会面，他就像被迫来完成一项任务似的，唯恐挨他父亲的骂。可我来这儿并不是为了讨希思克里夫先生的欢心，不管他有什么理由命令林敦来受这份罪。虽说他的身体好一些了，我很高兴，但是他的扫兴变得让人无法理解，对我这样不亲热，我感到很伤心。”

“这么说，你觉得他的身体是好一些了？”我问道。

“是的，”她回答说，“因为他这人从来是爱夸大自己的病痛的，这你知道。我看他的身体并不像他要我告诉爸爸那样，不过他自己这样说那一定是好一些了。”

“在这一点上，我跟你的看法不一样，凯蒂小姐，”我说，“照我看来，他的身体差多了。”

这时，林敦从离奇的梦境中惊醒过来了，问是不是有人叫他的名字。

“没有，”凯瑟琳说，“除非你是在做梦。我真搞不懂，你怎么一大早也会在户外打起瞌睡来。”

“我想我是听到我父亲的叫声了，”他喘着气，抬头望了望我们头顶那嶙峋的陡坡，“你能肯定没人叫过我？”

“绝对肯定，”他表姐回答，“刚才只有艾伦和我在谈论你的健康状况。比起冬天我们分别的时候来，你的身体真的好些了吗，林敦？如果真是这样，我倒可以肯定，有一点你是不如从前了，你对我的感情不如从前了。说呀，是不是？”

他刚开口回答，眼泪就夺眶而出。

“不，不，我不是这样！”

那幻觉中的叫声依然迷惑着他，他睁大眼睛四处张望着，寻找那叫他的人。

凯蒂站了起来。

“今天我们该分手了，”她说道，“我不想瞒你，对我们的这次见面，我感到悲伤失望。不过我只是对你这样说，不会告诉别人，这倒不是因为我怕希思克里夫先生！”

“嘘，”林敦轻声咕噜说，“看在上帝的份上，别出声！他来啦！”他一把抓住凯瑟琳的胳臂，想留住她。可是，听到他这么一说，她急忙挣脱开来，朝明妮吹了一声口哨，它像条狗似的应声奔了过来。

“下星期四我再到这儿来，”她喊着，跳上了马鞍，“再见。快点，艾伦！”

我们就这样匆匆地不欢而散了，可他几乎没有意识到我们已经离开，因为他的心思已经集中在他父亲身上了。

还没有到家，凯瑟琳的不快便释然了，再想起林敦，心中又产生了内疚和怜惜，在很大程度上还含有对林敦的事隐约感到的不安和担忧，他的处境和身体的真实情况究竟如何？然而我对她说先不要多想，或许下一次见面我们能够作出更准确的判断。

我的主人一直等着我们回来把这次见面的情况讲给他听，凯蒂小姐自然立刻转达了林敦对他的谢意，而对于别的事她仅仅是一带而过。我也只是简单地说了一下见面的情况，因为这样的事情我也拿不准应该说什么，不应该说什么。

第二十七章

一个星期转瞬即逝，埃德加·林敦的病情每况愈下，几个月前他的健康状况就不容乐观了，此时更是在急剧地恶化。我们原本想对凯瑟琳隐瞒此事，但她如此聪明就是她本人都骗不了自己啊。她心中暗想，想象着那让人绝望的可能性，而那可能性已慢慢地转换成了一种必然。等又一个星期四到来时，她已一点心情都没有再去赴约，我对她提起这件事，而且被允许陪她一起去。因为图书室（她父亲每天只能待几分钟，他只能坐非常短的时间）和他的卧室，已经构成了他整个世界。她只想每时每刻都守护在他床边，或是坐在他身边。她的脸因为守护和伤心而变得苍白，她父亲想要让她走开，他认为换一个环境和同伴可以让她从这样的心情中走出来而变得快乐，而当他不在了她不至于形单影只，只有这样他心里才能好受一些。

他有一个固执的想法，这是我从他好几次谈话中推断出来的，就是，他的外甥既然长得像他，他的心地一定也像他，因为林敦的信很少或根本没有表示过他的缺陷。而我，由于可以原谅的软弱，控制着自己不去把这个错误纠正。我自问：在他生命的最后时刻，对这种消息他既无力也无机会来逆转，反倒使他心烦意乱，那让他知道又有什么好处呢。

我们把我们的出游延迟到下午，那是8月里一个难得的美好的天气：每一股从山上吹来的气息都是如此生机盎然，仿佛无论谁吸进了它，甚至是气息奄奄的人，也会复活过来。凯瑟琳的脸像那道风景一样，阴影与阳光交替着飞掠而过。但阴影停留的时间长些，阳光则比较短暂，她那颗可怜的小小的心甚至为了偶尔忘记担忧还责怪自己呢。

林敦在上次选择好的地方守候已久了。我的小女主人下了马，告诉我，她决定只待一会儿工夫，我最好就骑在马上牵着她的小马。但我不允许，我必须时刻照看我的被监护者。因此我们一块儿往草地的斜坡爬去。希思克里夫少爷这次带着较大的兴奋接待我们，然而不是兴高采烈的兴奋，也不是欢乐的兴奋，倒更像是恐惧。

“来晚了！”他急促吃力地说，“你父亲病得不是很重吧？我以为你不来了呢。”

“为什么你不坦白而言呢？”凯瑟琳叫着，把她的问好咽下去没说，“为什么你不直截了当地说你不需要我呢？真特别，林敦，第二次你硬让我到这儿来，一定是想让我们一起受罪，此外毫无理由！”

林敦战栗着，半是乞求，半是羞愧地瞅了她一眼。但是他的表姐却对这种暧昧的态度无法忍受。

“我父亲病得很重，”她说，“为什么要叫我离开他的床边呢？你既然情愿我不守诺言，为什么不差人送信叫我不要来算啦？来！我要一个解释，我全然没有游戏瞎聊的心思，现在我也不能再给你的装腔作势凑趣了！”

“我装腔作势！”他喃喃着，“那是什么呢？看在上帝份上，凯瑟琳，别如此生气！你怎么看不起我都可以，我是个没出息的怯懦的可怜虫，嘲笑我是嘲笑不够的，只是我太不配让你生气啦。若恨我父亲，就蔑视我吧。”

“无聊！”凯瑟琳激动得忍无可忍地大叫了一声，“糊涂的傻瓜，瞧呀，他在哆嗦，好像我真要碰他似的！你不必渴望别人的轻视，林敦，你随时都可以叫任何人自然而然地瞧不起你。滚开！我要回家了，简直是滑稽，把你从壁炉边拉出来，我们要装作什么呢？放开我的衣服！如果我施舍给你的怜悯是因为你的哭和你这非常害怕的状态，这怜悯你应该拒绝。艾伦，告诉他这种行为是相当不雅观的。起来，可别把你自己贬成一个低贱的爬虫——可别！”

林敦泪如雨下，带着一种痛苦的表情，将他那软弱无力的身子扑在地上，他好像由于一种剧烈的恐怖而惊恐万状。

“啊，”他抽泣着，“我受不了啦！凯瑟琳，凯瑟琳，而且我还是一个背信弃义的人。我不敢告诉你！但要是你离开我，我就要给杀死啦！亲爱的凯瑟琳，我的命在你手中，你说过你爱我的，你要是真爱，对你也是有好处的。你不要走吧？仁慈的、甜蜜的好凯瑟琳！或者你会答应的，他要我死也要与你在一起啊！”

我的小姐，看他非常痛苦，就弯腰去扶他。她的烦恼被他原有的宽容和温情压倒了。她完全被感动而且被吓住了。

“答应什么？”她问，“答应留下来吗？告诉我你这番谬论到底是什么意思，我就留下来。你自相矛盾，把我也搞糊涂了！冷静下来，坦率些，立刻将你心中的忧虑讲出来吧。你不会伤害我的，林敦，你会吗？要是你能制止的话，你不会让任何敌人伤害我吧？我可以相信你自己是一个胆小的人，可你总不会是一个怯懦的出卖你的最好的朋友的人吧。”

“可是我的父亲威吓我，”那孩子喘着气，握紧他纤瘦的手指头，“我怕他——我怕他！我不敢说呀！”

“啊！好吧！”凯瑟琳说，带着讥讽的怜悯，“保守你的秘密吧，我可不是懦夫。拯救你自己吧，我可不怕！”

她的宽宏大量惹起他的眼泪。他发狂地哭着，吻她那扶着他的手，但还没有勇气说出真相。我正在思考这个秘密会是什么，我都决定了绝不让凯瑟琳为了使他或任何人受益而自己受罪，这是本着我的好心好意。这时我听见在石楠林中一阵簌簌的响声，我抬头看时，看到希思克里夫正走下山庄，快要走近我们了。他瞅都不瞅我所陪着的这两个人，虽然他们离得很近，近得足以使他听见林敦的哭泣。但他伪装出了一种似乎是诚恳的声音，不对别人，只对我打招呼，那种诚恳使我不能不怀疑，他说：“我真高兴，当我看到你们离我家这么近。艾伦，你们在田庄过得好吗？说给我们听听。”他放低了声音又说，“传说埃德加·林敦垂危了，也许他们把他的病情夸大了吧？”

“不，我的主人快要死了，”我回答，“是真的。对于我们所有的人，这是件悲哀的事，但对于你来说，这个消息够你开心很久的了。”

“他还能活多久，你认为？”他问。

“我不知道。”我说。

“因为，”他接着说，望着那两个年轻人，他们都好像在他的目光下变得无法活动了。林敦好像不敢动弹，也不敢抬头，凯瑟琳为了他的缘故，也不能动。“因为那边那个孩子好像决定要使我为难。我巴不得他的舅舅快一点，在他之前死去！喂！这小畜生一直在耍把戏吗？对于他的鼻涕眼泪的把戏，我是已经训斥过他了。他跟林敦小姐在一起时，总还活泼吧？”

“活泼？不！他表现出极大的痛苦，”我回答，“看到他，我得说，他不该陪他的心上人在山上闲逛，他应该躺在床上，并有医生照料。”

“一两天，他就会躺下来啦，”希思克里夫咕噜着，“可是先要——起来，林敦！起来！”他吆喝着，“不要在那地上趴着！起来，马上起来！”

林敦又在一阵无能为力的恐惧中伏倒在地，我想这是他父亲瞅了他一眼的原因，没有别的可以让他产生这种屈服。他好几次努力想服从，可是他那仅有的微弱体力暂时是没有了，他呻吟了一声又倒下去。这时希思克里夫向前走去，将他提起来，靠在一个隆起的草堆上。

“现在，”他带着压抑住的凶狠说，“如果你不能振作你那点元气的话，我要生气了。你这该死的！赶快起来！”

“我就起来，父亲，”他喘息着说，“只是，别管我，不然的话我会立刻晕倒的。我保证我已经照你的愿望做了。凯瑟琳会告诉你，我……我……本来是很开心的。啊，在我这儿待着，凯瑟琳，把你的手给我。”

“拉住我的手，”他父亲说，“站起来，好了，她会把她的胳臂递给你，那就对啦，望着她吧。林敦小姐，你能把我想象成一个恶魔吗？一个激起这种恐怖的恶魔，做做好事，请送他回家吧，可以吗？我一碰他，他就颤抖。”

“林敦，亲爱的！”凯瑟琳低声说，“我不能去呼啸山庄，爸爸不准许我去，他不会伤害你的。你干吗这么害怕呢？”

“那个房子我不会再进去了，”他回答，“不和你一块儿进去，我就死也不能再进去啦！”

“住口！”他父亲喊，“凯瑟琳出于孝心而有所顾忌，我们应当尊重这个。艾伦，把他带进去吧，我要听从你的关于请医生的劝告，绝不耽误了。”

“那你可以带他去啊，”我回答，“但是我一定和我的小姐在一起。照料你的儿子可不是我的事。”

“你很固执，”希思克里夫说，“我知道的，你这是在逼我把这孩子掐痛，让他尖声大叫，别让他打动了你的慈悲心。那么，来吧，我的英雄，你愿意回去吗，由我来护送？”

他再次走近，好像用捕猎小兔子的姿势把那个软弱的家伙抓住似的。但是林敦向后退缩着，抓住他的表姐不放，表现出一种疯狂的死乞白赖的神情，简直让人放弃了拒绝的打算。无论我怎样不赞成，我都不能阻止她。事实上，她自己又怎么能拒绝他呢？是什么东西使他充满了恐惧，我们无法得知，但是他就在那儿，无力地在他掌握中。好像再有一点恐吓，就能把他吓成白痴。我们到了门口，凯瑟琳走进去，我站在那儿等待她把病人引到椅子上，期待她马上就能出来。这时希思克里夫先生，把我向前一推，叫道：“我的房子并没有遭瘟疫，艾伦。今天我还想款待客人呢，坐下来，让我去关门。”

他关上门，并锁上。我十分惊恐。

“在你们回家之前可以喝点茶，”他又说，“只有我自己在家。哈里顿到里斯河边放牛去了，齐拉和约瑟夫出去玩了。虽然我习惯一个人，但我还希望有几个有趣的伙伴，如果有的话。林敦小姐，坐在他旁边吧。我把我所有的都送给你：这份礼物简直是不值得接受的。但是我没有其他像样的东西可以送给你啦。我的意思是指林敦。你干吗瞪眼！真古怪，对于好像怕我的任何东西，我就会产生一种野蛮的感觉！如果我生在法律不那么严格，风尚比较不太文雅的地方，我一定要把这两位来个慢慢的活体解剖，当作晚上的娱乐。”

他倒吸一口气，捶着桌子，对着自己诅咒道：“我可以对着地狱起誓，我恨他们。”

“我不怕你！”凯瑟琳大叫，她对他所说的后半段话实在忍无可忍了。她走近他，她的黑眼睛里闪烁着激情和决心。“把钥匙给我！我要！”她说，“就是饿死，我也绝不在这里吃喝。”

希思克里夫把摆在桌子上的钥匙拿在手里。他抬头看，她的勇敢反使他感到吃惊。或者，她的声音和眼神让他想起她身体里流着他最熟悉的那个人的血液。她抓住钥匙，几乎要从他那松开的手指中抢出来了，但是她的动作使他回到了现实，他迅速地恢复过来。

“现在，凯瑟琳·林敦，”他说，“躲开，否则我就打倒你，那会使丁恩太太发疯的。”

不顾这个警告，她又抓住他那握紧的拳头和拳头里的东西。“我们一定要走！”她重复说，用尽全身的力量想去动摇一下这钢铁般的肌肉。她发现她的手没有作用，便开始使用她的牙齿。希思克里夫望了我一眼，这一眼一下子使我不能干涉。凯瑟琳太注意他的手指以至于忽视了他的脸了。他忽然把手指张开，抛弃这引起争执的东西。但是，在她还没有拿到之前，他用那松开的手抓住她，把她拉到他面前跪下来。用另一只手朝着她的头脸一阵暴雨般的狠打，要是她能够倒下来的话，打一下就会实现他威胁的愿望了。

看到他穷凶极恶的狂暴，我激愤地冲到他跟前。“你这坏蛋！”我开始大叫，“你这坏蛋！”他给我当胸一拳使我说不出话了。我很胖，一下子就喘不过气来。加上那一击和愤怒，我昏沉沉地蹒跚倒退，感觉快要闷死，或者血管爆裂。

两分钟之后，这场闹剧便结束了。凯瑟琳被放开了，两只手放在她的鬓角上，神情正像是她还不能准确知道她的耳朵是否还在上面。她像一根芦苇似的哆嗦着，可怜的东西，完全惊慌失措地靠在桌边。

“你瞧，我知道怎么惩罚孩子们。”这个无赖汉凶狠地说，这时他弯腰将掉在地板上的钥匙拾起，“现在，依照我告诉过你的，到林敦那儿去哭个痛快吧！我将是你父亲了，一两天之内你就将只有这一个父亲了，你还有很多罪要受。你能顶得住，你不是个草包。如果我再从你眼睛里看到这种鬼一样的神气，你就要每天尝一次！”

凯蒂没有到林敦那边去，却跑到我跟前，跪下来，将她滚烫的脸靠着我的膝，大声地痛哭起来。她的表弟蜷缩到躺椅的一角，静得像只耗子，我敢说他心里暗自庆幸这场灾难不是降临在他头上，而是在别人头上。希思克里夫看我们都给吓呆了，就站起来，利落地沏好了茶。茶杯和碟子都摆好了。他倒了茶，给我一杯。

“把你的脾气冲洗掉！”他说，“帮帮忙，给你自己的顽皮宝贝和我的孩子，倒杯茶吧。即使是我预备好的，但没有下毒。我要出去把你的马找回来。”

他一走开，我们第一个念头就是找一条逃生的路。我们试试厨房的门，但那是从外面闩起来的；我们看看窗子，它们都太窄了，甚至凯蒂的小个儿也钻不过去。

“林敦少爷，”我叫着，眼看我们是正式被监禁了，“你一定知道你穷凶极恶的父亲在想些什么，你要告诉我们，否则我要打你的耳光，就像他打你表姐一样。”

“是的，林敦，你一定得告诉我们。”凯瑟琳说，“由于你的缘故，我才来。如果你不肯，那可太忘恩负义了。”

“给我点茶，我渴啦，然后我就告诉你，”他回答，“丁恩太太，走开。我不愿你站在我跟前。瞧，凯瑟琳，你把眼泪掉在我的茶杯里了，我不喝那杯，再给我倒一杯。”

凯瑟琳把另一杯推给他，揩揩他的脸。我十分讨厌这可怜家伙的坦然态度，他已不再为自己恐惧了。他一走进呼啸山庄，他刚才在旷野上的痛苦便消失得一干二净。所以我猜想要是他不能把我们引诱到那里的话，他一定要受一场暴怒的惩罚，那事既已成功，他眼下就没有什么恐惧了。

“爸爸要我们结婚，”他啜了一点茶后，接着说，“他知道你爸爸不会允许我们现在就结婚的。如果我们等着，他又怕我会死掉，所以我们明早就结婚。今夜你必须在这儿住，如果你照他的愿望去做了，第二天你就可以回家。还要带我跟你一起去。”

“带你跟她一起去，可怜的三心二意的人!”我叫起来，“你结婚?那么这个人是疯了！要不就是他以为我们是傻子，大家都是。你以为那个美丽的小姐，那个健康热诚的姑娘会把她自己拴在一个像你这样快死的小猴子身边吗?就别说林敦小姐吧，你也配做任何人的丈夫吗?你用那怯懦的哭啼的把戏骗我们到这儿来，你简直该挨鞭子抽。而且，现在，别现出这样呆相啦！我倒想狠狠地摇撼你，就因为你那可耻的奸诈和你那幼稚的幻想。”

我真的轻轻摇撼了他一下，但是这又引起了咳嗽，他又来呻吟和哭泣那老一套，凯瑟琳责怪了我。

“住一夜?不!”她说，慢慢地望望四周，“艾伦，我要烧掉那扇门，反正我要出去。”

她将她的威胁马上就要实施起来，但是林敦又为了他所珍爱的自身而惊慌了。他用他那两个瘦胳臂抱住她，啜泣着：“你不喜欢我，不救我吗?不让我去田庄了吗?啊，亲爱的凯瑟琳！你千万别离开，别甩下我。你一定要听命于我父亲，你一定要啊!”

“我一定要服从我自己的父亲，”她回答，“要使他摆脱这个残酷的思念。一整夜！他会怎么想呢?他肯定要难过了。我决定要闯一条路出去，或是绕一条路出去。你没有危险，但要是你阻挠我，林敦，我对爸爸的爱远远胜过对你的爱!”

对希思克里夫先生的愤怒所感到的致命的恐怖，使他又恢复了他那懦夫的辩才。凯瑟琳的精神差不多濒临崩溃的边缘了，但她仍然坚持一定要回家，她不得不又转向对他的恳求了，想尽一切办法让他放下一时自私的困扰。他们正在这样纠缠不清，我们的狱卒又进来了。

“你们的马都走掉了，”他说，“而且，嘿，林敦！又哭哭啼啼啦?她怎么对你啦?来，来，算啦，上床去吧。一两月之内，我的孩子，你就不必忍受她现在的暴虐了，你用一只强有力的手就可以解决她。你的憔悴是为神圣的爱情，不是吗？不是为世上其他的东西。她会要你的！那么，上床去吧！今晚齐拉不会在这儿。你得自己脱衣服。嘘！别出声啦！你一进你自己的屋子，我也不会靠近你。你也用不着害怕啦。凑巧，你这次办的事还算让我满意。我办其余的事好了。”

他说过这些话，就打开门让他儿子走过去，后者的卑贱程度和一只摇尾乞怜的小狗没有什么区别，唯恐那开门的人打算恶意挤他一下似的。门又被锁上了。希思克里夫走近火炉前，我的女主人和我都默默地站在那里。凯瑟琳抬头望望，下意识地用手护住自己的脸。有他在近旁，疼痛的感觉又苏醒了。这孩子气的举动任何人都不能够再以严厉来对待，但是他对她皱眉而且咕哝着：“啊！你不怕我？你的勇敢的样子装得不错，不过你好像怕得非常厉害呢！”

“现在我是怕了，”她回答，“因为要是我待在这里，爸爸会难过的。让他难过我又怎么受得住呢，希思克里夫先生，让我回家吧！我答应嫁给林敦。我嫁给他爸爸会愿意的，而且我爱他。你干吗要强迫我做我自己本来愿意做的事呢？”

“看他怎敢强迫你！”我叫道，“国有国法，感谢上帝！虽然我们住在一个偏僻的地方。即使他是我自己的儿子，我也要告他。这是牧师也不能宽赦的重罪！”

“住口！”那恶徒说，“你嚷嚷个鬼！你给我闭嘴。林敦小姐，你父亲越难过我就越开心，我将满意得睡不着觉。你告诉我会出这样的事，那正是再好不过的理由让你非在我家里待 24 个小时不可了。至于你答应嫁给林敦，我会叫你遵守诺言的。因为你不照办，就别想离开这儿。”

“那么，叫艾伦去告诉爸爸我很平安吧！”凯瑟琳叫着，苦苦地哀哭说，“或者现在就娶我。可怜的爸爸，艾伦，他会以为我们走失了。我们怎么办呢？”

“他才不会！他会以为你侍候他烦了，就跑开玩一会儿去啦，”希思克里夫回答，“你不能否认你是违背了他的禁令，自动走进我的房子来的。在你这个年龄，喜欢一些娱乐也是很自然的。当然，看护一个病人，而那个病人只不过是你父亲，你也会厌倦的。凯瑟琳，在你的生命开始的时候，他最快乐的日子就结束了。我敢说，他诅咒你，因为你走进这个世界（至少，我诅咒）；如果在他走出世界时也诅咒你，那正好。我愿和他一起诅咒。我不爱你！我怎么能呢？哭吧。依我所料，哭将成为你今后的主要消遣了，除非其他损失林敦能弥补，你那有远虑的家长仿佛幻想他可以弥补。他的劝告和安慰信让我得到了极大的满足。在他送来的最后一封信上，他劝我的宝贝要关心他的宝贝，而且当他得到她时，要对她温和。关心与温和，那是父亲的慈爱。不过，林敦却要把他所有的关心和温和用在自己身上。林敦很能扮演小暴君。要是随他心意，他会折磨死不少猫，只要把它们的牙齿拔掉了，爪子削掉了。我向你担保，等你再回家的时候，你就可能在他舅舅的面前编织关于他的一些种种温和美妙的故事了。”

“你说得对！”我说，“对你儿子性格了解得最清楚的果然还是你这个豺狼父亲。这和你实在是太像了，那么，我想，凯蒂小姐在接受这毒蛇之前可要三思啦！”

“现在我才不会谦虚地把他那可爱的品质隐藏起来呢，”他回答，“因为他要么让她必须接受，要么就做一个囚犯，而且还有你陪伴，直到你的主人死去。我能把你们都留下来，相当严密地，就在此地。如果你怀疑，鼓励她撤回她说过的话，你就可以有个判断的机会了！”

“我不要收回我的话，”凯瑟琳说，“如果我结婚之后可以去画眉山庄，我要在这个钟头之内就跟他结婚。希思克里夫先生，你是一个残忍的人，但你不是一个恶魔。我不相信你仅仅为作恶而作恶，就毫无怜惜地将我所有的幸福都毁灭吧。如果爸爸认为我特意离开了他，如果在我回去之前他死了，我怎么能够活下去呢？我不再哭了，可我要跪在这儿，跪在你跟前。我不要起来，我的眼睛也要看着你的脸，直等到你也回头看我一眼！不，别转过去！看吧！你不会看见什么惹你生气的。我不恨你。你打我我也不生气。姑父，你一生从未爱过任何人吗？从来没有吗？啊！你一定要看我一眼。我是这么惨啊，你怎能不难受，怎能不怜悯我呀？”

“拿开你那蜥蜴般的手指。走开，不然我要踢你了！”希思克里夫大叫，她被野蛮地推开了。“我宁可被一条蛇缠紧。我怎么会接受你这种做作的谄媚!”

他耸耸肩，他自己真的哆嗦了一下，好像他憎恶得不寒而栗，并且把他的椅子向后推。这时我站起来，张开口，要来一顿大骂。但是我第一句话才说了一半就被一声恐吓堵回去了。他说我再说一个字就把我独自关到一间屋里去。天快黑了，我们听到花园门口有人声，我们的主人立刻赶出去。他还有他的机灵，我们可没有了。经过两三分钟的谈话，他又一个人回来了。

“我以为是你的表哥哈里顿，”我对凯瑟琳说，“我但愿他来！他或许会站到我们这边。谁知道呢?”

“是从田庄派来的三个仆人找你们的，”希思克里夫说，他听见了我的话，“你本来应该开扇窗子向外喊叫的。可是我可以发誓那小丫头心里挺高兴你没有叫。被留下来她很高兴，我确定。”

我们知道错失了时机，就控制不住地宣泄我们的悲哀了。他就让我们哭到九点钟。接着他叫我们上楼，穿过厨房，到齐拉的卧房里去。我低声叫我的同伴服从。或者我们可以设法从那边的窗子出去，或许到一间阁楼里，从天窗出去呢。但是，楼下是一样窄的窗子，而阁楼也无从到达，因为我们和之前一样被锁在里面了。我们都没有躺下来，凯瑟琳在窗前待着，焦急地等候着早晨的到来；我不时地劝她休息一下，我所能得到的唯一的回答就是一声沉重的叹息。我自己坐在一把摇椅上，摇来摇去，我心里严厉地斥责自己许多次的失职。我当时想到我的主人们的所有不幸都是由此而来。我现在明白，事实上不是这回事。但是在那个不堪回首的凄惨的夜里，的确如此，我甚至以为希思克里夫比我的罪过还要轻些。

七点钟他来了，问林敦小姐起来没有。她马上跑到门口，回答道：“起来了。”“那么，到这儿来。”他说，打开门，把她拉出去。我站起来跟着，可是他又锁上了。我苦苦哀求他能放过我。“忍耐吧，”他回答，“你的早点，一会儿就会有人送过来的。”

我捶着门板，气愤地摇着门闩。凯瑟琳问干吗还要关我，他回答说，我还要再坚持一个钟头。他们走了。我忍了两三个钟头。终于，我听见脚步声，不是希思克里夫的。

“我来送吃的给你，”一个声音说，“把门开开！”

我看到了哈里顿，他带来了足够我吃一天的食物，我毫不犹豫地接受了。

“给你。”他又说，盘子被塞到我手中。

“等一下。”我赶紧说道。

“不。”他大叫道，我再三乞求他留下，他却无动于衷，扬长而去。

我整天整夜地都被关在那里，度日如年。我总共被关了五夜四天。看不到别人，只有每天早上看到哈里顿一次，而他是一个典型的狱卒：乖戾，紧闭着嘴巴，一点正义感和同情心都没有。无论我说什么，他都充耳不闻。

第二十八章

第五天的早上，不对，应该是下午，我听到了一阵不一样的脚步声，轻快又急促。这一回走到房间里来的是齐拉，她头上戴一顶黑色丝绸软帽，肩上披着猩红色的围巾，手上拎着一个柳条篮子。

“天啊，丁恩太太！”她惊叫了一声，“哦，你们的事都在吉默屯传开了！我还以为你和你家小姐都已经陷进黑沼泽了呢，后来我家主人对我说，已经找到了你们，把你们安置到这里来了！怎么，你们应该是爬到一个小岛上了吧？你们在洞里等了多少天？是我家主人把你们救出来的吗，丁恩太太？可是你看上去一点也没瘦啊，没遭什么罪吧，是吗？”

“你家主人是个罪恶滔天的大坏蛋！”我回答说，“上帝是会因此而责罚他的，他不用编造这种谎言，事情终归会真相大白的！”

“你说的这是什么话？”齐拉问，“这不是他编的故事，村里人都这么说，说你们在沼泽地里走失了。我一进家门，就对恩肖说：‘呃，哈里顿先生，我一出门就出了怪事了。那个美丽的小姑娘也怪可怜的，还有那个能干的艾伦·丁恩。’

“他直瞪眼，我以为他没听说过这件事，就把我听说的传闻告诉了他。

“主人听了，自个儿微微一笑，说：‘即便她们陷进沼泽，现在也已经出来了，齐拉。艾伦·丁恩这会儿就在你的房间里呢。你上去后，叫她赶紧走吧，钥匙在这儿。泥浆水灌进她的脑袋里了，她疯疯癫癫地急着想往家里跑，可我留住了她，等她神志正常了再说。如果她能现在走的话，你这就叫她立刻回田庄，再要她给我捎个信去，就说她家小姐马上就到，准能赶上参加那位乡绅先生的葬礼。’”

“埃德加还没死吧？”我直喘气，“啊，齐拉，齐拉！”

“没有，没有。你坐下吧，我的好太太，”她回答说，“我看你还病着呢。他还没死，肯尼兹医生为他诊断过了，说他还有一天的时间。我在路上遇见他时问过他。”

我没有坐下来，而是抓起出门穿的衣帽，赶紧往楼下跑，这会儿路已经畅通无阻了。

一进正屋，我就朝四周张望，想找个人打听凯瑟琳的下落。

屋子里充满阳光，门大开着，可是近旁似乎见不到一个人影。

我正踌躇着，不知该马上逃走呢，还是回去寻找我家小姐，一阵轻微的咳嗽让我注意到壁炉旁边有人在。

林敦正独自一人躺在高背长椅上，在吸吮一支棒糖，用那种阴险而冷漠的眼神注意着我的一举一动。

“凯瑟琳小姐在哪儿？”我厉声喝问道，认为正好撞上他一个人在，我可以恐吓他说出些消息来。

他像个不懂事的娃娃似的自顾吮着糖。

“她走了吗？”我问。

“没有，”他回答，“她在楼上。她走不了，我们不让她走。”

“你们不让她走，小白痴！”我叫了起来，“快告诉我，她的房间在哪儿？要不，我就要你尖叫了。”

“要是你想去她那儿，爸爸会要你尖叫呢。”他回答说，“他说我不能对凯瑟琳和和气气。她是我的妻子，竟想离开我，太无耻了！他说，她恨我，巴望我死掉，那样就可以拿到我的钱。可是她妄想，她回不了家！永远也回不了家！要哭要病，随她的便！”

他重又开始吮起糖来，还闭上了眼睛，好像要睡着了。

“希思克里夫少爷，”我又说，“难道你把去年冬天凯瑟琳对你的那番情意全忘了吗？当时你满嘴说你爱她，那些天她送书来给你看，唱歌给你听，还一次次冒着风雪来看你，有一个晚上她没能来，她都哭了，怕你会失望。那时候你觉得她比你好一百倍，现在你却听信起你父亲说的谎话来了，你是明知你父亲恨你们两个的！你竟跟你父亲一起对付她，你这就是衷心的感恩报德，是吗?”

林敦的嘴角撇下来了，他把棒糖从嘴里抽了出来。

“她到呼啸山庄来，是因为恨你吗?”我接着说，“你自己想想吧！至于说你的钱，她连你以后会不会有什么钱也不知道。你说她病了，你还忍心把她一个人孤零零地扔在一间冰冷陌生的屋子里！你也尝过这样被人冷落的滋味的啊！你有痛苦，你能怜悯你自己，她也怜悯你，现在她在受苦，你反而一点也不知道怜悯她！我都流泪了，希思克里夫少爷，你瞧，我是个上了年纪的女人，而且还只是一个仆人呢。可是你，开始伪装得如此多情，几乎可以说对她崇拜得五体投地，现在却为自己积攒起每一滴眼泪，舒舒服服地躺在这儿！哼！你是个没良心，没骨气，冷血而自私的孩子!”

“我没法跟她待在一起!”他生气地回答说，“我本来不会一个人待着的。她哭得实在让我忍受不了。即使我说她再哭我就叫父亲来，但她还是哭个没完。有一次我真的把父亲叫来了，他恐吓说，她要是还不停下来，他就掐死她。可是他刚一离开房间，她就又哭开了。虽然我被气得人叫睡不着，她还是一整夜哭哭啼啼的。”

“希思克里夫先生出去了吗?”我看得出这幼稚的坏家伙根本就不会同情他表姐精神上的极度痛苦，于是问道。

“他在院子里，”他回答，“正在跟肯尼兹医生说话呢。医生说舅舅终于要死了。我很高兴，因为他一死，我就是画眉山庄的主人啦，凯瑟琳老是说起田庄，似乎那是她的房子。不是她的！那是我的。爸爸说她所有的一切都是我的。她那许多有趣的书也都是我的。她求我说，如果我把我们房门的钥匙拿来，放她出去，她就把那些书，她那些漂亮的小鸟，还有她的小马明妮，全都给我，可是我对她说，那些东西全都是我的了，她什么都没有了，还拿什么送人。我这么一说，她又哭了起来，接着便从脖子上取下一张小小的画像，她说她可以给我一个礼物：一只小金盒里嵌有两张画像，一面是她母亲，另一面是舅舅，全是在他们年轻的时候照的。这是昨天发生的事。我说这些也是我的，并想从她手里夺过来。那个坏东西不愿给我，她一把推开了我，把我弄痛了。我大声尖叫起来，这把她给吓坏了，她听到爸爸来了，就拉断铰链，把金盒子掰成两半，把她母亲的画像给了我，另一张她想把它收藏起来。但是爸爸追问这是怎么回事，我就对他说了。他拿走了她给我的那张，又要她把她那张给我。她不肯，于是他……他就把她打倒在地，把它从项链上扯了下来，又用脚把它踩得稀烂。"

"看见她挨打，你心里挺高兴吧？"我问道，有意怂恿他说下去。

"我眨眨眼睛，"他回答说，"看到我父亲打狗或者打马，我就眨巴眼睛。他打起来可狠啦。不过开始时，我是挺得意的。她推了我，活该受惩罚。可是等到爸爸走了，她叫我走到窗子跟前，给我看口腔里面被牙齿磕破的伤口，她的嘴里全是血。后来她又一一拾起画像的碎片，走开去，面对墙壁坐着，这以后就再也没跟我说话。有时候我以为她是痛得说不了话。我不愿意这么想！不过她真是太惹我厌烦了，老是哭个不停。她看上去那么苍白，那么吓人，我都怕她了！"

"要是你想拿，你能拿到钥匙吧？"我问。

"对，只要我在楼上，"他回答，"不过这会儿我走不上去。"

"钥匙在哪间屋子里？"我问。

"哦，"他叫了起来，"我才不会告诉你钥匙在哪儿呢！这是我们的秘密。没别的人知道，就连哈里顿、齐拉也不知道。得啦！你把我累坏了，走开，走开！"说完他转过脸去，靠在胳臂上，又闭上了眼睛。

我心里想，我最好还是不见希思克里夫先生先逃走，回田庄带人来救我家小姐。

一回到田庄，我那些仆人伙伴们见了我，真是欣喜若狂。他们听说小姐平安无事，有两三个人就急着想到埃德加先生房门口大声通报这一消息，可是我表示这事我要亲自去向他汇报。

才这么短短几天，他的变化是我料想不到的！只见他躺在那儿，一脸悲哀，一副听天由命的样子，等待着死期的到来。即使他实际年龄已39岁，但看起来还很年轻，让人看来，至少要年轻10岁。他正在挂念着凯瑟琳，嘴里喃喃地叫着她的名字。我摸了摸他的手，说："凯瑟琳就要来了，亲爱的主人！"我轻声说，"她活着，而且活得好好的。她就要来了，我希望就在今天晚上。"

这句话引起的效果让我大吃一惊，只见他撑起半个身子，慌张地朝屋子的四方扫视了一下，接着便倒回床上，晕了过去。

等他一苏醒过来，我就把我们怎么被迫进入山庄，以及被扣留在那儿的事全说了。我说希思克里夫强迫我进去，这并不完全是事实。我尽量少说林敦不好的话，也没有把他父亲的兽行全都说出来。我的用意是只要我能做到，我就不该在主人那杯满溢出的苦酒中再增添苦味了。

他预料他的敌人的目的之一是要谋夺这座田庄，以及他的个人资产，全数给他儿子，抑或不如说全都据为己有。但是对方为什么不等他死后才下手呢，这事使我家主人疑惑不解，因为他不知道他那位外甥和他几乎要同时离开这个世界了。

无论怎么说，他觉得还是把他的遗嘱修改一下的好。他决定把原来交由凯瑟琳自己支配的财产，改为交到委托人手里，供她生前使用，如果她有孩子，在她死后就供她的孩子使用。这样，即使他死了，这份家产也不会落到希思克里夫先生的手中了。

我依照他的吩咐，派了一个人去请律师，另外我又派了四个人，带上适用的武器，去向她的狱卒索要回我家小姐。两路人都拖到很晚才回来。先回来的是那个独自去的仆人。

他说当他赶到律师格林先生家时，格林先生不在家，他只好在那儿等了两个小时，才等到他回来。可格林先生又说他在村子里还有点事情要办，不过他答应天亮以前一定赶到画眉山庄。

那四个人也没能陪着小姐回来。他们只捎话回来说，凯瑟琳病了，病得不能出房间。希思克里夫先生不让他们进去见她。

我气冲冲地把那几个蠢材狠狠地臭骂了一通，他们怎么可以相信由他嘴里说出的话，我没把这事告诉我的主人，而是决定等天一亮就带领全班人马上山庄，除非他们乖乖地把监禁的人交给我们，不然的话就把呼啸山庄闹个天翻地覆。

我一遍又一遍地发誓，一定要让他们父女见面，要是那魔鬼胆敢阻拦，我就要让他死在他自己的大门前!

幸好，我省去了这趟远征和这桩麻烦事。

三点钟时，我下楼去取一壶水，正当我拎着水壶走过门厅时，前门突然响起一阵急促的敲门声，把我吓了一跳。

“哦，是格林!”我说，让自己镇定了下来，“一定是格林……”我不断往前走，想另外指使个人去开门，可是敲门声又连续响起，声音不大，但仍很急促。

我把水壶放在栏杆上，急忙亲自去给他开门。

门外，秋月洒下一片清辉。原来不是律师。我家亲爱的凯瑟琳向我迎面扑来，搂住我的脖子，哭着问:“艾伦!艾伦!爸爸还活着吗?”

“活着!”我叫道，“是的，我的小天使，他还活着!感谢上帝，我们又平平安安地在一起了!”

她上气不接下气，就想上楼去林敦先生房间，我一定要她先在一张椅子上坐下来，给她喝了些水，又给她洗干净那张苍白的脸，用我的围裙把她的脸蛋擦出少许红润。然后我说得由我先上去，告诉他她回来的消息，央求她对他说，她跟小希思克里夫在一起，会很幸福的。她初听的时候愣了一下，不过立刻就反应过来了，懂得了我劝她这样对父亲撒谎的目的。她向我保证，她决不会对父亲哭诉。

我受不了他们父女相见的场面，一想到这或许是最后一面时，我就更难受了。我在卧室的门外站了有一刻钟，当时简直不敢走近床前。

然而，一切都很宁静。凯瑟琳的悲伤，就跟她父亲的喜悦一样，不露声色。只见她镇定自若地扶着他;而他呢，抬起眼睛凝视着她的脸，那双眼睛似乎因为喜悦睁得大大的。

他临终时很幸福，洛克伍德先生。他是这样死的，他亲着女儿的脸蛋，轻声说:“我要去她那儿了，我的宝贝孩子，以后你也会来我们那儿的!”说完，他就没有再动，也没有再说话，只是一直凝视着她，眼里闪着喜悦的光芒，直到他的脉搏不知不觉地停止，他的灵魂离开了他的躯体。谁都没有注意到他去世的确切时间，他死得那么安详，丝毫没有艰难和痛苦。

也许是凯瑟琳的泪水已经流干，又或许是过分悲伤，以致欲哭无泪，她就那么呆坐在那儿，眼中没有一滴泪水，一直坐到太阳升起，坐到中午。要不是我硬要她离开去休息一下，她还会在灵床前一直这样呆坐下去。

好在我把她劝开了，因为午饭时律师来了，他已经去过呼啸山庄，得到了如何行事的指示。他把自己出卖给了希思克里夫先生：这就是我家主人一再请他，他却久久不来的原因。幸好，女儿回来之后，我家主人就没有再想起那些烦人的尘世俗事了。

格林先生自行担当起责任，对田庄里的人和事发号施令。除了我，他辞退了所有仆人。他本来还想假借行使委托权，坚决不让埃德加·林敦安葬在他妻子的旁边，而要把他葬在教堂里，跟他的家族在一起。幸好还有遗嘱，上面写得明明白白，不让他那么做，我也大声抗议，反对一切违背遗嘱的做法。

丧事匆匆办完了。凯瑟琳，如今的林敦·希思克里夫太太，被同意暂时留在田庄里，直到他父亲的遗体落葬。她告诉我说，她的痛苦终于激起了林敦的天良，使得他冒险放走了她。她听见了我派去的那几个人在门口争论，并听出了希思克里夫回答中的意思，这逼得她只好铤而走险了。林敦在我走后不久，就被转移到楼上的小客厅里。他被吓坏了，趁他父亲下楼还没再上来时，偷到了钥匙。

他想出了一个诡计，先把锁打开，然后再扣上门锁，但是没有把门关严。到了该睡觉的时候，他请求跟哈里顿睡在一块儿，他苦苦哀求最终获得了哈里顿的特许。

当天蒙蒙亮的时候，凯瑟琳偷偷地逃了出来。她不敢从正门离开，担心那些狗叫会将人惊醒。她走进一个又一个空房间，察看房中的窗子，幸运的是，她最后来到了她母亲的房间，非常容易就从那间房的格子窗钻了出来，而窗边正好是那棵枞树，她就爬到树上而后滑了下来。她的那位同谋者，哪怕仅仅是使了这点儿诡计，还是因这次逃跑事件受到了惩罚。

第二十九章

办完丧事的那个夜里，我和我的小姐一起在书房里待着，一想到我们所失去的就会感到痛心——凯瑟琳小姐有时沉浸在绝望的思索中，有时又在猜测那扑朔迷离的未来。我们讨论了很久，最终认为，对凯瑟琳来讲，最好的结局就是可以在山庄继续住下去，至少是在林敦还活着的时候，他也可以来这里和她一起住，而依旧让我做管家。这个想法简直是一种奢望，可我还是希望能够这样，而且一想到能够继续待在山庄，继续做管家，还有，更重要的是，继续陪伴我那年轻的可爱的女主人，我就感到很开心。没有想到的是，此时有一个仆人——已被遣散但还没有离开的一个——上气不接下气地跑了进来说“那个魔鬼希思克里夫”正从院子那边走过来，是不是要当着他的面将门闩上？

即使我们真气得吩咐他闩门，也来不及了。他无视礼貌，没有敲门，也没通报他的姓名。他是主人，利用了做主人的特权，直接走进来，没说一个字。向我们报告的人的声音把他引进书房来。他进来了，做了个手势，让他出去，关上了门。

这间屋子是 18 年前他作为客人被引进来的那间：一样的月光从窗外照进来，外面还是同样的一片秋色。我们还没有点蜡烛，不过整个房间看得清清楚楚，甚至墙上的肖像：林敦夫人漂亮的头像和她丈夫文雅的头像也清晰可见。希思克里夫走到炉边。时间也没有把他改变多少，还是这个人：他那发黑的脸稍微发黄些，也宁静些，他的身躯，或者重一两英石，并没有其他的不同。凯瑟琳一见到他就站起来想冲出去。

“站住!”他说，并将她的胳臂抓住，“不要再跑掉啦！你要去哪儿？我来是想把你带回家去的。我希望你做个孝顺的儿媳妇，不要再怂恿我儿子不听话了。当我发现他参加了这件事时，我不知道该怎么惩罚他是好，他是这么一个蜘蛛网，一抓就使他灭亡。可是等你瞧见他的样子，你就知道他已经得到他应得的报应了！有天晚上，就是前天，我把他带下楼来，把他放在椅子上，这以后再也没碰过他。屋里只剩我们两个，我让哈里顿出去了。过两个钟头，我叫约瑟夫再把他带上楼去。自那以后我一到他跟前就像一个摆脱不了的鬼似的缠住他的神经。尽管我不在他旁边，我猜测他也常常看得见我。哈里顿知道他夜里常常一连几个钟头地醒着，大叫，让你去保护他，以免受我的迫害。无论你是否喜欢你那宝贝的伴侣，你一定得去，现在他归你管了，我把对他的所有兴趣全让给你。”

“为什么不让凯瑟琳留在这儿，”我恳求着，“也把林敦少爷叫到她这儿来吧，既然你恨他们俩，当他们不在时，你是不会挂念的，他们只会为你的硬心肠每天增添烦恼罢了。”

“我要为田庄找一个房客，”他回答，“而且我要让我所有的孩子都围在我身边。另外，那个丫头既有饭吃，就要干活。我本不打算在林敦去世后使她养尊处优无所事事。现在，赶紧准备好吧，不要逼我来强迫你。”

“我要去的，”凯瑟琳说，“林敦是我在这世界上所能爱的一切了。即使你已经努力使他令我厌恶，也使我令他厌恶，但是你永远没有办法让我们互相仇视对方。当我在旁边的时候，我不怕你伤害他，我也不怕你恐吓我!”

“你是一个夸口的勇士，”希思克里夫回答，“我不会去伤害他，在喜欢你的同时，你要受尽折磨，能有多久就受多久。不是我使他让你厌恶，而是他自己的好性情使你厌恶。他恨透了你的遗弃和这后果，对于你这种高尚的爱情你不要期待感谢吧。我听见他很生动地对齐拉描述着他要是跟我一样强壮，他就要如何如何了。这种心思，他已经有了，他的软弱正促使他的机灵更敏锐地去寻求一种东西代替力气。”

“我知道他的脾气坏，”凯瑟琳说，“他是你的儿子。但是我高兴我天性比较好，可以原谅他。我知道他爱我，所以我也爱他。希思克里夫先生，没有一个人会爱你。你不管把我们搞得多惨，我们一想到你的残忍产生于你更大的悲哀中，我们还是等于报过仇了。你不是很悲惨吗？像魔鬼似的寂寞，而且也像魔鬼似的忌妒心重吧？没有人爱你！你死了，没有人哭你！我可不愿意是你！”

凯瑟琳带着一种凄凉的胜利口吻说。她好像决心进入她的未来家庭的精神中去，把自己的快乐构筑在敌人的悲哀之上。

“要是你再站在那儿一分钟的话，你立刻就要因为你这样神气而后悔啦。”她的公公说，“滚，妖精，收拾你的东西去！”

她轻蔑地走开了。等她走后，我就开始要求齐拉在山庄的位置，请求把我的让给她，但是他根本不答应。他叫我别说话。然后，他第一回瞅瞅这房间，而且望了望那些肖像。仔细看了林敦夫人的肖像后，他说：“不是因为需要，我才把它带回家，可……”他猛然转身面向壁炉，带着一种，我找不出更好的字眼来形容，只好说这算是一种微笑吧，他接着说：“我要告诉你我昨天做什么来着！我找到了给林敦掘坟的教堂司事，就叫他把她的棺盖上的土拨开，我打开了那棺木。我当时曾想我将来也要埋在那儿。我又看见了她的脸，还是那模样！他费了很大的劲儿才把我赶开。可是他说如果吹了风那就会起变化，所以我就把棺木的一边撬松，又盖上了土。不是靠林敦那边，滚他的！我愿将他用铅焊住。我贿赂了那掘坟的人等我埋在那儿时，把它抽掉，把我的尸首也扒出来。我要这样搞法：等到林敦来到我们这儿，他就辨不出哪个是哪个了！”

“你是非常恶毒的，希思克里夫先生！”我叫起来，“你打扰死者是多么无耻。”

“我没有打扰任何人，艾伦，”他回答，“我只是给自己一点安宁而已。如今我将要舒服多了，等我到那儿的时候你也能使我安静地躺在地下了。打扰她了吗？不！她扰了我日日夜夜，18 年以来从不间断，毫无怜悯地直到昨夜。昨夜我平静了，我梦见我依偎着她睡着我最平静最舒心的一觉，我的心脏停止了跳动，我的脸冰冷地偎着她的脸。”

“要是她已经化进泥土，或是更糟，那你还会梦见什么呢？”我说。

“梦见和她一同化掉。而且还会更快活些！”他回答，“你以为我害怕那样的变化吗？我掀起棺盖时，我原等待着会有这么一个变化。但是我很高兴它还没有开始，那要等到我和它一起变化。而且，除非我脑海里清清楚楚地印下了她那冷若冰霜的面貌的印象，否则那种奇异的感觉是难以从心中抹掉的。开始得很古怪。你知道我发狂了，在她死后，我每天晚上都呼唤她的灵魂回到我的身边！我很相信灵魂，我相信它们真正在我们中间生存！她下葬的那天，下了雪。晚上我到墓园那儿去。风刮得阴冷如冬，四周是一片凄凉。我不怕她那浑蛋丈夫这么晚会荡到这幽谷中来，也没有别人会有事到那边去。我是独自一人，而且我知道这两码厚的松土是我们之间唯一的障碍，我对自己说，我要把她再抱在我的怀里！如果她是冰冷的，我就认为是北风吹得我冷；如果她不动，那她是在睡觉。我从工具房拿到一把铲子，开始用尽全力去挖，挖到棺木了，我就用我的手来弄。钉子四周的木头开始咯吱作响，我想要找的东西，我马上就要得到了，那时我仿佛听到上面有人叹气，就在坟边，而且俯身向下。如果我能掀开这个，我咕噜着，我愿他们用土把我们俩都埋起来！我就更拼命地掀。只有一声叹息响在我耳边。我似乎觉得那叹息的暖气代替了那夹着雨雪的风。我知道这些东西并没有血脉之躯。但是，正如人们感到在黑暗中有什么活人走过来，可又并不能辨别是什么一样，我也那么真切地感到凯蒂在那儿：不是在我脚下，而是在地上。忽然从我心里涌出来一种轻松愉快的感觉，流遍四肢。我放弃了我那悲痛的工作，马上获得了慰藉，说不出来的慰藉。她和我同在，当我又填平墓穴时，她逗留着，并且又领我回家。你若想笑，你尽管笑，但是我确信她真的在我身边出现了。我确信她跟我在一起，我怎能不跟她说话？到了山庄，我冲到门前，很匆忙，门锁上了，我记得。那个可诅咒的恩肖和我的妻子不让我进去。我记得我停下来，把他踢得喘不过气来，然后就急忙上楼，到我的屋子和她的屋子里。我急忙地向四周望，我觉得她在我身边，我几乎看得见她，可是我看不见！我当时急得要冒出血来，出于苦苦的渴求，出于狂热的祈求只求看她一眼！我一眼也看不到。一如她生前像魔鬼似的捉弄我！而且，自此以后，或多或少，我总是被那种不可容忍的折磨所捉弄！地狱呀！我的神经总是这么紧张，要是我的神经不像羊肠线，那早就松弛到林敦那样衰弱的地步了。似乎我一走出去就会遇见她。当我同哈里顿坐在屋里的时候，当我在旷野散步的时候，似乎我一回去就会遇见她。当我从家里出来时，我急着回去，我肯定！她肯定在山庄的什么角落静静地等着我。而当我在她屋子里睡觉时，我又非出来不可。我躺不住，因为我刚闭上眼，她要么就是在窗外，要么就溜进窗格，要么走进屋里来，要么像她小时候那样，将她可爱的头枕在我的枕上，而我必须睁开眼睛看看。因此我一夜间睁眼闭眼一百次，永远是失望！它折磨我！我经常大声呻吟，以至于那个老流氓约瑟夫一定觉得是我的良心在我躯体里捣鬼。现在，既然我看见了她，我平静了，稍微平静了一点。那是一种奇特的杀人方式，不是一寸一寸的，而是像头发丝那样的一丝丝地割，用幽灵样的希冀来引诱我已经18年！”

希思克里夫停下来，擦擦他的额头。他的头发粘在上面，全被汗浸润了。他双目一直没离开过壁炉那发红的余灰，眉毛并没皱起，却扬得高高地挨近鬓骨，减少了他脸上的阴沉神色，他有一种特别的烦恼样子，还有全神贯注地思考一件事的时候内心紧张的痛苦神情。他只是一半对着我说话，我一直不开口。我不喜欢听他说话！过了一会儿，他的灵魂又飞到那肖像里面和凯瑟琳见面了。他把它取下来，把它靠在沙发上，以便更好地注视，就在这么专心看着的时候，凯瑟琳进来了，宣布她已准备好了，就等她的小马装鞍了。

“明天送过来吧。”希思克里夫对我说。然后转向她，他又说：“今晚天气不错，你可以不用你的小马，而且你在呼啸山庄也用不着小马，无论你做什么样的旅行，你可用你的脚来侍候自己。来吧。”

“再见，艾伦！”我亲爱的小女主人低声说。当她亲我的时候，我感觉到她的嘴唇冰凉。“要记得来看我，艾伦。”

“你最好别做这样的事，丁恩太太！”她的新父亲警告道，“我要和你说话时，我一定会来找你。我可不希望你悄悄地去我家！”

他做了个手势让她走在他的前面，她的回眸让我感到心如刀割，除了屈服她还能怎样。透过窗户我看到他们由花园那里离开，希思克里夫用他的胳膊夹住凯瑟琳的肩膀，很明显一开始她是反抗的。当他迈着大步将她带到小路后，由于那里长着浓密的树木，我无法再看清他们的身影。

第三十章

凯瑟琳离开之后我只去过呼啸山庄一次，但却未能见到她。我想要进去看望一下她，但约瑟夫在门口阻拦，不让我进门。他说林敦太太“非常忙”，主人也没在家。倘若不是齐拉向我讲了一些他们是怎么生活的，那么就算他们中有人死掉了我都有可能不知道。她认为凯瑟琳太傲慢了，看她讲话的神情我能猜测到她不喜欢凯瑟琳。我家小姐刚到那里时，曾请求她帮忙，但是希思克里夫先生事先交代她，让她做好分内的事，而不用伺候他的儿媳妇。齐拉也就非常乐意地听从了，她原本就是个自私自利、心胸狭隘的人。凯瑟琳遭受这样的冷遇，耍起了小孩子脾气，便用轻蔑回报她，将这位向我讲述情况的女人，也视为她的敌人之一，好像她犯下了无法原谅的滔天大罪一样。

大概在两个月之前，也就是你来前不久，有一天我们在荒原上遇见了，我跟她长谈了一次。下面就是她告诉我的一些情况。

“林敦太太到达山庄后，”她说，“做的第一件事就是往楼上跑，对我和约瑟夫连声晚安也没说。她把自己关进了林敦的房里，一直待到第二天早上。后来，在主人和恩肖吃早饭时，她进正屋来了，浑身打着哆嗦，问道：‘我的表弟病得厉害，能不能去请个医生来?’

“‘我们知道！’希思克里夫回答，‘我不想为他浪费一分钱，他那

条性命一文不值。'

"'但是我不知道该怎么办,'她说,'如果没人来帮我,他会死掉的!'

"'走,出去!'主人大声吼道,'别在我面前提到有关他的一个字!这里没有人会关心他活得怎么样。如果你关心他,你就去看护;要是你也不关心,就把他锁在房里,随他去。'

"然后她就来缠住我。我说我已经让那个烦人的东西折腾够了。我们每个人都有自己的事。她的事就是侍候林敦,是希思克里夫先生吩咐我把这个活儿交给她的。

"他们两个怎么相处的,我可说不上来。我估计他一定老是发脾气,而且日夜哼个不停,弄得她难得歇息一会儿,这从她那苍白的脸色,沉重的眼皮,就可以看出来。有时候她失魂落魄地跑到厨房里来,看样子像是想求人帮助。但是我不想违背主人的叮嘱,我从来就不敢违背他,丁恩太太,我也觉得不去把肯尼兹医生请来心里过意不去,但又想到这个跟自己毫无瓜葛,用不着我去提意见或者抱怨,我从来是不愿多管闲事的。

"有一两次,一家人都上床睡了,我偶尔打开房门,只见她正坐在楼梯顶上哭。我赶紧关上房门,生怕自己心肠一软去管她的事。我起誓,当时我真的很同情她。可你知道,我还是不想丢掉自己的饭碗啊!

"最后,在一天晚上,她终于壮着胆子闯进了我的房间,她说的话把我吓蒙了。她说:'快去告诉希思克里夫先生,他的儿子快要死了。我发誓,这一回他真的要死了。起来,快,去告诉他!'

"说完这几句话,她又不见了。我继续躺着有一刻钟,一边发抖,一边倾听。没有一点儿动静——整个宅子里悄无声息。

"'她搞错了,'我对自己说,'他这一回又熬过去了。我用不着去打扰他们了。'于是,我又开始瞌睡起来。但是,我的美梦又被一阵刺耳的铃声夺走了。这是我们家唯一的一只铃,是专为林敦安装的。主人叫我去看看是怎么回事,并要我通知他们,他不愿意再听到这吵人的声音了。

“我转告了凯瑟琳的话，他自言自语地咒骂着，过了一会儿，他拿着一支点亮的蜡烛走了出来，前往他们的房间，我在后面跟着。

“希思克里夫太太坐在床边，双手互握放在膝头。她公公走上前去，用烛光照着林敦的脸，朝他看了看，又摸了摸，然后转身对着她。

“‘哎，凯瑟琳，’他说，‘你感觉怎么样?’

“她默不作声。

“‘你觉得怎么样，凯瑟琳?’他又问。

“‘他安宁了，我也自由了，’她回答说，‘我本该觉得好过。但是，’她接着说，带着一种掩饰不住的悲伤，‘你们丢下我，让我一个人跟死亡搏斗了这么久，我感到的和看到的只有死亡！我觉得自己也像死了一样!’

“她看上去真的也像死了一样！我给她喝了一点酒。哈里顿和约瑟夫也被慌张的铃声和匆忙的脚步声吵醒了，站在门外听到了我们的谈话，这时也走了进来。我相信，这个孩子死掉，约瑟夫还是拍手叫好的。哈里顿似乎有点不自在，但是他更多的还是在看着凯瑟琳，而不是在想着林敦。不过主人叫他再回去睡觉，我们用不着他帮忙。接着，他吩咐约瑟夫把尸体搬到他自己的房间，又叫我回房睡觉，把希思克里夫太太独自一人留在走廊里了。

“到了早上，希思克里夫先生要我去告诉她，她得下楼来吃早饭。可她已经脱了衣服，像是正准备睡觉。她说她身体不舒服，对此我并没有觉得奇怪。我转告了希思克里夫先生，他说：‘好吧，随她去，等下葬后再说。你有空就上去看看，她需要什么，给她拿去。一有好转，就告诉我。’”

据齐拉说，凯蒂在楼上整整待了两个星期。她每天去看她两次，本想对她友好一些，可是齐拉的这番好意，却被她傲慢而干脆地拒绝了。

希思克里夫也上去过一次，是给她看林敦的遗嘱。林敦把自己的一切连同她的动产，全都遗赠给了他的父亲。这可怜的东西在他舅舅去世、凯瑟琳离开那个星期里，在威逼或诱骗下，写下了那份遗嘱。至于田产，由于他尚未成年，本来就无权过问。不过希思克里夫先生根据他妻子的权利，还有他自己的权利，早已把它们弄到手了，我想他是有法律根据的，凯瑟琳既无钱又无势，他要占有，她无论如何也是没有办法阻止的。

“除了这一次，以及我之外，”齐拉说，“谁也没有走近过她的房门，也没有人会特意去过问她的情况。她第一次下楼来到正屋，是在一个星期天的下午。

“那天，我把中饭送上楼去给她，她哭着说，房里那么冷，她再也受不了啦。于是我告诉她，主人就要去画眉山庄了，她要下楼来，哈里顿和我是不会阻挠她的。所以，一听到希思克里夫的马奔驰而去，她就马上出现了。只见她穿着一身黑衣服，黄色的鬈发梳到耳后，朴素得像个教友派教徒，可她没能把头发梳顺。

“每逢星期天，约瑟夫和我总是去教堂。”（你知道，现在那座教堂里已经没有牧师了，丁恩太太解释说，他们把吉默屯的美以美会或浸礼会的会址叫作教堂。）“约瑟夫已经走了，”她继续说，“不过我想我还是待在家里比较合适。年轻人通常总是有个上年纪的人看着好些。”

“哈里顿尽管生性腼腆，可也不是品行端正的榜样。我让他知道，他表妹很可能要来跟我们一起坐，而她一向遵守安息日的礼仪，所以当她待在这儿时，他最好还是别自顾自摆弄他的枪或者干家里的那些零活儿。

“他听我这么一说，脸就红了，看看自己的双手和衣服。只一会儿，鲸油和弹药都收拾起来了。我看得出来，他有意要陪陪她。从他那样子，我猜他是想把自己打扮得体面一些。我不由自主地笑了起来，主人在旁时，我是不敢笑的。我说，要是他需要，我倒可以给他帮点忙，我还取笑了他那副慌乱的样子。他变得有点暴躁，开始骂起人来。”

“哦，丁恩太太，”她看出我对她的做法不满意，就接着说，“你也许以为你家小姐太高贵了，哈里顿先生配不上她。也许你是对的，可我承认，我很想压一压她的傲气。目前这种情况，她的那些学问，她的高雅，对她又有什么用呢？她跟你我一样穷，比你我还穷。我敢肯定，你正在攒钱，我也在这条路上一步步走着。”

哈里顿同意齐拉来帮帮他，她的奉承让他脾气变得温和了许多。所以到了凯瑟琳进来时，据那位女管家说，他已经不把她从前对他的侮辱放在心上了，尽量在她面前注意了一下自己的仪表举止，以讨她欢喜。

“太太进来了，”齐拉说，“冷得像根冰柱，高傲得像位公主。我赶紧站起身来，把我坐的扶手椅让给她。不，她从来都对我的殷勤不屑一顾，哈里顿也站起来，请她来坐高背长椅，坐到火炉边。他说她一定冻坏了。

“‘我挨冻已经挨了一个多月了。’她答道，尽量轻蔑地拖长那个‘冻’字。

“她自己搬来了一把椅子，摆在离我们两人都有一段距离的地方。

“她一直坐在那儿，直到身子暖和过来，才开始朝四周打量起来。发现柜子上有几本书，她马上站起来，伸手想去拿，但是书放得太高了，她够不着。她的表哥看到后，迟疑了一会儿，最后终于鼓起勇气前去帮她。她兜起衣服，他拿到第一本书就往她兜里放。

“这对那个小伙子来说，是个不小的进步。她没有谢他，但他心里却感到了特别的满足，因为她接受了他的帮助。因此在她翻看那些书时，他竟大着胆子站在她的背后，甚至还弯下身子，指指点点书中有几幅曾引得他着迷的古老插图。尽管她把书页猛地一翻而过，挡开他的手指，他也没有因为她的这种无礼态度而气馁。他还是心满意足地后退一两步，干脆就不去看书，只看着她了。

“她继续自顾自地看书，或者翻找想看的东西。他的注意力则渐渐地集中到她那头又密又亮的鬈发上了。他看不见她的脸，她也看不见他。或许他也不知道自己的这些举动意味着什么，而只是像个小孩被点燃的蜡烛吸引住那样，看着看着，最后竟伸手去摸了。他伸手轻轻地抚摸着一绺鬈发，就像那是一只小鸟似的。凯蒂猛地转过头来，快得就像是有人在她脖子上戳了一刀。

“‘滚开，马上给我滚开！你竟敢碰我？你干吗还站在这儿？’她用憎恶的声调大声说道，‘我受不了你！要是你再走近我，我就回楼上去了！’哈里顿先生一直往后缩，那模样要多蠢就有多蠢。他一声不吭地坐回到高背长椅上，她则继续翻阅着她的那些书，这样又过了半个小时。后来，哈里顿走到我身边，悄悄地对我说：‘你请她念书给我们听好吗，齐拉？现在我闲着没事干。我很喜欢听她念念书！别说是我要求，就说是你要求她念的。’

“‘哈里顿先生想请你念书给我们听，太太，’我马上就说，‘他会很开心，也会很感激的。’

“她皱了皱眉头，抬起头，回答说：‘哈里顿先生，还有你们大伙，都请放明白点，我绝不会接受你们装出来的这种虚情假意！我瞧不起你们，跟你们当中的任何一个人都无话可说！在我舍出性命想听到一句友善的话，甚至只想看看你们当中一个人的脸时，你们都躲开了。但是我不会对你们诉苦！我是因为冷才下楼来这儿的，并不是为了让你们开心，抑或是给你们做伴来的。’

“‘我做错什么啦？’哈里顿开口说，‘怎么责骂我呀？’

“‘哦！你倒是个例外，’希思克里夫太太说，‘我从来都没在乎你关不关心我。’

“‘可我不止一次提出过，而且还请求过，’他说，被她的无礼弄得有点冒火了，‘我请求希思克里夫先生让我代你守夜。’

“‘闭嘴！我宁愿到屋外面去待着，到这个世界上的任何地方，也不要在这里听见你讨厌的啰唆！’我家太太说。

“哈里顿嘀咕说，他觉得她该下地狱！他从墙上取下挂着的枪，不再束缚自己，重又自顾自地干起星期天的活儿来了。

“他现在说话仿佛目中无人了。她马上看出，她还是觉得一个人在房间里待着比较舒服，但是已经下霜了，无论她有多傲慢，她还是不得不勉强和我们待在一起，而且越来越不想走了。即便这样，我还是倍加小心，难免我的一片好意会再受到她的奚落。

“打那以后，我也用沉默和板脸回应她的傲慢。我们当中没有一个人爱她，也没有一个人喜欢她，而且她也不配。因为无论谁对她说句话，她都一概掉头不理，不把任何人放在眼里！她连主人也要冲撞，等于是惹得他来打她。而且吃的苦头越多，她就越痛恨。”

听了齐拉的这番话，起初我打算辞掉我的工作，设法弄一间小屋，把凯瑟琳接来跟我一块儿住。但是，希思克里夫先生要是会同意这么做的话，他早就会让哈里顿自谋生路了。目前我想不到什么办法来解救她，除非她再次嫁人，而我是没有能力筹划这样一件大事的。

丁恩太太的故事到这里就算讲完了，这就是如今的局面。尽管医生曾对我的恢复不是很乐观，但没多久我就恢复了体力。现在虽说还只是1月的第二个星期，但我想这一两天就骑马出门，打算到呼啸山庄去一趟，去告诉我的房东，我可能要到伦敦住半年，倘若他愿意，10月份之后他可以另找一位新房客，这年的冬天无论如何我是不想再在这里度过了。

第三十一章

昨天天气晴朗又寒冷，万籁俱寂。如我打算的那样，我骑马来到呼啸山庄。我的管家求我捎个便条给她家的小姐，我欣然同意，因为这个让人尊重的女人从不认为这个请求有什么不当之处。跟我上次来的时候一样，前门敞开着，那专为提防路人的栅门是拴着的。我敲了门，恩肖随之由花圃走了出来。他把门链解开，我走了进去。作为一个乡下人，他这个家伙长得确实不错。这次我格外多看了他几眼，不过很显然他自己并没有注意到这个优点。

我问希思克里夫先生有没有在家，他回答说，不在，但他会回家吃午饭。那时已经有十一点了，我便说我可以进去等他。他听了就立刻丢下了手中的工具，陪我进屋，这并非代表着主人的作风，而仅仅是履行看门犬的职责罢了。

我们一起进去。凯瑟琳在那里，正在洗刷蔬菜为午饭做准备，这样她也算是在出力了。她比我上一次见她时表情更憔悴和忧郁了，她根本没抬眼睛看我，和以往一样不重视形式上的礼节，并始终没稍微点下头来回答我的鞠躬和问候早安。

“她看来并不怎么惹人喜欢。”我想，“不像丁恩太太想使我相信的那样。她的确是个美人，但绝不是个天使。”

恩肖执拗地让她将蔬菜搬到厨房去。“你自己搬吧。”她说，她把那些一推，在窗前的一张凳子上坐下来，在那儿她用她怀中的萝卜皮开始刻些鸟兽形。我走近她，佯装想看看花园景致，而且，在我看来，很灵巧地把丁恩太太的短笺丢在她的膝盖上了，并没让哈里顿注意到，可是她大声问：“那是什么?”并冷笑着把它丢开了。

“你的老朋友，田庄管家，给你的信。”我回答，我为她这种揭穿我的好心的行为感到反感，生怕她把这看作我自己的信。她听了这话本可以高兴地拾起它来，可是哈里顿比她动作快。他抓到手，塞在他的背心口袋里，说希思克里夫先生得先看看。于是，凯瑟琳将脸默默背过去，而且偷偷地掏出她的手绢，把她的眼睛擦了擦。她的表哥，在为压下他的软心肠挣扎了一番后，又把信抽出来，十分随意地就遗落在她脚边的地板上。凯瑟琳拿到了，认真地读着。然后，她一会儿清楚一会儿糊涂地问我几句关于她以前的家的情况，并且呆望着那些小山，喃喃自语着：“我多想骑着明妮到那儿去！我多想爬上去！啊！我厌倦了，我被关起来啦。哈里顿!”她将她那漂亮的头仰靠在窗台上，一半是打哈欠，一半是叹息，陷入一种茫然的悲哀状态，不管，也不知道我们是否在注意她。

“希思克里夫夫人，”我默坐了一会儿后说，“你还不知道我是你的一个熟人吧？我对你很感亲切，我认为你不肯过来跟我说话是奇怪的。我的管家总是谈及你，还称赞你。如果我回去没有捎回一点关于你或是你给她的消息，只说你收到了她的信，而且没说什么，她将会非常失望的!”

她貌似对这段话大吃一惊，就问：“艾伦喜欢你吗?”

“是的，很喜欢。”我不假思索地回答。

“你一定要跟她说，”她接着说，“我想给她回信。但是我没有纸和笔，连一本可以撕下一张纸的书都没有。”

“没有书!”我叫着，“假如我有发问自由的话，你在这里没有书陪你打发时间消磨日子，你怎么生活下去呢？即使我有个很大的书房，可我在田庄还往往觉得很闷。如果要拿走我的书，我就要拼命啦!”

“当我有书的时候，我总是看书，”凯瑟琳说，“而希思克里夫从来不看书，所以他就起了歹念把我的书撕毁了。我好几个星期还没看到一本书。仅有一次，我偷翻约瑟夫藏的宗教书，把他惹得大怒；还有一次，哈里顿，我在你屋里看到一堆秘密藏起来的书，有些拉丁文和希腊文，还有些故事和诗歌，都是老朋友。诗歌是我带来的,你把它们收起来，像喜鹊收集钥匙似的，只是爱偷而已，它们对你并无用处，不然就是你把它恶意藏到某个角落里。既然你不能享受，别人也休想。又或许是你出于忌妒，给希思克里夫先生出主意把我的珍藏抢去吧？但是大多数的书写在我的脑子里，而且刻在我的心里，你是从我这儿夺不走的！”

当他表妹宣布了他私下收集文学书时，恩肖的脸一下子被红潮淹没了，结结巴巴地、恼怒地否认对他的控诉。

“哈里顿先生希望能增长他的知识。”我为他解围说，“他不是忌妒你的学识，而是想与你的学识竞争。几年后，他也会成为一个学者。”

“同时他却要我变成一个呆瓜。”凯瑟琳回答，“是的，我听他自己试着拼音朗读，他搞出多少错来呀！但愿你再念一遍猎歌，同昨天念的那样，那真是太可笑了。我听见你念的，我听见你翻字典查生字，然后咒骂着，因为你读不懂那些解释！”

他明显感觉很沮丧，他先是因为愚昧无知而被人嘲笑，而后为了努力改掉它却又被人嘲笑。我也有相似的看法。我记得丁恩太太所说的关于他最初曾打算改变他从小养成的蒙昧的故事，我就说：“可是，希思克里夫夫人，我们每人都有个开始，每个人跌跌爬爬在门槛上，要是我们的老师只会嘲弄而不帮助我们，我们还要跌跌爬爬呢。”

“啊，”她回答，“他的成就我并不想限制。但是，他没有任何权利把我的东西放进他自己的口袋里。而且用他那些讨厌的错误和不正确的读音使我觉得可笑！这些书，包括散文和诗，都由于一些别的联想，因此对于我来说是神圣不可侵犯的，我极不情愿他把这些书败坏亵渎！况且，他恰好从所有的书中，选些我最爱背诵的几篇。好像是故意捣乱似的。”

哈里顿的胸脯默默地起伏了一下。他是在一种严重的屈辱与愤慨的感情中交战，要压抑下去是不容易的事。我站起来，出于一种想解除他的困窘的高尚念头，便站在门口，浏览外面的景致。他随着我，也离开了这间屋子。马上，有件事又发生了，他手中捧着半打的书，把它们扔到凯瑟琳的怀里，叫着："拿去！我永远再不要听、不要念，也再不想它们啦！"

"现在我也不要了，"她回答，"我看见这些书就会联想起你，我就恨它们。"

她翻开了一本明显是经过他蹂躏的书，以一个初学者的拖长的腔调念了一段，然后大笑，把书扔到一边去。"听着。"她挑衅地说，开始用类似的腔调念一首古歌谣。

但他的自尊心已经在她三番五次的嘲弄下荡然无存了，我听见了，而且也不是完全不赞成，一种用巴掌来压制她那傲慢的舌头的方法。这个小坏家伙想尽一切办法使她表哥的感情受创，这感情虽然未经陶冶，却很敏感，体罚是他唯一向加害者清算和报复的方法。哈里顿随后就把这些收集起来的书在她面前化为灰烬以示挑衅。我从他脸上看得出，怎样的痛苦心情，才能使他在愤怒中献上这个祭品。我猜想，在这些书焚化时，他回想着它们所给过他的快乐，以及他从这些书中预感到的一种得胜的和说不尽的欢乐的感受。我想我也猜到了是什么在激励他秘密研读，他原是满足于日常劳作和与粗野的牲口一样的享受的，直到凯瑟琳来到，他的生活轨迹才发生了变化。因她的蔑视而感到羞耻，又期待得到她的认同和赞许，这就是他力求上进的最初原因了。而他那上进的努力，既不能避免他避开轻蔑，又不能使他得到赞扬，却产生了适得其反的结果。

"是的，那就是像你这样的一个畜生，从那些书里所能得到的一切益处！"凯瑟琳叫着，吮着她那受伤的嘴唇，用愤怒的目光瞅着这场火灾。

"闭上你的嘴！"他凶狠地回答。

他的激动使他说不下去了。他急忙走到大门口，我让开道让他走过去。就在他迈过门阶之前，希思克里夫先生走上砌道正撞见他，便抓着他的肩膀问："要做什么啊，我的孩子?"

"没什么，没什么。"他说，便挣脱身子，独自去咀嚼他的悲哀和愤怒去了。

希思克里夫在他背后凝望着他，叹了口气。

"要是我阻碍了我自己，那才怪呢。"他咕哝着，我在他背后他还不知道，"但是当我在他的脸上寻找他父亲时，一天天地找到的却是她！见鬼！哈里顿怎么这样像她？我简直不能直视他。"

他眼睛看着地面，郁郁不欢地走进去。他脸上有一种不安的、焦虑的神情，这是我从来没有看到过的。看起来他本人消瘦了些。他的儿媳妇，一在窗里看到他，就马上逃到厨房去了，所以只剩下我自己。

"我很高兴看见你又出门了，洛克伍德先生，"他说，"一部分是出于自私的缘故，我认为在这荒凉的地界找个人顶你的缺儿是件不容易的事情。我不止一次地感到奇怪，是什么原因促使你到这儿来的。"

"可能是一种在无聊的日子里突发的奇想吧，先生，"这是我的回答，"不然就是一种无聊的奇想又要诱使我走开。下星期我要到伦敦去，我必须预先通知你。我在我约定的租期 12 个月之后，无意再续租画眉山庄了。我相信我不会再在那儿住下去了。"

"啊，真的！你已经不乐意在尘世之外流放了，是吧?"他说，"可是如果你来是请求停付你所不再住的地方的租金的话，你将自费进行这趟旅行。我在催讨任何人该付给我的费用的时候是从来不讲情面的。"

"我来不是请求停付什么的，"我叫起来，大为恼火，"如果你愿意的话我现在就跟你算。"我从口袋中取出记事簿。

"不，不，"他冷漠地回答，"如果你回不来，你要留下足够的钱来补偿你所欠的债务，我不忙。坐下来，跟我们共进午餐吧。一个保证不会再出现的客人总是让人满心欣喜地去接待的。凯瑟琳！开饭吧，你在哪儿?"

凯琴琳又出现了，端着一盘刀叉。

"你可以跟约瑟夫一块儿吃饭，"希思克里夫暗地小声说，"在厨房待着，等他走了再出来。"

或许她没有想违法犯规，很敏捷地听从了他的指示。生活在蠢人和厌世者之中，即便有较好的一类人与她擦肩而过，她也可能会因为不懂得欣赏而错过。

在我的一边坐的是冷酷而阴沉的希思克里夫先生，另一边是沉默不语的哈里顿。我吃了一顿多少有些压抑的午餐，便急忙告别了。我本打算由后门离开，以便最后看看凯瑟琳，还可以招惹一下那老约瑟夫，但是哈里顿奉命把我的马牵来了，而主人又亲自把我送到门口，所以我未能如愿。

“这家人的生活是多么枯燥啊！”我骑着马走在大路上的时候想道，“倘若林敦·希思克里夫夫人真的像她的好保姆所盼望的那样，与我谈起恋爱来，最后一起到繁华的都市去生活，那对她来讲该是一件比神话都要浪漫得多的事情啊！”

第三十二章

1802 年 9 月，我应一位北方的朋友之邀去欣赏他们那里的田野风光。但在我到他那里的旅途中无意竟到了与吉默屯相距不到 15 英里的地方。我到了一家客店想休息片刻，店里的一个伙计正提来一桶水为我饮马，而在这时一辆满载着刚收割下来的绿油油的燕麦的马车，由旁边驶过，那店伙计招呼道：“你是打吉默屯来的吧。他们那儿总是比别的地方晚三周才可以收割。”

“吉默屯？”我小声重复道，在我的记忆里，在那里的生活就像梦一样已经变得模糊，“哦，我去过那个地方！离这里有多远？”

“从这座小山翻过去，大概还要走上 14 英里，路非常不好走啊。”他回答道。

要去画眉山庄的想法就这样产生了。此时还没有到中午，我想，我可以出些钱租房子来过夜，这与住客店也没有多大差别。而且，我还可以很方便地腾出一天时间，跟我那位房东把事情做个了结，省得以后麻烦。休息了一会儿后，我吩咐仆人去问清了到那个村子的走法。这段路我们走了差不多 3 个小时，把我们的牲口都累坏了。

我让仆人留在吉默屯，独自一人沿山谷走去。灰色的教堂给人更无生气的感觉，那凄凉的教堂墓地也显得更加凄清。我看清有只泽地羊正在坟头上啃吃短短的草皮。天气美好、暖和，这种天气对于旅行者来说尽管太暖和了，不过并没有热得妨碍我欣赏这上上下下的一片美景。如果我在临近 8 月时看到这片景色，我准会受不住诱惑，在这一片静谧的环境中耗费上一个月的时光的。那些群山紧锁的溪谷，那些石楠丛生的峭壁和山丘，冬天时，没有什么比它们更荒凉的了，可是在夏天，它们却比什么都美妙神奇。

我在日落前赶到了画眉山庄，敲门要求进去。但是我从厨房烟囱里袅袅升起的一缕青烟判断，这家人都到后院去了，所以没能听到我的敲门声。我骑马进了院子。门廊下面坐着一个十来岁的女孩，正在编织；一个老妇人靠在台阶上，悠闲地抽着烟斗。

“丁恩太太在里面吗?”我问那老妇。

“丁恩太太? 不在!”她回答说，“她不住在这儿，她住到山庄去啦。”

“这么说，你是管家了?”我又问。

“对，我管这个家。”她答道。

“好吧，我是洛克伍德先生，这宅子的主人。不知道这里有没有为旅行者准备的空房子，我想今晚在这儿过一宿。”

“主人!”她惊叫起来，“哟，谁想到你会来呀? 你该先捎句话来啊! 这儿没一块地方是空出来的，什么也没有啊!”她扔下烟斗就往屋里奔去，那小姑娘跟着她，我也进了屋。我马上就看出她说的是实话。而且，我这个贸然来到的不速之客，都把她给急得昏了头了。

我叫她不用慌张，我打算先出去走一走。在这段时间里，她得在起居室里腾出一个角落来，好让我吃晚饭，另外再整理出一间卧室，供我休息。用不着扫地掸灰，只要生一炉旺火，铺上干净的床单就行了。她看来很愿意尽力去办，尽管她还是错把炉帚当成火钳捅进了炉栅，还用错了其他几样工具。我自顾自地走了出来，相信她必定能够为我倒腾出一块干净的角落，等我回来。

呼啸山庄是我外出的目的地。我刚走出院子，可想了想，又折了回来。“山庄里的人都还好吗?”我向那妇人问道。

“是的，我知道都还好！”她回答说，端着一盆热煤渣匆匆忙忙地走了。

我本想问她丁恩太太为什么离开画眉山庄，但是在她正这样忙着的时候，怎么能打岔呢，所以我也就转身走了。我一路悠闲地信步走去，我的身后是一片落日的余晖，我的前面是一轮初升明月的光华，一个慢慢阴暗，一个渐渐明亮，这时我走出林苑，拐上了通向希思克里夫先生宅邸的石子路。

我还没能望见山庄，西边天空仅剩下白天的一抹琥珀色光彩了，但是借着皎洁的月光，我依然可以分辨路上的每一颗卵石和每一片草叶。我没有翻越院门，也不用敲门，门一推就开了。这真是一大进步！我心里想。借助鼻子的帮助，我还注意到了另一件事：从那片普通的果树林中，飘来了一阵紫罗兰和桂竹香的芬芳。门和窗都敞开着，但是和煤区人家看到的景象没两样，壁炉的炉火烧得通红，温暖和舒适让人产生一种留恋的感觉，那过多的热量也就变得可以忍受了。而且，呼啸山庄的正屋很大，屋里的人有足够的空间来回避这种热量的影响，因此他们一个个都在离窗口不远的地方占了空位。还没进屋门，我就看到了他们，听到了他们的闲聊，于是我就这样看着，听着，在好奇心和妒忌心的驱使下我一直没有离开，而且待在那儿越久，这种混合的感情变得愈来愈强烈。

“相——反！”一个如银铃般悦耳的声音说，“这已经是第三遍了，你这个蠢货！我可不想再教你了，记住，要不我要扯你头发了！”

“好吧，相反，”另一个声音回答说，低沉而柔和，“现在，该亲我一下了，瞧我学得多好。”

“不行，先得把这准确地念一遍，一个错误也不许有。”

那个说话的男人开始念起来。他是个年轻人，穿着体面，坐在一张桌子旁边，面前放着一本书。他那俊俏的脸高兴得容光焕发，他的目光老是不专心地从书页溜到搁在他肩头那只白皙的小手上，但是小手的主人一发现他不专心，就在他脸上轻拍一下来警告他。

小手的主人就站在他身后，当她俯身指点他学习时，她那轻柔闪亮的鬈发，有时就跟他那棕色的头发交错在一起了。而她那张脸，幸好他看不见她的脸，要不，他就绝不可能这样安心学习了，我能看到。我不由自主地咬住了嘴唇，眼巴巴地看着大好机会从眼前溜走，现在只落得站在一旁，对这个迷人的美人干瞪眼了。

课业完成了，并不是没有出错，但是学生还是要求奖励，结果至少获得了五个吻，当然，他也慷慨地用吻做了回报。后来，他们来到了门口。我从他们的谈话中听出，他们打算出去，到原野上去散步。我心里想，要是这会儿我这个不幸的人出现在哈里顿·恩肖的面前，他哪怕嘴里不说，心里也会诅咒我下到地狱最底下一层的！我觉得自己的想法很不好，也没有好处，于是便想绕道溜进厨房避一避。

那里也是门户大开，进出无碍。我的老朋友艾伦·丁恩正坐在门口做针线，嘴里还唱着歌。歌声不时被里面传出的讥笑嘲讽的粗话所打断，这话声和歌声简直是太不相容了。

“我情愿一天到晚听人咒骂，也不愿听你扯这哑嗓门！”我没听清艾伦说了什么，厨房里的人回答她说，“真是太不像话了，弄得我圣书都没法打开啦，你竟把那些荣耀都归给撒旦和世上的一切罪恶！唉，你真是个没救的人！她也是一个。那可怜的孩子落到你俩手里，算是完了。可怜的孩子啊！”他叹了一口气，又继续说，“我敢说，他准是中了邪啦！哦，主啊，审判她们吧！我们人世的统治者是不讲公道，没有王法的啊！”

“不会的！要不，我想我们这会儿就该坐在烧着的柴堆上了。”唱歌的人反唇相讥，“你还是得了吧，老头，像个基督徒的样子，读你的《圣经》去吧，别来管我们了。这是《安妮仙子的婚礼》，曲调好听极了，适合跳舞的。”

丁恩太太正想再唱起来，这时我来到了她跟前。她一眼就认出了我，跳起身来喊道：“哦，老天保佑你，洛克伍德先生！你怎么会想到回这儿来的？画眉山庄的东西全都收起来了，你应该给我们通告一声的啊！”

“那边我已经安顿好了，只是暂时住一下，”我回答说，“明天我又要离开了。你怎么搬到这儿来住了，丁恩太太？告诉我。”

“你去伦敦不久，齐拉就走了，希思克里夫先生希望我先来这里待一段时间，一直待到你回来。哎，请进来呀！你今晚是从吉默屯来吗？”

“从田庄来，”我回答，“趁他们在那边给我收拾房间，我来跟你家主人把事情交代一下，因为我想我以后不会再有机会来了。”

“什么事情呀，先生？”艾伦说，把我引进正屋，“这会儿他出去了，一时恐怕不会回来呢。”

“关于房租的事。”我回答说。

“哦！那你得跟希思克里夫太太谈，”她说，“要不就跟我谈吧。她对她要处理的事务还是一窍不通呢。我先代她办着，没有别的人了。”

我露出一副惊恐的样子。

“哦！我想你还没有得知希思克里夫的死讯吧！”她接着说。

“希思克里夫死了？”我大为吃惊，叫了起来，“多久了？”

“3 个月了，还是先坐下吧，把帽子给我，我会告知你一切的。等一等，你还没吃过东西吧，吃了吗？”

“我什么也不要，我已经嘱咐家里给我预备晚饭了。你也坐下来吧。我做梦也没想到他会死啊！跟我说说事情的经过吧。你说他们一时不会回来，是说那两个年轻人吗？”

“可不，他们闲逛到深更半夜才回来，责备他们都成了我每天晚上的习惯了，可他们把我的责备完全不放在心上。你至少得喝一杯我们家的陈年麦芽酒吧。这酒会对你有好处的。你看来有点累了。”

我还没来得及婉拒，她就忙着去取酒了。这时我听到约瑟夫说：“都这么一大把年纪了，还要勾引野男人，还有比这更不知羞耻的事情吗？还到主人的地窖里拿酒！人家坐着看看都觉得害臊呢。”

她没有停下来回嘴，不一会儿又进来了，端来满满一杯酒，我对那酒着实大大夸奖了一番。随后，她就继续给我讲了希思克里夫后来的事。如她所说的那样，他的结局还真有点“离奇”呢。

你离开我们后还不到两星期，我就被招到呼啸山庄。为了凯瑟琳，我满心欣喜地服从了。第一眼看到她时，我真是既震惊又难过！自从我们分手以后，她的变化真让我吃了一惊。希思克里夫先生并没有解释他改变主意招我来这儿的原因，他只对我说他需要我来，他一看到凯瑟琳就心烦，我得把那间小客厅当作我的起居室，让她跟我在一起。哪怕他每天不得不见她一两次，他也都觉得足够了。

她好像对这样的安排感到很满意，我又逐渐地偷偷搬来一大批书，以及她在田庄时喜欢的其他一些物品。我自以为往后我们总可以较为舒服地过日子了。

然而，好景不长。凯瑟琳起先还感到满意，可是没过多久，她就渐渐变得烦躁不安起来。一个原因是，她被禁止走出花园。春天来了，她却要被禁锢在这个狭小的天地里，与外面的美丽隔绝，这使她大为恼火。另一个原因是，我因为要料理家务，肯定不能整天不离开她的左右，因而她抱怨太寂寞。她宁愿到厨房里去跟约瑟夫吵架，也不愿独自一人冷冷清清地待着。

我倒不介意他们你一句我一句地拌嘴，不过当主人要独自一人待在正屋里时，哈里顿也就只好跑到厨房里来了。虽然最初时她一见他来就离开，或者是一声不吭地帮我做家务，既不跟他说话，也不议论他，他呢，也总是绷着脸，尽可能沉默不语,但是过不多久，她的态度就有了变化，变得让他不得安宁了。她对着他大发议论，批评他笨拙懒惰，还说她觉得奇怪，他怎么可以让自己过着这样的生活，怎么能整个晚上都坐在那儿，死盯着炉火，或者是打瞌睡。

“他活像一条狗，是不是，艾伦?”有一次她说，“或者像一匹拉车的马吧？他只知道干他的活，吃他的饭，睡他的觉，永远是这样！他的心灵一定是异常空洞单调！你做过梦吗，哈里顿？要是做过，梦见什么了呢？不过你不能跟我说啊！”

说到这儿，她便朝他看着，可是他既不开口，也不再看她。

“他现在或许正在做梦吧，”她接着说，“他耸起肩膀来简直就像朱诺[1]。你问问他，艾伦。”

“要是你再不规矩一点，哈里顿先生要请主人叫你上楼了！”我说。他不仅耸起了肩膀，还握紧了拳头，好像准备使用一番。

“我知道我在厨房里时，哈里顿为什么总不说话。”还有一次她大声说道，“他是怕我笑话他。艾伦，你看是不是？有一回他开始自学读书，我笑了他，他就把自己的书给烧了，再也不学了，他还不是个傻瓜吗？”

“你是不是也太淘气了？”我说，“回答我。”

“也许是吧，”她接着说，“但是我从没觉得他会如此的愚笨。哈里顿？如果我现在给你一本书，你会要吗？我来试试！”

她把她正在看的一本书放到他手上，可是他把它扔到一旁，嘴里还咕哝着，要是她再来纠缠他，他就要拧断她的脖子。

“好吧，那我就放在这儿，”她说，“放在桌子的抽屉里。我要去睡了。”

然后她悄声叫我看着，看他来不来碰那本书，说完就走了。但是他根本就没挨近它，所以第二天早上我告诉她时，使她大为失望。我看出，她为他的郁郁寡欢和懒散无为感到难过。她的良心受到了谴责，不该把他吓得不想改变自己了。她的做法起了不好的作用。

不过她设法运用她的机灵来弥补这一过失。在我熨衣服，或者做其他一些不便在小客厅里做的活儿时，她就带一些有趣的书来大声念给我听。遇有哈里顿在场，她常常念到精彩处就停了下来，让书摊在那儿，走开了。她一次又一次地这么做，可是他固执得像头骡子，不但不上她的钩，而且碰上下雨天，他就跟约瑟夫在一起抽烟，像自动玩具似的坐着，壁炉前一旁一个。好在年纪大的一个耳聋，听不见他所说的她的胡说八道；年纪小的一个则竭力装出不屑一听的样子。晚上每逢遇上好天气，他就出去打猎。凯瑟琳唉声叹气，总是来引诱我和她说话，但是我一开口，她又自顾自地跑到院子里或者花园里去了。然后她最后的绝招

① 呼啸山庄的一条母狗名。

就是哭诉，说什么她都活腻了，她活着毫无意义。

希思克里夫先生变得越来越不喜欢跟人交往了，他几乎已经不许哈里顿进他的房间。由于3月初发生的一个意外事故，这小伙子有好些天成了厨房里的一件摆设。他独自在山上时，他的枪走了火，一块弹片伤了他的胳臂，返到家里时已流了很多血。结果他一定要在炉边保暖静养，直到康复。

有他在，凯瑟琳倒觉得很舒服。无论怎么说，这一来她更不喜欢她楼上的那个房间了，她老是逼着我在楼下找活干，她好陪着我。

到了复活节那个星期的星期一，约瑟夫赶着几头牲口去吉默屯赶集了。下午，我正在厨房里忙着整理床单。哈里顿坐在壁炉的一角，像以往那样沉着脸，我的凯瑟琳就不停地往玻璃窗上呵气画画，以此来打发无聊的时光。她有时则变换花样，忽然哼上几句歌，轻声叫喊一两声，或者朝她那个老是抽烟和望着炉栅发呆的表哥，报以恼怒和不胜其烦的眼神发泄。

我对她说，她挡住了我的亮光，我都没法做事了，她就挪到壁炉那边去了，我也就没有去注意她干些什么，但是没过多久，我听到她说："我发现，哈里顿，要是你对我脾气不这样坏，不这样粗暴，我是要——很高兴要——很愿意要你做我的表哥的。"

哈里顿没有回答。

"哈里顿！哈里顿！哈里顿！你听见没有？"她继续说。

"去你的吧！"他吼了一声，一副不依不饶的样子。

"让我来帮你取下这个烟斗吧。"她说着，小心翼翼地伸手从他嘴里拔出了烟斗。

他还没来得及夺回来，烟斗已被折断，丢进了火里。他对她恶声咒骂着，顺手又抓起了另一支。

"等等，"她喊道，"你得先听我说几句话。这些烟雾直往我脸上飘，我没法说话。"

"你给我见鬼去吧！"他气势汹汹地吼道，"别来管我！"

"不行！"她坚持说，"我偏不。我不知道如何才能让你跟我说话，而你又下决心不愿理解我的意思。我说你蠢，绝没有别的用意，绝没有看不起你的意思。好了，你该理我了，哈里顿，你是我的表哥，你应该认我呀。”

“我对你和你的臭架子，还有你那套作弄人的鬼把戏，没什么可说的！”他回答说，“我宁愿肉体和灵魂都下地狱，也不愿再瞟你一眼！滚出去，现在就滚！”

凯瑟琳皱起了眉头，退回到靠窗的座位上，咬着嘴唇，哼起了怪调子，极力想以这来掩盖住自己的即将哭泣。

“你应该跟你的表妹和好嘛，哈里顿先生，”我插嘴说，“既然她已为她的无礼感到后悔了！这对你会有很大好处的，有她给你做伴，会使你变成另一个人的。”

“做伴？”他叫了起来，“她讨厌我，觉得我给她擦皮鞋都不配呢，不，就是让我当上国王，我都再也不愿为讨好她受到取笑了。”

“不是我讨厌你，是你讨厌我呀！”凯瑟琳哭着说，再也不想掩饰心头压抑已久的痛苦了，“你跟希思克里夫先生一样讨厌我，而且更讨厌。”

“你这个该死的撒谎的人！”哈里顿开口说，“照你这么说，那我为什么这么吃力不讨好，为你惹他生上百次的气呀？可是你却嘲笑我，看不起我，而且还继续来扰乱我，我马上到那边去，说你把我赶出了厨房！”

“我不知道你向着我啊，”她回答说，一边擦干眼泪，“那时候我心里难过，对谁都有气。现在，我谢谢你，求你宽恕我，可除此之外，我还能做点什么呢？”

她又回到壁炉边，坦率地朝他伸出手。

他脸色阴沉，怒气冲冲，如同雷电交加的乌云，两个拳头握得紧紧的，眼睛直盯着地面。

凯瑟琳本能地意识到他的这种固执的举止，完全是出于倔强，并不是因为厌恶。她迟疑了一会儿，突然俯身在他的脸上轻轻吻了一下。

这小淘气以为我没发现，接着便退回到窗边，坐到原先的座位上，装出一副十分正经的样子。我不以为然地摇了摇头，于是她脸红了，悄声说："哦！那我该怎么办呢，艾伦？他不肯跟我握手，也不愿瞧我一眼，我总得想办法让他知道我喜欢他，我想跟他做朋友呀。"

这不动声色的一吻不知道是否打动了哈里顿，我说不准。有那么几分钟，他小心翼翼地不让人看到他的脸，等到他抬起脸时，他显得心慌意乱，两眼不知该朝哪边看才好。

凯瑟琳忙着用一张白纸整整齐齐地包好一本漂亮的书，又用一条缎带扎好。然后写上"送交哈里顿·恩肖先生"，要我作为她的使者，把这份礼物送交到指定的收礼人手中。

"告诉他，要是他接受这一礼物的话，我就来好好教他读书识字。"她说，"要是不接受，我就上楼去，从今以后再也不打扰他了。"

我在我的委托人的焦急注视下，把书送了过去，并且转达了要我带的口信。哈里顿不肯张开手指，然后我就把书放在他的膝盖上。他也没有把书扔掉，我仍回来干自己的活了。凯瑟琳把头和两臂都靠在桌子上，等到听见撕开包装纸的轻微声音，她就悄悄走过去，不知不觉地靠近了她表哥的身边。他浑身颤抖，满脸通红，他的所有粗鲁，所有固执，都已弃他而去。一开始，面对她那询问的目光，还有她那低声的恳求，他都鼓不起勇气来说一个字了。

"说你原谅我了，哈里顿，说呀！你只要说这几个字，我就会感到无比幸福！"

他嘀咕了一句什么，没能听清。

"那么你愿意跟我做朋友了？"凯瑟琳疑惑地问道。

"不！你今后每天都会为我感到羞耻的，"他回答说，"你越了解我，你就会越觉得羞耻。这我受不了。"

"这么说，你不愿意跟我做朋友了？"

她问道，笑得像蜜一样甜，又朝他接近了一些。

以下再谈些什么，我就听不清了，但是等我再抬起头时，我看到俯在那本已被接受的书上的两张脸，是如此的容光焕发。毋庸置疑，和约已经签订，两个敌人从此结成了盟友。

他们俩共同阅读的那本书里，满是精美考究的插图。这些插图，还有他们一起坐的位置，都对他们构成了极大的吸引力，以致直到约瑟夫回家，他们都没挪动一下。他，这个可怜的老头，看到凯瑟琳和哈里顿坐在同一张凳子上，她还把手搭在他的肩膀上，完全惊呆了。他所宠爱的人竟然容忍她来亲近，他简直一下子昏了头脑，不知所措了。这对他刺激太深了，使得他那天晚上独自一人躲在阁楼上一言不发。直到他郑重地在桌子上打开他那部大《圣经》，又从口袋里掏出白天交易所得的脏兮兮的钞票，放在经书上，这才深深地叹了几口气，把他抑郁的情绪释放了出来。最后，他把哈里顿从座位上叫了过去。

“把这些拿去给主人，孩子，”他说，“就待在那儿，我也回我的屋子去了。这屋子对咱们不大适合，咱们得出去另找一个地方。”

“过来，凯瑟琳，”我说，“我们也得‘出去’了。我已经熨好衣服，你准备走了吗？”

“还没到八点呢！”她回答说，很不乐意地站起身来，“哈里顿，这本书我就放在炉架上了，明天我再多拿几本来。”

“无论你留下什么书，我都要把它拿到正屋里去，”约瑟夫说，“如果你还能再找到，那才是怪事呢。你还是看着办吧！”

凯瑟琳威胁他说，要是他胆敢碰她的书，他就得拿自己的藏书作为代价。从哈里顿身旁走过时，她笑了笑，然后唱着歌上楼去了。我敢说，打从她踏进这个家门，心情也从未有过如此轻松，或许只有最初来看林敦的那几次除外。

这种亲密的关系就这样开始了，而且迅速地进展着，虽然这中间也遇到过暂时的挫折。一个愿望并不能使哈里顿立刻就变得有教养，我家小姐不是个有耐心的模范，也不是什么哲学家，不过两人的心都朝着共同的目标——一个是爱着，想要尊重他；另一个也是爱着，想得到她的尊重——双方都尽心竭力，要求最终实现这个目标。

你瞧，洛克伍德先生，希思克里夫太太的芳心并不难征服。但此时我却非常开心你没有努力去尝试。我现在最大的心愿，就是看到他们最终走在一起。我想当他们举行婚礼的时候，我将不再羡慕任何人，到了那一天，我将成为整个英国最幸福的女人！

第三十三章

到了星期三的时候，恩肖还是不打算去做他每天要做的活儿，他总是在屋里拖延着，我很快察觉到我再也不能像从前那样将小姐留在身边了。她比我还先下楼。跑到了花园里，在那儿她看她表哥在做那些简单的活儿，当吃早餐的时间到了，我去叫他们的时候，我看到他们正一起忙着将从田庄移来的野花栽在一大片空地上。原来她已经和他约好要弄个花圃，但那里原本生长着醋栗和草莓。

我被眼前的情景吓坏了，只有半小时他们就放倒了半数的醋栗。那可都是约瑟夫的宝贝啊，她偏偏把花圃选在这些树丛中。“好啊！这种事一旦被发觉，”我叫道，“主人就会知道的。你们这样随意弄个花园有什么借口呢？事已至此，就要有一场热闹看了。不闹才怪呢，哈里顿先生，我真不明白你竟如此糊涂，竟听从她的要求这样瞎闹！”

“我忘了这是约瑟夫的，”恩肖回答，有点吓蒙了，“但我会承担全部责任。”

我们总是和希思克里夫先生一道吃饭的。我代替女主人，干倒茶切肉的事，所以在饭桌上是少不了我的。凯瑟琳通常坐在我身边，但是今天她却偷偷地靠近了哈里顿。我马上看出她在友谊关系的尺度把握上远远比她对敌对关系的把握更不慎重。

“现在，你千万记住别跟你表哥多说话，也别太留意他。”这就是在我们进屋时我低声的警告，“那一定会把希思克里夫先生惹恼的，他就会对你们俩发脾气的。”

“我才不会呢。”她回答。

过了一分钟，她侧身挨近他，并且把一些樱草插在粥盆里。

他不敢在那儿跟她说话甚至不敢看她。可她仍逗他，有两次弄得他差点儿笑出声来。我皱皱眉，然后她向主人溜了一眼，主人心里正在盘算着其他事，没注意到和他在一起的人，这是从他的脸上看得出来的。她一下子严肃起来，十分认真地打量着他，随后她转过脸来，又开始她的胡闹。终于，哈里顿发出一声压抑的笑声。希思克里夫一惊，他的眼睛很快把我们的脸扫视一遍。凯瑟琳以她习惯性的神经质的却又是轻视的眼神回望他，他是最厌恶这种事的。

“幸亏我够不到你。”他叫道，“你着了什么魔了，总是用那对凶眼睛不停地瞪着我？垂下眼皮！不要再提醒我还有你存在。我还以为我已经治好你的笑了。”

“是我。”哈里顿喃喃地说。

“你说什么？”主人问。

哈里顿望着他的盘子，没有再重复这话，希思克里夫先生看他一下，然后默默地继续吃他的早餐，想他那被打断了的思绪。我们都快吃完了，这两个年轻人也小心地挪开一点，所以我估计那会儿不会再有什么乱子。这时约瑟夫却出现在门口，他发现他那心爱的树丛被劫掠一空了，他哆嗦的嘴唇和眼睛都表明他无法压制住他的怒火。他在检查那地方以前一定是看见过凯蒂和她表哥在那儿了，因为这时他的下巴动得像牛在反刍一样，并且他的话很多很难懂，他开始说：“给我工钱，我一定要走，我本打算就死在我侍候了60年的地方。我心想我已经把我的书和我所有的零碎都搬到阁楼上去，把厨房让给他们，为的就是图个安宁，撂下我自己的炉边本来很难，可我想我也办得到，可是，她把我的花园也给拿去啦，凭良心呀！老爷，我可受不了啦，你可以随便受委屈，我可不习惯：一个老头儿可不能一下子习惯这些个新麻烦。我宁愿拿个榔头到马路边去露宿!”

“喂，喂，傻瓜!”希思克里夫打断他说，“说清楚点！你怨什么?你要是和艾伦吵架，我可不管，她尽可以把你丢到煤洞里去，我才不会理会呢。”

“没有艾伦的事!”约瑟夫回答，“我不会为了艾伦而走掉，她现在也挺狼狈的。谢谢老天！别人的魂她可偷不走！从来就没有人夸过她漂亮，她除了对谁都眨眨眼睛之外还能干吗?那是你那调皮的、无礼的皇后，用她那大胆的眼睛和她那一贯任性的手段迷住了我们的孩子——直到——不！简直就让我心碎了！我为他做过的事以及我对他的照顾他全忘了，竟在花园里拔去了一整排最好的黑醋栗树!”说到这儿，他放声哭泣。他所受到的委屈，加上恩肖的忘恩负义及其处境危险的感觉使他一点男子汉气概都没有了。

“这傻子是喝醉了吗?”希思克里夫先生问，“哈里顿，他是不是在找你的碴儿?”

“我拔掉两三棵树，”那年轻人回答，“不过我还要把它们栽上的。”

“你为何要拔掉它们呢?”主人说。

凯瑟琳机灵地插了嘴，“我们想在那里种些花，”她喊着，“就怪我自己吧，因为是我要他拔的。”

“哪个鬼允许你动那地方一根树枝的?”她公公问，十分惊讶，“谁叫你听从她的话的?”他又转身对哈里顿说。

后者无言以对，他的表妹回答：

“为什么你吝惜几码让我美化的地，何况你已经占有了我们家所有的土地!”

“你的土地，你这狂妄的贱人！你从来没有什么土地!”希思克里夫说。

“还有我的钱。”她接着说，回瞪他，同时啃着她早餐吃剩的一片面包皮。

“住口!”他叫道，“吃完了，快滚开!”

“还有哈里顿的土地和他的钱。”那胡闹的东西不依不饶地说着。

“现在哈里顿和我是朋友啦，我要把你的事全告诉他！”

主人似乎愣了一下。他脸色苍白地站起来，一直望着她，带着一种不共戴天的憎恨的表情。

“如果你打我，哈里顿就要打你，”她说，“所以你最好坐下来吧。”

“如果哈里顿不能把你赶出这间屋子，我要把他送到地府里去。”希思克里夫大发雷霆，“该死的妖精！你竟找借口挑拨他来反对我？让她滚！你听见了吗？把她扔到厨房里去！艾伦，要是你再让我看见她，我就要杀死她！”

哈里顿低声下气地想劝她走开。

“把她拖走！”他狂野地大叫，“你还要待在这儿聊天吗？”他走近前来执行他自己的命令。

“他不会顺从你的，恶毒的人，绝不会啦！”凯瑟琳说，“不久他也要像我一样地痛恨你。”

“嘘！嘘！”那年轻人责怪地喃喃着，“你这样对他说话我不要听。算了吧。”

“可你总不能让他打我吧。”她叫道。

“算了，别说啦！”他急忙低声说。

太迟了，希思克里夫已经抓住了她。

“现在，你滚开！”他对恩肖说，“该诅咒的妖精！这回她真的把我惹急啦，我要她永远也说不出后悔的滋味！”

他揪住她的头发。哈里顿试图让他放开她的卷发，哀求他宽恕她这一次。希思克里夫的黑眼睛冒出火来。他似乎打算把凯瑟琳撕得粉碎。我刚刚鼓起勇气去冒险解救，突然间他的手指松开了。他的手从她头上移到她肩膀上，凝视着她的脸，然后他用手捂住他的眼睛，站了一会儿，明显是要镇定自己，又重新转过脸来对着凯瑟琳，勉强平静地说：“你要学会乖乖的不要再让我发火，不然总有一天我真的会把你杀死的！跟丁恩太太去吧，和她待在一起。把你傲慢的话都说给她听吧。至于哈里顿·恩肖，如果我看见他听你的，我就要赶走他，让他自己在外混饭吃！你的爱情将使他成为一个流浪汉或一个乞丐。艾伦，快把她带走。

你们所有的人都躲开我！都躲开我！”

我把我的小姐带了出去。她能逃脱使她很高兴，也不想反抗了。那一个也跟着出来，希思克里夫先生自己一直待到吃午饭的时候。我已经劝凯瑟琳在楼上吃饭，可是，希思克里夫一看到她的空座位，就叫我去找她。他吃得很少，没说一句话，然后就直接走了出去，表示他在晚上之前是不会回来的。

这两个新朋友在他不在时就霸占了大厅。在那儿我听见哈里顿严厉地阻挠他的表妹揭露她公公对他父亲的行为。他说他不愿意容忍诽谤希思克里夫的一个字。即便他是魔鬼，也没关系，他还是和他站在同一阵线上的。他宁愿像往常那样让她骂自己一顿，也不会惹希思克里夫生气，凯瑟琳听了这番话有点烦恼。不过他却有办法使她闭嘴，他问凯瑟琳要是他也说她父亲的坏话，她是否会高兴？这样她才理解恩肖是把主人的名誉看得和他自己的一样，他们之间的关系不是理智能打断的，是用习惯铸成的锁链，拆开它未免残忍。打那时起她表现出好心肠来，对希思克里夫避免说抱怨和反对的话。也对我承认她很愧疚，因为她曾尝试在他和哈里顿之间煽起不和来。的确，我相信她自此以后从来没有当着哈里顿的面吐出一个字来反对她的暴君。

这场小小的风波过去之后，他们又友好起来，并且在他们又是学生又是老师的各项工作上忙得不可开交。等我做完我的事，进去和他们坐在一起，我望着他们，感到放心和安慰，而且我竟然没有注意时间是怎么过去的。你知道他们俩多少都有点像是我的孩子，我对于其中的一个早就很满意，而现在，我敢说，另一个也会使我同样满意的。他那诚实的、温和的、懂事的天性很快摆脱了自小沾染的愚昧与堕落的困境。凯瑟琳真挚地称赞对于他的勤勉成为一种鼓舞。他头脑中思想开朗也使他的面貌添了姿彩，在神色上加上了气魄和高贵，令我难以想象这个人就是在凯瑟琳到山岩探险之后，我发现我的小姐已到了呼啸山庄的那天所见到的那个人。在我赞赏着他们，他们还在用功的时候，暮色渐深了，主人随即也回来了。他出乎意料地来到我们跟前，是从前门进来的，我们还没来得及抬头望他，他已经完全看到我们三个人了。嗯，我想当时的情景是最愉快、最和谐的了。要责骂他们将是一个奇耻大辱，红红的炉火照在他们俩漂亮的头上，显出他们那由于孩子气的热烈兴趣而朝气蓬勃的脸。因为，虽然他 23 岁，她 18 岁，但他们都还有很多新鲜事物要去感受与学习，两人都没有体验过或是表示过冷静清醒的成熟情感。

他们一起抬起眼睛望望希思克里夫先生。也许你从来没有发现过他们的眼睛十分相像，都是凯瑟琳·恩肖的眼睛。现在的凯瑟琳没有别处像她，除了宽额和有点拱起的翘鼻子，这使她显得简直有点高傲，不管她本人是不是要这样。至于哈里顿，那模样就更为酷似，这在任何时候都是显著的，这时更加明显，因为他的感觉正敏锐，他的智力正在往活跃成熟的地步觉醒。我猜想这种相像使希思克里夫缓和了。他走到炉旁时的表情明显很激动，但是在他望着那年轻人时，那激动立刻就淡了下来。或者，我可以说，它变了性质，因为那份激动还是存在的。他从哈里顿的手中拿起那本书，瞅瞅那打开的一页，然后一声不吭地把书扔回给了他，只做手势让凯瑟琳走开。她的伴侣在她走后也没有待多久，我也正要走开，但是他叫我仍然坐着别动。

“这个结果是很糟的，不是吗?”他皱起眉头，回想刚刚眼前的情景思索了片刻然后说，“对于我所做的那些残暴行为，这不是一个滑稽的结局吗？我用手撬杆和锄头来毁掉这两所房子，并且把我自己训练得能像赫库里斯那样地工作，等一切都准备好，并且是在我权力之中了，我却发觉连掀起一所房子的一片瓦的欲望都减退至无了！我从没有败在我往日敌人的手下，现在正是我向他们的代表人复仇的时候，我可以这样做，没有人能阻止我。可那有什么用呢？我不想打人，我连抬手都嫌麻烦！好像是我苦了一辈子只是要显示一下宽宏大量似的。不是这么回事，我已经失掉了欣赏他们毁灭的能力，而太懒得去做不必要的破坏了。

“艾伦，有一个奇异的变化临近了。目前，我正处于她的阴影包围之中。我对我的日常生活很不感兴趣，以至于我都不大记得吃喝的事。刚走出这间屋子的那两个人，对我来说，是唯一的还保留着清晰的实质形象的东西。那形象使我痛苦，甚至伤心。关于她我不想说什么，我也不愿想，可是我热切地希望她不再露面。她的存在只能引起我脑海中疯狂的感受。他给我的感受就不同了，但是如果我能做到不像是有精神病的样子，我就情愿永远不再见他！如果我试着描绘他所唤醒的或是体现的千百种过去的联想和想法，你会觉得我有精神失常的倾向吧。”他又勉强微笑着说，“但是我所告诉你的，你不要说出去。我的心一直是这样的封闭着，到最后它却不得不向另外一个人敞开来。

“5 分钟之前，哈里顿仿佛是我青春的一个化身，而不是一个人。他给我许多各种各样的感觉，以致使我不可能理性地对待他。

“首先，他和凯瑟琳的惊人的相似竟使他和她连在一起了。你或许以为那是最足以引发我的想象力的一点，实际上却是最不足道的。因为对我来说，哪一样不是和她有联系的呢？哪一样不使我回忆起她来呢？我一低头看这间屋里的地面，我就看见了在石板中间出现的面貌！在每一朵云里，每一棵树上，在夜间充满空中。在白天从每件东西上都看得见，我是被她的形象萦绕着的！最平常的男人和女人的脸，连我自己的脸都像她，都在嘲笑我。世界成了一个惊人的纪念品汇集，处处提醒我她是存在过的，而我已遗失了她！

“是的，哈里顿的模样是我那不朽的爱情的幻影，也是我想保持我的权力的那些疯狂的动力，我的堕落、我的骄傲、我的幸福，以及我悲痛的幻影。

“但若把这些想法讲给你听也是精神不正常。但是这会让你知道为什么，我并不情愿永远孤独，有他陪伴却又毫无益处，简直加重了我所忍受的、不断的折磨。这也多少使我不管他和他的表妹以后怎么相处。我不能再注意他们了。”

“可是你所说的一个变化是什么呢，希思克里夫先生？”我问，他的态度把我吓呆了，虽然他并不像有精神错乱的危险，也不会死。依我判断，他挺健壮，至于他的理性，自童年起他就喜欢思索一些不可思议的事，全是古怪的幻想。他或许对他那在另一个世界的偶像有一种不可释怀的偏执，但是在其他方面，他的头脑是跟我一样健全的。

“在它到来之前，我也不会知道，”他说，“我现在只是隐隐地意识到了。”

“你没有感到不舒服吧，你病了吗?”我问。

“没有，艾伦，我没病。”他回答。

“那你不是怕死吧?”我又追问。

“怕死？不!”他回答，“我对死既没有恐惧，也没有先知，也没有巴望着死。我为什么要有呢？有我这结实的体格、有节律的生活方式和不冒险的工作，我应该，或许也会，顺其自然地一直活到我满头银发的日子。我不能让这种情况继续下去！我得提醒自己要呼吸，几乎还要提醒我的心跳动！这就像把一根硬弹簧扳弯似的。只要不是由那个思想指导的行动，即使是最微不足道的行动，也是被迫才做出来的，对于任何活的或死的东西，只要不是和那个无处不在的思想有关联，我也是被迫注意的。我只有一个愿望，我耗尽了我整个身心和能力都渴求努力达成这个愿望，渴望了这么久，这么不动摇，甚至连我都确信必然可以实现，而且不久，因为这愿望已经毁了我的生存，在那即将实现的预感中我已经把精力消耗殆尽了。我的自白并不能使我轻松，但是这些话可以理清我所表现的情绪，不这样是无法说明的。啊，上帝！这是一个漫长的搏斗：我希望它快点结束吧!”

他开始在屋里踱起步来，嘴里叨咕着一些可怕的话，这使我慢慢相信（他说约瑟夫也相信），良知已让他的心变成了人间地狱。我只是好奇，好奇上帝将用什么样的方式来结束这一切。虽然他以前很少显露出这样的心境，甚至神色上也不露出来，但他平常的心情一定就是这样，我完全相信这一点。他自己也不否认了，但是由他往常的所作所为看，谁会想到这样的事竟然发生在他身上了呢？洛克伍德先生，你刚看到他时你没有想到吧，就在我讲的这个时候，他和过去仍然差别不大，只是更喜欢那无尽的孤寂，或许在人前变得更沉默寡言了。

第三十四章

那天晚上之后的几天里，希思克里夫先生故意避免在吃饭时与我们碰面，他不想承认不愿看到哈里顿和凯蒂。他的自尊使他难以承受这一事实，所以他宁愿自己不来。对他来讲，一天只吃一餐，已经足够了。

某天夜里，大家都已经入睡了，我听见了他下楼的脚步声，他走出了大门。我并没有听见他回来，到了第二天早晨也没有看到他的身影。那时正是4月，气候温暖舒适，雨水和阳光将绿草滋养得生机盎然，那两株长在南墙边的矮种苹果树已经开满了花。

吃过早饭，凯瑟琳缠着让我带上针线活，搬一把椅子，坐在屋子尽头的枞树下面。她还鼓动枪伤刚好的哈里顿，给她挖土，修整她的小花圃。因为约瑟夫的反对，他们已经将小花圃移到了一个角落中。

我正在尽情地呼吸着散发在身边的春天的芬芳，欣赏着头顶那美丽柔和的蓝天。我家小姐原本是要跑到栅栏门边去拔些连根的樱草花来围花圃，却只拔了一半就回来了；她告诉我们说，希思克里夫先生进来了。

“他还跟我说了话呢。”她带着疑惑的神色，又加了一句。

“他说了什么？”哈里顿问。

“他叫我赶快走开，”她回答，“不过，他看起来和平时大不一样，所以我还停下来看了他一会儿。”

“怎么不一样？”哈里顿问。

“嗯，可以说是兴高采烈。不，基本上没别的——而是异常兴奋，非常高兴！”她回答说。

“那是因为夜间的散步使他开心吧！”我装得毫不在意地说，其实我跟她一样吃惊，而且我想了解她对我说的话的真实性，因为主人脸上挂上喜色的时候真是少之又少了。我找了个借口，走进屋子。

希思克里夫先生正站在打开的门边。他脸色苍白，全身哆嗦，但确实有一种十分特别甚至是迷人的欢乐的神采在他眼中闪烁，这种光彩让他的整个面容焕然一新。

“你要吃点早餐吗？”我说，“四周逛了一夜，一定饿了吧！”

我想知道他上哪儿去了，但我又不能单刀直入地去盘问。

“不，我不饿。”他回答说，掉过头去，语气里很有一点不屑一答的态度，似乎他已经猜想到我正想试探他高兴的缘由。

我一时拿不定主意，不知道现在是不是对他提出一点忠告的适当时机。

“我觉得该睡觉的时候不睡，”我说，“到外面去遛，这样不好，不管怎么说，在这样潮湿的季节，这样做可不是一个明智的选择。我敢说你一定会着凉，或者发烧的。你现在就有点不对劲儿了！”

“没什么，我受得了，”他回答说，“心里还非常开心。只是你们别来打扰我就行，进屋去吧，别惹我生气。”

我服从了，在我从他身旁走过时，我发现他的呼吸急促得像一只猫。

“肯定是的！”我心里暗想，“要有一场大病了，我想不出他到底去干了什么！”

那天中午，他坐下来跟我们一起吃午饭，还从我手里接过满满一盘吃的，就像是想补偿一下前些日子的少吃少喝似的。

“我既没着凉，也没发烧，艾伦，”他说，针对我早上说的话，“你给我这些吃的，我得领受才是。”

他拿起刀叉，正打算吃起来，可是突然一下子又没有了胃口。他把刀叉放到桌上，眼睛急切地望着窗外，接着便站起来出去了。

到我们吃完饭时，还看到他在花园里走来走去，恩肖说他要去问问他为什么不吃饭，他以为一定是我们有什么地方得罪了他。

“怎么样，他来吗?”她的表哥回来时，她大声问道。

“不来，”他回答，“不过他也没生气。他这么高兴的表情，真是十年都难见一回啊。只不过我跟他说了两遍之后，才惹得他不耐烦起来。他叫我快走开，来你这儿。他觉得有点不可思议，我怎么还要找别人做伴。”

我把他那盘食物放到炉栅上热着。过了一两个小时，他又进来了，这时屋子里已经没人，但他那兴奋的情绪可是一点也没有减退。在他那浓黑的眉毛下面，依旧是那副不自然的——的确不自然的——高兴表情。脸上照旧没有血色，不时露出牙齿，算是微笑。他浑身瑟瑟发抖，但不像别人那样是因为冷或者虚弱，而是像一根绷紧的弦在颤动。与其说是发抖，还不如说是一种强烈的震颤。

我想，我得问问这是怎么回事。要不谁会问呢？于是我大声问道：“你听到什么好消息了吗，希思克里夫先生？看你好像格外激动似的。”

“我还哪来什么好消息呀?”他回答说，“我这兴奋是饿的，可我又好像什么也吃不下。”

“你的饭就在这儿，”我回答说，“你为什么不拿去吃点呢?”

“我这会儿不想吃，”他急忙喃喃地说，“到吃晚饭时再吃吧。艾伦，再次跟你说定了，求你在这个时候别让哈里顿和另外那个靠近我，我希望任何人都不要来烦扰我，我想一个人待在这儿。”

“你这样把自己封闭起来，有什么新的理由吗?”我问道，“告诉我，你为什么这样奇怪呀，希思克里夫先生？昨天晚上你去哪儿啦？我问这话并不是出于无聊的好奇心，而是——”

“你这样问就是出于非常无聊的好奇心，”他笑着打断了我的话，“不过，我还是愿意给你答复。昨天晚上，我是踩在地狱的门槛上，今天，我可看到我的天堂了。我亲眼看到了，离我还不到 3 尺呢！现在你最好还是走吧——要是你能管住自己，不去打听这打听那，你就不会看到或者听到什么让你感到害怕的事情了。”清过壁炉，抹过桌子后，我就走开了，心中有了更多的疑问。

那天下午，他一直没有再离开屋子，也没有人去打扰他的孤寂。到了八点钟，虽然没有听到他的召唤，我觉得还是应该把蜡烛和晚饭给他送去。

他正靠在一个窗子敞开的窗台上，但是他并没有朝窗外看，他的脸对着屋子里的一片漆黑。炉火已经烧得只剩下一点灰烬，阴暗的屋子里饱含着黄昏时刻那种潮湿而暖和的水汽。周围这般寂静，不仅能听到吉默屯那边淙淙的流水声，就连溪水流过卵石，绕过露出水面的大石头时发出的潺潺声也清晰可辨。

我一看到奄奄一息的炉火，便禁不住发出一声不满的惊叫，连忙动手关上一扇扇窗子，一直关到他的跟前。

“这扇窗要不要关上?”我问道，为的是想叫醒他，因为他一动不动。

我这么说着时，烛光照到了他的脸上。哦，洛克伍德先生，突然看到那模样，我真说不出当时有多恐怖！那对深陷的黑眼睛！那种笑容，还有那死人般苍白的脸！我只觉得那不是希思克里夫先生，而是一个魔鬼。我吓坏了，手中的蜡烛也歪倒在墙上，我一下子被黑暗吞噬了。

“好的，关上吧，”他用熟悉的声音回答了我的问题，“哎，怎么这样笨！你干吗要把蜡烛横着拿呢? 快点，再去拿一支来!”

我已经吓呆了，急忙跑出去对约瑟夫说：“主人要你给他送支蜡烛进去，再把炉火生起来。”因为那时我已经吓得再也不敢进去了。

约瑟夫铲了一铁锹烧着的煤，进去了。可是他马上又出来了，另一只手里还端着那盘晚餐。他解释说，希思克里夫先生正准备上床睡觉，他什么也不想吃，到明天早上再说。

我们听到他径直上楼去了，但是他并没有回到他平时睡的那间房子，而是拐进了那间有围板床的房间。那里的窗户，我以前提到过，非常宽，任何人都可以钻进钻出。于是我想他大概还打算晚上出去夜游，只是不想让我们起疑吧。

“他是个食尸鬼，还是个吸血鬼呢?”我心里暗想。我曾在书里读到过这种可怕的化身魔鬼。接着我又回想，我从他很小的时候就开始照顾他，直到他长大成人，几乎照顾了他一辈子，现在竟被他吓成这样，这是多么荒诞可笑啊!

“这个黑小子，一直被一位好心人保护着，却反过来祸害那个好心人，他到底来自哪里呢?”我有些昏昏欲睡，咕哝着那些迷信的事。我迷迷糊糊地想象起他的父母来了，想得我精疲力竭。接着我又重新想起了醒着的时候想过的东西，将他一生所发生的事情重新梳理了一遍；最后，又想到了他的去世和葬礼。关于这方面，我只记得为了在他的墓碑上刻什么字，让我非常伤脑筋。为了这事我还去请教了那位教堂司事。因为他连姓都没有，而且我们也不知道他的年龄，因此我们只好简单地刻上“希思克里夫”几个字。结果我的这个梦应验了，我们就是这么做的。要是你去教堂墓地，你会看见在他的墓碑上，就只刻了这几个字，以及他去世的日子。

黎明时分，我清醒过来了。一睁开眼睛，我就翻身起床，来到花园里，想要弄清他的窗下到底有没有脚印。结果没有。

“他一直待在家里，”我心想，“今天他会平安无事的。”我像往常一样为全家人准备好了早饭。我叫哈里顿和凯瑟琳先吃，不必等主人下来，因为他睡得晚。他们俩喜欢到屋外的树下去吃，所以我就在那里给他们放了一张小桌子。

等我回到屋里的时候，发现希思克里夫先生已经在楼下了，他正和约瑟夫谈论着耕作方面的事。他一一做了指示，说得清楚详尽，但是说得很快，而且还不住地把头转向一边，神态仍像昨天那样兴奋与激动，甚至更严重了。约瑟夫离开屋子以后，希思克里夫先生坐到平时常坐的位置上，于是我就端了一杯咖啡放到他的面前。他把杯移近些，然后就把双臂搁到桌子上，一直注视着对面的墙。我想他是在仔细看着某个特别的地方，两眼闪闪发光，十分焦躁，看起来非常急切，有那么半分多钟，他都没有喘气。

“好啦!”我叫了起来，把面包推到他手边，“趁热吃，趁热喝吧，放了都快一个小时了。”

他没有听见我说的话，一直在笑。我宁可看他咬牙切齿，也不愿看他这种笑脸。

“希思克里夫先生！我的主人!”我叫道，“看在上帝的份上，别老是这么瞪着眼了，就像见了什么鬼似的。”

“看在上帝的份上，别这么大喊大叫的，”他回答说，“你看看四周，然后告诉我，这里是不是只有我和你?”

“当然，”我回答，“当然只有我们俩!”

可是我还是不由自主地服从他看了看四周，仿佛我也不太有把握似的。他用手扫了一下桌子，在面前的早饭盘碟中间，清出一块地方，然后更自在地朝前俯着身子，打量起来。

现在我看出来了，他并非是在看墙。因为我单单只是看着他的时候，发现他其实是在看着两码以外的什么东西。不管那东西是什么，明显给了他极大的欢乐和痛苦，至少他脸上那种既悲伤又狂喜的表情会让人这样设想。

那幻觉里的东西也不是固定不动的。他的眼睛毫不放松地紧跟着它，就连和我说话，也没有移开眼睛。

我提醒他说，他已经很久没吃东西了，可是白费力气。即使他听了我的话，想去拿点什么，哪怕伸出手去拿片面包，可是他的手指头还没有碰到面包就已经收拢握成拳头，放在桌上，忘记原本要干什么了。

我坐在那儿，就像是个有耐心的模范，竭力想把他那全神贯注的注意力，从入神的冥想中吸引过来，一直等得他变得很不耐烦了，站起来责问我，为什么我不能让他按照自己的时间吃饭，还说以后用不着我伺候，我可以放下东西就走。

说完这些话他就离开了屋子，沿着花园的小路溜达着，随后消失在栅栏门外。

时光在焦虑不安的时刻里静谧地逝去，又一个晚上来到了。我一直到很晚才去睡，可是躺下后仍然睡不着。主人直到后半夜才回来，而且把自己关在楼下的屋子里，也没有去睡觉。我留心听着，在床上翻来覆去，最后又穿上衣服，走下楼来。躺在楼上，成百上千种虚妄无稽的忧虑在我的脑海里徘徊着，真让人感觉不是滋味。

我听到希思克里夫先生的脚步声响个不停，不时还发出一声呻吟似的叹息，打破了四周的寂静。他还在不停地说着什么，但我唯一能听见的就是凯瑟琳的名字，加之几声亲昵或痛苦的呼唤，好像在和一个久别重逢的知己对话，声音轻柔真挚，完全发自肺腑。

我没有勇气闯进他所待的那个房间，但我又想让他从那个沉溺的梦幻里醒过来，因此我就故意摆弄起厨房里的炉火来，搅通之后，又开始铲起煤渣来。这样一来，很快就把他给引出来了，而且比我预想的还要快。他立刻打开门，说："艾伦，到这里来，已经早上了吗？记得带上蜡烛。"

"钟才敲四点呢，"我回答道，"你想拿蜡烛上楼吧，就用炉火点一支好了。"

"不，我不想上去，"他说，"进来吧，给我生一下炉火，反正在那里也是在做屋里的活。"

"我得先把煤块扇红，才能做别的。"我说，然后搬来一把椅子和一个风箱。

这时他还在徘徊着，一副快要失去理智的样子。他一声又一声地重重叹着气，好像连正常呼吸的间歇都不够用了。

"天一亮，我就要派人去把格林请来。"他说，"趁我现在还能想这些事情，还能冷静地处理问题，我有一些法律上的事情要问他。我还没写遗嘱，还未决定我的财产如何分配！我真希望能把它们全都从世界上给毁了。"

"我可不想谈这些，希思克里夫先生。"我插话说，"你先把遗嘱的事放一放，你还有足够的时间为你做的那些伤天害理的事情忏悔呢！我从来没有想过你会精神失常，可你现在几乎完全失常了，这可以说全是你自己不好。照你最近这三天的生活方式，就连泰坦①也会垮的。吃点东西，好好睡一觉吧。你只需照一照镜子，就知道自己现在是多么需要吃饭、休息了。你的双颊深陷，你的两眼布满血丝，就像一个饿得快要死去、失眠得眼睛都快瞎了的人。”

“我吃不下，睡不着，这不能怪我。”他回答说，“我向你保证，我并不是有意要这样。只要我可以做到，我就会去吃饭睡觉。可你这样就像是叫一个在水中挣扎，即将上岸的人赶快休息！我总得先到岸，然后再休息啊！好吧，不提格林先生了。至于说到忏悔我做过的伤天害理的事，我要说，我从未做过什么伤天害理的事情，所以也就不需要忏悔什么。我太幸福了，不过还是不够。我的灵魂的欢快毁了我的肉体，可是灵魂本身依然没能得到满足。”

“什么幸福，主人？”我大声叫了起来，“稀奇古怪的幸福！要是你能听我说几句，不发脾气，我可以奉送你一些忠告，那样你会更幸福。”

“什么忠告？”他问道，“说吧！”

“你自己很明白，希思克里夫先生，”我说，“打从你13岁时起，你过的就是一种自私自利、不信基督的生活。大概自那以后，你手里就从没拿过《圣经》。你一定已经忘了那本书的内容，现在你也许没有时间去看它了。去请一位牧师吧，不管是哪个教派的都可以，请他给你讲解一下《圣经》，再和你说，你已经在歧途上慢慢迷失好久了，要是你在死前仍不洗心革面，你就不配进入天堂。这样做不好吗？”

“我不会生气的，反而很感激你，艾伦，”他说，“因为你让我想到死后可以用什么方式埋葬自己，要在傍晚就把我抬到教堂墓地。如果你们乐意，你和哈里顿可以一起陪我去。但要注意，一定要让那个教堂司事按照我关于两口棺木的安放方法去做！不用给我请牧师，也不用念什么经文。我告诉你，我已经快要到达我的天堂了，我对别人的天堂没有任何兴趣，我根本不想去！”

“可是若你执意坚持绝食，就这样死了，人家不把你埋葬在教堂的

---

① 希腊神话中的巨神。

墓地呢?”我对他如此漠视上帝感到非常震惊，于是问道，“那你怎么办?”

“他们不会那么做的,”他回答道,“若他们那么做了，那你一定要将我偷偷移进去。你要是不管这事，你就会看到：即使人死了，也并不代表什么都没有了!”

之后他听见家里其他人活动的声音，就立刻躲回了他那个房间，我也瞬间松了一口气。可是到了下午，等约瑟夫和哈里顿去干活了，他又来到厨房，神色狂野，要我和他一起到正屋里去坐坐，他想找个人陪陪自己。

我没有同意，还坦白地告诉他，他的言谈举止非常莫名其妙，我既没有那个胆量，也没有那个意愿，单独和他做伴。

“我相信，我在你的眼里已经是一个不折不扣的魔鬼了!”他说，还苦笑了一下，“在这么正经的家里，有什么非常可怕的东西让人待不下去!”

凯瑟琳刚好来了，他转过身看到她便向她走去。看到他走向自己，凯瑟琳急忙躲到我的身后。于是他半带嘲讽地说了几句：“你愿意走近我吗，小宝贝？我不会再伤害你了，不会了！我一直让自己对你比魔鬼还恐怖。哦，只有一个人不会害怕我，愿意与我做伴！天啊，她真是太冷漠无情了。哦，真见鬼！血肉之躯怎么能受得了，就算是我也承受不起啊!”

他不再请求别人和他做伴。傍晚，他回到了自己的卧室。整个晚上直到第二天早上，我们都听见他在痛苦呻吟，喃喃自语。哈里顿急着想进去看看他，可是我叫他先将肯尼兹医生请过来，应该先让医生去看他。

医生来了，我敲门请求他让我们进去，并想将门打开，然而门紧锁着。希思克里夫先生在里面骂我们该死，说自己已经好了，想单独待一会儿，于是医生便离开了。

到了晚上下起雨来，而且是倾盆大雨，一直下到第二天早上。早上我沿着房子四周散步时，看到主人房间开着窗，窗子被风吹得来回晃动，雨直滴进屋里。我心想，他不会躺在床上吧，不然这一夜的大雨会将他浇个湿透的！他要么已经起床了，要么已经出门了。不过我也没有再花心思乱想，干脆壮着胆子直接去屋里看看！

我用备用钥匙开了门，可是卧室里并没有人，于是我急忙跑去将那张床的围板推到一边，朝里面看了看，希思克里夫先生正仰面躺在那里。他圆睁着双眼，目光那么锐利，那么可怕，我被吓坏了，后来他好像又笑了。

我没想到他就这样死了，可是他全身上下都被雨水打湿了，床单也在滴水，他却一动不动地躺在那里。他的一只手搭在窗台上，来回晃动的窗户把他的手蹭破了皮，但并没有流出血来。等我伸手摸了一下，也就不再怀疑了，他的确死了，而且身体已经僵硬了！

我扣上了窗户；把他额前的黑色长发梳好；我想合上他的眼睛，永远地合上，若是可以，不再让他那叫人恐惧、活人似的狂喜目光，让其他人看见。这双眼睛就是不愿意合上，好像在嘲笑我的这番努力，还有他那张开的大嘴和洁白尖锐的牙齿也在嘲笑我！不觉一阵恐惧袭来，我连忙大声呼喊约瑟夫。约瑟夫拖着步子走上楼来，还大吵大闹了一阵，就是不愿意接手他的事。

“魔鬼将他的灵魂勾走了，”他大声说道，“为什么不把他的这具臭皮囊也一块儿带走呢，反正我不管。瞧他坏透了，临死还这样龇牙咧嘴地笑呢！”这个老恶棍也学着他的样子龇牙咧嘴地嘲笑他。

我本以为他会张牙舞爪地绕床悲歌曼舞一周呢，可他却忽然安静下来，跪倒在地，高举双手，连声称谢；因为合法的主人和古老的家族又重新获得了自己的权利。

噩耗让我头晕目眩。我不禁怀着一种无法压抑的悲哀回想起以往的岁月。然而，可怜的哈里顿，这里只有他这个最受委屈的人真正伤心。他整个晚上都守在遗体旁，发自内心地伤心哭泣。他紧握死者的手，吻着那张其他人都不敢多看一眼、带着嘲讽般恐怖的脸。他怀着极度悲痛深切地哀悼着他，这种悲痛自然而然地发自那颗宽宏大量的心，尽管这颗心就像百炼精钢一般坚韧。

这让肯尼兹医生大伤脑筋，他弄不清楚到底该宣布主人的死因是什么。为了避免麻烦，我并未将他四天没有进食的实情说出来。随后我也相信了，他并非故意要这样的，因为他生了那种怪病，所以才不想吃东西。

我们按照死者生前的遗愿将他下葬了，结果造成街坊邻居议论纷纷。我和哈里顿、教堂司事，以及六个抬棺木的人就是全部送葬的人。

那六个人把棺木放进墓穴里之后就走了，留下我们自己给他覆土。哈里顿痛哭不止，亲自铲了一块青草皮，盖到了他的坟头上。现在，它与旁边的坟茔一样平整青绿了，但愿埋在这里面的人能够永远安宁。然而，如果你问附近的居民，他们肯定会把手放在《圣经》上起誓说，他常常在游荡。有些人说在荒原上、在教堂周围以及在这座宅子里遇见过他。你肯定在想，他们简直在胡说，我也这样认为。然而那个坐在厨房火炉旁烤火的老头却一口咬定，自从主人去世，每到下雨天的夜里，他从卧室的窗口往外看，都会看见他们俩。

大约一个月以前，我也遇见了一件奇怪的事。有一天傍晚，我正往田庄走着，那是个乌云压顶快要打雷的傍晚，刚来到山庄的拐弯处，就碰见一个小男孩，赶着一只绵羊和两只羊羔；那个孩子在哭泣，我还以为是羊羔受了惊吓，他没法儿制伏呢。

“小家伙，你怎么了？”我问他。

“希思克里夫在那里，他旁边还有一个女人，就在山崖底下。”他哭着说道，“我不敢经过他们。”

我没看见任何东西，可是那几只羊以及那个孩子都不敢往前走，所以我就交代他从下面那条路走过去。

看来大概是这个孩子独自经过荒原的时候，从他一再听小伙伴以及父母的胡言乱语当中，想起了那些鬼魂吧——不过虽说是这样，可现在我也不敢在天黑出门了——可是没办法，待他们离开这座庄园，去田庄，我就高兴了！

“那么他们这就打算搬去田庄了？”我问。

“没错，”丁恩太太回答，“待他们一结婚就搬；他们元旦就结婚。”

“那谁来看守这个山庄呢?”

“呃，会让约瑟夫留下看守这个山庄，也许还有个年轻人跟他做伴儿。他们要住到厨房去，其他房间都会锁起来。”

“这样那两个灵魂便可以任意进来住了。”我说。

“不要这样，洛克伍德先生，”艾伦摇着头，说道，“我相信逝者已经得到安宁了。不过这样随随便便就议论他们可不大好。”

这个时候，花园的门推开了，出游的人回来了。

“他们倒是丝毫不害怕，”我从窗口看见他们走了过来，于是这样小声嘟囔，“他们俩在一起，即便撒旦及其所有人马也奈何不了。”

他们俩走上了台阶，停下来朝月亮看了最后一眼，更确切点说，是借着月光互相看了一眼。我不禁又感觉必须躲开他们了。我将一点纪念品硬塞进丁恩太太的手中，也顾不上她规劝我不能不讲礼节，就在他们刚打开门时，悄悄地从厨房溜了出去。约瑟夫正以为他的女仆在做什么风流之事，幸好他听到我往他的脚下“哐啷”一声丢下一个金币，认定我本是体面的人，否则我这一溜走就证实他的那个想法了。

我步行回家，多走了一段路，因为绕道去了一趟教堂。在教堂的墙脚，我发现虽然只过了7个月，这里却越发衰败了——许多窗户都没有了玻璃，好像一个个黑洞，屋檐的这里或那里也翘起了瓦片，待秋天的风暴一来就会渐渐掉下来。

我寻找那三块墓碑，很快就在临近旷野的斜坡上找到了。中间的一块是灰色的，被石楠丛掩埋了一半，埃德加·林敦的墓碑只装饰着草皮与从下面爬上去的苔藓，希思克里夫的仍一直光秃秃的。

我在温和宽广的天空下，徘徊在这三块墓碑周围，注视着飞蛾在风铃草与石楠之间扑腾着翅膀，倾听着和风拂过草丛的声音，心中疑惑不解：何以有人想象，那些长眠在这宁静的土地之下的灵魂，却不能宁静地沉睡。